HEYNE <

MARK WATSON

HOTEL ALPHA

Roman

Aus dem Englischen
von Andrea Kunstmann

WILHELM HEYNE VERLAG
MÜNCHEN

Die Originalausgabe erschien 2014 unter dem Titel HOTEL ALPHA bei Picador, an imprint of Pan Macmillan, a division of Macmillan Publishers Limited

FSC www.fsc.org
MIX
Papier aus verantwortungsvollen Quellen
FSC® C014496

Verlagsgruppe Random House FSC®N001967

Vollständige deutsche Taschenbuchausgabe 09/2016

Printed in Germany
Redaktion: Kristof Kurz
Umschlaggestaltung: Johannes Wiebel | punchdesign, München
unter Verwendung eines Motivs von Christos Georghiou/shutterstock.com
Druck und Bindung: GGP Media GmbH, Pößneck
ISBN: 978-3-453-41940-7

www.heyne.de

Teil 1

1

GRAHAM

Das Alpha stand in Flammen. In einem Zimmer im obersten Stockwerk war ein Feuer ausgebrochen und fraß sich nun durch das ganze Hotel. Das Gebäude, dem ich seit zwanzig Jahren mein Leben widmete, drohte komplett auszubrennen. Doch noch glitt ich eine Viertelmeile entfernt im Mercedes dahin, ohne etwas zu ahnen.

Es war ein warmer Sommerabend des Jahres 1984, ich hatte eben einen Gast zum Flughafen Heathrow gebracht. Als ich den Westway verließ und zurück Richtung Hotel fuhr, sah ich überall Menschen: Sie standen vor dem Globe Pub und trödelten lachend auf den Zebrastreifen herum, bis ich sie scherzhaft hupend dazu brachte, mich weiterfahren zu lassen. Ich selbst verbrachte nicht viel Zeit im Freien, aber ich konnte verstehen, warum alle dieses Wetter so liebten: In der Luft lag die köstliche Vorahnung eines langen glanzvollen Abends. In diesem Augenblick hätte ich mir unmöglich vorstellen können, fünf Minuten später mit der schlimmsten Katastrophe meines Berufslebens konfrontiert zu werden.

Als ich anhielt, bemerkte ich, dass etwas nicht stimmte: Der Vorplatz war voller Menschen, die entweder davonrannten oder einen Blick ins Hotel erhaschen wollten. Da kam es mir vor, als wüsste ich bereits seit zwanzig Jahren, dass dieser Moment kommen würde.

Den Brand hatte ich natürlich nicht vorausgeahnt. Aber in einem abergläubischen Winkel meines Gehirns, dessen Existenz ich mir eigentlich nicht eingestehen wollte, hatte ich immer gefürchtet, aus dem Paradies des Hotels Alpha eines Tages vertrieben zu werden. Aus einem ähnlich zwanghaften Impuls heraus stellte ich mir immer den Verlust meiner Frau Pattie oder meiner Kinder vor, ich wappnete mich gewissermaßen gegen das Schlimmste, indem ich es mir ausmalte.

Das Alpha war nur ein Gebäude, und doch hatte es sich von dem Augenblick vor zwanzig Jahren an, in dem ich es zum ersten Mal betrat, angefühlt wie ein Blutsverwandter. Immer wenn ich auch nur kurz weg war, hatte ich völlig absurde Fantasien: dass es verschwunden sein oder sich als Einbildung, als Traumwelt erweisen könne.

Vielleicht erfasste mich deshalb neben der Panik, die mir beim Aussteigen aus dem Auto in die Glieder schoss, zugleich auch eine Spur kalter Entschlossenheit. Ich stürzte ins Haus – durch die Mahagonitüren, die ich jede Woche wachste und polierte, über den Boden im Schachbrettmuster, den ich zur Belustigung der Putzfrauen manchmal auf Knien schrubbte, weil ich Schmutz oder Streifen darauf nicht ertragen konnte. Ich blieb neben meinem Rezeptionstresen stehen und sah hinauf zu den Galerien, die in jedem Stockwerk rund um das Atrium liefen, übereinander angeordnet wie Tortenschichten. Die oberste Galerie war bereits von einer Wolke schwarzen Rauchs verdunkelt, und die Leute trampelten die Treppen hinunter. Das Schrillen unseres antiquierten Feueralarms konkurrierte mit einem Crescendo von Stimmen, in denen Angst oder so etwas wie schuldbewusste Faszination schwang.

Zu dieser Uhrzeit waren viele Zimmer leer, weil die Gäste sich in einem der zahllosen Londoner Abendlokale vergnügten. Trotzdem war ich mir sicher, dass nicht alle aus dem obersten Stockwerk entkommen waren. Ich erkämpfte mir einen Weg durch die Menge, die Richtung Ausgang flutete, und umrundete diejenigen, die zu der immer dichter werdenden Rauchwolke hochgafften. Durch die Halle lief ich zur Hintertreppe. Obwohl ich von der Hitze, den Schreien, der Panik durch die Wand getrennt war, spürte ich all das wie Nadelstiche auf meiner Haut, als ich zwei Stufen auf einmal nehmend hinaufstürmte. In der letzten Biegung, dem Zugang zum obersten Stock, rannte ich Howard York in die Arme.

Dieser Mann hatte den Ruf, alles hinzubekommen. Er war in den letzten zwanzig Jahren zu einem der wichtigsten Menschen in meinem Leben geworden, und manchmal konnte man fast den Eindruck gewinnen, ganz London gehe es ähnlich. Er hatte das Alpha als junger Mann erworben und aus dem leer stehenden, heruntergekommenen Gemäuer das bekannteste Hotel der Stadt gemacht. Die Menschen kamen zu ihm und in sein Hotel auf der Suche nach Lösungen für ihre Probleme oder nach etwas, das sie nirgendwo sonst finden konnten. Wenn er im Raum war, hatte man das Gefühl, alles sei möglich. Die Unterhaltungen erstarben, wenn er sich näherte, die Umstehenden stupsten sich an, und die Realität selbst stellte sich darauf ein, sich den Vorgaben seiner Fantasie anzupassen.

Doch nun war da keine Spur mehr von jenem Magier und Geschichtenerzähler, der einen Nacht um Nacht an der Bar unterhalten hatte, dem begnadeten Geschäftsmann oder dem Romantiker, keine Spur mehr von all den schillernden Facetten Howards, an die wir uns so gewöhnt hatten. Nun sah er aus wie ein verlorener kleiner Junge. In seinen Augen standen Tränen, sein Gesicht war so rot wie rohes Fleisch, sein Oberkörper nackt. Er packte mein Handgelenk mit einer Verzweiflung, die jeden Augenblick in Gewalttätigkeit umschlagen konnte.

»Zimmer 77, Graham«, brachte er hervor und fing an zu husten, »77, 77.«

Einer von uns beiden musste sich durch den Rauch kämpfen, bevor das Desaster endgültig zur Tragödie wurde. Einer von uns oder wir beide zusammen. Oder wir blieben, wo wir waren, und vertrauten einmal mehr auf Howards sprichwörtliches Glück.

Damit waren wir bisher ziemlich gut gefahren. Aber Howard zufolge war das Glück sowieso keine unberechenbare Laune des Schicksals. Für ihn war es ein Produkt, das man herstellen oder kaufen konnte. Das war eines der ersten Dinge, die ich über ihn erfuhr. Als wir uns kennenlernten, waren wir beide Mitte zwanzig, aber im Gegensatz zu ihm wusste ich nicht so recht, was ich mit mir anfangen sollte, was allmählich zu einem ziemlich drängenden Problem für mich geworden war.

Unter dem Einfluss, oder sollte ich besser sagen, auf Geheiß meines Vaters, eines hochrangigen Offiziers, ging ich zum Militär. Aus seiner Sicht war ich dafür ausgesprochen gut geeignet, weil ich Autoritäten respektierte und auf blitzsaubere Schuhe achtete. Er hatte dabei allerdings übersehen, dass ich in anderer Hinsicht sehr schlecht dafür geeignet war: Insbesondere verabscheute ich Kälte und Schlamm, konnte weder schnell rennen noch ein Zelt aufstellen, hielt nicht viel von Schlafsälen und wollte vor allem keine anderen Menschen töten.

Als ich meinem Vater all dies darlegte, erlaubte er mir schließlich, den Militärdienst zu quittieren, sprach aber daraufhin nie mehr ein Wort mit mir. Ich musste mich und meine Frau Pattie nun also alleine durchbringen. Ich begegnete dieser Situation anfangs mit einer gewissen Großspurigkeit, die sich aber nach ein paar Jahren schlecht bezahlter und unsicherer Jobs verflüchtigte.

Ich arbeitete als Gehilfe bei einem Schneider, war Friseurlehrling (was bedeutete, dass ich die Haare auf dem Boden zusammenfegte) und Oberkellner im Grosvenor-House-Hotel und im Ritz. Dort, umgeben von schweren Holzmöbeln und Marmor, von Kronleuchtern, Vasen, Telefonen und pseudoklassischem Stuck, verspürte ich ein gewisses Zugehörigkeitsgefühl. Wie ich feststellte, waren diese Grandhotels auf ähnliche Weise wie ich selbst betulich und altmodisch. Leider gab es dort nur sporadisch Arbeit für mich. Pattie und ich kamen deshalb, wie man so schön sagt, gerade so über die Runden.

Pattie beschwerte sich nie über unsere schäbige Wohnung oder darüber, dass es jeden Abend nur Schinken und Backofen-Pommes gab. In gewisser Weise machte ihre Duldsamkeit die Sache nur noch schlimmer. Es war beschämend, wie sie für mich die Kleinanzeigen im *Evening Standard* durchforstete oder vorschlug, einen Kredit aufzunehmen oder eine Sekretärinnenausbildung zu machen. Als sie auf die Anzeige stieß, die mein Leben verändern sollte, war ich eigentlich zu schlecht gelaunt, um sie überhaupt ausreden zu lassen.

»Wie wäre es damit, pass auf: ›Gesucht wird ein erstklassiger Chefportier …‹«

»Also ›erstklassig‹ bin ich ja nun wirklich nicht, oder? Und als Portier habe ich auch noch nie gearbeitet. Ich weiß überhaupt nicht, was …«

»Jetzt sei mal still! ›für Londons bestes Hotel‹ steht hier.« Und sie fuhr fort: »›Keine Erfahrung notwendig.‹ – Da hast du's. – ›Gefordert sind Effizienz, Integrität und Abenteuerlust‹.«

»Effizient bin ich, würde ich sagen, aber von Abenteuerlust kann nicht die Rede sein.«

»Ach, ich bin sicher, daran kannst du arbeiten«, sagte Pattie. »Soll ich das Anschreiben für dich aufsetzen oder machst du es selbst?«

»Wo ist das denn? Welches Hotel?«

Pattie lachte. »Tja, das ist das Lustige. Hier steht: ›Hinweis: Das Hotel ist noch nicht eröffnet‹.«

Ganz kurz hatte ich mir die schöne Illusion gestattet, elegant gekleidet an der Rezeption des Dorchester zu stehen, aber angesichts des letzten Satzes löste sich diese Vorstellung in Luft auf. »Das ist doch bloß ein Scherz«, sagte ich, »und ich werde einen Teufel tun und mich mit der Schreibmaschine abmühen, nur um mich auf etwas zu bewerben …«

»Das wird sogar noch seltsamer!«, sagte sie und schenkte meinem Missmut zu Recht keine Beachtung. »Du musst nicht mal eine Bewerbung schreiben. Hier steht: ›Interessierte melden sich bitte am 1. Mai um 11 Uhr bei Howard York‹.«

»Das wird wohl ein Aprilscherz sein oder so«, brummte ich.

»Dummkopf! Aprilscherze macht man am 1. April. Außerdem steht da auch eine Adresse: ›Hotel Alpha, Vanessa Mews, Ecke Euston Road, N1‹.«

Die Adresse kam mir bekannt vor, und mir fiel ein, dass es sich bei dem neuen Hotel um das Etablissement handeln musste, das früher Royal hieß. In der viktorianischen Epoche war es ein prachtvolles Bahnhofshotel gewesen, hatte dann seinen Lebensabend traurig als Behelfssanatorium und Regierungsarchiv gefristet, bevor es in den Fünfzigern ganz geschlossen wurde. Das hatte mir der einzige Freund erzählt, den ich beim Militär gefunden hatte: ein Oberst im Ruhestand, der dort mehrere Wochen interniert gewesen war, nachdem er sich in Indien Typhus zugezogen hatte. Er hatte mir das feudale Interieur beschrieben: ein riesiges Atrium, in dem ganze Pferdekutschen Platz finden konnten, die Galerien, die prunkvollen, aber inzwischen heruntergekommenen Räume. Er hatte auch erwähnt, wie unheimlich dieser Ort gewesen war, der einst vor Leben und Luxus strotzte und in dem nun Krankheit und Tod regierten. Vor einigen Jahren war ich an einem nebligen Tag an diesem maroden Gebäude vorbeigelaufen und hatte mich kurz gefragt, wie lange es wohl noch dauerte, bis man es abriss. Doch nun war genau das Gegenteil passiert: Ein neues Hotel würde dort eröffnen, das Hotel Alpha.

»Na gut, ich denke mal drüber nach«, murmelte ich.

Der Rest des Tages verging wie immer: Ich ging Schinken kaufen, wir hörten Radio und lösten gemeinsam das Kreuzworträtsel in der *Times*. Der erste Mai rückte näher, und ich tat so, als hätte ich das Ganze vergessen, doch je stärker ich die Gedanken daran zu verdrängen versuchte, desto häufiger kreisten sie um das Hotel Alpha.

Am Vorabend des Bewerbungsgesprächs bügelte Pattie meinen Anzug, suchte eine passende Krawatte heraus, und gemeinsam probten wir mögliche Fragen:

»Was würden Sie als Ihre herausragenden Eigenschaften bezeichnen?«

»Also, äh, meine Bescheidenheit verbietet mir, äh ...«

»Nein, das tut sie nicht«, schimpfte sie mich, »komm bloß nicht auf die Idee, morgen bescheiden zu sein.«

»Okay, okay«, seufzte ich, »ich bin pünktlich und verlässlich, habe noch nie einen Tag in der Arbeit gefehlt und ein ausgezeichnetes Gedächtnis ...«

»Und du bist der liebenswerteste Mann, den ich kenne«, beendete Pattie den Satz für mich. »Vergiss nicht, das zu erwähnen. Und jetzt zu deinen Hobbys und Interessen.«

»Ich löse gerne Kreuzworträtsel und bin ein leidenschaftlicher Rugby-Fan.«

»Das ist auch nicht wirklich gut«, sagte sie. »Du musst irgendwie aus der Masse herausstechen. Behaupte doch, du seist in einer Volkstanzgruppe oder so.«

»Mein Gott, was soll das denn bringen? Ich könnte es genauso gut gleich lassen. Da werden garantiert ...«

Pattie legte mir einen Finger auf die Lippen. Sie hatte eine Blume im Haar, und an ihrer Hand waren Spuren von Tinte.

»Du wirst umwerfend sein«, sagte sie, »und wenn du den Job nicht kriegst, dann geht die Welt auch nicht unter.«

Ich schlief schlecht, und weil ich nicht wusste, was ich sonst mit mir anfangen sollte, stieg ich morgens sofort in den Bus zum Hotel und traf dort zwei Stunden vor der angegebenen Zeit ein. Das Gemäuer sah noch genauso massiv und verwittert aus, wie ich es in Erinnerung hatte, aber es waren neue Fenster eingebaut worden, und auf der imposanten Flügeltür aus Mahagoni prangte ein silbernes A in Jugendstil-Optik. Ich blickte hinauf zu den Zedern, die den Vorplatz säumten. Sie hatten mir etwas voraus: Sie standen bereits seit Generationen hier und schienen zu wissen, wie die Dinge sich entwickeln würden. Hinter diesen Türen, so schienen die Bäume zu sagen, werden aufregende Dinge passieren. Vielleicht wirst du daran teilhaben, vielleicht auch werden sie ganz einfach ohne dich geschehen.

Etwa eine Stunde vor Mittag begann sich eine Schlange zu bilden, und je länger sie wurde, desto mutloser wurde ich. Die große Mehrheit dieser vierzig oder fünfzig Männer strahlte Jugendlichkeit und Unbekümmertheit aus. Ich selbst fühlte mich, obwohl ich erst fünfundzwanzig war, mit meiner Aktenmappe und meinem altmodischen Haarschnitt wie ein Relikt aus alten Zeiten. Ich war ganz anders als diese Leute, die den Rauch ihrer Zigaretten nach dem Vorbild irgendwelcher Popstars lässig in die Luft bliesen und die Bemerkungen ihres Gegenübers mit einem wissenden Grinsen quittierten. Sie würden den Hotelgästen die richtigen Bars empfehlen oder die angesagten Läden in der Carnaby Street. Sie, nicht ich, waren das, was dieses Etablissement brauchte.

Während ich mich darum bemühte, diese pessimistische Einschätzung zu unterdrücken, wurde meine Aufmerksamkeit auf einen Mann in einem zerschlissenen alten Mantel gelenkt. Er sorgte für Aufruhr, weil er mit einer Flasche Whisky in der Hand zwischen die fahrenden Autos gelaufen war. Er hatte nur kurz gezögert, dann den Arm gehoben, als würde er ein unsichtbares Orchester dirigieren, und war mitten auf die Fahrbahn gesprungen, wo die Fahrzeuge mit einem Hupkonzert um ihn herumkurvten. Ein Bus gab ein tiefes Brüllen von sich – wie ein Tier, in dessen Revier man eingedrungen ist. Ich sah mich um. Einige meiner Mitbewerber schauten neugierig, ja sogar amüsiert zu; andere nestelten an ihrem Haar oder warfen einen Blick auf ihre Armbanduhren. Niemand schien sich um den Typen Gedanken zu machen, der nun reglos dalag. Ohne lange zu überlegen, ließ ich meine Mappe fallen und stürzte auf die Straße.

»Geht es Ihnen … brauchen Sie Hilfe?«, fragte ich.

»Sehr nett von Ihnen«, sagte er mit einer Stimme, die genauso ruhig klang wie meine eigene, »würden Sie mir wohl auf den Gehsteig helfen?«

Ich streckte ihm einen Arm hin, half ihm auf die Beine und führte ihn zum Bordstein.

»Sehr mutig von Ihnen, einfach so auf die Fahrbahn zu laufen«, sagte der Mann.

»Ich dachte, die würden schon nicht so weit gehen und mich geradewegs überfahren.«

»Ganz genau.« Er bedachte mich unvermittelt mit einem listigen, abschätzenden Blick. »Autos wollen einen gar nicht überfahren, Schlangen wollen einen nicht beißen, und Flugzeuge wollen nicht, dass man sie verpasst. Wissen Sie, was ich meine?«

Ich stimmte ihm zu, obwohl ich in Wahrheit dachte, dass er vermutlich vollkommen verrückt war. Und dann tat dieser Fremde etwas, das ich nie vergessen werde: Er streifte den Mantel ab, unter dem er eine Smokingjacke aus violettem

Knittersamt trug, griff in sein strähniges, wirres Haar und riss es sich mit einem Ruck vom Kopf. Unter der Perücke kam eine unkonventionelle Wuschelfrisur zum Vorschein, und ich stand plötzlich einem Mann in etwa meinem Alter gegenüber.

»Ich heiße Howard York«, sagte er. »Sie waren der Einzige, der mir geholfen hat – von all den Leuten da.« Er deutete auf die Reihe der Umstehenden, von denen viele nun reichlich verblüfft dreinblickten. »Wie heißen Sie?«

»Graham Adam, Mr. York.«

»Sie haben den Job, Graham Adam«, sagte er.

Einen Moment lang war ich sprachlos, aber wirklich nur einen Moment: »Sind Sie sicher, Sir?«

»Vergessen Sie das Sir«, sagte er, »Howard. Und ja, ich bin sicher. Gehen Sie rein und wenden Sie sich an eine Dame mit sehr langen braunen Haaren. Das ist meine Frau Sarah-Jane. Ich erkläre inzwischen den anderen Jungs hier, dass ihr Bewerbungsgespräch bereits stattgefunden hat.«

Benommen passierte ich die Schlange von Bewerbern und traf in der großen Halle auf die junge Dame, die er beschrieben hatte. Sie nahm mich mit einem ironischen Lächeln in Empfang.

»Herzlich willkommen«, sagte sie mit leichtem Yorkshire-Akzent. »Gut gemacht. Der Idiot wollte sich diesen Schwachsinn einfach nicht ausreden lassen.«

Sie nahm meinen Arm – was ich normalerweise ziemlich forsch von ihr gefunden hätte, aber dazu war ich zu verwirrt – und begann, mich im Hotel herumzuführen. Wie im Traum nahm ich die Eindrücke in mir auf: die individuell eingerichteten Suiten, den weitläufigen Vorratskeller mit seiner großen Auswahl jahrzehntealter Weine, den vornehmen Rauchsalon. Wir sprachen über das Gehalt, obwohl ich die vor mir liegenden Formulare auch unterschrieben hätte, wenn sie mir Kekse als Bezahlung vorgeschlagen hätten.

Als ich schließlich diesen Leuten – aber nicht dem Zauber, den sie auf mich ausübten – entkommen war, ging ich Richtung Westen, wo ich von einer Telefonzelle gegenüber der grünen Kuppel des Planetariums Pattie anrief. Ich ging in ein Pub, bestellte mir einen Whisky und spendierte aus einem Impuls heraus eine Runde für zwanzig fremde Leute. Erst im Regent's Park gab ich mich endlich meinen Gefühlen hin und vollführte hinter einer Statue einen kleinen Tanz – vielleicht beobachteten mich dabei aus den Fenstern der weißen Villen reiche Menschen und dachten, ich sei durchgedreht.

Meine erste Aufgabe bestand darin, die Einladungen für die große Eröffnungsparty des Alpha zu versenden. Die Gästeliste bestand aus Hunderten von Namen, manche davon so berühmt, dass selbst ich schon von ihnen gehört hatte. Wir nahmen auch bereits die ersten Zimmerreservierungen entgegen, wobei Howard York eine höchst eigenartige Methode vorgab. Wenn jemand wegen eines Zimmers anrief, so hatte er mich angewiesen, solle ich sagen, dass wir für die ersten drei Wochen ausgebucht seien und dass derjenige sich später am Abend nochmals melden solle, ob etwas frei geworden sei. Dabei machte mir nicht die harmlose Lüge zu schaffen – Howard war mein Chef und ich würde grundsätzlich tun, was er sagte. Vielmehr erschien mir das Vorgehen außerordentlich leichtfertig. Warum sollte sich ein nagelneues Hotel auf diese Weise Einnahmen durch die Lappen gehen lassen? Würde ich in sechs Wochen wieder ohne Job dastehen?

Aber so gut wie alle riefen wieder an, und wenn diesmal – wie durch ein Wunder – doch ein freies Zimmer für sie gefunden werden konnte, waren sie so überaus dankbar und erleichtert, dass ich fast selbst an meine Lüge glaubte. Es sprach sich herum, dass es bereits jetzt praktisch unmöglich war, ein Zimmer im Alpha zu bekommen. Die Anfragen verdoppelten und verdreifachten sich, das alte Telefon aus Bakelit auf meinem Tresen klingelte alle paar Minuten, und so wurde das Märchen von der unaufhaltsam wachsenden Beliebtheit des Hotels Alpha im Handumdrehen Wirklichkeit.

Die Eröffnungsparty funktionierte auf ähnliche Weise. Es waren zwar zahlreiche Berühmtheiten eingeladen worden, viel mehr jedoch blieben ohne Einladung. Es war unvermeidlich, dass diese völlig willkürliche Einteilung in die beiden Gruppen den Beteiligten höchst bedeutungsvoll erschien. Bald unternahm die zweite Gruppe angestrengte Versuche, doch noch eine Einladung zu bekommen, umso mehr, als in einer Reihe angesagter Klatschmagazine darüber spekuliert wurde, wer es »auf die Liste geschafft« hatte und wer nicht. Schon da wurde mir klar, dass Howard ein großes Talent besaß, bestimmte Dinge in der Presse zu lancieren, um sie dann wie unumstößliche Fakten dastehen zu lassen. Zugleich jedoch richtete er gerne Unfug an und hatte einen Hang zum Chaos. Er konnte einen halben Tag damit zubringen, einen kurzen Auftritt von Mary Quant auf die Beine zu stellen, dann wieder lud er völlig unbedeutende Leute ein, beispielsweise einen Mann, dessen Hund ihn auf der Euston Road angefallen hatte und beißen wollte. Am Tag vor der Party waren die Vorratskeller des Hotels so voll, dass wir den Hof des Sonnenkönigs hätten verköstigen können, obwohl wir schon längst den Überblick verloren hatten, ob wir mit fünfzig oder fünftausend Gästen rechnen mussten. Weil Pattie Freunde außerhalb von London besuchte, konnte ich den ganzen Tag mithelfen, alles vorzubereiten.

»Was meinst du, wie lange wird es wohl dauern?«, fragte ich Sarah-Jane. Dabei beobachtete ich besorgt, wie sie, auf Zehenspitzen auf einem Hocker balancierend, versuchte, eine Lichterkette über dem Tresen der Rezeption zu drapieren. »Und soll ich dir dabei vielleicht helfen?«

Sie drehte sich um, ihr Gesicht war leicht gerötet, und um mich zu erheitern, hängte sie sich den Lichterstrang um den Hals. »Vielleicht sollte ich sie einfach so tragen? – Ach so, wie lange es dauert? Ich würde das Unerwartete erwarten.«

»Ich will ja kein Spielverderber sein, aber ich ziehe es vor, das Erwartete zu erwarten«, sagte ich.

Ein Lachen erschien auf Sarah-Janes Gesicht: »Tja«, sagte sie, »es könnte schon um Mitternacht vorbei sein, aber auch bis ein Uhr oder – Gott bewahre – bis zwei dauern, Graham. Die Überstunden bekommst du natürlich bezahlt!«

»Es geht mir gar nicht ums Geld, ich möchte einfach nur vorbereitet sein.«

Aber bereits eine Stunde, nachdem sich die Mahagonitüren geöffnet und der erste Schwall von Besuchern hereingekommen war, wurde deutlich, dass dies kein Ereignis war, auf das man vorbereitet sein konnte. Die Halle bebte unter der Energie der Leiber, von den Galerien erschallte Gelächter, manchmal so schrill und demonstrativ, als wolle der Lachende damit seine Cleverness unter Beweis stellen, dann wieder wild und unkontrolliert. Die Champagnerkorken knallten wie Schüsse aus einem Spielzeuggewehr. Viele Male ging ich in den Keller, um für Nachschub an Spirituosen zu sorgen; ich servierte Platten mit Lachs, Frischkäse und Krabbencocktail, um nur Minuten später die Reste abzuräumen. Das Hotel Alpha war erfüllt von lärmender Freude. Das ganze Gebäude war wie ein Mensch, der nach langer krankheitsbedingter Abwesenheit endlich wieder in die Gesellschaft zurückkehrt.

Das Stückchen Himmel, das durch das Glasdach zu sehen war, wandelte sich von einem dunklen Violett über ein unklares Flieder in ein blasses Bläulichweiß, und noch immer war kein Ende der Party absehbar. Die Leute hatten sämtliche Zimmer okkupiert. Auf der obersten Galerie stehend, hörte ich ein heiseres Lied vom Ende des Flurs, und in einem Zimmer ganz in der Nähe schien ein junges Paar in einer ganz anderen Angelegenheit zusammenzuarbeiten. Ich musste feststellen, dass von mir abgesehen das gesamte Haus unter dem Einfluss von Alkohol oder anderer Drogen stand. Weitere Gesänge und Geschrei drangen von der Halle herauf wie Geräusche von einem entfernten Radio. Ein paar Leute lagen in ihren grellen Partyklamotten auf dem Schachbrettboden, als wären sie dort notgelandet; andere krochen wie Insekten von einer Ecke in die nächste. Und mittendrin sah ich Howard, der eine seiner Partynummern zum Besten gab: Er balancierte einen Stuhl auf seinem Kopf. Er streckte seine Arme zur Seite, um das Gleichgewicht zu halten, doch von meinem Standpunkt sah es aus, als signalisiere er seinem Publikum: »Schaut mich an!« Ich sah wieder hinauf zum Glasdach, und plötzlich fiel es mir schwer, zu glauben, dass außerhalb dieser Ziegelmauern überhaupt irgendetwas von Bedeutung existierte.

Um neun Uhr morgens ging ich mit schweren Gliedern und zerknautschter Kleidung nach Hause. Die Luft draußen war kalt und dünn, und die Menschen, die ich zur Arbeit gehen sah, wirkten wie in einem Traum. Ich sperrte die Wohnung auf, schlief ein paar Stunden, nahm ein Bad und ging gleich wieder zurück ins Alpha, nachdem ich Pattie bei ihren Freunden angerufen hatte.

»Wie war die Party?«

»Sie war ... also genau genommen ist sie noch gar nicht zu Ende.«

»Meine Güte«, sagte Pattie, »ich hoffe, diese Leute wissen, was sie tun.«

In dieser Hinsicht konnte ich sie nicht beruhigen. Als ich aus dem Bus stieg und die Euston Road entlangschlenderte, vorbei an Leuten, denen das Lächeln, das sich auf mein Gesicht gestohlen hatte, gleichgültig war, fragte ich mich, ob das Hotel Alpha seinen kometenhaften Aufstieg zur Berühmtheit fortsetzen würde. Gut möglich, dass die Polizei inzwischen alle rausgeworfen hatte und das Hotel in seinen alten Zustand geisterhafter Verlassenheit zurückgefallen war oder sich ganz in Luft aufgelöst hatte.

Ich hätte mich nicht zu sorgen brauchen. Die Türen mit dem eckigen A hingen so unerschütterlich fest in ihren Angeln wie zuvor, und das Chaos dahinter befand sich in einem fortgeschrittenen Stadium. Howard und Sarah-Jane tanzten, flankiert von anderen Paaren, einen Lindy Hop zu den Rhythmen eines Jazzquartetts, das in abgewetzten Smokings aus dem Nichts aufgetaucht war. Noch immer hatte jeder einen Drink in der Hand, und auf den Galerien, in der Bar und dem Rauchsalon herrschte nach wie vor fieberhafte Aktivität. Die Polizei war irgendwann nachts aufgetaucht und wieder weggeschickt worden. Sarah-Jane hatte, abgesehen von einem Paar Socken unbekleidet, einem verunsicherten jungen Wachtmeister die Tür geöffnet.

»Wollen Sie nicht etwas anziehen, Madam?«, hatte er vorgeschlagen.

»Wir haben doch Musik an«, sagte Sarah-Jane und streckte den Arm aus, um den Polizisten hereinzubitten. Er blieb für ein paar Drinks, bevor er sich anstandslos wieder auf den Weg machte.

Nirgendwo hing eine Uhr, und der Himmel war nur durch das Glasdach zu sehen, sodass sich nicht nur die Zeit, sondern auch das Konzept von Zeit generell verflüchtigt zu haben schien. Das Raster der Stunden zerbarst wie morsches Holz, und wir fielen hindurch. Erst als es zum zweiten Mal Mitternacht wurde, begann die Party sich aufzulösen. Benebelte Gäste taumelten hinaus auf die Euston Road. Sie blinzelten und starrten in die Luft, als habe man sie wochenlang in einem dunklen Keller gefangen gehalten. Alle wurden mit herzlichen Worten und einem Klaps auf den Rücken von dem nach wie vor beschwingten Howard verabschiedet – eingeschlossen der Mann mit Hund, der aus einer Laune heraus eingeladen worden und letztendlich siebzehn Stunden geblieben war.

Mittlerweile hatte ich mit dem Aufräumen begonnen. Ich ging die Galerien entlang und inspizierte mit einer gewissen Beklemmung ein Zimmer nach dem anderen. Ich sammelte Dosen, Flaschen und andere, nicht sofort identifizierbare Gegenstände ein, die ich nur mit spitzen Fingern anfasste. Der schwarze Sack auf meiner Schulter, in den ich alles stopfte, wurde immer schwerer und schwerer, so als würde man den Auftritt eines Weihnachtsmanns rückwärts abspulen. Ich stellte erleichtert fest, dass trotz der Unordnung keine wirklichen Schäden angerichtet worden waren – schon jetzt fühlte es sich an, als gehöre das Haus mir. Als ich hinunter in die Lobby kam, ging ich an Howard und Sarah-Jane vorbei, die mitten auf dem Marmorboden lagen und sich eine Zigarette teilten. Sie dachten wohl, ich sei außer Hörweite, oder es war ihnen egal, denn Sarah-Jane rappelte sich hoch, und auf den Ellenbogen gestützt sagte sie: »Er ist ein richtiger Glücksgriff.«

Mir wurde klar, dass sie über mich sprachen, und ich bekam rote Ohren.

»Ja, er ist wirklich spitze«, stimmte Howard ihr zu. »Aber wir sind unseres Glückes Schmied, Captain. Captain ist ab heute dein Spitzname.«

»Warum das?«

»Weil ich es so entschieden habe«, sagte er mit gespielter Grandezza. Ich schaute noch einmal hin und dann gleich wieder weg, weil er sich über sie beugte und sie auf die Nase küsste. Sie legte den Kopf auf seine Schulter, und dann lagen die beiden da, die große Kulisse des Alpha um und über sich. Die Stille, die eingekehrt war, erschien mir vergänglich. Das

Gefühl jedoch, das ich in den letzten paar Tagen empfunden hatte – der glückliche Gast einer Party zu sein, die meine Erwartungen weit überstieg –, hat mich in den Jahren, die folgten, nie mehr wirklich verlassen. Nicht für eine sehr lange Zeit jedenfalls.

Ich zweifelte nicht länger daran, dass Howard in der Lage war, das Hotel mit Gästen zu füllen. Was wir dann mit ihnen anfangen sollten, war eine andere Frage. Sicher, Howard wusste, wie man ein Geschäft aufzieht und eine Party schmeißt, aber er hatte kaum eine Vorstellung davon, wie man ein Hotel führt. Das würde meine Aufgabe sein.

Zumindest schien es so. Meine Berufsbezeichnung »Portier« traf es eher vage. Howard hatte sie ebenso wie »Page« aus den amerikanischen Thrillern übernommen, die ihn überhaupt erst dazu verleitet hatten, das Vermögen seiner Familie ins Hotelgewerbe zu stecken. Meine Position würde das sein, was ich daraus machte. Und ich machte daraus etwas Beachtliches.

Ich leitete die Rezeption, und schon der dazugehörige Tresen war eindrucksvoll: Der Block aus holländischem Walnussholz schien fast so groß, wie der Baum ursprünglich einmal gewesen sein mochte. Darauf standen das Telefon aus Bakelit, das riesige Reservierungsbuch mit seinen cremeweißen Seiten, ein Füllfederhalter und eine Registrierkasse. In den Tresenschubladen bewahrte ich nützliche Dinge auf: diverse Sprachführer, Zugfahrpläne, Faltblätter für die hiesigen Sehenswürdigkeiten und Ähnliches. Wenn das Telefon läutete, nahm ich die Reservierung entgegen und schrieb den Namen in das Reservierungsbuch, das eigentlich ein Skizzenbuch für Künstler war. Pattie und ich hatten jede Doppelseite sorgfältig in siebenundsiebzig Rechtecke unterteilt, sodass ich immer den Überblick bewahrte, wer wo wohnte. Am 15. Mai 1963 empfing ich den ersten Gast mit einer Reihe von Regeln, die ich mir mehr oder weniger aus den Finger gesogen hatte, die aber in der Folge zu unserem Mantra wurden:

»Frühstück gibt es von sechs bis zehn Uhr. Wir haben einen Spielsaal und einen Rauchsalon, aber selbstverständlich können Sie auch auf Ihrem Zimmer rauchen. Wenn Sie im Restaurant reservieren möchten ...«

Die Zimmerschlüssel hingen an einem Brett und waren an hölzernen Anhängern in Form eines A befestigt, die Howard zu horrenden Kosten aus der Schweiz hatte kommen lassen. Es machte mir großen Spaß, sie herunterzunehmen und dem Gast auszuhändigen, das Geld entgegenzunehmen und in die Kasse zu legen oder die Schecks sorgfältig in einer Schublade zu verstauen, von wo aus sie dann freitags zur Lloyd-Bank gebracht wurden. Mir unterstanden die zwölf Angestellten des Hotels. Ich trug einen eleganten grauen Anzug, und die Leute nannten mich »Mr. Graham«. Pattie fiel auf, dass ich nun morgens das Haus pfeifend verließ.

»Ich habe dich nie so glücklich gesehen, Graham.«

Darin steckte mehr Wahrheit, als sie ahnte. Ich hatte etwas gefunden, wonach ich mein Leben lang unbewusst gesucht hatte: etwas, worin ich wirklich gut war, einen Ort, an dem ich das Kommando hatte. Natürlich behielten Howard und Sarah-Jane das Oberkommando, aber wir sprachen miteinander wie Gleichgestellte. Als Howard vorschlug, das Frühstück auf sieben zu verschieben – »Die Köche haben es dann leichter, und außerdem sind mir Leute suspekt, die schon um sechs Uhr morgens fertig angezogen sind« –, schlug ich als Kompromiss vor, den Gästen das Frühstück auf Wunsch früher auf ihrem Zimmer zu servieren und den Restaurantbetrieb erst um sieben aufzunehmen.

»Meinetwegen«, sagte Howard. »In ihren Zimmern müssen sie wenigstens nicht bekleidet sein.« Und dann lachte er wie immer über meinen Gesichtsausdruck, weil ich wieder einmal nicht wusste, wie ich die Bemerkung auffassen sollte.

Es war, als sei ich für eine gigantische Modelleisenbahn verantwortlich, so eine, wie ich sie als kleiner Junge besessen hatte, bevor mein Vater sie in einem seiner Wutanfälle ins Feuer geworfen hatte. Je mehr Kurven und Schleifen ich für mich einbaute, desto geschickter wurde ich bei der Steuerung. Ich begann die Gäste aufzufordern, sich einfach an der Rezeption zu melden, wenn sie etwas bräuchten, und freute mich auf die Herausforderungen, vor die mich diese Anrufe stellten. Wann fährt der Zug von der Euston Station nach Liverpool Lime Street? Gibt es in der Nähe Restaurants, die zu so später Stunde noch offen haben? Manchmal waren die Fragen anspruchsvoller: Könnte ich eine bestimmte Schachregel erklären? Wäre ich so nett, die Schlagzeilen der Morgennachrichten zusammenzufassen, damit der Anrufer nicht aufzustehen brauchte? Bald erkannte ich, dass es nicht reichte, die Informationen nachzuschlagen – mir jedenfalls reichte es nicht. Ich wollte in der Lage sein, sofort zu antworten.

Also lernte ich Zugfahrpläne auswendig. Ich erstellte ein mentales Telefonverzeichnis von Howards vielen nützlichen Freunden – Oberkellner, Nachtclubbesitzer und Theaterdirektoren. Ich prägte mir Londons Straßen so präzise ein wie ein Taxifahrer. Ich hatte die verschiedenen Zeitzonen präsent oder die Adresse, wo man nachts um eins frischen Hefekuchen bekam, oder die Namen von Gästen, die vor Wochen bei uns logiert hatten. Wenn jemand den Schlüssel im Zimmer vergessen hatte und mit verlegenem Gesicht bei mir an der Rezeption um einen Ersatzschlüssel bat, wusste ich Namen und Zimmernummer, ohne dass derjenige ihn sagen musste.

Ich hatte schon immer ein exzellentes Gedächtnis. Als Kind hatte ich versucht, mir die Namen von Königen oder U-Bahn-Haltestellen in der richtigen Reihenfolge zu merken, um mich von anderen Dingen abzulenken. Aber ich hatte diese Fähigkeit nie besonders zu schätzen gewusst. Beim Militär diente mein Gedächtnis ausschließlich dazu, mich daran zu erinnern, wie viel schöner mein Leben gewesen war, bevor ich mich verpflichtet hatte. Im Hotel Alpha war ein gutes Gedächtnis ein echter Pluspunkt, weil es dazu beitrug, den Gästen das zu verschaffen, was sie brauchten. Und Letzteres war eine der wenigen Anweisungen, die Howard mir gab: »Finde heraus, was die Leute wünschen. Erfülle ihre Wünsche. Dazu ist das Alpha da.«

Seine Vorstellung davon, was das bedeutete, war jedoch deutlich aufwendiger als meine, wie ich im Laufe der Monate und Jahre herausfinden sollte.

Im Jahr 1965 bekam ich eines Tages die Schlüssel zum hoteleigenen Mercedes ausgehändigt und wurde gebeten, einen Herrn nach Heathrow zu fahren – »ein bisschen schneller, als die Geschwindigkeitsbegrenzung es zulässt«, so Howards Worte.

»Das ist natürlich illegal«, machte ich deutlich.

»Ach, so illegal nun auch wieder nicht«, meinte Howard ungeduldig, »aber das Problem ist, dass mein Freund hier Gefahr läuft, seinen Flug zu verpassen.« Er deutete auf einen Spanier, der nervös auf und ab ging und gelegentlich Worte ausstieß, die ich nicht besonders leiden konnte.

»Wann geht das Flugzeug?«

»In zwanzig Minuten.« Aus Howards Mund klang das wie eine Lappalie. »Graham, ich habe dir doch gesagt, dass Flugzeuge nicht wollen, dass man sie verpasst. Du bringst ihn hin, so schnell du kannst. Ich leite alles Nötige in die Wege, damit das Flugzeug nicht rechtzeitig starten kann. Wenn du am Flughafen bist, geh zum British-Airways-Schalter und sag meinen Namen, dann wird es schon klappen.«

Ich zog die Autohandschuhe an, die ich mit Pattie zusammen in der Savile Row gekauft hatte, um das schöne elfenbeinfarbene Lenkrad zu schonen, und ließ den Wagen an. Als wir uns dem Stadtrand näherten – etwa auf der Höhe der Fuller's-Brauerei, deren weiße Mauern in der regnerischen Nacht glänzten und im Licht der Scheinwerfer wie geschmolzen aussahen –, begann der Mann über Esperanto zu sprechen, für dessen Verbreitung er Gelder aufzutreiben versuchte. Meine Fahrgäste eröffneten oft in der Nähe der Brauerei eine Konversation. Wenn sie zum ersten Mal in London waren, war dies der Moment, in dem die Stadt ihre unverwechselbare Gestalt annahm und vor ihren Augen lebendig wurde. Wenn sie jemanden nach Heathrow begleitet hatten, wurde ihnen an diesem Punkt bewusst, dass dieser Mensch jetzt wirklich fort war.

Die Sprache Esperanto gewinne laufend an Popularität, erklärte mir mein Fahrgast, und in fünfzig Jahren werde es die halbe Weltbevölkerung sprechen.

»Na, dann wünsche ich Ihnen viel Glück damit«, sagte ich, »was heißt denn ›viel Glück‹ auf Esperanto?«

»›Bonan sancon‹. Der sch-Laut ist nur ein s mit einem kleinen Kringel darüber.«

»Also dann, ›bonan sancon‹«, wiederholte ich. »Obwohl, heben wir uns das Glück mal besser dafür auf, dass Sie Ihren Flug noch kriegen.«

»Ach, das mit dem Flug haut schon hin«, sagte der spanische Gentleman, »dank dem guten alten Howard-schon-hin.«

Ich hatte keine Ahnung, wie er von Howards Spitznamen erfahren hatte – ein beliebtes Wortspiel auf Howards unerschöpfliche Energie und seine Fähigkeit, immer das zu bekommen, was er wollte –, aber manchmal schien es eben, als wisse jeder alles über ihn. Als wir ankamen, lief es tatsächlich so, wie mein Chef prophezeit hatte. Am Check-in-Schalter bewirkte sein Name ein wissendes Zwinkern und Nicken der Dame in der blauen Uniform, und ich wurde darüber informiert, dass der Flug mit einer Stunde Verspätung startete. Als ich ins Alpha zurückkam, fragte ich nicht, auf welche Weise Howard das »hingekriegt« hatte, wie er sich auszudrücken pflegte. Es ging mich nichts an.

Gelegentlich hatte ich legitime Gründe, seine Entscheidungen zu hinterfragen. Einmal stand der Name eines Gasts auf fünf laufenden Seiten im Reservierungsbuch: Saunders, in Zimmer 34. Er checkte zu spät aus, und als er um ein Uhr mittags auftauchte und ich die Rechnung ausschrieb und sie ihm aushändigte, sah er mich an, als würde ich mich sehr ungebührlich verhalten.

»Sehen Sie, die Sache ist so«, sagte Saunders und fummelte an der Manschette seiner Lederjacke herum, »es wird sehr schwierig für mich werden, das zu bezahlen.«

»Darf ich fragen, warum?«

»Nun, um ganz offen zu sein, ich habe nichts.«

»Sie haben nicht genug Geld?«

»Ich habe keinen Penny bei mir.«

»Wie wäre es dann mit einem Scheck …?«

»Ich habe keinen einzigen Penny«, wiederholte der Mann und entblößte bei seinem entschuldigenden Grinsen gelbe Zähne.

Ich hatte Lust, ihn zu ohrfeigen. Es kam mir vor, als habe er sich eine große Frechheit herausgenommen, nicht nur mir, sondern dem Hotel insgesamt gegenüber. Wenn die Leute hier bei uns wohnten, aßen und tranken, ohne sich die geringsten Gedanken darüber zu machen, wie sie das am Ende bezahlen sollten, dann konnten wir ja gleich eine Suppenküche aufmachen. Howard sah das jedoch anders.

»Wie wäre es, wenn Sie uns einen Schuldschein ausschreiben«, schlug er vor, »und dann kommen Sie wieder, wenn Sie zahlen können.«

»Also wirklich, Howard«, setzte ich an, »das scheint mir nun …«

Aber die Sache war entschieden, sie hatten sie mit einem Handschlag besiegelt. Saunders machte sich, seinen Koffer schlenkernd, auf, einem anderen Hotel den gleichen Streich zu spielen. Voller Enttäuschung sah ich Howard an. Er fuhr mit der Hand durch sein dichtes Haar und grinste. »Der kommt wieder.«

Ich glaubte nicht, dass er recht hatte, aber drei Jahre zuvor hatte ich auch nicht geglaubt, dass man ein Hotel dieser Größenordnung einfach so aus dem Nichts heraus aufbauen konnte und dass ich daran beteiligt sein würde. Ich nuschelte etwas in der Richtung, dass ich sicher sei, dass am Ende alles gut werde.

Howard schlug mir auf die Schulter. »Wird es auch. Wie immer.«

Seine Gewohnheit, alles aus einer Perspektive des krudesten Optimismus heraus zu betrachten, brachte mich manchmal zur Weißglut, aber es ist schwer, gegen einen Optimismus zu argumentieren, der sich so häufig als begründet erweist.

Mit der Zeit blieb ich immer länger an der Rezeption. Manchmal kam ich um Mitternacht nach Hause, manchmal auch noch später. Pattie stellte mir immer einen Teller Schinken mit Pommes hin, was mir nach wie vor am liebsten war. Ich hatte es ein- oder zweimal mit einem Ei probiert, aber das war meiner Ansicht nach eine unausgewogene Mahlzeit. Ich aß in aller Ruhe und ging ins Bett, wo Pattie bereits schlief. Morgens hatten wir beim Frühstück Zeit für ein kurzes Schwätzchen, dann ging ich wieder zur Bushaltestelle. Noch bevor ich überhaupt die Hotelhalle betrat, saugte ich schon ihre warme Luft ein und nahm die Geräusche der Menschen dort auf, die auf dem Weg zu geheimnisvollen Verabredungen waren oder sich an der Hotelbar häuslich eingerichtet hatten.

Sonntags hatte ich frei. Dann fuhren Pattie und ich nach Greenwich und schauten uns auf Flohmärkten nach Antiquitäten um, oder wir saßen gemütlich zusammen und klebten ihre Fotos in Alben ein. Als wir Ende zwanzig waren, bekamen wir Kinder: zuerst unsere Tochter Caroline, dann unseren Sohn Edward. Pattie gewöhnte sich so rasch an die Mutterschaft, als habe sie ihr Leben lang nichts anderes gemacht. Sie stand um fünf Uhr morgens auf, wenn eines der Kinder schrie; sie suchte ihre Kleider aus; sie krempelte die Ärmel hoch und wusch ihre Windeln; sie saß an ihrem Bett, um ihnen vorzulesen. Die Kinder gaben ihr das, was das Alpha mir gegeben hatte: eine Lebensaufgabe.

Manchmal gönnte sich Pattie eine verdiente Pause vom häuslichen Alltag und kam zum Abendessen ins Alpha. Einmal, es muss in meinem fünften oder sechsten Jahr gewesen sein, lud Howard uns beide mit Sarah-Jane ins Ritz ein und machte daraus eine große Show. Er war an diesem Abend in Hochform, trug schwere Plateauschuhe und ein Hemd mit Blumenmuster, jonglierte mit dem Besteck und verlangte einen Wein, der nicht auf der Karte stand, aber nichtsdestoweniger kurze Zeit später auf unserem Tisch stand. Pattie war davon wenig beeindruckt.

»Irgendwas stimmt mit diesem Mann nicht«, tat sie später kund, als wir im Bett waren.

»Ich weiß nicht, was du meinst.«

»Ich kann es auch nicht so genau sagen. Weil alles zu schön ist, um wahr zu sein, vielleicht.«

Vor nicht allzu langer Zeit hätte ich es vielleicht ebenso gesehen. Aber seit ich im Hotel arbeitete, hatte sich meine Auffassung dessen, was wahr werden könnte und was schön war, geändert. Je mehr man vom Leben verlangt, hatte ich Howard einmal sagen hören, desto mehr wird es einem geben, und etwas in der Art sagte ich nun zu Pattie. Sie zuckte mit den Schultern und meinte, dass das Alpha ganz bestimmt wunderbar sei und Howard völlig in Ordnung, wenn man ihn näher kenne. Dann schlief sie ein, und wir setzten die Unterhaltung am nächsten Morgen nicht fort.

Je mehr das Hotel mir bedeutete, desto weniger redeten wir darüber. Howard, Sarah-Jane und das Alpha waren mein halbes Leben, meine Familie das andere. Aber die beiden Hälften blieben säuberlich getrennt. Sobald ich morgens meinen Fuß ins Alpha setzte, vergaß ich die Welt darum herum.

Erst in den späten Siebzigern bekamen auch die Yorks ein Kind: Sie nannten den Jungen Jonathan David, woraus sofort JD wurde. Der York'sche Haushalt bot ihm viel Platz. Es handelte sich schließlich um die hintere Hälfte des Alpha, fünf Stockwerke voller Räume, die für die Hotelgäste nicht sichtbar waren und zu denen man über eine Tapetentür und einen Korridor gelangte, der nun vom Geschrei des Babys widerhallte. Sarah-Jane trug inzwischen Pullover und Jeans statt der wild gemusterten Kleider, die sie früher bevorzugt hatte. Howard, der bei JDs Geburt schon fast vierzig war, reagierte auf die Veränderung, indem er vermehrt auf Reisen ging. Vielleicht lag es aber einfach nur daran, dass er nun so gefragt war. Er hatte ein Buch über den Erfolg des Hotels geschrieben und hielt weltweit Businessvorträge. Er war ein begehrter Gast auf Konferenzen und wurde zu Musicalpremieren eingeladen. Wir waren nach wie vor einer von Londons angesagtesten Orten. Wir beherbergten Henry Kissinger und die Rolling Stones. Einmal kam die Fußballmannschaft, die nachmittags die englische Meisterschaft gewonnen hatte, hinterher zu uns und ließ in der Halle den champagnergefüllten Pokal herumgehen. So etwas kam im Alpha ständig vor.

So sehr Howard auch seinen Prominentenstatus genoss, so war er sich doch mehr und mehr auch der Verantwortung bewusst, die dieser mit sich brachte. Das Hotel hatte bedürftige oder auch schlicht mittellose Personen immer unterstützt, so wie jenen Saunders, dem seine Rechnung erlassen worden war. Manche Forderungen wurden nie eingetrieben, und häufig spendierten wir Leuten das Essen. Das geschah manchmal natürlich auch aus strategischen Gründen. Mike Swan, der Herausgeber des angesehenen *Swan-Hotelführers*, zahlte bei seinen Besuchen nie auch nur einen Penny, und wir erhielten immer die höchste Wertung in seinen Büchern. Viel öfter jedoch handelte es sich bei diesen Gaben um reine Menschenfreundlichkeit. Wenn jemand an der Rezeption auftauchte, der einen Unterschlupf brauchte, war ich angewiesen, Howard sofort Bescheid zu geben. Und meistens landeten diese Leute dann irgendwie im Reservierungsbuch. So geschah es auch 1984, einige Monate vor dem Brand.

In diesem Fall waren die Gäste eine Frau mit ihrem dreijährigen Sohn Charles, den sie allerdings »Chas« nannte. Den Begriff Gäste für Leute, die in einem Hotel wohnen, fand ich immer unpassend. Er klang so, als seien sie eingeladen, dabei luden sie sich selbst ein. Im Falle von Chas und seiner Mutter war sogar das zu viel gesagt. Das Leben hatte sie einfach hereingeweht – wie genau, wollte ich nicht wissen. Es war offensichtlich, dass der Ehemann sich davongemacht hatte und ihnen das Geld ausgegangen war. Der Junge hatte verfilztes braunes Haar und große hellbraune Augen. Während seine Mutter mit mir sprach, flitzte er in der Halle herum und blieb dann stehen, um sich eine Fahne anzusehen, die wir zu Ehren des Besuchs eines arabischen Würdenträgers gehisst hatten. Er streckte vorsichtig eine Hand aus und berührte die Fahne, als sei sie sehr kostbar. Dabei lugte er zu mir herüber, um zu sehen, ob ich etwas dagegen einzuwenden hätte. Ich zwinkerte ihm zu.

»Wir wissen nicht, wo wir hinsollen«, sagte die Frau. Sie trug abgeschnittene Jeans und ein ausgebleichtes schwarzes Kleid mit einem Loch an der Schulter.

Wir brachten sie in Zimmer 77 im obersten Stockwerk unter. An den Anblick der Dame namens Roz Tanner gewöhnte ich mich, aber Chas schloss ich richtig ins Herz. Meine eigenen Kinder waren zu der Zeit schon Teenager. Ich brachte Gummibälle und Puzzles, für die sie schon lange zu alt waren, mit ins Hotel und sah Chas, der ein wissbegieriger kleiner Kerl war, dabei zu, wie er auf dem Boden einem Ball hinterherwetzte oder ein Puzzle zusammensetzte. Das ging eine ganze Weile so: Roz half in der Bar aus, wenn Chas schlief, oder bediente im Restaurant. Howard und Sarah-Jane lernten sie näher kennen, und sie gehörte irgendwann dazu, wie schon andere Leute vor ihr. So wie wir alle. Wir überlegten, sie fest anzustellen.

Das war das Erste, woran ich dachte, als Howard mir auf der Hintertreppe panisch die Nummer 77 zurief. Wie ein Film liefen die letzten zwanzig Jahre vor mir ab, von dem magischen Nachmittag an, als Howard mich an der Schlange der anderen Bewerber vorbei ins Hotel führte, bis zu dem Augenblick von vorhin, als ich den Mercedes auf dem Vorplatz abstellte. Die Szenen wechselten so schnell, wie sie es an diesem Ort immer taten: Roz Tanner und ihr kleiner Sohn waren in ihrem Zimmer eingeschlossen; das Zimmer stand in Flammen; und damit drohte das ganze Hotel Alpha und alles, was es uns bedeutete, in Rauch aufzugehen. Howard umklammerte mein Handgelenk, in seinen Augen standen Tränen. Ganz kurz überkam mich ein Schauder, als ich diesen Mann, meinen Helden, auf so tragische Weise seiner Macht entkleidet sah. Jeder hätte in diesem Augenblick gesagt, dass das Glück ihn nun wohl doch verlassen habe. Aber damit unterschätzte man, wozu dieser Mann in der Lage war und was geschehen konnte, wenn er es nur wollte.

2

CHAS

Weil es schneller geht als Tippen, habe ich diesen Text mit einem speziellen Programm »geschrieben«, das alles, was ich in den Computer hineinspreche, in Wörter auf dem Bildschirm verwandelt – mit minimaler Fehlerquote, aber nie hundertprozentig korrekt. Mehrere Leute haben den Text hinterher korrekturgelesen, aber ich kann natürlich nie ausschließen, dass sie nicht da und dort etwas hinzugefügt haben – oder etwas geändert, das ihnen nicht genehm war. Dieses Problem hat ein Blinder nun mal, wenn er sich auf Interpreten verlassen muss: Maschinen sind nicht akkurat genug, weil sie keine Gefühle haben. Menschen sind nicht akkurat genug, gerade weil sie welche haben.

Zu sagen, dass ich in ungewöhnlichen Verhältnissen aufwuchs, ist wohl noch untertrieben. Ich bin blind, meine Eltern sind nicht meine richtigen Eltern, und ich lebte in einem Hotel. Doch beinahe bis zu meinem fünften Lebensjahr konnte ich gar nicht wissen, dass irgendetwas davon ungewöhnlich war – ich hatte ja keinen Vergleich. Genau wie jeder andere Fünfjährige habe ich mir über das Leben anderer Menschen keine großen Gedanken gemacht, sondern nur um meines. Und das bestand daraus, Sarah-Jane dabei zuzuhören, wie sie beim Abendessenmachen mit Töpfen und Pfannen hantierte, mich gelegentlich an JDs Computerspielen zu beteiligen, indem ich immer wieder mal einen Knopf drückte, und an der Rezeption zu sitzen, wo Graham immer »Haha« machte, wenn er lachte, so wie eine Sprechblase in einem Comic. Es bedeutete auch, von Howard abends ins Bett gebracht zu werden. Er roch nach Zigaretten, seiner Lederjacke und etwas, das schwerer zu definieren war: nach Nächten in einer Welt, die mir noch ein Rätsel war. Wenn er das Zimmer verließ, überfiel mich immer eine kurze Traurigkeit, und dann hörte ich JD über mir rascheln. Die Sprossen, die unser Stockbett zusammenhielten, klangen wie ein Xylofon, die Matratze ächzte unter JDs Gewicht, und schon nahte wunderbarerweise wieder der Morgen mit seinem Geruch nach Toast und Sarah-Janes Drohung, sie würde jedem den Kopf abreißen, der seine Schuhe als Stolperfalle für mich im Weg stehen ließ.

Kurz vor meinem fünften Geburtstag gingen wir in den Zoo. Der Nachmittag endete unschön, weil eine Wespe sich in mein Eis verirrte und mich in den Mund stach. Ich erinnere mich nur sehr verschwommen an einen fürchterlichen Schmerz. Ich brüllte wie am Spieß, meine Kehle schien sich mit Blut zu füllen. Wir fuhren zur Notaufnahme – ins Royal Free Hospital in Hampstead, wie ich später herausfand –, wo eine Krankenschwester Howards und meinen Namen aufnahm und fragte: »Und Sie sind der Vater?«

»Ähm, nein«, antwortete Howard, »nicht der biologische Vater. Der Adoptivvater.«

In diesem Augenblick war mir die Tragweite dieser Worte nicht bewusst. Ich erinnere mich an die kalte Hand der Krankenschwester, die mich lobte, dass ich so tapfer sei. Als wir ins Alpha zurückkamen, gab es dort gerade ein Riesentrara, wie Graham sich ausdrückte, weil eine aufgebrachte Gattin ihren Ehering irgendwo in die Galerie gefeuert hatte und er nun nicht mehr auffindbar war. Erst nachts riss mich eine schreckliche Angst aus dem Schlaf. Der Stich im Zahnfleisch pulsierte. Ich wollte so gerne wieder einschlafen, hatte aber keine Ahnung, wie ich das anstellen sollte. Die Tatsache, dass ich immer in Dunkelheit leben würde, drang plötzlich mit entsetzlicher Wucht in mein Bewusstsein. Ich begann zu weinen. Wie gewöhnlich konnte ich nicht einschätzen, wie viel von der langen Nacht noch übrig war, aber nach einiger Zeit hörte ich den Lattenrost knarzen, dann ein gutmütiges Brummeln und schließlich JDs Füße auf der Leiter. Er schlüpfte in mein Bett, sodass ich gegen die Wand gedrückt wurde.

»Was ist denn los?«

»Warum bin ich blind und du nicht?«

Es entstand eine Pause.

»Wie kommst du denn plötzlich auf so was?«

»Ich will es einfach nur wissen.«

»Es hat gebrannt, und deine Augen wurden dabei verletzt«, sagte JD nach weiterem Zögern.

»Wo? Hier?«

»Nicht in diesem Zimmer, aber im Hotel. Du warst mit deiner Mutter hier, sie ist dabei gestorben. Howard hat dich gerettet, und seither gehörst du zu unserer Familie.«

Auf diese Flut wichtiger Informationen folgte eine weitere Pause. JD räusperte sich. »Geht's dir jetzt besser? Ich meine, wirst du jetzt aufhören zu weinen?«

»Ja.«

»Super. Dann kann ich jetzt wieder schlafen?«

Ich starrte ins Leere. Natürlich war mir klar, dass meine Augen nicht sehen konnten, dass da vor mir nichts zu sehen war, aber vermutlich hatte ich bis dahin nicht verstanden, dass das nicht für alle Menschen galt. Zäher Rotz verstopfte meine Nase, und ich wimmerte. JD wälzte sich herum und brummte vor sich hin, aber er wachte diesmal nicht auf. Irgendwann knarzte die Tür, und Howard trat an mein Bett. Sein Draußen-Geruch erfüllte das Zimmer.

»Na, was gibt's, Kumpel?«

»Ich bin blind«, sagte ich, »und du bist nicht mal mein Dad.«

»Warum … woher weißt du das?«

»Ich habe gehört, was du im Krankenhaus gesagt hast. Außerdem …«

Howard kroch neben mich ins Bett und legte seinen großen Arm auf meine Brust. »Wir reden morgen darüber«, sagte er. »Wir werden ein Familiengespräch führen. Aber jetzt brauchst du erst mal ein bisschen Schlaf.«

»Kannst du mir beim Einschlafen helfen?«

»Tja, Kumpel, eine beliebte Methode ist Schäfchenzählen.«

»Aber hier sind doch keine, oder? Und ich weiß auch nicht, wie sie aussehen.«

»Du brauchst keine echten Schafe. Stell dir einfach vor, wie diese lustigen Dinger eins nach dem anderen an dir vorbeimarschieren. Määäähh …« Das Geräusch, das er machte, brachte mich zum Kichern. Ich lag da und zählte. Innerhalb kurzer Zeit war Howard selbst eingeschlafen, und zusammen schnarchten er und JD eine zweistimmige Melodie. Sein schwerer Arm lag immer noch wie ein Sicherheitsgurt auf mir. Ich arbeitete mich gedanklich die Zahlenleiter hinauf. Das Endlose dieser Betätigung hatte etwas sehr Verlockendes. Egal, wie viele Zahlen ich schon hinter mir hatte, es kamen immer welche nach.

Der nächste Tag begann wie jeder andere. Meine Kleidung, deren Farbe ich nicht kannte, und meine bereits mit Zahncreme versehene Zahnbürste lagen an den für sie festgelegten Stellen. Beim Frühstück pfiff Howard und klopfte dazu mit dem Teelöffel auf die Untertasse wie ein Schlagzeuger auf sein Becken. Im Hintergrund lief das Radio: Leute mit grahamartigen Stimmen redeten über Margaret Thatcher und die Sowjets. In der Küche war Sarah-Jane beim Kuchenbacken und trällerte ein Lied, in dem es darum ging, wie man eine Dame richtig behandelt. Ich fragte mich schon, ob ich alles vielleicht nur geträumt hatte, doch am Nachmittag, als Howard von seinen Terminen zurückkehrte, fand das Familiengespräch dann tatsächlich statt.

Es war genau so, wie JD es mir gesagt hatte: Vor drei Jahren hatte es im obersten Stock des Hotels gebrannt, als meine Mutter und ich uns dort aufhielten. Howard hatte mich aus dem Qualm herausgeholt und in ein Krankenhaus gebracht. Die Chirurgen hatten später in einer Reihe von Operationen mein Gesicht wieder zusammengeflickt, aber mein Augenlicht konnte nicht gerettet werden, da die Netzhaut zu stark geschädigt war. Während ich wieder gesund wurde, nutzte Howard seine vielen Pressekontakte, um meinen Vater dazu zu bewegen, sich zu melden. Als das nicht geschah, nahmen die Yorks mich auf. Hier, in dem fünfstöckigen Hinterhaus des Hotels, wurde ich von ihnen aufgezogen.

»Ich habe mir immer so sehr einen zweiten kleinen Jungen gewünscht«, sagte Sarah-Jane und nahm meine Hand. Ich fühlte den vertrauten Druck ihres Eherings an meinem Mittelfinger. »Jemand, der JD Gesellschaft leistet.«

Irgendwo nebenan brummte die Waschmaschine, und vom anderen Ende des Durchgangs war gedämpft zu hören, wie die Leute ihre Koffer über den Marmorboden zerrten. Ihre Unterhaltungen hallten hinauf bis zum Glasdach. Wir hörten nur selten Geräusche aus dem Hotel, denn normalerweise war es im York'schen Haushalt alles andere als leise – normalerweise versuchte hier jede Äußerung, sich in die Unterhaltung zu drängen wie Autos auf der Straße in die Spur nebenan. Die Stille machte mich nervös. Ich konnte das Ende des Gesprächs kaum erwarten.

»Wir haben dich sehr, sehr lieb«, fuhr Sarah-Jane in ihrem Yorkshire-Akzent mit den flachen Vokalen fort. »Wir möchten Mum und Dad für dich sein.«

Ich nickte, denn natürlich waren sie das bereits. Dass sie es nun so betonten, verursachte mir allerdings Unbehagen. Ich beschloss praktisch auf der Stelle, dass ich nie nach meinem richtigen Vater fragen würde, wenn das Unannehmlichkeiten nach sich zöge. Unbewusst beschloss ich zugleich, dass ich zukünftig die reale Welt außerhalb des Alpha nicht mehr betreten würde. Neben Wespen, die einen stachen, lauerten dort sicher noch alle möglichen anderen unsichtbaren Gefahren. Mit dem, was mich umgab, war ich vollauf zufrieden. Was könnte realer sein?

Howard legte seine schwere Hand auf meine Schulter. »Chas, alter Kumpel – es gibt Dinge im Leben, die können wir einfach nicht verstehen«, sagte er. »Wir können nur versuchen, das Beste daraus zu machen. Sarah-Jane – also deine Mutter – und ich werden alles tun, damit du ein schönes Leben hast. Okay?«

»Okay«, willigte ich ein und hoffte, dass ich ihn mit meinem nach oben gedrehten Gesicht direkt ansah.

Abends im Bett überlegte ich, was sich verändert hatte. Seit letzter Nacht hatte ich mehr über mich erfahren als in meinem ganzen bisherigen Leben, aber im Großen und Ganzen war alles wie vorher. Howard war noch immer der Mensch, dem ich am meisten vertraute. Das Alpha war noch immer mein Zuhause.

In meinem sechsten Lebensjahr wurden diverse Versuche unternommen, für meine Schulbildung zu sorgen. Ich ging kurz auf eine sogenannte Blindenschule. Dort mussten wir ein Lied über einen Hund namens Bingo singen, dessen Text sich jedes Mal änderte, wenn ich ihn mir gerade gemerkt hatte, und jedes Mal in der Pause bestand ein Junge darauf, dass ich so tat, als würde er mich erschießen. Ich bat darum, nicht mehr dorthin gehen zu müssen, und bekam eine Privatlehrerin namens Mrs. Hopkins, die JD beibrachte, mich durch das Hotel zu führen, indem er seitlich hinter mir herging und sich dabei bei mir unterhakte. Sie ermunterte mich, die Brailleschrift zu erlernen, was ich eine Weile mitmachte. Mrs. Hopkins bemühte sich nach Kräften, die Skepsis zu zerstreuen, mit der ich meine Finger über die kleinen Erhöhungen auf dem Papier gleiten ließ.

»Da braucht man ja ewig, um ein Buch zu lesen.«

»Ein bisschen Geduld ist schon nötig, aber …«

»Da braucht man hundert Jahre.«

»Es geht doch nicht nur um Bücher. Stell dir vor, du musst … na, ein Schild oder eine Mitteilung lesen.«

»Nämlich was?«, wollte JD wissen.

»Nun ja«, sagte meine Lehrerin, und ich hörte, wie ihr Rock raschelte, als sie die Beine übereinanderschlug, »im British Museum zum Beispiel. Ich glaube … ich bin ziemlich sicher, dass sie dort Brailleschrift haben. Also könntest du alles erfahren über … sagen wir, den riesengroßen Dinosaurier, den sie dort haben.«

»Aber warum sollte er denn überhaupt in ein Museum gehen, wenn er nichts sehen kann?«, fragte JD.

Das war das Ende von Mrs. Hopkins' Unterricht. Andere folgten ihr, aber meine frühe Bildung erhielt ich großteils von meiner Familie. Sarah-Jane las mir abends lehrreiche Enid-Blyton-Geschichten vor, zum Beispiel darüber, wie gefährlich es ist, Lebkuchen zu stehlen. JD referierte aus seinen Büchern über die Hardy Boys, zwei junge Brüder, die sich als Detektive betätigten, ausgefuchste Verbrecher überführten und einen »leisen Pfiff ausstießen«, wenn sie ein wichtiges Indiz entdeckten. Wann immer sich die Gelegenheit bot, brachte mich Howard zur Rezeption, wo ich bei Graham sitzen und dem Herzschlag des Hotels lauschen konnte.

Bevor ich überhaupt verstand, was dort im Einzelnen vor sich ging, begriff ich, dass das Alpha täglich dem gleichen Rhythmus folgte. Es begann mit den lauten Rufen der Zimmermädchen, die ihre Reinigungswagen herumschoben, dann folgten das morgendliche Fußgetrappel an der Rezeption, das Stimmengemurmel beim Mittagessen und nachmittags das Klirren von Eiswürfeln in Gläsern. Morgens lieferte ein keuchender Mann die Zeitungen und sagte dann immer: »Danach setze ich mich erst mal kurz hin.« Dann wuselten die Pagen herum, um die Zeitungen auf die Zimmer der Gäste zu bringen, wo sie während des Frühstücks gelesen wurden oder auch ungelesen liegen blieben. Wenn am Nachmittag eine Zeit lang Ruhe einkehrte, griffen Graham und seine Assistentin, eine Dame, die Agatha hieß und von einer karibischen Insel stammte, zu ihrer jeweiligen Lektüre: Rugbyspieler-Autobiografien oder der Bibel. Ich lauschte ihren Gesprächen, und der Klang ihrer Stimmen verband sich dabei mit dem Geruch des Sprechers: Graham roch immer ein bisschen nach Pomade, sodass ich ihn mir scharf konturiert und glänzend vorstellte, während Agathas Talkumpuder etwas Weiches, Bauschiges hatte.

»Was heißt'n das, Graham, ›Unzucht und Unkeuschheit‹?«

»Das heißt … na ja, Fehlverhalten in körperlicher Hinsicht.«

»Du meinst, schmutzige Triebe und Gelüste und so?«

»Äh, ja.«

»Warum guckst du so ängstlich, Graham? Denkst du, ich will, dass du's mir vormachst?«

»*I should be so lucky,* wie es in diesem dämlichen Lied heißt – schön wär's.«

Im Alpha lief keine Musik. Nur gelegentlich unterbrachen solche gedämpften Wortwechsel die Stille, aus denen Agathas

Gelächter dröhnte wie Felsbrocken, die ins Wasser plumpsen. Manchmal klingelte das Telefon, weil jemand ein Zimmer reservieren wollte, oder Graham rief einen der Läden an, die die Bar oder das Restaurant belieferten: »Ja, die Postleitzahl ist N1 1HA. Ja, genau, H wie Hotel und A wie Alpha, das haben wir extra so bestellt, haha!« Er knallte den Hörer jedes Mal so energisch auf die Gabel, dass ich mir Telefonapparate mindestens halb so groß wie Menschen vorstellte.

Etwa zu dem Zeitpunkt, an dem JD von der Schule nach Hause kam, checkten auch wieder neue Gäste ein. Graham erledigte die Formalitäten und raschelte dabei mit seinen Papieren, während Agatha sich um das Gepäck kümmerte. Seit Agatha im Hotel angefangen hatte, lief zwischen den beiden ein Spiel: Sie wetteten, ob als Nächstes ein Mann, eine Frau oder ein Paar einchecken würde. Agatha hatte dabei fast hellseherische Fähigkeiten, wodurch sie zu einem Vorsprung von mehreren Hundert Punkten gekommen war. »Ich hoffe, dass ich dich irgendwann einhole, sagen wir bis zum Jahr 2000 oder so«, meinte Graham einmal.

»Ja, wir sitzen dann bestimmt immer noch hier auf unserem Hintern«, kicherte Agatha. »Zwei alte Leute, denen die Gäste helfen müssen statt umgekehrt.«

»Wo sollten wir denn auch sonst sein?«

Als ich sieben oder acht war, regte Howard an, dass Graham und Agatha mir aus den Zeitungen vorlasen. In kürzester Zeit wurde das zu einer unserer nachmittäglichen Lieblingsbeschäftigungen.

»Die Lage in Peking ist immer noch sehr angespannt«, referierte Graham einmal. »Das heißt, dass die Leute in China, äh, nicht so zufrieden sind mit ein paar Dingen, die dort passieren.«

»Wo denn jetzt? In China oder in Peking?«

»Ach so, Peking ist in China. Es ist die sogenannte Hauptstadt. Jedes Land hat eine Hauptstadt. London, wo wir uns befinden, ist die Hauptstadt von England.«

»Oder Bridgetown die von Barbados«, ergänzte Agatha.

Als Howard an diesem Abend schnaufend wie eine Lok die Halle betrat, sich wie immer dieser Ledergeruch um ihn herum ausbreitete und die Unterhaltungen stockten, weil alle verstohlen zu ihm hinüberdeuteten, da überbrachte ich ihm eifrig die Neuigkeiten des Tages: »Weiter Ärger in China«, verkündete ich. »In Peking, das ist die Hauptstadt.«

»Tut mir leid, das zu hören, Kumpel.« Die Lasche knackte, als er eine Dose Bier öffnete. Dann nahm er einen tiefen, lauten Schluck. »Aber ich bin schwer beeindruckt, dass du weißt, was eine Hauptstadt ist.«

Die Vorstellung, ihn erneut zu beeindrucken, spornte mich an. Das war meine Chance zu beweisen, dass ich mehr konnte, als einfach nur dazusitzen und anderen Leuten die Zeit zu stehlen. Ich fragte nach anderen Hauptstädten, und Graham durchforstete den Rauchsalon nach einem Buch, das er dann mit der ihm eigenen Freude an der massiven Beschaffenheit von Gegenständen auf den Tresen der Rezeption knallte. Eine Staubwolke stieg auf, und Agatha hustete demonstrativ.

Hinten im Buch befand sich eine Liste der Hauptstädte der Welt, zusammen mit Nationalflaggen und Landkarten. Letztere nützten mir natürlich nichts, aber die Städte schon: Es gab dabei nichts zu verstehen, es waren nur Wörter. Ich ließ sie mir vorlesen und versuchte, mir so viele einzuprägen wie möglich: Albanien – Tirana, Afghanistan – Kabul … Anfangs war ich nicht in der Lage, mir mehr als etwa zehn zu merken, bevor sie sich wieder verflüchtigten, doch dann brachte Howard mir einen Trick bei, wie ich sie besser im Gedächtnis behalten konnte. »Mal dir für alles in Gedanken ein Bild«, sagte er und fügte hastig hinzu: »Es muss nicht der

Wirklichkeit entsprechen, einfach nur etwas, das dich an den Namen der Stadt erinnert. Zum Beispiel Kabul: Kapp-Bull, denk an einen Bullen, der eine Kappe trägt.«

JD schaltete sich ein: »Tirana: Da könntest du an einen Piranha denken, der sich Albanien schnappt und es in Stücke reißt, und überall schauen Blut und Knochen raus.«

»Und bei Bridgetown an eine Brücke, die über eine ganze Stadt führt«, steuerte Agatha bei.

»Da ist schwer was dagegen zu sagen, haha!«

Der Trick mit den Bildern machte meinen Geist jeden Tag ein bisschen wendiger. Ich wusste nicht, wie eine Kappe, ein Bulle oder ein Piranha aussahen, aber ich reimte mir meine eigenen Geschichten zusammen. Ich konnte mir nicht im Entferntesten die fraglichen Städte oder überhaupt eine Stadt vorstellen, oder irgendetwas in einer Stadt oder die Leute dort. Aber sie existierten als theoretische Städte, und mein Hirn erbaute Stein für Stein eine Welt aus Klängen und Mutmaßungen. Es war nicht die Welt, in der alle anderen lebten, es war eine, die ich selbst erschaffen hatte.

»Sofia ist die Hauptstadt von Bulgarien. Quito ist die Hauptstadt von Ecuador. San Salvador …«, betete ich herunter, als JD sich gerade nicht wehren konnte, denn er wartete vor Ungeduld ächzend darauf, dass sein ratternder, summender Computer ein Spiel lud. Manchmal schaffte es der Rechner, ein anderes Mal schien es ihn zu überfordern.

»Okay, okay, ich glaube dir«, raunzte er.

»Macht ihr so was nicht in der Schule?«

»Nö!« JD schleuderte seine Schuhe an die Wand, dass es nur so knallte.

»Und was macht ihr dann dort?«

»Jetzt klingst du schon genau wie Mum.« Der Computer hatte wohl einen guten Tag, denn das Spiel kündigte sich mit seiner Erkennungsmelodie aus drei blechernen Tönen an. Die

Handlung bestand darin, piepsende Aliens mit einer Kanone zu erledigen, die ein schlichtes *Wumm* von sich gab. Die Attraktivität solcher Spiele hielt sich für mich sehr in Grenzen – die Gefahr einer Alieninvasion war irrelevant für jemanden, der noch nicht einmal mit menschlichen Wesen klarkam. Aber ich hörte dennoch gerne einfach dabei zu.

»Also ... wir lernen das Einmaleins und anderes blödes Zeug.« JD gab mir den Joystick in die Hand. »Jetzt bist du dran.«

»Was ist das Einmaleins?«

»Drück drauf, Mann, schieß!« Aus dem Lautsprecher ertönte ein leises *Wumm*. Ich hatte einen Alien erwischt. »Super. Also, das Einmaleins ist so was wie drei mal zwei ist sechs, vier mal zwei ist acht ...«

»Fünf mal zwei ist zehn«, ergänzte ich. »Sechs mal zwei ist zwölf. Sieben mal ...«

»Oh Gott, fängst du jetzt auch noch damit an?«, stöhnte er.

Nichts tat Howard lieber, als mit irgendwelchen Neuerwerbungen anzugeben. Das war nur noch zu übertreffen von einer Attraktion, die er selbst erschaffen hatte. Und so holte er mich in die verrauchte, laute Hotelbar, um seine Freunde zu beeindrucken. Sie gaben mir Rechenaufgaben auf oder wollten die Hauptstädte westafrikanischer Republiken wissen und pfiffen und klatschten dabei. JD und ich bekamen Cola und durften wundersamerweise viel länger aufbleiben als üblich.

»Ist er großartig oder ist er großartig?«, fragte Howard.

»Diese Frage ergibt keinen Sinn«, erklärte ich, und alle lachten, Howard am lautesten.

»Halt dich mal ein bisschen zurück«, hörte ich Sarah-Jane eines Abends zu Howard sagen. »Er ist kein dressierter Affe. Das hier ist kein Zirkus.«

»Selbstverständlich ist das Alpha ein Zirkus. Es war nie etwas anderes, Captain.«

Ich würde nie nach Tirana fahren, nie eine Zirkusvorstellung besuchen oder die vorbeifahrenden roten Autos zählen, aber hier im Hotel spielte das alles keine Rolle. Acht mal acht ergab vierundsechzig, und die Hauptstadt von Belgien war Brüssel, mehr war dazu nicht zu sagen, egal, ob man blind war oder nicht. »Grün«, »schön«, »Rezeption«, »Koffer« – diese rätselhaften Dinge waren wie Karten, die alle Spieler außer mir in den Händen zu halten schienen. Doch hier hatten sie keine Bedeutung. Die bloßen Wörter, die reinen Fakten waren hier die einzige Realität. Je mehr ich davon aufnahm, desto mehr hatte ich vom Leben. Und zwar ohne dass ich mich jemals auf die andere Seite jener Mahagonitüren wagen musste.

An meinem neunten Heiligabend durfte ich zum ersten Mal den Rauchsalon betreten. Seine Atmosphäre war geheimnisvoll antiquiert, so als existiere er überhaupt nur an Weihnachten. Ich ließ meine Finger über die Rücken alter Bücher gleiten; der Whisky, den Graham einschenkte, verströmte einen warmen, fast hinterhältigen Geruch. JD prahlte, dass er ihn in einem Zug austrinken würde, und spuckte ihn dann hustend wieder aus. Agatha hatte eine Kerze angezündet, deren Rauch mir in die Nase stieg und alle anderen Gerüche überdeckte wie eine Schicht Puderzucker. Howard trommelte einen ungeduldigen Rhythmus auf die Tischplatte. »Los jetzt! Geben wir's ihm endlich!«

Ein großes Paket wurde vor mir abgestellt. Meine Hände ertasteten eine Reihe flacher Schachteln.

»CDs?«

»26 CDs!«, rief Howard. »Die ganze Encyclopaedia Britannica, gelesen von Mr. Howard York und Mr. Graham Adam.«

»Beträchtlich gekürzt, haha!«, fügte Graham hinzu.

»Für jeden Buchstaben eine CD«, sagte Sarah-Jane, »da hat der Weihnachtsmann ganz schön Arbeit gehabt.«

»Ganz reizend«, sagte Agatha.

»Ach du Scheiße«, maulte JD, »ich hoffe, der ›Weihnachtsmann‹ liefert auch die Kopfhörer dazu.«

Was mich betraf, bekam ich kaum einen Ton heraus. Hier vor mir hatte ich alles Wissen dieser Welt und war nicht mehr abhängig davon, dass ein anderer es mir verschaffte. Da ich von nun an nicht mehr brauchte als JDs Stereoanlage in der Ecke unseres Kinderzimmers, schrumpfte meine kleine Welt noch mehr zusammen. Doch dank Howard fühlte sie sich größer an als je zuvor.

JD war im Herbst in die fünfte Klasse gekommen. Er erwarb dort einen neuen Wortschatz, der vor allem aus despektierlichen Adjektiven (bescheuert, behindert, bekackt) und anatomischen Begriffen (Titten, Schwanz) bestand und den er beiläufig in die Konversation einflocht. Er fand Gefallen am Eislaufen und sah sich die *Ninja Turtles* und *Kevin allein zu Haus* an – Letzteres eine Vorstellung, die ich höchst beängstigend fand. Wenn er sich nachts in das Bett über mir fallen ließ, wusste ich noch weniger als früher, was in ihm vorging. Also konzentrierte ich mich auf das, was ich wusste. Die CDs waren in einem Regal untergebracht, und Sarah-Jane achtete darauf, dass sie immer alphabetisch geordnet waren, sodass ich durch Abzählen die richtige fand. Ich lernte, wie man den CD-Player der Stereoanlage öffnete, eine CD einschob und den Knopf rechts oben drückte, um ihn in Gang zu setzen. Manchmal verbrachte ich einen ganzen Tag damit, eine CD vier- oder fünfmal von Anfang bis Ende zu hören. Der Erwerb von Faktenwissen wurde zu meinem liebsten Hobby.

Eines Tages schleppte sich ein amerikanisches Paar in die Hotelhalle. Ein überaus ehrgeiziges Besichtigungsprogramm hatte die beiden völlig erledigt. Als sie hereinkamen, bekämpfte das Empfangskomitee des Hotels gerade eine aufdringliche

Fliege. Weil ich seit dem Wespenstich Angst vor Insekten hatte, hatte ich mich in der anderen Ecke der Lobby in Sicherheit gebracht, war jedoch noch nahe genug, um die Fliegendiskussion weiter verfolgen zu können.

»Gib mir die Zeitung da, ich mach ihn platt«, drohte Agatha. »Mir reicht's jetzt, der nervt mich.«

»Du hast doch schon versucht, das Mistvieh zu erschlagen – beziehungsweise ›ihn‹, wie du es respektvoll bezeichnest«, sagte Graham. »Du hast sechsmal draufgehauen und warst in etwa so treffsicher wie ein Esel mit einer Aktentasche, haha!«

»Na gut, Mr. Superklug, wie kriegen wir ihn denn dann, wenn wir ihn nicht erschlagen?«

»Wir erschlagen ›ihn‹ ja, aber das geht eben nur mit Geduld. Man muss Fliegen mit ihren eigenen Waffen schlagen.«

Agatha lachte laut. »Was heißt'n das? Sagt man das bei Rugby?«

»Nein, was ich meine, ist, um eine Fliege zu kriegen, muss man denken wie eine Fliege. Und die denkt, sie kann sich hier rumtreiben, so lange sie will, und niemand merkt es.«

Die Amerikaner waren jetzt in meiner Hörweite. Ich vernahm, wie der Mann angestrengt schnaufte, während seine Frau erklärte, dass es vielleicht ein bisschen zu heiß draußen sei.

»Nun haben Sie es ja geschafft«, sagte Graham mitfühlend.

»Es ist nur schade, dass wir Big Ben nicht mehr gesehen haben.«

»Das haben Sie bestimmt, es ist diese riesige Uhr«, versicherte Graham.

Ich drängelte mich zu ihnen durch und räusperte mich: »Big Ben ist eigentlich der Name der Glocke, nicht der Uhr.«

Graham musste lachen: »Diese Weisheiten haben wir uns selbst eingebrockt, wie ich zugeben muss. Chas hat die Encyclopaedia Britannica auf CD bekommen.«

»Was für ein kluger Junge«, sagte die Amerikanerin staunend.

»Big Ben wurde 1858 fertiggestellt«, fuhr ich fort, »und entwickelte sich in der Folge zum weltbekannten Wahrzeichen Londons.«

»Ganz genau, so ist es«, keuchte der Amerikaner anerkennend.

»Der Glockenschlag wird vor den Spätnachrichten gesendet, aber normalerweise bin ich da schon im Bett, und der Stil ist irgendwas mit gotisch, aber an der Stelle muss Howard husten«, schloss ich meinen Vortrag ab.

»Alle Achtung!«, sagte die Frau, und die beiden applaudierten. Ich wünschte mir, Howard wäre dabei, aber er würde es schon noch erfahren. Er wusste immer, was vor sich ging.

»Und wie oft warst du schon auf dem Big Ben«, fragte die amerikanische Lady.

»Noch nie«, erklärte ich. »Ich gehe nicht nach draußen.«

Das zog eine unangenehme Gesprächspause nach sich, und dann sagten die Amerikaner betreten, dass das sehr schade sei und dass ich so tapfer sei, und schließlich drückte mir der Mann einen feuchten Zehnpfundschein in die Hand. Ich bedankte mich, obwohl hier ein Missverständnis vorlag. Ich hatte gar kein Verlangen nach dem realen Big Ben, wo ich doch den virtuellen aus Zahlen und Fakten hatte. Ich hörte ein klatschendes Geräusch und dann Agathas lautes, volles Lachen, als Graham vermutlich die Überreste der Fliege beseitigte.

Stolz war ein ganz neues Gefühl für mich, aber meinen ersten Dämpfer erhielt ich nur wenig später, an einem ebenso warmen Nachmittag.

Erst vor Kurzem war JD zu Beginn des sechsten Schuljahrs widerwillig wieder in seine Uniform geschlüpft, und nun war er mit Freunden auf einem Campingausflug. Der Herbst brachte immer Konferenzen, Seminare und Studentengruppen ins Alpha. Die Teilnehmer versammelten sich dann in der Lobby und unterhielten sich laut in ihrer jeweiligen Landessprache. Sowohl Graham als auch Agatha waren schwer damit beschäftigt, sie zu bändigen, was zu meinem Ärger die tägliche Nachrichtenzusammenfassung unterbrach. Ich wusste vom Krieg im Persischen Golf und dem Zusammenbruch der Sowjetunion, aber all diese internationalen Wirren lagen auf Eis, solange Graham Studienreferendare zu den Toiletten lotsen musste. Ich hatte mich schon dazu durchgerungen, in mein Zimmer zurückzukehren und mich mit einer CD zu trösten, als plötzlich Howard auftauchte. Ich hörte seinen gebieterischen Schritt und dieses Lachen, in das man immer sofort einstimmen wollte, selbst wenn man gar nicht wusste, worüber er sich amüsierte. Eine Frau war bei ihm. Ihre Absätze klackten so laut, als würde jemand den Marmor mit einem Hammer bearbeiten.

»Graham, darf ich dir Lara Krohl vorstellen«, sagte er. »Sie wird in Zukunft die PR für uns machen.«

»PR …?«, wiederholte Graham verständnislos.

»Public Relations, Öffentlichkeitsarbeit«, erklärte die Frau, »ich stelle Kontakte zu den Medien her, organisiere Presseveranstaltungen und so weiter.« Ihre Stimme klang hart und abgehackt.

»Ich verstehe«, sagte Graham, »dann freut es mich, Sie …«

Lara Krohl überging seinen Satz, als sei er ein Hindernis auf ihrem Weg: »Gerade zum Beispiel habe ich einen Kunden in der 34, der über Lärm im Nebenzimmer klagt. Können Sie sich darum kümmern?«

»Das können wir sicher regeln«, sagte Graham.

»Schicken Sie doch bitte zeitnah jemanden rauf«, sagte Lara Krohl.

Ihr Tonfall war so ausdruckslos, fast mechanisch, dass ich nachzufragen beschloss: »Sind Sie aus Südafrika?«

»Das ist mein Sohn Chas«, schob Howard ein.

»Aha.« Wenn Lara von meinem Ruf in diesen Hallen wusste – und jeder wusste davon, wie ich gerne glaubte –, dann schien sie davon jedenfalls wenig beeindruckt. »Ja, ich bin in Südafrika geboren, aber ich lebe schon seit ein paar Jahren hier. Aber egal …«

»Was würden Sie denn als Ihre Hauptstadt bezeichnen? Johannesburg?«, fragte ich. »Die politische Situation dort ist doch gerade sehr verfahren, nicht wahr?«

»Wow«, sagte eine Dame hinter ihr, die vermutlich darauf wartete, dass man sie bediente. Sie hatte eine leise, heisere Stimme. »Das ist ganz schön beeindruckend. Wie alt bist du denn, Chas?«

»Neuneinhalb«, sagte ich. Ich machte mich ein bisschen älter, ich wollte schließlich nicht unterschätzt werden. »Südafrika ist eines der wenigen Länder mit mehr als einer offiziellen Hauptstadt. Nicht überraschend für eine Nation, in der die Verhältnisse alles andere als einfach sind«, fügte ich hastig hinzu.

»Wahnsinn«, sagte die raue Stimme. »Auf welche Schule gehst du denn, Chas? Auf eine Sonderschule? Ich frage nur, weil ich selbst gerade in der Lehrerausbildung bin.«

»Ich gehe gar nicht zur Schule«, klärte ich sie auf. »Ich lerne hier zu Hause. Ich bin Autodidakt.«

»Sieh mal einer an«, sagte die Dame sanft, »meine Güte, das ist wirklich beeindruckend.«

»Und warum interessierst du dich für Südafrika?«, fragte Lara Krohl ohne die geringste Emotion in ihrer Stimme.

»Er kennt alle Hauptstädte«, prahlte Howard. »Ganz ehrlich, dieses Kind ist wirklich einmalig. Nennen Sie ihm ein Land, testen Sie ihn.«

»Lesotho«, sagte Lara Krohl.

Sofort war da dieses Gefühl, das ich immer verspürte, wenn ich vergeblich versuchte, die Zahnbürste oder das Klopapier oder eines der vielen anderen Dinge zu finden, über die ich nie den Überblick behielt. Während ich in meinem Gedächtnis kramte, stieg mir die Hitze vom Nacken in mein Gesicht. Ich stellte mir Howards Enttäuschung, vielleicht sogar Beschämung vor.

»Gleich hab ich's«, murmelte ich.

»Die ist aber auch schwierig«, sagte Lara Krohl.

Es gab keine »schwierigen« Hauptstädte. Ich kannte sie alle. Die Hauptstadt von Lesotho hatte ich schon zwanzig-, dreißigmal auf Anfrage wiedergegeben, es war nur ein blöder Aussetzer. Von ihrem Tonfall schloss ich auf ihre Gedanken: dass Howard völlig verblendet war, wenn er so mit mir angab, und dass man ihn einfach netterweise in seinem Glauben beließ. Mir war, als würde ich das ganze Hotel durch mein Versagen blamieren – und das auch noch in Gegenwart von Graham und Agatha und der fremden Frau mit der schönen, leisen Stimme.

»Tut mir leid«, sagte ich, »ich brauche noch eine Minute …«

»Ich hätte da auch keine Ahnung«, schaltete sich die raue Stimme ein. Sie wollte mich trösten, aber es war ein billiger Trost, eben das, was man zu einem Versager sagt.

Sie müssen das natürlich nicht wissen, dachte ich, *Sie* können es nachschlagen. Aber jemand wie ich musste es wissen.

»Ich geh dann mal«, sagte Lara Krohl, »du kannst ja weiter darüber nachdenken, und Howard soll das Problem mit dem Zimmer erklären.«

Grußlos stöckelte sie Richtung Ausgang und ließ mich mit dem Rätsel zurück wie mit einem schweren Paket, das ich nirgends abstellen konnte. Jeder ihrer Schritte klang für mich wie ein Vorwurf. Meine Ohren glühten, sie fühlten sich an, als würden sie gleich platzen. Howard begann eine Unterhaltung mit Graham, und die raue Stimme erklärte Agatha, dass sie zu der Konferenz gekommen, aber etwas spät dran sei. Eine Ader pochte an meinem Hals. Ich erblickte – oder bildete es mir zumindest ein – einen flüchtigen Lichtstrahl, wie ein Flackern, und das Adrenalin in mir trieb mich weg von der Rezeption zu den abweisenden Türen. Maseru! Maseru! Wie eine Schlange würgte das Wort meine Kehle. Lesotho: Maseru. Ich hatte mir nie eine Eselsbrücke für die beiden ausgedacht, und diese Nachlässigkeit hatte sich jetzt bitter gerächt. Aber wenn ich Lara Krohl noch erwischte, hatte ich die Chance, meinen Fehler wiedergutzumachen.

Dieser Gedanke fegte alles hinweg, was mich normalerweise zurückhielt, und mit gesenktem Kopf stürzte ich durch die Tür und war – zum ersten Mal in meinem Leben – alleine draußen.

Ich wusste, dass sich direkt hinter dem Haupteingang ein kleiner Vorplatz befand, wo Graham immer anhielt, wenn er Howard mit dem Mercedes nach Hause chauffierte. Meine Wut trieb mich energisch vorwärts, an Bäumen vorbei, deren knorrige Rinde ich mit meiner ausgestreckten Hand fühlte. Doch als ich aus ihrem Schatten trat, packte mich die Angst. Dies hier war das echte London. Mir unbekannter Lärm brandete auf: Gespräche und Gelächter von Menschengruppen, für die es ganz normal war, sich hier aufzuhalten. Ich wandte mich aufs Geratewohl nach links, ging eine kleine Gasse entlang, bog rechts ab. Aus allen Richtungen kam unberechenbares Hupen und Motorengeheul. Lara Krohl war inzwischen vielleicht schon einen Kilometer weiter, und innerhalb von Sekunden wurde mir bewusst, dass es nicht nur eine idiotische Idee gewesen war, ihr nachzulaufen, sondern dass ich bereits nicht mehr in der Lage war, zurückzufinden. Ich war schweißgebadet.

London erstreckte sich in alle Richtungen und hatte keine Wände, an denen man sich entlangtasten konnte, London war so grenzenlos wie der Himmel über mir. Den Rücken an eine Mauer gedrückt, sackte ich zitternd zusammen. Was würde mit mir geschehen? Würde die Polizei kommen? Würden sie im Alpha anrufen, damit jemand mich holen käme, oder wie funktionierte das mit Leuten, die blöd genug waren, von zu Hause wegzulaufen?

Mein Magen war drauf und dran, seinen Inhalt direkt vor mir auf den Gehsteig zu ergießen. Ich legte den Kopf auf die Knie und fing an zu weinen.

»Hey, Kumpel, was soll denn das werden?«

Als ich seine Hände auf meinen Schultern spürte, fiel die Anspannung von mir ab.

»Es tut mir leid«, sagte ich, »es tut mir so leid. Bitte schickt mich nicht fort. Ich ...«

Howard zog mich hoch, und sofort umgaben mich seine vertrauten Gerüche wie ein Kokon, der alles andere, vor allem meine schäumende Wut, aussperrte.

»Chas! Bist du wahnsinnig?«

»Ich wollte sie finden«, rechtfertigte ich mich, »es ist Maseru.«

»Das ist ganz sicher richtig, Kumpel.« Howard seufzte. »Aber jag mir bitte nie wieder so eine Heidenangst ein, okay?«

»Okay.«

Er fuhr mir durch die Haare. Ich hakte mich bei ihm unter und trottete mit ihm auf dem gleichen Weg zurück zum Hotel, durch die großen Türen hindurch in die kühle Halle. Nie zuvor hatte die banale Geschäftigkeit dort einladender geklungen.

»Na, da ist er ja!« Das war die Frau mit der rauen Stimme. Mein Gesicht glühte vor Scham.

»Es ist Maseru«, sagte ich ihr, »es ist mir nur nicht rechtzeitig eingefallen. Ich komme mir so dumm vor.«

»Chas, ich kann dir versichern, dass du alles andere als dumm bist«, sagte sie.

»Ich werde es nie zu etwas bringen, wenn ich solche Sachen einfach vergesse.«

»Weißt du«, sagte die raue Stimme, »im Leben geht es um mehr, als Dinge auswendig zu lernen und wiederzukäuen. Intelligenz ist eine bestimmte Sicht auf die Welt. Darum möchte ich den Menschen beibringen, nicht einfach nur blind irgendwelches Zeug auswendig zu lernen – oh, entschuldige ...«

»Kein Problem, blind ist doch nur ein Adjektiv«, sagte ich. Ich war so dankbar, wieder Oberwasser zu haben.

»Na ja, egal, ich heiße jedenfalls Ella«, sagte sie.

In diesem Moment nahm ich den Geruch wahr, den ich in Zukunft mit Ella assoziieren würde. Sie roch ein bisschen wie Agathas Weihnachtskerze, nachdem man sie ausgeblasen hatte: ein leiser, zarter, irgendwie vielsagender Duft, der gut zu ihrer Stimme passte.

»Ich wollte damit nur sagen, dass du ganz bestimmt eine großartige Zukunft vor dir hast«, fasste sie zusammen.

Howard schlug seine Handflächen rhythmisch auf seine Jackentaschen. »Darf ich fragen, was Sie machen?«, wandte er sich an Ella. »Sind Sie Lehrerin?«

»Ich bin noch in der Ausbildung. Ich bin zu der Konferenz hier, aber ich Idiotin habe schon den ersten Vortrag verpasst.«

»Und wann sind Sie fertig?«, fragte Howard.

»In einem Jahr«, antwortete sie. »Und dann muss ich erst mal eine Stelle finden.«

»Harte Arbeit für wenig Geld, nehme ich an«, sagte Howard.

Ella lachte. »Also wegen des Geldes habe ich den Beruf nicht unbedingt ...«

»Wie viel verlangen Sie, wenn Sie Chas hier in Vollzeit unterrichten? Als Privatlehrerin?«, fragte Howard.

Stille trat ein, und ich hielt den Atem an. Hinter uns hörte man Graham und Agatha kichern, nachdem sie jemanden zum Lift geschickt hatten und einer von beiden wieder mal einen Punkt in ihrem Eincheck-Spiel eingefahren hatte.

»Also, ich ...« Ella klang ziemlich verblüfft.

»Chas, hättest du Ella gerne als Lehrerin?«

»Das fände ich toll, aber ...«, antwortete ich.

»Und Ella – ich komme mir vor wie ein Pfarrer –, wollen Sie diesen Mann ...?« Howard lachte herzlich über seinen eigenen Scherz. »Wenn ich Ihnen ein Angebot mache, Ella, denken Sie dann drüber nach?«

»Ich würde ... natürlich werde ich darüber nachdenken«, sagte Ella.

Viel später erzählte mir Ella, wie sehr sie diese Situation überrumpelt hatte. Sie war an diesem Morgen gekommen, um den dritten von vier Tagen mit Vorträgen zur Theorie der Pädagogik über sich ergehen zu lassen. Sie war noch weit von ihrem Abschluss entfernt, und ihre Berufsaussichten waren miserabel. Und dann stand da plötzlich der berühmte Howard York vor ihr, legte ihr eine Hand auf die Schulter und sah sie mit diesem Blick an, der keinen Widerspruch duldete. Sollte sie wirklich auf der Stelle alle ihre Pläne sausen lassen, um seinem Lockruf zu folgen?

»Lassen Sie es sich doch bis heute Abend durch den Kopf gehen«, schlug Howard vor, aber diesen Tonfall kannte ich inzwischen. Ich hatte nicht um eine Lehrerin gebeten, doch plötzlich wollte ich so sehr eine, dass mir ganz schwindlig wurde. Ella hatte sich nicht um einen Posten beworben, und doch konnte sie sich Howards Sog nicht entziehen. Er sorgte wieder einmal dafür, dass es hinhaute.

3

GRAHAM

Es heißt ja, dass ein Unglück die beste Prüfung des Charakters ist und dass große Persönlichkeiten aus Katastrophen Chancen machen können. Vielleicht hatte Howard das auch gehört, vielleicht aber musste man so etwas jemandem wie ihm gar nicht erst sagen. Auf jeden Fall war es wenig überraschend, dass aus einem Augenblick der Panik – als Chas direkt vor meiner Nase verschwand – eine der vernünftigsten Entscheidungen hervorging, die Howard je getroffen hat: die Einstellung von Ella Flanders nach einem Bewerbungsgespräch von rund dreißig Sekunden, also noch kürzer, als meines gewesen war.

Seine Sichtweise war wie immer denkbar einfach: Chas brauchte einen richtigen Lehrer, der es mit ihm aufnehmen konnte. Howards Instinkt sagte ihm, dass Ella die Richtige war, und auf seinen Instinkt konnte man sich in der Regel verlassen. »Sie passt einfach perfekt, Madman«, meinte er – mit dieser Verballhornung meines Nachnamens spielte er gerne auf mein mehr als ausgeglichenes Temperament an. Und natürlich war Ella perfekt.

Kurz nachdem ich bei Howard angefangen hatte – und nachdem er wieder einmal eine hektisch organisierte Party in einen Riesenerfolg verwandelt hatte –, hatte ich ihm gegenüber angemerkt, dass sich sein magisches Talent nicht auf Kartentricks und das Balancieren von Gegenständen beschränkte, sondern das Leben selbst mit einschloss.

»Es gibt keine Zauberei, Graham. Ein Zauberer ist nur ein Schauspieler, der einen Zauberer verkörpert«, hatte er geantwortet – eine für ihn ungewöhnlich kryptische Bemerkung, aber da er Gin getrunken hatte, ließ ich sie ihm durchgehen.

Nun, nach dem Brand, glaubte ich zu verstehen, was er meinte. Howards Erfolge mochten wie Zauberei erscheinen, doch dem war nicht so. Es schien in der Tat keinen Begriff dafür zu geben, warum alle seine Wünsche Wirklichkeit wurden, weder Glück noch Charme noch Schicksal oder sonst eine benennbare Kombination daraus. Er war einfach Howard, mehr ließ sich dazu nicht sagen. Und wenn selbst Howard zu sein nicht mehr genügte, wuchs er eben über sich hinaus.

Der Brand, die größte aller Katastrophen, wurde in Howards Händen zu einer Chance. Das oberste Stockwerk sollte renoviert werden, und das Hotel würde nun »größer und besser als je zuvor« sein, wie er in einer Anzeige in mehreren großen Tageszeitungen verkündete. Natürlich war das nur Rhetorik. Das Alpha war nach der Renovierung nicht größer, sondern selbstverständlich exakt so groß wie vorher. Und ob es tatsächlich besser geworden war, war fraglich, aber es war wieder da, ohne Zweifel, und dafür war ich dankbar.

Die Monate nach dem Brand waren eine schwere Zeit: Unsere Bereitschaft, weiterhin Gäste aufzunehmen, traf nicht immer auf deren Bereitschaft, auch zu kommen. Außerdem hinterließ Roz Tanners Tod eine Reihe schmerzlicher Bilder in unseren Köpfen: Chas' markerschütternde Schreie nach seiner Mutter, als er aus dem brennenden Hotel gebracht wurde; ihr Leichnam, der aus dem Gebäude getragen wurde; die Blumensträuße, die die Leute in der Halle niederlegten; Chas, der in den folgenden Monaten immer wieder nach seiner Mutter verlangte, und dieser Ton in Sarah-Janes Stimme, wenn sie ihm erklärte, dass sie nicht mehr da war. Dazu kam das nicht enden wollende Bohren und Hämmern und Kratzen von der obersten Galerie, wo man sich bemühte, das Geschehene unsichtbar zu machen. Dieses Bemühen quittierten die Gäste oft mit einem beklommenen Blick nach oben, so als würden dort jeden Augenblick Geister in Erscheinung treten.

In diesen schweren Zeiten hatte ich mir angewöhnt, noch länger zu bleiben als bisher, und so hörte ich, wie Chas' Wimmern nachts aus der Wohnung der Yorks den Flur hinunter schallte und wie Howard und Sarah-Jane sich stritten. Da Chas' Vater nicht aufgetaucht war, hatten sie, zumindest Howards Ansicht nach, keine andere Wahl, als die Verantwortung für ihn zu übernehmen. Dennoch fragte ich mich, ob das angesichts der Verletzungen, die er erlitten hatte, eine kluge Entscheidung war. Der Alpha-Bar war die Fröhlichkeit abhandengekommen, die Seiten des Reservierungsbuches blieben leer, und ganze Zimmerfluchten lagen verlassen da. Manchmal, nachdem ich die Rezeption dem Nachtportier überlassen hatte, saß ich mit einem Glas Whisky im Rauchsalon und lauschte der Stille. Egal wie optimistisch Howard auch an die Sache heranging – ich war überzeugt davon, dass wir etwas Unwiederbringliches verloren hatten.

Aber er sollte recht behalten und ich nicht. Chas weinte mit der Zeit immer seltener. Howard trug ihn auf seinen Schultern in die Halle, fasste ihn fest an seinem kleinen Arm und brachte ihn dazu, ein paar Schritte herumzulaufen. Sarah-Jane hatte die Wohnung so umgeräumt, dass alles, was Chas brauchte, seinen festen Platz bekam. JD ging mit Chas zur Toilette und schlief im Stockbett über ihm. Die Psychologen erklärten uns, dass Chas möglicherweise noch jung genug gewesen war, um sich überhaupt nicht mehr an die Geschehnisse erinnern zu können, und dass er mehr oder weniger ein neues Leben beginnen konnte.

Was mehr oder weniger auch auf das Alpha zutraf. Es genügte nicht, es zu renovieren, wir mussten beweisen, dass der Brand letzten Endes »Glück im Unglück« gewesen war, wie Howard es formulierte. Es klang absurd, aber er meinte es tatsächlich so. Er steckte Geld in Ausbesserungsarbeiten und neue Dekoration, er erwarb neue Kunstwerke und brachte neue Prominente dazu, sich in der Alpha-Bar zu zeigen. Und ich sollte eine Vollzeitassistentin bekommen.

»Bist du sicher, dass wir jemanden einstellen sollten, wo wir doch gerade so viel Geld ausgegeben haben für …«, fragte ich Howard.

»Dafür gibt es doch Versicherungen«, antwortete er mit seinem typischen Grinsen und schob sich eine Haarsträhne aus den Augen. Sein Haar wurde langsam ein wenig grau – wir beide waren inzwischen im mittleren Alter –, aber das stand ihm gut, denn es verlieh ihm eine gewisse Seriosität, die seine jungenhaften Züge vorteilhaft ergänzte.

»Aber die Versicherung deckt doch sicher nur …«

»Lass das mal meine Sorge sein, Kumpel. Gib du einfach nur die Anzeige auf.«

Unter Patties stolzer Aufsicht verfasste ich die Stellenanzeige, fotokopierte sie und schickte sie an alle renommierten Zeitungen. Uns erreichten über hundert Bewerbungen, und jedes dieser sorgfältig verfassten Schreiben schien zu bestätigen, was Howard gesagt hatte: dass das Alpha immer noch im Geschäft war.

Schließlich traf ich eine Auswahl von zehn Kandidaten und vereinbarte mit ihnen Vorstellungsgespräche im Rauchsalon. Das sei kein normales Hotel, versuchte ich allen klarzumachen. Wir legten den Gästen keine Schokoladentäfelchen aufs Kopfkissen; in unserem Restaurant musste sich auch kein

Pärchen in Grund und Boden schämen, weil ein Sänger direkt neben ihrem Tisch Billy-Joel-Schnulzen säuselte. Einige der jüngeren männlichen Bewerber – diejenigen mit Visitenkarten, Manschettenknöpfen und einem von der Universität geprägten Selbstbewusstsein – waren schockiert: Wussten wir denn nicht, dass jedes Hotel über Musik in der Lobby und eine Klimaanlage verfügte? Doch, natürlich. Aber der Punkt war: Wir waren nicht jedes Hotel.

Eine Bewerberin schien das zu verstehen. Sie hieß Valerie Davey, war schlank, hatte einen festen Händedruck, kurze Fingernägel und sagte nur das Nötigste – bei ihr konnte man jede Wette eingehen, dass sie das Bettzeug sauber bekam.

»Ich bin nicht zickig«, sagte sie, »Sie sagen mir, was zu tun ist, und ich tue es.«

Das entsprach meinen Anforderungen, aber es stand noch ein letztes Gespräch aus. Ich hatte schon eine Menge geredet und hoffte fast, dass die Kandidatin nicht auftauchen würde. Doch dann ertönte exakt zur vereinbarten Zeit ein energisches Klopfen, und als Agatha Richards eintrat, vergaß ich schnell meine Erschöpfung. Ihre Präsenz war schlicht umwerfend.

Auf den ersten Blick dachte ich, sie sei der dickste Mensch der Welt. Dann knöpfte sie einen unförmigen schwarzen Mantel auf, unter dem ein zweiter zum Vorschein kam, worauf ein weiterer folgte. Es stellte sich heraus, dass sie nur einer der am dicksten eingepackten Menschen der Welt war. Es war zwar recht kühl, wie ich festgestellt hatte, als ich kurz draußen gewesen war, um für Chas Kindernahrung zu besorgen, aber das hier schien mir doch übertrieben. Beim dritten Mantel musste ich laut lachen.

»Ich hasse die Kälte, Mann!«, sagte sie.

»Das sehe ich!«

Was sie dann noch ablegte, war ein ganzer Kleiderschrank voller Strickwesten, Schals, Tücher und anderer wollener Bekleidungsstücke, für die mein Wortschatz nicht ausreichte – eine wahre Farbexplosion in Orange und Lila.

»Tut mir leid, hat ewig gedauert«, sagte Agatha und platzierte ihren ausladenden Körper schließlich in einem Sessel mir gegenüber.

Sie war Mitte dreißig, hatte große dunkle Augen, eine platte Nase und einen üppigen Busen, der sanft gegen den dunkelblauen Stoff ihres Kleides drückte, das abgetragen und an den Ärmeln mehrfach geflickt war, wie ich bemerkte. »Ich bin von Barbados«, erklärte sie mir. »Hier isses so kalt.«

»Sie haben mich richtig hypnotisiert damit, wie Sie sich hier vor mir entblättert haben«, sagte ich und dann: »Oh Gott …«

Bestimmt war Agathas Lachen selbst am anderen Ufer der Themse noch zu hören und überdies höchst ansteckend. Es war mir fast peinlich, dass ich sofort mitlachen musste, und so kicherten wir fast eine halbe Minute wie Schulkinder in der letzten Bank. Schließlich wischte sie sich seufzend die Tränen aus den Augen. Ich versuchte es nun mit einem etwas professionelleren Auftreten und warf einen Blick in ihren Lebenslauf, der eindeutig der schlechteste der zehn war, die es in die engere Auswahl geschafft hatten: eine kindliche Schrift mit riesigen Kringeln und unzählige Rechtschreib- und Grammatikfehler. Ein Satz jedoch war mir im Gedächtnis geblieben: *Wenn Gott mein Zeuge, und das ist er, dann will ich immer Bestes geben und kein Gast unglücklich lassen, so lang ich bin im Haus.*

»Was Sie hier schreiben, fand ich sehr interessant«, erläuterte ich, »denn in der Tat wollen wir unsere Gäste während ihres Aufenthalts hier bei uns glücklich machen.«

»Ich bin glücklicher Mensch, wissen Sie«, sagte Agatha. »Nicht immer glücklich wegen alles, was passiert, sonst wäre ich bescheuert, oder?« Unsere Blicke trafen sich. »Wissen Sie, in meinem Leben, da ist Gutes, Gott sei Dank, und nicht so

Gutes. Mein Mann hat mich nach England gebracht, aber er ist kein guter Mann, ich musste weg von ihm nur mit mein Sohn. Mein Sohn ist zur Armee gegangen, wissen Sie.«

Ich wisse in der Tat, wie die Armee sei, versicherte ich ihr. »Welchen Rang hat er denn jetzt?«

»Er ist nach Irland gegangen. Wofür die kämpfen, weiß der Himmel. Er hat nicht gewusst. Er ist achtzehn gewesen. Er hat mir Postkarte geschickt aus Belfast. Essen furchtbar, hat er geschrieben, Wetter furchtbar, hat aber viel Spaß gehabt.« Sie lachte – sie hatte sehr weiße Zähne. »Dritten Tag hat jemand gesagt, sie wollen Billard spielen gehen. Er ist mit ihnen in die Kneipe. Sie haben meinen Jungen in Kopf geschossen. Haben ihn aufm Tisch gefunden, voll Blut.«

Es dauerte eine Weile, bis ich die Sprache wiederfand.

»Er wusste nicht mal, wie Billard geht«, sagte sie.

»Verehrte Dame …«, begann ich und kam mir dabei vor wie ein unsensibler Trampel.

»Es war abscheuliche Tat«, sagte sie, »das haben die Zeitungen geschrieben, abscheuliche Tat. Egal. Was hilft es, wenn man unglücklich ist, Mann! Man verschwendet sein Leben.«

»Nun ja, das … so ist es wohl, sicher«, sagte ich. Obwohl ich theoretisch immer noch ein Bewerbungsgespräch mit ihr führte, war mir, als sei es umgekehrt. Ich wandte mich wieder dem Thema Alpha zu. »Howard sagt immer, Luxus besteht darin, das zu bekommen, was man will«, leierte ich zum zehnten Mal herunter, »weniger darin, was das Hotel *glaubt*, was man wollen sollte. Deshalb sind wir immer sehr aufmerksam gegenüber unseren Gästen.«

»Da bin ich echt gut drin, Mann«, sagte Agatha.

»Darauf möchten wir … also darauf konzentrieren wir uns«, sagte ich und kam mir vor wie einer dieser Idioten, die früher in der Kolonialzeit den Eingeborenen Vorträge gehalten hatten. »Verstehen Sie, das bringt mehr als der Quatsch, den andere Hotels machen. Bei uns steht niemand am Lift, um die Knöpfe zu drücken, und bei uns müssen die Zimmermädchen auch nicht das Ende der Klopapierrolle zu einer Spitze falten.«

»Nein, da haben Sie recht«, sagte Agatha wieder lachend, und ihr Gesicht strahlte, als habe das Gespräch von eben gar nicht stattgefunden. »Warum dafür Mühe geben, wenn sie nur den Hintern mit abwischen.«

Das war zwar nicht meine Art Humor, aber ich verschluckte mich trotzdem schon wieder vor Lachen, und als Agatha zehn Minuten später ging, wollte ich sie unbedingt einstellen. Doch da war immer noch Mrs. Davey. Meine Vernunft sagte mir, dass sie die sichere Bank war. Ich legte die beiden Lebensläufe vor mich hin und schenkte mir einen ganz kleinen Schluck Whisky aus dem Geheimfach des Rauchsalons ein. Ich stellte mir vor, wie Mrs. Davey und Agatha Richards zu Hause auf eine Nachricht warteten. Ich dachte an Mrs. Daveys erschöpftes Gesicht und an das stoische, gutmütige von Agatha. Für derartige Entscheidungen war ich wirklich nicht gemacht.

Aber ein anderer war es, und wie immer hörte ich ihn bereits Sekunden, bevor er den Rauchsalon betrat. Er schlug die Tür hinter sich mit solchem Nachdruck zu, dass ich fürchtete, das Rauchglas würde zerspringen. »Na, gibt's einen Sieger, Kumpel?«

Ich schilderte ihm mein Dilemma. Howard blinzelte, als wäre das Problem nur schwer auszumachen: »Warum denn nicht beide?«

»Aber dafür haben wir doch wirklich kein Budget …«

»Beide sind gut, oder? Gute Leute sind schwer zu finden, Graham. Du, ich und der Captain, damit hat sich's. Vorausgesetzt natürlich, du rechnest mich zu den Guten.« Howard lachte laut auf, und ich versuchte einzustimmen, aber der Scherz schien mir fehl am Platz.

»Nimm beide«, sagte er.

Ich rief beide Frauen an, beide klangen hocherfreut, und der Quell dieser Freude zu sein, tat auch mir ausgesprochen gut. Beide traten ihren Dienst am folgenden Montag an. Im Handumdrehen nahm sich Mrs. Davey des Gepäcks der Gäste an und gab den Zimmermädchen in freundlichem Ton ihre Anweisungen. Agatha kam zu meiner Verstärkung an die Rezeption, und kaum waren zwei Wochen um, schien es, als sei sie schon immer da gewesen mit ihrem schallenden Gelächter, ihrer Bibellektüre und ihren guten Ratschlägen für die Gäste, sich bei dieser Kälte nur ja warm anzuziehen.

»Ich hab dir doch gesagt, du sollst beide nehmen, Madman«, sagte Howard. »So einfach ist das.«

Letztlich war es das vielleicht. In seiner Gegenwart glaubte man wirklich, dass Autos einen nicht überfahren wollten und Flugzeuge nicht wollten, dass man sie verpasst. Und dass das Universum, das dem Alpha scheinbar so übel mitgespielt hatte, es am Ende doch nur gut mit dem Hotel meinte.

Lange nachdem das Alpha wieder so ausgelastet war wie früher und Agatha und ich zehn Runden unseres Eincheck-Spiels am Stück spielen konnten, begann Howard mit seinen angeblichen Verbesserungen. Im Laufe der Jahre richteten wir einen Fitnessraum mit Laufband und »Wellness-Bereich« ein, wo die Gäste sich massieren lassen konnten.

Das Meiste davon hielt ich für Blödsinn. Warum gehen die Leute nicht auf der Straße laufen, wenn sie denn überhaupt laufen müssen? Welcher zurechnungsfähige Mensch könnte wollen, dass ein Wildfremder Öl auf seinem Rücken verreibt? Aber das war ja noch mehr oder weniger harmlos. Mehr Sorge bereiteten mir die technischen Errungenschaften, die Howard mir nach und nach aufzwang. Eine elektrische Schreibmaschine würde das Briefeschreiben beschleunigen, meinte er. Mit einem Faxgerät könnten wir im Handumdrehen die Änderungen der Speisekarte an die Druckerei weitergeben oder Rechnungen an die Veranstalter schicken. Dank einem Kreditkartenterminal könnten wir uns die Bearbeitung der Schecks sparen.

»Was ist denn so schlimm an Schecks?«

»Nichts ist schlimm an Schecks. Es ist nur wichtig, sich regelmäßig upzudaten.« Er liebte diese amerikanischen Begriffe und die Verheißungen, die damit verbunden waren.

»Nicht alles, was modern ist, ist auch gut«, erklärte ich.

»Du lebst gerne in der Vergangenheit, nicht wahr, Madman?«

»Nicht in der Vergangenheit, sondern in der Gegenwart. Bis jetzt habe ich einen Großteil meines Lebens in der Gegenwart verbracht.« (Ich war so stolz auf meine Antwort, dass ich sie auf der Heimfahrt im Bus noch mehrmals vor mich hinsagte, bis die Leute anfingen, mich anzustarren.)

»Wenn du stehen bleibst, Graham, bewegst du dich rückwärts.«

Ich demonstrierte ihm das Gegenteil, indem ich hinter dem Tresen hervorkam und vor ihm stehen blieb.

Dieses kleine Wortgefecht war natürlich nur Spaß. Howard und ich hatten uns nie gestritten, und wir würden jetzt bestimmt nicht damit anfangen. Ich teilte zwar nicht seine immerwährende Begeisterung für alles Neue, aber wie heißt es so schön: Je mehr die Dinge sich ändern, desto mehr bleiben sie, wie sie sind. So war es auch mit dem Alpha. Howard änderte Dinge, und ich behielt sie bei. Und so weit meine Vorstellungskraft in die Zukunft reichte, würde es auch immer so bleiben.

Caroline, die nun Anfang zwanzig war, würde bald einen Arzt heiraten, der ein großes Einfamilienhaus in Chiswick besaß. Aus Patties Sicht hatte unsere Tochter damit im Leben alles erreicht. Da sie mit Feuereifer die Hochzeit plante, gab ich irgendwann meine Versuche auf, über das Alpha zu reden.

»Was klingt deiner Meinung nach besser: *Wir fühlen uns geehrt, dass Sie sich für das Alpha entschieden haben* oder *Wir freuen uns, dass Sie sich für das Alpha entschieden haben*? Es geht morgen in Druck.«

Wir schlenderten an den Verkaufsständen in Greenwich vorbei. Die Antiquitätenhändler sahen beinahe selbst schon aus wie Antiquitäten. Sie strichen um die Spiegel, Kamingitter und Gedenkmedaillen herum, als fürchteten sie, eines der behutsam stöbernden Paare könnte sich mit dem gesamten Plunder plötzlich davonmachen. Es roch nach den Hamburgern, die auf dem Rost eines schmuddeligen Imbisswagens brutzelten. In den etwa dreißig Jahren, die wir nun jeden Sonntag herkamen, hatte sich dieser Ort kaum verändert. Immer wenn ich mich bei Pattie unterhakte oder wir eine unserer unsinnigen Erwerbungen, zum Beispiel eine Kohlenschaufel oder eine Harfe, zum Auto schleppten, kam es mir vor, als hätten auch wir selbst uns nicht verändert.

»Ist Flieder in Ordnung für eine Hochzeit im Herbst? Oder ist das zu frühlingshaft?«

»Entschuldige, was meinst du?«

Mehrere verspielte Rüschenkleider unter der Aufsicht einer Dame mit einem Suppenbecher in der Hand hatten Patties Aufmerksamkeit auf sich gezogen. »Fliederfarben – für Carolines Hochzeit.«

»Ach so.«

Ich war so daran gewöhnt, Hotelgästen Fragen zu beantworten, dass ich ganz sicher eine Meinung geäußert hätte, hätte mir ein völlig Fremder diese Frage an der Rezeption gestellt. Bei meiner eigenen Frau fiel mir nun keine Antwort ein. Ich nuschelte etwas in der Richtung, dass sie so oder so sehr hübsch aussehen würde.

Sie schnalzte missbilligend mit der Zunge und sprach dann weiter von der Hochzeit, während ich wieder ans Hotel dachte. Und so hing jeder seinen eigenen Gedanken nach, während die Verkäufer an den Ständen verkündeten, dass jetzt die letzte Gelegenheit war, noch schnell einen Blick auf ihre Ware zu werfen.

In den Tagen vor der Hochzeit glühte Pattie vor Aufregung. Sie ließ sich die Haare schneiden und Strähnchen färben, sie überschüttete mich mit Koseworten, die wir meines Wissens schon vor Jahren in Rente geschickt hatten. Am großen Tag selbst fummelte sie liebevoll an meinem Anzug und Hemdkragen herum, so wie damals vor meinem Bewerbungsgespräch im Alpha. Schließlich fuhr ich mit Caroline zur Kirche. Ihr weißes Kleid nahm fast den gesamten Fond unseres Wagens ein: ein Mercedes, der dem des Alpha ähnelte. Als wir uns der Kirche näherten, dachte ich an das Bild, das sie im Alter von sechs Jahren einmal von ihrem Vater gezeichnet hatte: »Mein Vater ist dünn und wichtig, er trägt Hosen und arbeitet in einem Hotel.« Ich hatte vier, dann drei, dann zwei Minuten, um ihr zu sagen, wie sehr ich sie liebte und was für ein schöner Tag dies werden würde. Aber irgendwie war »tolles Auto, zeugt von gutem Geschmack« alles, was ich herausbrachte, und angesichts dieses matten Sprüchleins ließ sie enttäuscht den Kopf sinken.

Beim Empfang drehte sich das Gespräch um Howard und Sarah-Jane. Sie waren eingeladen, konnten aber nicht kommen – er war in Tokio, sie musste sie sich um die Kinder kümmern.

»Der landet doch wirklich immer auf den Füßen«, stellte Brian, Carolines frischgebackener Ehemann, fest.

»Was meinst du damit?«

»Na ja, der hat das Hotel doch in Rekordzeit wieder hochgezogen und zum Laufen gekriegt, habe ich gehört. Nach allem, was passiert ist. Praktisch über Nacht.«

In seiner Stimme schwang etwas mit, was mir ganz eindeutig missfiel. Doch schließlich war es seine Hochzeit und kein Tag für einen Streit, abgesehen davon war ich sowieso nicht der Typ dafür. »Ich glaube, ich verstehe nicht ganz, was du meinst.«

»Es ist einfach … ich weiß auch nicht«, sagte er und drückte Carolines Arm. »Ich hätte gedacht, dass es länger dauert, so ein Hotel wieder aufzubauen. Und er soll es sogar erweitert haben.«

»In der Tat«, sagte ich, vielleicht ein wenig steif. »Aber ich kann dir versichern, dass das keine Zauberei war. Howard sagt übrigens immer: Ein Zauberer ist …«

»Ich hatte ja auch immer das Gefühl«, schaltete sich Pattie ein, und ich konnte gerade noch ihr Weinglas auffangen, bevor sie es jemandem über die Füße goss. »Ich hatte immer das Gefühl, dass mit dem Mann etwas nicht stimmt. Einmal, als wir zusammen essen waren, sprachen wir über eine pikante Angelegenheit, irgendeinen Skandal, und da hat er so seltsam betreten auf den Tisch runtergeguckt. Erinnerst du dich, Graham?«

»Nein, tut mir leid, aber vielleicht fallen mir solche Dinge einfach nicht auf. Wenn es nach mir geht«, sagte ich, »können Leute so viel auf den Tisch gucken, wie sie wollen – im Rahmen des Üblichen.«

»Im Rahmen des Üblichen«, äffte Brian mich nach und schlug mir auf den Rücken. »Du hast so einen herrlich trockenen Humor, Graham!«

Alle lachten, und ich hielt es für besser, es dabei zu belassen. Immerhin hatten sie nicht ganz unrecht. Howard war natürlich kein Heiliger, aber er und ich waren einander untrennbar verbunden. Er hatte mich aufgelesen, als ich nicht mehr weiterwusste, und den Menschen aus mir gemacht, der ich nun war. Wo wäre ich ohne ihn? Vielleicht hätte ich mich mit Haut und Haaren der Armee verschrieben, die ich verachtete, würde freudlos in einer Amtsstube verkümmern und wäre irgendwann entlassen worden. Ganz bestimmt wäre es so gelaufen. Und deshalb überwog meine Loyalität ihm gegenüber alles andere – was auch geschehen mochte.

Abgesehen davon hatte Howard uns auf eine Weise geholfen, von der Pattie gar nichts wusste. In dem Herbst, in dem Caroline heiratete, machte unser Sohn Edward eine schwere Zeit durch. Er hatte die Universität schon vor einer Weile abgeschlossen, aber beruflich noch nicht Fuß gefasst, er wohnte immer noch bei uns und hatte rund ein Dutzend Absagen auf Bewerbungen bekommen – meistens nach dem Vorstellungsgespräch. Ed war kein großer Redner, er verhaspelte sich und wiederholte immer wieder einzelne Wörter – zweifellos ein großes Hindernis für eine Einstellung. Vor einem Bewerbungsgespräch für eine Stelle in einem Reisebüro war er ganz besonders nervös. »Wenn ich doch nur … ach, könnte ich doch … ich würde so gerne in der Tourismusbranche arbeiten«, sagte er eines Abends in der Alpha-Bar. Er hatte knochige Schultern und einen langen Rücken, weswegen Pattie, als er noch ein Kind war, ständig seine Ähnlichkeit mit mir betont hatte. Als ich ihn nun trübsinnig in sein Bierglas stieren sah, erinnerte ich mich ganz deutlich, wie es sich anfühlte, nicht die geringste Vorstellung zu haben, wie es weitergehen sollte.

»Alles wäre in bester Ordnung, wenn er nur diese Bewerbungsgespräche überstehen würde«, vertraute ich mich später Howard an. »Schade, dass du nicht der Boss dieses Reisebüros bist, dann bräuchte er nur auf die Straße zu laufen.«

Howard grinste. »Hat er es mal mit einem Bewerbungstraining oder Ähnlichem probiert?«

»Dafür ist es ein bisschen spät, das Gespräch findet schon diese Woche statt«, sagte ich.

»Also gut.« Howard stellte sein Glas ab und trommelte auf seinen Knien herum, wie er es immer machte, wenn ein neues Vorhaben ihm einen Energieschub verlieh. »Mal sehen, ob es hinhaut ...«

Am nächsten Tag ließ er sich von mir zu dem Reisebüro in Finchley fahren. Ich wartete etwa zwanzig Minuten im Mercedes auf ihn. Dann tauchte er mit seinem Schuljungengrinsen wieder auf und bat mich, keine Fragen zu stellen. Drei Tage später rief Ed mich an: Er hatte den Job und war begeistert. Ich stellte keine Fragen.

Diese Zeit Anfang der Neunziger, als Ella gerade eingestellt worden war, habe ich nun als das Goldene Zeitalter des Alpha in Erinnerung. Auf Anhieb erfolgreich zu sein, ist eine Sache, doch sich nach einer Tragödie wieder aus dem Staub zu erheben, wie wir es getan hatten, eine ganz andere. Agatha und ich arbeiteten zusammen, als verbinde uns eine lebenslange Verschwörung. Ich ratterte Zugfahrpläne herunter, erklärte den Leuten den Weg zu obskuren Restaurants, gab Fundsachen zurück und eruierte die Ergebnisse von ausländischen Fußballspielen. Agatha eilte dem Mann mit den Zeitungen zu Hilfe und balancierte den Stapel auf ihrem Kopf herein. Sie beriet im Rauchsalon einen jungen Mann, der wegen einer Dame zu Tode betrübt war und drohte, sich von der obersten Galerie zu stürzen. Nach einem Whisky mit Agatha überdachte er seine Pläne und nahm schließlich eine andere mit nach Hause.

In all dieser Zeit schlossen wir weiter Wetten über das Geschlecht des nächsten Gastes ab, und ich hielt den Punktestand auf einer Seite am Ende des Reservierungsbuchs fest, das inzwischen wieder komplett gefüllt war.

Und dann gab es da noch Ella. Als sie zum ersten Mal zum Unterricht kommen sollte, ging Chas stundenlang in der Halle auf und ab. Wie gewöhnlich wollte er aus den Zeitungen vorgelesen bekommen, aber er schien kaum etwas davon wahrzunehmen. Stattdessen machte er sich Sorgen über seine Wissenslücken. »Und wenn sie mich nach den alten Römern fragt? Ich erinnere mich nur an drei Kaiser. Ich habe mir nicht mal ihre Geburtsdaten gemerkt. Ich weiß, dass sie Haselmäuse aßen, aber damit hat es sich.«

»Komische Idee, so was zu essen. Besser Rindfleisch«, sagte Agatha.

So ging das den ganzen Morgen. »Und wenn sie mir eine ganz einfache Rechnung aufgibt, zum Beispiel zwölf mal sechzehn, und ich bekomme Panik, und sie denkt, ich bin dumm, und lässt mich Lieder singen?«, jammerte er. Er raufte sich die Haare, die inzwischen ziemlich dick und weich waren, so wie Howards.

Erst um die Mittagszeit setzte Howard dem Elend ein Ende. »Jetzt pass mal auf, Kumpel«, sagte er sehr bestimmt, »das wird nicht die Spanische Inquisition.«

»Ich weiß nicht mal, was das ist«, antwortete Chas.

»Ella ist nicht hier, um dich zu prüfen«, sagte Howard, »sie weiß schon, dass sie mit dir den Hauptgewinn gezogen hat. Stimmt's, Captain?«

»Oh ja, sie hat neulich richtig von dir geschwärmt«, bestätigte Sarah-Jane. »Sie liebt dich. Nicht wie wir dich lieben natürlich, aber sie findet dich großartig.«

»Zu Recht«, sagte Howard.

Bei Ellas Eintreffen schien Chas ein wenig zuversichtlicher, aber er hüpfte immer noch aufgeregt auf und ab, als sie sich an der Rezeption meldete.

»Willkommen zurück im Alpha«, sagte Agatha.

»Vielen Dank, dass Sie gekommen sind«, sagte Chas. »Ich denke, wir müssen uns erst 92 auf Wahlen gefasst machen.«

»Wie bitte?« Ella biss sich auf die Lippen.

»Es heißt, die Torys werden sie auf 92 verschieben«, setzte Chas sie ins Bild.

»Oh Mann, da weißt du mehr als ich.«

Sie war eine hübsche junge Frau, nur dass sie ihre dunklen Haare blond gefärbt hatte, fand ich nicht wirklich gelungen. Sie zwinkerte uns freundlich zu und folgte Chas in Richtung York'scher Wohnung.

»Ihr Parfüm ist sehr stark«, sagte Chas.

»O je«, Ella lachte, »dann habe ich wohl etwas zu viel erwischt.« Chas erwiderte etwas, während die beiden sich entfernten. Sie scherzten miteinander wie alte Freunde.

Ella schien bei Chas gleich am Anfang einen Knopf gedrückt zu haben, der ihn im Nu verwandelte. Auch sie selbst wirkte glücklich, aber das war auch nicht verwunderlich bei dem Gehalt, das Howard ihr zahlte. Wenn die beiden nach dem Unterricht wieder auftauchten, waren sie immer fröhlich. Innerhalb kürzester Zeit bewegte sich Chas auch anders, nicht mehr wie eine Seifenblase über ein Nagelbrett.

In diesem Winter erklärten mehrere Staaten ihre Unabhängigkeit von der Sowjetunion. Chas wartete verzückt auf die Verkündung neuer Hauptstädte. In einer Nacht, etwa zwei Wochen vor Heiligabend, war es so kalt, dass wir uns schon fast wie in Russland fühlten. In der Bar und im Restaurant lungerten nur noch die letzten umsatzschwachen Gäste herum: Der Hotelkritiker Mike Swan gab vor einer Gruppe gespannt lauschender Hoteliers Reiseanekdoten zum Besten. Im Rauchsalon saß ein deprimierter Erfinder von Brettspielen, der voller Wehmut die Erinnerung an seine frühen Erfolge heraufbeschwor.

»Ich habe alles versucht«, erklärte er mir, »gerade habe ich ein Spiel erfunden, bei dem man eine Farm hat und sich vom Kleinbauern hocharbeiten muss zum Großbetrieb, der Supermärkte beliefert. Wer möchte da nicht mitspielen, frage ich Sie.«

Es gelang mir, ihm zuzustimmen: »Das klingt wirklich unglaublich unterhaltsam, dann viel Glück damit.«

Wir wünschten den Leuten häufig Glück, dachte ich, als ich mich auf den Nachhauseweg machte; manche hatten es dann auch, und manche sahen wir natürlich nie wieder. Die beißend kalte Nachtluft in meinem Gesicht fegte all diese Gedanken beiseite. Die wenigen Sekunden, die ich brauchte, um den Schal fester um meinen Hals zu ziehen, sollten sich als entscheidend herausstellen, denn als ich an die Haltestelle kam, fuhr mir mein Bus vor der Nase weg. Ich eilte durch eine Nebenstraße zu einer anderen Haltestelle. Das Bushäuschen war brechend voll. Ein junger Mann spuckte mir seinen Kaugummi direkt vor die Füße, ein anderer hatte einen Kopfhörer auf, aus dem störend laute Musik dröhnte. Es dauerte eine Zeit, bis ich in dieser traurigen Versammlung die vollbusige Frau sah, die in der Ecke kauerte.

»Warum treffe ich dich hier, aber vorher noch nie?«, fragte Agatha erfreut.

Ich nannte ihr den Grund meiner Anwesenheit. »Und wie lange brauchst du von hier bis Hornchurch?«

Agatha grinste. »Stunde vielleicht oder eineinhalb. Ich hab die Bibel. Das steht viel drin, eine ganze Menge Seiten, Mann.«

Sie musste mehrmals umsteigen, und in einigen dieser Busse saßen Leute, mit denen man nicht eine oder eineinhalb Stunden verbringen wollte. Hinter ihrem Lächeln erblickte ich wieder die erschöpfte, zerknitterte Gestalt, die ich gesehen hatte, bevor sie mich bemerkte.

»Wie wäre es, wenn ich den Mercedes hole und dich heimfahre?«

Wir liefen zurück zum Alpha, wo der Parkwächter, der gerade Nachtdienst hatte, den Mercedes aus seinem Schlummer weckte. Während ich ihn auf die Straße rollen ließ, lehnte sich Agatha vor und berührte das schimmernde Armaturenbrett so behutsam, als sei es aus Porzellan.

»Wunderbares Auto. Winston, mein Junge, wollte ein Mercedes. Ich habe überlegt, ihm ein zu kaufen.« Agatha lachte. »Aber dann hat's nur für Fahrrad gereicht.«

Nach der unvermittelten Erwähnung ihres Sohnes fuhren wir in ungewohntem Schweigen dahin. An einer Baumgruppe, die der Winter arg gebeutelt hatte, bogen wir ab und erreichten einen dieser Wohnblocks, die in der Nachkriegszeit auf die Schnelle hochgezogen worden waren. Im Hausflur war es stockdunkel. »Licht ist gerade kaputtgegangen«, entschuldigte sich Agatha. Ich folgte ihr durchs Treppenhaus, wo mir der Gestank von Urin entgegenschlug. Ich musste mich mit einem Arm an der Wand entlangtasten, so wie Chas es machte. Durch eine Tür mit verzogenem Rahmen betraten wir eine fast leere Wohnung. Von dem einzigen Raum ging eine Küche ab, die kaum größer war als der Lift im Alpha.

»Badezimmer ist eine Treppe höher. Ist ein Gemeinschaftsbad.«

Während sie Tee machte, setzte ich mich auf ein notdürftig ausgebessertes Sofa. Aggressive Musik dröhnte durch die Decke. Der Heizkörper gab zwar gelegentlich ein schepperndes Geräusch von sich, aber keine Wärme. Ein Bild im Silberrahmen zeigte den verschmitzt grinsenden Winston im Tarnanzug. Es war ein entsetzliches Gefühl zu wissen, was dieser lächelnde Junge auf dem Foto nicht wusste. Vielleicht verlieh mir das den Mut, etwas zu sagen. »Schau mal, Agatha.« Ich deutete um mich herum. »Das ist doch nicht gut genug für dich. Ich meine, tut mir leid, dass ich so offen bin, aber bei dem, was wir dir bezahlen …«

»Ich und Winston, wir haben hier gewohnt, als er zur Armee ist«, sagte Agatha. »Weißt du, ich hatte Arbeit nicht weit weg von hier. Da möchte ich nicht gleich wieder ausziehen.«

Aber Winstons Tod in Belfast lag doch schon lange zurück. Als ich den Mercedes zurück zu seinem Abstellplatz brachte und schließlich in den Bus nach Muswell Hill stieg, hatte ich immer noch dieses heruntergekommene kleine Appartment vor Augen. Pattie schlief schon längst, als ich im Kühlschrank nach meinem Schinken griff. Ich kleidete mich im Dunklen aus und lag dann hellwach neben ihr, dachte an die Armee: an den üblen Streich, bei dem man alle meine Kleider in einen Bach geworfen hatte, und daran, dass man mich als Stück Dreck beschimpft hatte, weil ich bei einem Wettrennen Letzter geworden war. Die Vorstellung, Ed wäre zur Armee gegangen und niemals zurückgekehrt, verursachte mir einen beinahe körperlichen Schmerz.

Der ramponierte Türrahmen von Agathas Wohnung erinnerte mich an Zimmer 25 im zweiten Stock des Hotels. Obwohl es eigentlich ein ganz normales Zimmer war, war es doch immer Bühne für besondere Ereignisse gewesen. Ein Mitglied der Rolling Stones hatte sich dort im Kleiderschrank vor der Polizei versteckt. Ein Zimmermädchen hatte sich in einen Gast verliebt, dem es irrtümlich ein Tablett des Zimmerservice gebracht hatte. Und erst kürzlich hatte ein Mann die Tür mit solcher Wucht zugedonnert, dass sie aus den Angeln gesprungen war. Weil die Tür seitdem ein wenig klemmte, brachte ich in dem Zimmer nicht mehr so gerne Gäste unter. Ich hatte es vor Kurzem einmal Ella überlassen, als sie ein wenig beschämt fragte, ob sie sich wohl mit einem Freund irgendwo »ungestört unterhalten« könne. Danach hatte ich ihr gesagt, sie brauche nur nach dem Schlüssel zu fragen, falls der namenlose Herr sie wieder einmal besuchen wolle. Nun schien die Gelegenheit gekommen, den Raum erneut einer sinnvollen Verwendung zuzuführen.

»Hör mal«, schlug ich Agatha eines Abends vor, eine halbe Stunde, bevor sie normalerweise ging, »warum machst du nicht einfach jetzt gleich Feierabend und … na ja, ruhst dich aus und nimmst vielleicht ein Bad?«

Weil ich das so unbeholfen und aus heiterem Himmel vorbrachte, musste sie natürlich lachen. »Was redest du da? Was für ein Bad denn? Vielleicht verpackt als Geschenk unter Weihnachtsbaum?«

»Das Zimmer steht zu deiner Verfügung«, sagte ich und überreichte ihr den klobigen Schlüssel. »Mach's dir bequem.«

»Red keinen Quatsch«, antwortete sie, »hast du Howard gefragt?«

»Ach, der hätte nichts dagegen«, sagte ich und schickte sie mit einer raumgreifenden Armbewegung weg, die an Howard erinnern sollte.

Ich sah ihr nach, wie sie durch die Halle zur Hintertreppe stolzierte – mit dem ihr eigenen, etwas plumpen Schwung, der zugleich etwas Elegantes, ja Unaufhaltsames hatte. Bevor sie aus meinem Blickfeld verschwand, drehte sie sich noch einmal um und schenkte mir ein strahlendes Lächeln.

Ich kann schwer sagen, warum sich das wie ein Geheimnis anfühlte und ich mich nach und nach auch dementsprechend verhielt. Hätte ich Howard davon erzählt, hätte er mein Handeln zweifellos gutgeheißen. Die Geschichte des Hotels war voll solcher Gesten. Aber da er nicht da war, tat ich es nicht. Agatha schlief auch in der nächsten Nacht in Zimmer 25 und in der darauf folgenden. Bis Weihnachten war es mehr oder weniger zu einer Gewohnheit geworden.

Agatha ging nicht davon aus, dass sie für immer dort wohnen würde, und selbst wenn, dann war das auch nicht so schlimm. Niemand erlitt dadurch einen Schaden. Ein Raum, der für Gäste ungeeignet war, wurde von jemandem genutzt, der ihn brauchte. Mehr war nicht dabei. Dennoch bedeutete es, dass es jetzt ein Geheimnis gab. Ich hatte in meiner ganzen Zeit etliche Geheimnisse für Howard bewahrt, aber in den 27 Jahren nie eines vor ihm gehabt. Das war das erste, und dafür erschien es mir ziemlich harmlos. Es war doch nur ein Mensch in einem Zimmer. Aber natürlich ist jedes Hotelzimmer irgendwie mit allen anderen verbunden.

Das Alpha war immer seinen eigenen Launen unterworfen. Es absorbierte die unterschiedlichen Erregungszustände und Ängste der Individuen unter seinem Dach und vermischte sie zu einer einzigartigen Atmosphäre. Wenn in den Nachrichten von einem schrecklichen oder bedeutsamen Ereignis die Rede war, dann bekam ich das oft mit, ohne meinen Tresen verlassen zu müssen. Der Klang der Gespräche in der Bar und auf den Galerien, sogar die Beschaffenheit des Lichts, das durch das Fenster im Dach fiel, schienen sich zu verändern.

An Heiligabend war die Stimmung immer von einer gewissen Unruhe geprägt, weil jeder eigentlich dringend anderswo sein wollte. Howard und Sarah-Jane verbrachten den Tag damit, Obdachlosenheime mit Weihnachtsschmuck zu verschönern. Morgens schauten die Sänger der Heilsarmee vorbei. Nachmittags gab der Chor des King's College in der Bar Weihnachtslieder zum Besten. Gegen vier oder fünf hatten die meisten Gäste ausgecheckt und ließen sich von den Bahnhöfen King's Cross und Waterloo aus quer durchs Land zu ihren Familien verfrachten. Am ersten Weihnachtstag war außer den Yorks selbst immer nur ein versprengtes Grüppchen Ausländer im Hotel: Touristen aus anderen Kulturen zum Beispiel, oder Leute, die den Festivitäten aus bestimmten Gründen aus dem Weg gehen wollten. Vor ein paar Jahren verbrachte eine Dame den Weihnachtstag bei uns, um sich an ihrem untreuen Ehemann zu rächen. Sie blieb, bis

Sarah-Jane sie um fünf Uhr schluchzend in der Bar antraf, sie mit in ihre Wohnung nahm und ihr Truthahnsandwiches servierte.

In diesem Jahr plante Howard für den zweiten Weihnachtstag eine Veranstaltung. Er wollte in der Lobby zweihundert Leute empfangen: fünfzig reiche geladene Gäste und der Rest Obdachlose. An diesem Abend wollte Howard Geld für die Bedürftigen sammeln, indem er wertlose Gegenstände für hohe Beträge an die reichen Gäste versteigerte. Wie immer hatte ich an all dem meine Zweifel – wie immer stürzte ich mich mit Feuereifer in die Vorbereitungen. Ich rief den Angestellten bei Fortnum & Mason an, um Essen zu bestellen, machte dabei meinen üblichen Scherz über die Postleitzahl, und wir ließen wie gewohnt die Nachrichten des letzten halben Jahres Revue passieren.

»Schrecklich, die Geschichte in Neuseeland, wo dieser Typ mit dem Gewehr durchgedreht ist.«

»Ja, schrecklich.«

»Ich weiß nicht, ob man Jelzin trauen kann, was meinen Sie?«

»Na ja, die Zeit wird es zeigen.«

»Das Hotel ist wieder richtig gut im Geschäft, oder?«

»Ja, es läuft besser denn je.«

»Na ja, wir sprechen uns dann nächstes Jahr wieder.«

Als ich auflegte, war es neun Uhr. Ich ging in den Rauchsalon, um ein Glas Whisky zu trinken. Doch dieses Jahr war mir jemand zuvorgekommen. Durch die Rauchglastür tönte Musik, und drinnen hopste Agatha herum. In dem Lied ging es um Diamanten, die jemand am Schuh hat. Sie reichte mir ihren Arm, so wie man in einer lange zurückliegenden Ära der vollendeten Umfangsformen zum Tanz bat. Sie trug ein schwingendes schwarzes Kleid mit tiefem Ausschnitt, in dem ihr Busen wogte.

»Ich fürchte, ich kenne das Lied nicht …«

Agatha legte mir kurz einen Finger auf die Lippen, wie Pattie es immer machte, und schob mich dann in einem Walzer durch den Raum, diagonal wie einen Läufer übers Schachbrett. Meine Wangen fühlten sich heiß an. Als der Tanz vorbei war, sahen wir uns an. Ich errötete unter ihrem prüfenden Blick.

»Vielen herzlichen Dank für das Zimmer«, sagte sie. »Wirklich nett von dir.«

Als das nächste Lied begann, irgendwas über Afrika, griff Agatha erneut nach meinem Arm. Ich machte mich los, etwas energischer als beabsichtigt. Ganz kurz sah sie verärgert aus, doch dann begann sie wieder zu tanzen, wiegte ihre Hüften und ihren Bauch, und ihre Lebendigkeit erfüllte den ganzen Raum. Ich schenkte mir einen Drink ein, setzte mich in den Sessel in der Ecke und sah hin und wieder zu ihr hinüber, wo sie sich so ungezwungen bewegte, als seien noch hundert andere Tänzer im Raum.

Bis zum folgenden Nachmittag hatte ich diese Episode erfolgreich aus meinem Gedächtnis verdrängt – wie alles andere, was mich den Rest des Jahres mit Agatha verband. Ich legte überhaupt keinen Wert darauf, darüber nachzudenken, wie sie den Tag verbrachte, ganz allein in diesem Einzimmerappartement im Osten der Stadt.

Bei uns zu Hause war alles wie immer. Pattie begann praktisch im Morgengrauen damit, Gemüse zu schneiden. Bis in den Flur roch es nach Braten. Caroline und Brian kamen gegen Mittag. Wir spielten Scharade, ein Spiel, das Ed sehr schätzte, weil man dabei ohne Worte auskam. Aber diesmal verhedderte er sich fürchterlich bei dem Versuch, einen Film darzustellen. Er warf seine Hände in die Luft, tat so, als würde er Fahrrad fahren und auf etwas hinaufklettern, was bei uns allen zu hysterischen Heiterkeitsausbrüchen führte.

»Was zum Teufel soll das sein?«, brachte Caroline hervor. Lachtränen strömten über ihr Gesicht.

»Himmel noch mal«, rief Ed in gespielter Verzweiflung, »es ist *In achtzig Tagen um die Welt*. Ich habe die Pyramiden dargestellt, das Kolosseum, das Opernhaus von Sydney ...«, erklärte er, bevor er von dem nächsten kollektiven Lachanfall übertönt wurde. »Ich nehme ... ich nehme an, äh, das war ein bisschen zu ehrgeizig«, sagte Ed und stimmte in unser Gelächter ein.

Später verkündete Caroline mitten in die allgemeine Schläfrigkeit zwischen Hauptgang und Nachtisch hinein, dass sie uns »etwas mitzuteilen« habe. Pattie erstarrte und drückte unter dem weißen Tischtuch mit der Hand mein Knie. Es war die Neuigkeit, auf die sie sehnsüchtig gewartet hatte.

»Ihr werdet Großeltern«, sagte Caroline.

Wenn das keine feierliche Ankündigung war! Ich applaudierte im Stehen, wie bei den Promenadenkonzerten in der Albert Hall, schlug Brian auf den Rücken und ergriff schließlich Carolines Arm. »Wenn ich auch nicht immer der aufregendste Vater gewesen bin«, sagte ich, »kann ich vielleicht doch ein ganz anständiger Opa werden.«

»Ach, Dad«, sagte Caroline mit Tränen in den Augen, »du warst wunderbar und wirst wieder wunderbar sein.«

Natürlich sprach Pattie in dieser Nacht über nichts anderes. Ob sie wohl einen Jungen oder ein Mädchen bekommen würden? (Es sei schwierig, das zum jetzigen Zeitpunkt zu sagen, erklärte ich ihr.) Ob wir Eds Zimmer gleich zum Wickelraum umfunktionieren oder wegen der Farbe noch abwarten sollten? Welche Namen sie wohl aussuchen würden? (Auch das hing doch wohl vom Geschlecht ab.) Ob ich hoffte, dass sie nach diesem noch weitere Kinder bekommen würden?

Wenn ich in die Zukunft hätte sehen können, dann hätte ich ihr Folgendes gesagt: Sie werden ihn Christopher nennen, es wird ein Junge mit ausgeglichenem Charakter und glattem Haar, wissbegierig, ein bisschen wie der kleine Chas; er wird uns immer gerne besuchen und mit uns ein Brettspiel mit Nilpferden spielen, bei dem man auf Hebel eindreschen muss; er wird am liebsten Marmeladenbrote essen, und wir werden unsagbar stolz auf ihn sein. Aber meine Sache war die Gegenwart, nicht die Zukunft. Ich lag da, starrte an die Decke und registrierte schuldbewusst, dass ich es kaum erwarten konnte, ins Alpha zurückzukehren und es für das große Ereignis vorzubereiten.

Ich nahm am Morgen einen sehr frühen Bus. Agatha war schon da, und ich schauderte bei der Überlegung, wann sie wohl von zu Hause aufgebrochen sein musste. Während das übrige London einem enttäuschend grauen und verkaterten Tag entgegendämmerte, wappnete sich das Alpha für die bevorstehende Schlacht. Wir holten aus dem Keller lange Tische, mit denen wir die Halle vollstellten, und hängten bunte Lichterketten an die Galerien. Schon lange vor dem offiziellen Beginn um zwölf Uhr strömten die Bedürftigen herein. Ihre Gesichter waren rötlich geädert oder beinahe durchsichtig bleich, ihnen fehlten Zähne, ihre Finger waren gelblich verfärbt. Sie rochen nach Zigaretten, Alkohol und einem völlig verkorksten Leben. Sie sangen deftige Lieder, fluchten und rülpsten. Die wohlhabenden Gäste kamen später, und wir geleiteten sie in die Bar, wo Howard ihnen die Hände schüttelte. Nervös lugten sie hinaus in das Getümmel.

Chas' schönstes Weihnachtsgeschenk war von Ella: ein Programm, das den Computer zum Sprechen brachte. Das Gerät las vor, was Chas tippte, sodass er seine Texte selbst auf ihre Richtigkeit überprüfen konnte.

»Ich habe den ganzen Weihnachtstag damit herumexperimentiert«, berichtete er mir.

»Ja, deine anderen Geschenke waren für dich Luft«, sagte Sarah-Jane und strich ihm über den Kopf. Etwas in ihrem Lächeln – etwas Verkniffenes, ein gewisser aufgestauter Frust – ließ mich plötzlich um Ella fürchten. Auch wenn Sarah-Jane nicht von Geburt an Chas' Mutter gewesen war, inzwischen fühlte sie sich auf jeden Fall so und begegnete einer Rivalin alles andere als wohlwollend. Mit großem Einfühlungsvermögen hatte Ella Chas' Vertrauen gewonnen. Nun durfte sie es damit nur nicht übertreiben. Es gab immer noch Dinge das Alpha betreffend, die sie nicht verstand.

Etwa um ein Uhr setzten sich alle zu Tisch. Die entfesselte, laute Horde verursachte dabei einen Lärm, der bis zur Decke schallte. Sie ließen Besteck fallen, prosteten sich zu, sangen Lieder, und als Howard sich nach der Mahlzeit zu einer Rede erhob, brandete ohrenbetäubender, unkontrollierter Jubel auf. Chas strahlte und Sarah-Jane rollte mit den Augen.

Dann folgte die Auktion. Das erste Stück war ein Toilettenpapierhalter aus Porzellan in Form eines Hundes. Er trug die Aufschrift *Hunde hinterlassen Pfotenabdrücke auf deinem Herzen.*

»Fangen wir mit fünfhundert an«, heizte Howard das Publikum an. »Höre ich fünfhundert? Ja, denn ich werde selbst fünfhundert bieten. Fünfhundert verdammte Pfund! Für diesen Scheiß! Der mir schon gehört!«

Es kam eine Menge weiterer solcher Sprüche, und alle ließen sich mitreißen, ich selbst eingeschlossen. Ich nahm noch nicht mal die derbe Sprache wahr. Mit seiner Dreistheit entlockte Howard Mike Swan siebenhundert Pfund. Dieser trat in seinem grünen Jackett aufs Podium, um seinen »Preis« abzuholen, während die Menge pfiff und johlte. Als er zu mir an den vordersten Tisch zurückkehrte, grinste er über seine eigene Unbesonnenheit.

»Siebenhundert Pfund«, sagte ich staunend.

»Glücklicherweise bezahlt mich mein guter alter Verlag sehr anständig«, sagte er. »Solange noch Menschen in Hotels gehen, brauche ich mir wegen so was keine Sorgen zu machen. Allerdings«, fügte er hinzu, »weiß ich nicht, warum ich etwas für zu Hause gekauft habe, wo doch Hotels mein Zuhause sind.«

»Ich kann nichts Schlechtes dabei finden«, bemerkte ich.

Das Publikum legte eine immer größere Verschwendungssucht an den Tag. Ein Paar Lederhosen brachte fast tausend Pfund ein, trotz Howards offensichtlich an den Haaren herbeigezogener Behauptung, Mozart habe sie getragen. Howard war ganz in seinem Element: Er sonnte sich im Gelächter des Publikums und sah dabei mit jeder Minute wichtiger, größer, jünger aus. Er begann gerade mit der Auktion eines besonders geschmacklosen Stücks – der schauderhafte Ganzkörperakt eines talentlosen Künstlers, der den Betrachtern unanständiges Gejohle entlockte –, da ertönte ein eigenartiges elektronisches Piepen. Agatha und ich sahen uns verwirrt an. Das Geräusch hatte den penetranten Rhythmus eines Alarmsignals.

»Hallo?«, sagte jemand laut in die entstandene Stille hinein.

Wir blickten uns suchend in der Halle um, bis wir den Sprecher erblickten. Es war Lara Krohl, die Südafrikanerin, die seit geraumer Zeit mit diversen ominösen Werbeaktionen für das Hotel betraut war. Aus ihrer Handtasche hatte sie einen Gegenstand hervorgezogen, der etwa so lang wie ein Ziegelstein war, aber flacher. Es schien sich um ein Walkie-Talkie zu handeln.

»Ja, ich bin im Alpha, ja, bei dieser Party von Howard«, sagte sie, wobei ihr die neugierigen Blicke der Menge anscheinend egal waren. »Ich ruf dich zurück.«

Sie nahm das Gerät von ihrem Ohr und steckte es zurück in ihre Handtasche. Dass alle sie anstarrten, schien sie nicht in Verlegenheit zu bringen.

»Nach diesem Auftritt, denke ich«, sagte Howard, »wäre ein hohes Gebot angemessen …«

Lara Krohl hob beschwichtigend die Hände und nannte eine große Summe, die Howard sofort überbot. Die beiden tauschten quer durch den Raum ein paar gespielte Beleidigungen aus, und der Zirkus ging weiter. Agatha schüttelte den Kopf und griff halb im Spaß zu der kleinen Kruzifixbrosche, die an ihrer Bluse steckte.

»Telefon wie das da hab ich noch nie gesehen, du, Graham?«

Ich verneinte. »Und wenn es bedeutet, dass die Menschen ihre Privatgespräche führen können, wo sie möchten, na ja, dann bin ich auch nicht sicher, ob ich noch mal eines sehen möchte, schönen Dank auch.«

Agatha nickte und verdrehte die Augen. Doch die meisten Leute hier hatten den Vorfall nicht als das gesehen, was er war, nämlich eine Störung. Sie hatten das tragbare Telefon gesehen und sofort angefangen zu überlegen – nicht, warum man damit einen ganzen Saal belästigte, sondern: woher man auch so eines bekam.

4

CHAS

Von Ellas Geschenk, dem sprechenden Computerprogramm, wusste ich schon vorher: Wir hatten es zusammen ausgesucht, obwohl Sarah-Jane fand, dass das nicht dem Geist der Weihnacht entsprach. Es hieß *Speech Pro*, und kaum hatte ich das Geschenkpapier heruntergerissen, bekniete ich JD, es auf dem Computer zu installieren: Er erklärte sich dazu bereit, sobald er erkannt hatte, welchen Unterhaltungswert das Programm hatte, wenn man Schimpfwörter eingab. Der erste Satz, den der Computer ausspuckte, war: »Ich bin eine Schwuchtel.« Ich lachte gequält. Zum Glück hatte bis zum Tee schon längst ein anderes Spielzeug seine Aufmerksamkeit abgelenkt, und ich hatte den Computer für mich.

Howard und Sarah-Jane saßen ermattet auf dem Sofa und kicherten pflichtschuldig über eine Sitcom im Fernsehen. Aus den Resten vom Mittagessen hatte Sarah-Jane ein Büfett gebastelt, an dem ausschließlich JD interessiert war. Ich ging zurück in unser Zimmer, setzte mich in den tiefen Sessel und begann zu tippen.

Chas (dritte Taste von links in der unteren Reihe, sechste von links in der mittleren, und so weiter) *York wohnt im Hotel Alpha*. Ich brauchte vier Anläufe, bis der Satz aus dem Computer so klang wie beabsichtigt. Als endlich »York« und nicht mehr »Tork«, »Alpha« und nicht »Aloha« aus dem Lautsprecher drang, war mir, als hätte ich einen großen Sieg errungen.

Ich tippte nun schon seit längerer Zeit Texte in den Computer – seit Ella herausgefunden hatte, dass ich damit mein entscheidendes Hindernis beim Schreiben überwinden konnte, nämlich dass ich nicht wusste, wie Buchstaben aussahen und auch keine Vorstellung davon hatte, wie sie sich zu Wörtern zusammensetzen. Im Tippen war ich schon ziemlich gut. Aber bisher war ich immer darauf angewiesen gewesen, dass Ella oder Howard die Texte hinterher überprüften. Nun konnte ich das ohne fremde Hilfe: Der Computer sprach zu mir.

Von der ersten Unterrichtsstunde an, von dem Tag an, als ich in der Hotelhalle mit klopfendem Herzen ihren Geruch nach einer verloschenen Kerze wahrgenommen hatte, bestand Ellas Rolle darin, einige der Regeln aufzuheben, die mir bisher Grenzen gesetzt hatten.

»Erzähl mir etwas von dir«, sagte sie, als wir zum ersten Mal im Wohnzimmer saßen. Der schwere Gegenstand, den sie auf den Tisch plumpsen ließ, klang vielversprechend nach Lehrbuch.

»Ich kann überhaupt nichts sehen, nicht einmal dunkel und hell unterscheiden«, erklärte ich mit einem Seufzen, »und es stimmt nicht, dass die anderen Sinne schärfer werden, wenn man blind ist, man nutzt sie nur besser. Ich übertrage einen bestimmten Anblick auf die anderen Sinne, könnte man sagen. Statt etwas zu sehen, nehme ich einen Knall oder etwas Heißes wahr. Mehr kann ich dazu nicht sagen.«

»Gut, aber ich habe eigentlich nicht nach deiner Blindheit gefragt. Die ist mir schnurzegal. Ich wollte etwas über *dich* wissen. Was willst du lernen? Was willst du aus deinem Leben machen?«

Ich bekam eine Gänsehaut. »Ich habe bisher nicht wirklich darüber nachgedacht, was ich aus meinem Leben machen will«, musste ich zugeben. Genau genommen war ich nie auf die Idee gekommen, dass ich überhaupt etwas daraus machen könnte.

»Okay«, sagte Ella, »dann wird es Zeit.«

Ihre täglichen Besuche bildeten den Dreh- und Angelpunkt meines Alltags. Howard hatte mir eine sprechende Uhr gekauft, die auf Knopfdruck die Zeit ansagte. Jeden Morgen, kurz bevor Ella auftauchte, trieb ich mich in der Halle herum und drückte immer wieder den Knopf meiner Uhr. Ella brachte immer das Wetter von draußen mit: die Hitze eines Sommertags, den Geruch des Regens. Sie ließ mich dann ihren Mantel und ihr Tuch im Flur aufhängen, und der Mantel roch immer so intensiv nach ihrem Parfüm, dass es sich einen Augenblick so anfühlte, als hielte ich sie selbst im Arm.

Wir widmeten uns den üblichen Schulfächern und verzichteten nur auf den Sportunterricht, obwohl Howard angeboten hatte, eine Weitsprungbahn in der Hotelhalle zu installieren.

»Vermutlich hat er nur Spaß gemacht«, meinte Ella.

»Vermutlich«, stimmte ich ihr zu.

Der Unterricht dauerte manchmal ein paar Stunden, manchmal bis zum späten Nachmittag. Sobald Ella fort war, lastete die Zeit wie eine Bürde auf mir. Ich schüttelte sie ab, indem ich mich auf die Hausaufgaben stürzte, die sie mir aufgab.

Howard las mir Romane vor. Ich hörte mir Shakespeare-Inszenierungen an, die Ella für mich im Radio aufnahm. Rechenaufgaben lösten wir Schritt für Schritt im Gespräch, wobei ich die Zahlen auf imaginären Skalen in meinem Hirn anordnete. Genauso näherten wir uns der elementaren Physik. Bald konnte ich ein Gedicht analysieren, das mir vorgelesen wurde, oder mündlich Simultangleichungen lösen. Damit war ich meinen Altersgenossen wahrscheinlich ein paar Schritte voraus. Doch in anderer Hinsicht hinkte ich ihnen so weit hinterher wie ein Baby, das noch in den Windeln steckt.

Besonders beim Schreiben: Wo sollte ich da anfangen? Einen unerquicklichen Vormittag lang führte Ella meine Hand mit dem Stift, um damit ein paar klägliche Bögen und Kreise zu vollbringen. Aber auch das verschaffte mir von den Buchstaben kein Bild, das ich hätte reproduzieren oder mit der visuellen Vorstellung eines Wortes hätte abgleichen können. Ich wurde wütend und schickte Sarah-Jane weg, als sie uns über die Schulter sah. Meine Unzulänglichkeit war mir so peinlich, als habe man mich bei etwas Verbotenem erwischt.

Da kam Ella auf die Idee mit dem Computer. »Na gut, Mister, du kannst doch eine Buchstabenreihe auswendig lernen, oder?«

»Klar.«

»Dann wiederhole mal: Q-W-E-R-T-Y-U-I-O-P.«

»Q-W-E-R-T-Y-U-I-O-P.«

»Hey, du bist gut!«

»Das habe ich mir einfach nur gemerkt.«

Die drei Reihen Buchstaben der Standardtastatur hatte ich so schnell im Kopf wie ein Spion einen Geheimcode. Dann führte Ella mich aus dem Wohnzimmer. Es war aufregend und beängstigend zugleich, mit ihr so durch die ganze Wohnung zu laufen. Ich setzte mich an den Computer in unserem Zimmer, der piepsend und ratternd zum Leben erwachte. Ich nutzte die kurze Zeit, um mich wieder zu beruhigen, und versuchte zu verdrängen, wie das Zimmer wohl aussah, wie kindlich es auf sie wirken musste, was für peinliche Sachen bestimmt überall herumlagen. Behutsam legte Ella drei meiner Finger auf die Tasten. »Okay. Hier ist das Q. Das ist das A. Das ist das Z. Wenn du vom Q drei Tasten weitergehst, welcher Buchstabe kommt dann?«

Das war einfach – eine reine Gedächtnisleistung: »R.«

»Gut. Jetzt tippe ein R. Sehr gut. Jetzt tippe ›Chas‹.«

Beim ersten Versuch schrieb ich »VRAS«, dann »CJAS«; beim dritten Versuch hatte ich es. So spielten wir zehn, fünfzehn Minuten herum. Buchstaben, Wörter, alles auf Papier Geschriebene hatte bisher für mich zu den neunundneunzig Prozent des Universums gehört, die im Dunklen lagen. Nun stellte sich heraus, dass das alles nach bestimmten Regeln funktionierte, weil jemand die Buchstaben Knöpfen zugeordnet hatte, die man drücken konnte. Endlich konnte ich all das ausdrücken, was ich wollte. Dank Computer und meiner Lehrerin.

Von nun an rannte ich sofort zum Computer, sobald ich Ella ihren Mantel überreicht und gehört hatte, wie sie kaum wahrnehmbar raschelnd die Hotelhalle verließ. Ich übte das Tippen und brachte JD dazu, mir meine Texte vorzulesen. Wir spielten inzwischen komplexere Computerspiele, in denen es mehr um Strategie ging als das Abschlachten von Besuchern aus dem All. Sie hießen *Sim City* oder *Railroad Tycoon*, und wir waren die Herren einer Stadt oder leiteten eine Eisenbahngesellschaft. Unsere ernsthaften Diskussionen über die Bedürfnisse der virtuellen Charaktere, die heimlichen Stunden vor dem Bildschirm, wenn wir eigentlich schlafen sollten – all das machte mir nach wie vor Spaß. Doch nichts war mir wichtiger, als diese Wörter zu schreiben. Ich erwartete von einem Computer etwas anderes als JD, der sich damit in eine Fantasiewelt flüchtete. Für mich waren diese Maschinen das genaue Gegenteil: das Tor zur realen Welt.

Zu meiner eigenen Überraschung wagte ich allmählich, das Hotel zu verlassen. Einmal besuchte die ganze Familie, Graham und Ella eingeschlossen, eine Vorstellung des *Sommernachtstraums*. Im Theaterfoyer roch es nach Geld und Lederschuhen, und überall um mich herum summten undeutliche

Gespräche. Ich hielt die Seiten des Programmhefts an meine Nase: Der köstliche Geruch des Frischgedruckten überwältigte mich. Als das Stück anfing, hörte ich kurz Gemurmel, ein aufgeregtes Kichern und Flüstern. Ich versuchte, mich auf den Text zu konzentrieren statt auf Ellas Parfüm und ihr leises, wissendes Lachen.

»Ich kriege nicht alles mit, was passiert«, gestand ich JD in der Pause.

»Ich auch nicht, Mann, und das, obwohl ich's sogar sehen kann.«

Diesen Ausflug hatte Lara Krohl organisiert. Ihre PR-Firma hatte die Karten ganz kurzfristig für Howard besorgt; niemand sonst hätte das hinbekommen. Zum Dank lud Howard nach dem Theater alle zum Essen ein, und am Ende landeten wir in der Alpha-Bar. JD und ich hätten schon längst im Bett sein müssen. Es sei schließlich Freitagabend, wandte Howard ein, als Sarah-Jane einen halbherzigen Versuch unternahm, Strenge zu zeigen.

Ich wollte unbedingt in Ellas Nähe sein, und irgendwann an diesem Abend folgte ich ihr und Lara Krohl in den Rauchsalon. Das kam mir wie ein sehr erwachsener Akt der Verschwörung und Rebellion vor, obwohl Howard es mir erlaubt hatte. Vor meinem geistigen Auge sah ich die Flämmchen, die von ihren Streichhölzern aufflackerten, und die Rauchwolken, die sie in die Luft bliesen. Sie sprachen über Howard, wobei Ella Laras wenige Versuche, eine Bemerkung loszuwerden, im Keim erstickte.

»Chas, was willst du denn mal machen, wenn du groß bist?«, fragte Lara.

»Was meinen Sie?«

»Na ja, willst du Schriftsteller werden? Oder irgendwas mit Mathe machen? Vielleicht als Buchhalter in der Stadt arbeiten …«

Sie hatte, so wie es der Labourvorsitzende Kinnock kürzlich über Premierminister Major gesagt hatte, keinen Bezug zur Realität.

»Ich geh nicht raus«, erklärte ich ihr, »also werde ich im Hotel arbeiten.«

»Du gehst überhaupt nie vor die Tür?«

»Nicht wirklich. Heute Abend sind wir natürlich rausgegangen, aber im Allgemeinen vermeide ich es. Einmal bin ich in den Zoo gegangen, aber das erwies sich als Fehlschlag. Deshalb gab es so einen Aufruhr, als ich Ihnen damals wegen der Hauptstadt von Lesotho hinterhergelaufen bin.«

»Das Lustige ist«, sagte Ella, »dass später, wenn du mal einen Job brauchst, tatsächlich niemand mehr das Haus verlassen muss. Lara und ich haben eben darüber gesprochen.«

»Ja, genau«, sagte Lara.

Ihr Wortwechsel hatte etwas Gezwungenes; ich spürte, dass nur das Rauchen sie hier zusammengeführt hatte, und diese kluge Erkenntnis erfüllte mich insgeheim mit Stolz.

»In ein paar Jahren macht man alles nur noch mit Computern. Arbeitest du mit einem Computer?«

»Ich kann ziemlich gut tippen.«

Lara unterbrach mich: »Virtuelle Realität nennt man das. Kürzlich hat mir jemand etwas über dieses sogenannte Internet erzählt.«

Damals hörte ich das Wort zum ersten Mal.

»Man vernetzt die Computer auf der ganzen Welt«, erklärte Lara, und wie immer klangen die Laute aus ihrem Mund sehr kratzig und dunkel, »und dann kann jeder das Gleiche sehen, egal, wo er ist. Wie beim Fernsehen. Lass noch zehn Jahre oder so vergehen, dann kann man dem Computer jede x-beliebige Frage stellen. Das ist dann wie ein Lexikon, aber …«

»Aber wer hat ihm das alles zuvor beigebracht?«, vernahm ich eine belustigte Stimme. Graham war hereingekommen und mischte sich wie immer ohne Umschweife ins Gespräch.

»Bitte?«, fragte Lara Krohl mit einem Hauch von Ungeduld. Man merkte, dass sie lieber andere unterbrach, als selbst unterbrochen zu werden.

»Ich denke, egal wie schnell Computer Informationen ausspucken, es werden nach wie vor Menschen sein, die sie vorher mit diesen Informationen füttern müssen«, sagte Graham. »Ein Computer wird doch wohl kaum selbst ein Hotel testen oder das Wetter vorhersagen, oder?«

Am nächsten Morgen war die Stimmung beim Frühstück ein wenig verhalten. Das Radio dudelte ausnahmsweise mal nicht, und Howard machte sich mit dem Hinweis auf eine Besprechung, zu der er musste, ungewöhnlich schnell davon. Als ich aus dem Badezimmer kam, wartete Sarah-Jane schon auf mich und bat mich an den Küchentisch. Aus der Hotelhalle drang gedämpfter Lärm, gefolgt von Agathas Gelächter, und ich wäre deutlich lieber dort gewesen. Das hier erinnerte mich viel zu sehr an damals, als sie mir von dem Brand erzählt hatten. Sarah-Jane legte ihre Hand auf mein linkes Knie. »Wir wollen immer nur das Beste für dich, Chas, das weißt du doch, oder?«

»Ja.«

»Diese Dame, Lara – also, ich möchte nicht, dass du mit ihr sprichst, wenn Howard oder ich nicht dabei sind, okay?«

»Warum?«

Ich hörte das vertraute Rascheln von Sarah-Janes Kleid, als sie die Beine übereinanderschlug. »Sie kennt viele Journalisten. Und die Journalisten meinen es vielleicht nicht so gut mit dir wie wir. Sie möchten über Howard oder das Hotel schreiben. Deshalb …«

»Aber Lara ist doch Ellas Freundin.«

»Ella …« – ich hörte, wie Sarah-Janes Stimmlage nach oben und ihr Akzent nach Norden rutschten – »hat nicht immer das im Blick, was wir das große Ganze nennen.«

»Das ist mir schnurzegal«, sagte ich. Es entstand eine so vollkommene Stille, dass ich sogar das Wasser in den Leitungen außen am Haus gluckern hören konnte.

»Woher hast du diesen Ausdruck?«

»Ich weiß nicht.«

»Ich glaube, *ich* weiß es«, sagte Sarah-Jane.

Ich brauchte eine halbe Minute, um eine Antwort zustande zu bringen, die dann im leeren Raum verhallte. Sarah-Jane hatte mich offensichtlich allein sitzen lassen.

Später stellte sich dann heraus, dass Sarah-Jane übervorsichtig gewesen war, was sie auch selbst einräumte. Wie ich vermutet hatte, gehörte Lara zu den Freunden, nicht zu den Feinden. Als PR-Chefin musste sie dafür sorgen, dass die Journalisten dem Hotel gewogen waren. Howard vertraute ihr, und auch Ella schien sie zu mögen. Alle anderen hatten die Angelegenheit schnell vergessen, doch in meinem Kopf wurde sie zum unwillkommenen Dauergast. Was gab es über Howard oder das Hotel zu schreiben? Was meinte Sarah-Jane mit dem »großen Ganzen«? Ich legte den Vorfall in Gedanken auf den Stapel der Dinge, die ich nicht verstand, und dieser Stapel wurde ständig höher.

Enttäuscht musste ich feststellen, dass Wissen nicht das Gleiche war wie Verstehen. Über Wissen verfügte ich ganz sicher. Als ich zehn wurde – was mir als großer Meilenstein erschien –, hatte ich ein Jahr Unterricht bei Ella gehabt und wusste mehr, als ich mir je erträumt hatte. Ich wusste nicht nur, wie viele Einwohner China hatte und was es bedeutete, dass China von einem kommunistischen Regime beherrscht wurde. Nein, ich war auch in der Lage, aus philosophischer Sicht zu argumentieren, dass niemand wissen kann, ob China existiert oder nicht, bevor er nicht selbst dort gewesen ist. Da niemand dort gewesen war – nicht mal Howard und ganz bestimmt nicht Graham, der es kaum weiter als bis nach Chinatown geschafft hatte –, hatten wir keinen empirischen Beweis dafür; in der Hinsicht war es also egal, ob man blind oder sehend war.

»Verstehst du, was ich sagen will?«, redete ich auf JD ein, der sich in seinem Bett über mir herumwälzte und mit den Gedanken ganz woanders schien. »Auch wenn andere Leute sehen können, sehen sie neunundneunzig Prozent aller Dinge nicht mit eigenen Augen. Sie vertrauen auf das, was andere behaupten. Sie *wissen* nicht, ob China existiert.«

»Es existiert ganz sicher«, sagte er mit schläfriger Stimme. »Es kam ja im Fernsehen.«

»Aber was ich meine … na ja, egal. Ich versuche nur darauf hinzuweisen, dass andere Menschen auch nicht besser sind als ich.«

»Hier stimme ich dir uneingeschränkt zu«, sagte JD.

In manchen Nächten, wenn ich im Geiste beim Elfereinmaleins bis tausend gekommen war und ebenso oft die Anordnung der Buchstaben auf der Tastatur durchgegangen war, dachte ich über das Gespräch mit Lara nach: »Man kann dem Computer jede x-beliebige Frage stellen.«

Bis vor Kurzem hätte ich behauptet, dass Howard alle meine Fragen zufriedenstellend beantworten konnte, und wenn nicht er, dann Graham, und wenn der etwas nicht wusste, gab es immer noch die Enzyklopädie. Doch nun, in diesem Niemandsland zwischen Kindheit und der Pubertät, die JD bereits fest im Griff hatte, wurde mir klar, dass es eine Kategorie von Fragen gab, die schwer nachzuschlagen und noch schwerer laut auszusprechen waren.

Ich grübelte über meinen Vater nach. Es war seltsam: Wenn ich richtig verstanden hatte, gab es irgendwo da draußen einen

Mann, der mein Vater gewesen war, bevor Howard diese Rolle übernommen hatte. Doch wo immer dieser Mann sich auch befand, im Alpha war er nicht, und außerhalb dieser Mauern machte es für mich keinen großen Unterschied, ob jemand nur eine Ecke weiter oder in Peking war. Trotzdem wäre es schön zu erfahren, wer er war – zumindest seinen Namen –, und auch, ob er mich sehen wollte. Es war Neugier, nicht Sehnsucht. Es gab nichts, wonach ich mich sehnte, solange Howard mir der Vater war, den ich brauchte. Aber die Neugier verschwand nicht völlig; sie flüsterte mir nachts ins Ohr, sie war da, wenn die Türen des Hotels aufschwangen, und sie steckte hinter meiner vagen Vorstellung, er würde eines Tages hereinkommen.

Diese meine Neugier erstreckte sich auch auf andere Themen. JD machte nun ständig Anspielungen auf Frauen und Sex und klang dabei so routiniert, als seien wir auf dem Gebiet ganz alte Hasen. Im Bett redete er dann davon, wie sexy Ella war.

»Sie trägt immer solche Kleider, bei denen man irgendwie ihren Busen sieht, also die Form, meine ich. Und wie sie geht! Du hast so ein Glück, dass du die ganze Zeit mit ihr zusammen sein kannst.«

Weniger Glück hatte ich, so wollte ich erwidern, dass ich nichts davon sehen oder mir vorstellen konnte. Trotzdem kam es mir vor, als kenne ich von Ella jedes Detail, allein durch ihren Duft und den Klang ihrer Stimme. Meine Gefühle für sie hatten sich im Laufe der Zeit, in der sie mich unterrichtete, von kindlicher Bewunderung zu etwas Intensiverem entwickelt. Hin und wieder, wenn JD schon schlief, ließ ich meine Hände über meinen Körper gleiten, über die Stellen, die Sarah-Jane als meinen Intimbereich bezeichnete, obwohl er doch für mich ein größeres Geheimnis darstellte als für sie. Dass ich über die Hängenden Gärten von Babylon oder die Eigenschaften eines gleichseitigen Dreiecks mehr wusste als über meinen eigenen Penis, empfand ich nun als nicht mehr ganz optimal.

Als Ella ein immer festerer Bestandteil meines Lebens wurde, gelang es mir gelegentlich, unsere Gespräche auf persönliche Dinge zu lenken. Einmal fragte ich sie, was sie an ihrem Geburtstag am fünften Juni mache.

»Ach, nichts Besonderes. Ich gehe mit ein paar Freunden bei mir um die Ecke was trinken.«

Sie wohnte, wie ich wusste, an einem Ort namens Manor House, was in meinem Ohr angemessen vornehm klang. Ich konnte mir beim besten Willen nicht vorstellen, wie es »nichts Besonderes« sein könnte, in der Welt da draußen an einem selbst gewählten Ort Alkohol zu trinken.

»Und kommt dein … dein Mann auch mit?«

Ella lachte ihr leises und ein wenig nachsichtiges Lachen, bei dem ich nie wusste, ob ich etwas Amüsantes und Kluges oder einfach nur lächerlich Naives gesagt hatte. Diesmal traf ganz eindeutig Letzteres zu. »Ich habe leider keinen Mann.«

»Ich meine … einen Freund?«

»Auch nicht.« Sie tätschelte mir die Schulter, und dabei fühlte sich die Wärme, die in meiner Körpermitte aufstieg, zugleich wunderbar und schrecklich an. Sie seufzte übertrieben tief. »Das bist am ehesten noch du, Chas.«

Ich wusste, dass das nur ein Scherz war und dass ich besser daran täte, mich auf den Inhalt des Unterrichts zu konzentrieren als auf die Unterrichtende. Ich übte jeden Tag zwei oder mehr Stunden lang Tippen; dazu verfasste ich von den Nachrichten, die Graham und Ella mir vorlasen, kurze Zusammenfassungen, die Howard dann lesen konnte, wenn er von seinen Meetings zurückkam. Inzwischen war ich darin gut und schnell. Im Frühling nahte mein elfter Geburtstag, und am Tag davor fand die Parlamentswahl statt, die ich so weise für 1992 vorausgesagt hatte. Howard und Sarah-Jane erlaubten mir, bis zur Bekanntgabe der Ergebnisse aufzubleiben.

»Du kennst dich weiß Gott besser damit aus als ich, Schätzchen«, sagte Sarah-Jane zu mir.

»Jeder kennt sich besser damit aus als du, Captain«, zog Howard sie auf. »Du bist die Einzige, die glaubt, dass Kinnock gewinnt.«

Wir saßen auf dem Sofa, während gebildete Herren die Nachrichten in kleinen Häppchen zwischen großen Intervallen nichtssagenden Gequassels servierten. Howard trank Bier, Sarah-Jane und ich hielten uns an Kakao. Nach Mitternacht machten die beiden eine Flasche Champagner auf und ließen mich kosten. Er prickelte auf meiner Zunge und rann sauer meine Kehle hinunter. Die Grimasse, die ich schnitt, brachte sie zum Lachen. Howard zerzauste meine Haare. »Auf unseren großartigen Sohn«, sagte er, und ihre Gläser klirrten gegen meines. Gegen zwei Uhr schlief ich ein, etwa zu dem Zeitpunkt, als feststand, dass die gegenwärtige Regierung an der Macht bleiben würde, genau wie Howard es vorausgesehen hatte – oder sich gewünscht hatte, so genau wusste man das bei ihm nie. Sarah-Jane murrte, dass sie sterben würde, bevor Labour wieder eine Regierung bilden würde. Howard antwortete, dass ihr ja noch ein paar Jahre blieben, worauf das Sofa unter ihrem Gebalge knarzte. Ich rollte mich zusammen und träumte verschwommen von einer Art Universität, wo mir ein Zertifikat überreicht wurde, das ich stolz Howard präsentierte.

Geburtstag hin oder her, am folgenden Tag stand wie immer der Unterricht mit Ella auf dem Plan. Graham und Agatha waren in ein Gespräch mit einem Mann namens Saunders verwickelt. Er war anscheinend gekommen, um eine noch offene Rechnung zu begleichen, was eine Menge Wirbel und

Gelächter verursachte. »Nach fünfundzwanzig Jahren«, sagte Graham, »können Sie sich vielleicht vorstellen, dass wir uns langsam ein bisschen Sorgen gemacht haben, haha!«

»Ich habe Ihnen doch gesagt, dass ich das Geld vorbeibringe«, sagte der Mann. »Aber man kommt ja zu nichts, wissen Sie?«

Noch mehr Gelächter. Schließlich kam Howard herbei, ebenso wie Mr. Swan, der versprach, die Geschichte in seinem nächsten Buch zu verewigen. Graham konnte noch das originale Reservierungsbuch aus den Sechzigern aufstöbern, in dem er den Mann als Gast eingetragen hatte. Agatha prustete immer noch vor Lachen, als sie sich aufmachte, um gemeinsam mit Mrs. Davey die Zimmermädchen mit ihren Putzwagen zu dirigieren. Die beiden Frauen schossen an mir vorbei, als hätten sie selbst Räder. All das war von begrenztem Interesse und hatte die allgemeine Aufmerksamkeit von meinem Geburtstag abgelenkt. Ich wollte schon ein bisschen schmollen, als die Türen sich öffneten. In der Halle breitete sich ein Hauch frischer Luft aus, und ich vernahm die flachen Schritte, die mein Herz unweigerlich höher schlagen ließen.

»Da steht ja genau der Mann, den ich suche!« Schon lag Ellas Hand auf meinem Arm, und um mich herum breitete sich der zarte Duft ihres Parfüms aus. »Ich habe ein Geschenk für dich, aber du musst dafür mit mir rauskommen. Bist du bereit?«

Es regnete uns ins Gesicht, und das Pflaster roch nach der Londoner Nässe, wie ich sie von meinen wenigen früheren Ausflügen kannte. Ella beschrieb, woran wir vorbeigingen: graue würfelförmige Gebäude, Taxischlangen an den Ampeln. Von irgendwo her ertönte eine Sirene, und ich zuckte zusammen und fasste nach ihrem Arm. Sie lachte und drückte meine Schulter. Mein Schwanz, dachte ich, fühlt sich an wie der CN-Tower in Toronto (mit seinen 553 Metern ist der Fernsehturm das weithin sichtbare Zeugnis von Kanadas technologischer

Kompetenz). In einem Eingang empfingen mich die dröhnenden Bässe von Popmusik und der Geruch von nagelneuen Dingen.

»Wir sind jetzt im Dixons-Elektromarkt«, sagte Ella, »an dem Schalter, wo …« Sie brach ab und wandte sich an jemand anderen: »Wir möchten etwas abholen.«

Ich hatte eine prickelnde Ahnung davon, was nun kommen würde.

»Streck deine Hände aus.«

Ich gehorchte und trat dabei von einem Fuß auf den anderen. Man drückte mir ein Paket in die Hände.

»Das«, sagte Ella, »ist ein Laptop nur für dich allein.«

»Ehrlich?«

»Es wird langsam Zeit, findest du nicht?«

Ich war so begeistert, dass ich gar nicht anständig Dankeschön sagen konnte, weshalb ich es gleich zweimal wiederholte, nur um sicherzugehen. Ella schlug vor, auf dem Heimweg noch in ein Café zu gehen, und bot an, den Computer in ihre Tasche zu stecken. Nein, nein, sagte ich ihr, ich würde ihn selbst tragen. Den Teil mit dem Café hatte ich gar nicht richtig mitgekriegt, sodass ich erst realisierte, wo wir waren, als Ella Donuts und Tee bestellte. Die Plastiktüte mit ihrem schweren, unschätzbar wertvollen Inhalt lehnte an meinem Bein, damit ich sie spüren konnte.

Als wir ins Hotel zurückgingen, trug ich fast zu schwer an meiner heutigen Wundertüte: der neue Computer, das plötzlich gar nicht mehr so bedrohliche, große London um mich herum, der Geruch von Ellas Mantel und dessen Ärmel, der sich rau anfühlte. Mein Schwanz war so prall wie die Hindenburg (der größte Zeppelin, der je gebaut wurde). Als wir das Alpha wieder betraten, strömte ich so über vor Glück, dass ich fest davon ausging, man werde mir jetzt gratulieren. Stattdessen gab es Ärger.

»Wo zum Teufel habt ihr gesteckt?«, fragte Sarah-Jane. »Habt ihr eine Ahnung, was für Sorgen …«

»Wir sind nur schnell auf einen Donut und einen Laptop raus«, sagte ich.

»So, so, einen Donut. Und was ist mit deinem Geburtstagsessen?«

»Bis dahin habe ich wieder Hunger.«

»Und was genau bringt dir zu Hause ein Laptop?«

»Ein Laptop ist wie ein tragbarer Computer«, erklärte ich, »es ist ganz toll, so was zu haben. In ein paar Jahren wird jeder einen besitzen, heißt es. Damit kann ich …«

»Der muss teuer gewesen sein«, sagte Sarah-Jane an Ella gewandt. »Das hättest du nicht machen sollen.«

»Ach, das ist schon in Ordnung, ich kenne jemanden bei Dixons«, sagte Ella. »Ehrlich, das ist kein Problem.«

Ich gewann den Eindruck, dass die beiden sich nicht wirklich freundlich in die Augen blickten, und fühlte mich dabei unwohl. Ich drückte mich an Sarah-Jane vorbei und ging ins Wohnzimmer, um dort auf Ella zu warten. Wir absolvierten den Unterricht, als ob nichts geschehen sei. Ich fragte Ella, ob sie zum Essen bleiben würde.

»Ich denke nicht … ich weiß nicht, ob ich eingeladen bin«, sagte sie mit einem ironischen Lachen.

»Aber ich lade dich ein, es ist doch mein Geburtstag!«

Sie lehnte sich herüber und küsste mich auf die Wange, doch es fühlte sich an, als habe man mir eine Hand in den Schritt gelegt.

»Also gut, dann kann ich dir wenigstens ein Geburtstagslied singen.«

Die Party zog sich dann viel länger hin, sogar noch lange, nachdem ich schlafen gegangen war. Tief in der Nacht nahm ich noch immer hohes, schrilles Gelächter und Gespräche wahr, zuerst nur eine Andeutung davon aus der Hotelhalle, dann laut wie ein Wolkenbruch, als mehrere Leute unser Wohnzimmer betraten. Ich hörte das Ploppen von Korken, Kommentare, Gekicher und gespielte Empörung, immer flankiert von Howards Bassstimme. Ob Ella noch da war? Einerseits wäre ich gerne aufgestanden und hätte mich dazu gesellt, andererseits war mir der Gedanke auch zuwider, vielleicht weil das, was als meine Geburtstagsfeier angefangen hatte, nun zu etwas Anderem geworden war, was mit mir nichts mehr zu tun hatte. Ich vergrub mein Gesicht im Kissen und dachte an meinen neuen Computer, doch die ganze restliche Nacht drangen Gesprächsfetzen zu mir durch, die ich nur halb verstand. Es war noch immer Gelächter zu hören und – aber vielleicht hatte ich das nur geträumt – auch scharfe, gereizte Töne, möglicherweise sogar ein Streit, vielleicht über eines der zahllosen Themen, von denen ich noch immer keine Ahnung hatte.

Noch lange Zeit später dachte ich immer wieder an diese Erlebnisse zurück: die Wahlnacht, der Ausflug, um den Laptop abzuholen, und die rätselhaften Vorgänge an meinem Geburtstagsabend. Denn von da an war nichts mehr wie zuvor. Ich brauchte ein paar Tage, um zu begreifen, dass wir eine Grenze überschritten hatten, wie auch immer diese aussehen mochte. Übers Wochenende machten wir einen Familienausflug nach Yorkshire, um Sarah-Janes Eltern zu besuchen. Das war sehr viel weiter vom Hotel entfernt, als mir üblicherweise lieb war, aber ich konnte fast die ganze Zeit in meinem Zimmer am Computer verbringen, dessen Funktion Sarah-Janes Eltern nicht einmal ansatzweise begriffen.

Statt uns von Graham fahren zu lassen, hatten wir ein Auto gemietet, was ungewöhnlich war, und am Montag kamen wir zu spät für Ellas Unterricht zurück, sodass ich wegen der Zeitungen zur Rezeption ging. Doch Graham war beschäftigt –

ich hörte, dass er etwas mit seinem kratzenden Füllfederhalter schrieb – und Agatha war gar nicht da.

»Sie ist vorübergehend auf Reisen«, sagte er auf meine Frage hin in einem Ton, der mir jede weitere verbot. Irgendetwas war hier faul, auch was die Stimmung im Alpha insgesamt betraf. Ein- oder zweimal hörte ich Sarah-Jane mit aufgeregter Stimme telefonieren, aber den genauen Wortlaut konnte ich ärgerlicherweise nicht verstehen. Howard schien mehrere Abende hintereinander bei Besprechungen zu sein.

An einem Mittwochmorgen hängte ich Ellas Mantel auf und registrierte überrascht das Fehlen ihres Parfüms. Ich hörte, wie sie einen Stuhl zurückzog und sich setzte. Sie räusperte sich und legte einen Stapel Bücher auf den Tisch.

»Warum trägst du heute kein Parfüm?«, fragte ich. »Und ist das ein anderer Mantel?«

Als hätte ich ein Codewort gesprochen, streckte Ella ihre Hand aus und legte sie auf meine. Doch ich spürte nicht das vertraute Prickeln. Ihre Haut fühlte sich kalt an.

»Hör mal, Chas, ich gehe in ein paar Wochen nach Amerika.«

»Nach Washington, DC? Das ist die Hauptstadt, obwohl die Leute immer denken, dass …«

»Nach New York.«

»Wie lange?«

»Das ist es eben: Ich ziehe auf Dauer dorthin.«

Wasser gurgelte durch Leitungen, draußen auf der Straße fuhr freundlich brummend ein Lastwagen vorbei.

»Warum?«, fragte ich.

»Ich brauche …« Aber Ellas Stimme schien sich an einem Hindernis zu verfangen. Sie schluckte sehr laut. Ihre Hand drückte meine. Mir wurde klar, dass sie womöglich gleich anfangen würde zu weinen, und ich empfand ein Gefühl völliger Hilflosigkeit, ja der bedingungslosen Niederlage.

»Hab ich was falsch gemacht?«, fragte ich.

»Nein, nein! Oh, Chas.« Sie räusperte sich wieder, aber ihre Stimme blieb hoch und dünn, als würde eine schlechte Schauspielerin für sie einspringen. »Es gibt so vieles, das ich … es ist schwer zu erklären.«

»Versuch's.«

»Ich muss … manchmal im Leben muss man etwas ändern … den Blickwinkel ändern«, sagte sie.

»Ich habe keinen Blickwinkel«, sagte ich bitter und bereute es sofort, da Ella zu schluchzen begann. Ich griff nach ihrem Arm, und sie lehnte sich an mich und strich mir tröstend über die Schulter, als sei ich der, der weinte.

Sie fasste sich schnell wieder. »So geht das nicht«, murmelte sie. »Tut mir leid. Ich werde mich zusammenreißen. Alles okay. Alles wird gut.«

Dass sie sich zusammenriss, war natürlich nicht das, was ich wollte – ich wollte wissen, was los war. Ich hängte den unbekannten Mantel auf und lauschte ihrem Unterricht in einem Zustand trauriger Verwirrung. Ich konnte es kaum erwarten, dass JD am Abend von seinem Freund heimkam, um ihn mit der Neuigkeit zu schockieren. Aber die Merkwürdigkeiten waren noch lange nicht zu Ende. Auch er ließ eine Bombe platzen. »Agatha ist auch weg, wusstest du das?«

»Was?«

»Sie ist diese Woche gegangen. Graham sagt, er weiß nicht, warum. Sie ist einfach weg.«

Ich dachte an ihr herzhaftes Lachen und ihr fröhliches Hallo am Morgen, das plötzlich verstummt war wie ein Radio, das man ausgeschaltet hatte. Ich war wie vor den Kopf geschlagen.

»Sie hat sich nicht mal verabschiedet.«

»Es gibt kein Gesetz, dass man sich verabschieden muss«, sagte JD grollend.

Da hatte er recht. Auf dieser Welt stellten die Erwachsenen die Regeln auf, und sie verhielten sich, wie sie wollten.

Bis ich alles besser begreifen würde, konnte es immer wieder passieren, dass Menschen aus meinem Leben so leicht verschwanden wie aus einem Zimmer, ohne dass ich mich darauf vorbereiten konnte; und dabei taten sie so, als sei nichts geschehen.

An der Art, wie die Tür sich öffnete, konnte ich erkennen, dass man uns belauscht hatte. Howards Gegenwart erfüllte den Raum. »Na? Was ist denn hier los?«, fragte er ruhig. »Immer noch wach?«

Diesmal war kein leises Klopfen oder Zungenschnalzen zu hören. Mein Bett knarrte, als er sich auf die Kante setzte.

»Ella geht weg, und Agatha ist schon weg, und niemand hat mir Bescheid gesagt«, sagte ich.

Howard schwieg eine vielsagende Sekunde, bevor er zu sprechen begann: »Ella war großartig, ich weiß, aber Amerika ist ein aufregendes Land, und sie glaubt anscheinend, dass sie diese Chance nicht ungenutzt lassen darf.«

»Aber sie wusste so viel über Computer und so«, sagte ich und ärgerte mich, dass meine Stimme so verzweifelt klang.

»Wir finden jemanden, der sich um dieses Zeug kümmert«, sagte Howard. Vielleicht, so dachte ich, würde ihm das ja tatsächlich gelingen. Er rutschte zu mir rein und fuhr mir durch die Haare. »Wir besorgen dir die besten Computer, die es gibt«, fuhr er fort. »Und dieses … wie heißt das … Internet.« Seine Stimme klang jetzt wieder so selbstbewusst wie gewohnt: Zukunftsvisionen und Versprechungen, dieses Terrain war ihm vertraut. »Ich werde überall verkünden, dass wir jemand ganz Außergewöhnlichen suchen, jemand, der es mit dir aufnehmen kann.«

»Und was ist mit Agatha?«, fragte JD, und allein sein Tonfall war eine Provokation. In mein Entsetzen über die nun folgende Stille mischte sich auch ein wenig aufgeregte Neugier.

»Agatha ist aus persönlichen Gründen gegangen«, sagte Howard.

»Und die wären?«

»Persönliche Gründe bedeutet, dass man nicht nachfragt, Jonathan«, schnauzte Howard ihn an. »Und jetzt gute Nacht. Gute Nacht euch beiden.«

Er schloss die Tür ziemlich laut, als hätte nicht schon die Nennung von JDs vollem Namen eine ausreichend einschüchternde Wirkung gehabt. Ich wartete, dass JD etwas sagte.

»Ich bin nicht daran schuld, dass es hier verdammt merkwürdig zugeht«, murmelte der schließlich, und seine Stimme klang dabei erschreckend brüchig.

In meinen letzten zwei Unterrichtssitzungen mit Ella legten wir beide eine künstliche Heiterkeit an den Tag. Oder vielleicht traf das auch nur auf mich zu, vielleicht waren die Aussichten für Ella ja tatsächlich heiter, auch wenn sie so getan hatte, als wolle sie nicht gehen. Sie hatte in einem großen Ordner meinen aktuellen Lernstoff dokumentiert, anscheinend eine Sammlung von Diagrammen, Schemata und Kopien offizieller Lehrpläne, die sie Howard übergeben wollte.

»Ich finde, du solltest nicht zu früh mit der Moderne anfangen«, sagte sie. »Nicht, weil du sie noch nicht verstehen würdest, aber du wirst später mehr davon haben. In Geschichte solltest du entscheiden, ob du dich als Nächstes mit der Amerikanischen Revolution beschäftigst oder … na ja, ich habe alles aufgeschrieben. Du kannst demnächst die Sekundarstufe mit einer mündlichen Prüfung abschließen, darüber wollte ich noch mit dir sprechen oder mit Howard. Egal, es ist alles im Ordner. Und wir werden uns schreiben. Wir telefonieren. Bitte sieh das nicht als … als endgültigen Abschied.«

Sie redete noch eine ganze Weile so weiter, aber ich konnte ihr nicht mehr zuhören. Ihre detaillierten Pläne für meine Zukunft schienen nur zu unterstreichen, dass sie nicht mehr persönlich darüber wachen würde. Es war, als schicke man mich ins Exil. Als es Zeit war, holte ich ihren Mantel. Howard und Sarah-Jane überreichten ihr eine Flasche Champagner. Sie sagte, dass sie diesen Ort hier vermissen würde, und ihre Stimme zitterte dabei. Sie sagte, er sei wie ein Zuhause für sie gewesen. Ich folgte ihr vor die Tür, wo ein Wagen mit laufendem Motor auf sie wartete. Sie küsste mich auf die Wange, ihr Gesicht war nass. Die Traurigkeit erfasste mich wie ein Windstoß, der mich von einer Klippe fegen wollte.

»Du bist ein ganz außergewöhnlicher Junge, Chas. Pass gut auf dich auf, ja? Und komm mich besuchen. Wir steigen zusammen auf das Empire State Building.«

Sie wusste doch, wie unwahrscheinlich das war. Dass sie überhaupt so etwas zu mir sagte, so eine erbärmliche Plattitüde, die entfernte Bekannte von sich geben, zeigte mir, dass sie sich schon von mir gelöst hatte. Ich schaffte es kaum, einen letzten Gruß hervorzubringen, und war mir so gut wie sicher, dass ich dieses Parfüm nie mehr riechen würde.

Die Wagentür schlug zu, und das Auto fuhr einfach so los, als sei da gar nichts dabei. Mir fiel plötzlich ein, dass ihr Tuch noch im Flur hing, und ich rannte hinein, um es zu holen. Als ich wieder hinausstürzte, war der Wagen natürlich längst auf und davon.

Als ich schlaflos dalag und die Zeit zäh dahinfloss, versuchte ich alles, was passiert war, zu einem schlüssigen Ganzen zusammenzufügen. Ich dachte an Agathas Verhalten in den letzten Monaten, soweit ich es mitbekommen hatte, und an bestimmte Momente mit Ella und ihr manchmal gespanntes Verhältnis zu meiner Familie. Zwei Uhr zwanzig, drei Uhr zwölf: Zwischen den entmutigenden Ansagen meiner sprechenden Uhr suchte ich nach einer Verbindung zwischen den beiden Ereignissen, nach einem Grund, der sie beide zum Gehen gezwungen hatte. Es war hoffnungslos. Da draußen konnte es schließlich eine unendliche Zahl von Verbindungen zwischen allem und jedem geben: Blickwechsel, Gesten, schuldbewusste Mienen, all die Strukturen und Rhythmen des Lebens, klar erkennbar für die gigantische Mehrheit derer, die sehen konnten. Ich konnte es nicht. Ich musste mich auf das verlassen, was man mir sagte. Howard und Graham und Sarah-Jane hatten die Enzyklopädie meines Lebens geschrieben. Wenn sie nicht wollten, dass ich etwas erfuhr, dann würde ich es nie erfahren.

So war es immer gewesen, aber durch die zurückliegenden Ereignisse war mir überaus deutlich geworden, wie hilflos mich das machte. Es hatte lange gedauert, bis ich den Menschen in meinem Umfeld vertraute. Sie hatten sich um alles gekümmert. Vielleicht musste ich in Zukunft daran arbeiten, ihnen nicht mehr allzu blind zu vertrauen.

Das schwache Flämmchen meiner Auflehnung erlosch schnell in der langen, dunklen Nacht. An Ella zu denken war Salz in meinen Wunden, und so erlaubte ich mir eine Fantasie, die ich nie zuvor gehabt hatte: dass ein Arzt meine Sehkraft wiederherstellte und die Welt in lebendigen Farben vor mir lag.

Teil 2

5

GRAHAM

Je mehr die Dinge sich ändern, desto mehr bleiben sie, wie sie sind – dieser tröstliche Satz klingt weniger tröstlich, wenn man ihn umdreht. Zu Beginn des neuen Jahrtausends sah das Alpha im Großen und Ganzen aus wie immer. Nach wie vor saßen Paare in der Alpha-Bar, steckten komplizenhaft ihre Köpfe zusammen und berührten sich unter dem Tisch mit den Füßen. Auf Mrs. Daveys Wagen türmte sich die Bettwäsche, und sie rangierte ihn wie ein Lokführer seine Waggons. Die Pagen sausten mit dem Lift auf und ab, um Bestellungen und Zeitungen auf die Zimmer zu liefern. Gäste blieben stehen und starrten Howard an. Sein graues Haar türmte sich so hoch wie immer auf seinem Kopf, wenn er durch die Halle hetzte, auf dem Sprung zu irgendeinem Auslandsflug, der schon in einer Stunde gehen sollte, den er aber trotzdem irgendwie erwischen würde. All das war wie gewohnt. Aber wenn man genau hinsah und -hörte, dann entging einem nicht, was neu und seltsam war: In jedem Winkel des Gebäudes flüsterte nun die Elektronik und lieferte immer schneller und immer schwerer durchschaubar unsichtbare Informationen.

Richtig Einzug gehalten im Alpha hatten die Computer im Jahr 1996. Howard hatte bereits eine ganze Weile darüber nachgedacht, den Rauchsalon in einen Computerraum umzufunktionieren. Der Salon war immer schon ein überflüssiger Luxus, fand er, denn rauchen durfte man im Alpha überall. Ich hielt dagegen, dass es dabei weniger ums Rauchen ging, als vielmehr um die geheime Seele des Alpha. Im Rauchsalon konnte man noch zu später Stunde einen Drink bekommen, dort konnte man bei gebrochenem Herzen Rat suchen, dort konnte man mit einer Kollegin einen ganz besonderen Tanz wagen, über den man außerhalb dieses Raums nie wieder ein Wort verlor.

Keines meiner Argumente war stark genug, um Howard oder die Dynamik des Fortschritts zu bremsen, mit der er immer so eifrig mitzuhalten versuchte. An einem Sommermorgen trafen zwei Männer mit hochgekrempelten Ärmeln im Hotel ein. Der Anführer der beiden sagte »Chef« zu mir und verlangte als Erstes eine Tasse Tee. Als ich zurückkam, waren sie schon dabei, die dreißigjährige Geschichte des Raumes auszuradieren. Während ich so mit den Bechern im Türrahmen stand, kam ich mir vor, als sei ich hier der Gast. Die Ledersessel standen vor der Tür, und Plastikdrehstühle hatten ihren Platz eingenommen. Am Ende des Tages standen weiße brummende Maschinen auf billigen Arbeitstischen. Aus ihnen spross ein Kabelgewirr, das mich an die Schläuche erinnerte, an die mein Vater in seinen letzten Lebenstagen angeschlossen gewesen war. Chas und JD, die schon seit Wochen der Ankunft der Computer entgegenfiebert hatten, demonstrierten auf der Stelle deren Vorzüge, die darin bestanden, dass man alles nachsehen konnte – man verfügte über alle Fakten dieser Welt.

Ein paar Nächte später, auf meinem letzten Rundgang vor Feierabend, blieb ich dann vor dem Bronzeschild an der Wand stehen: »IT-SUITE« stand darauf. Von wegen Suite, dachte ich wütend. Dieser Begriff sollte für unsere luxuriösen Gemächer in den oberen Stockwerken reserviert sein, nicht an diesen neumodischen, seelenlosen Ort verschwendet werden. Aber das war heutzutage in: Der Gymnastikraum mit den Massagetischen lief unter dem Begriff »Wellness-Suite«. Nicht mehr lange, so mutmaßte ich, und die Bar würde in »Alkohol-Suite« umgetauft werden. Als ich weitergehen wollte, hörte ich aus dem Computerraum ein Rascheln. Ich identifizierte es als das Geräusch von jemandem, der sich Mühe gab, kein Geräusch zu machen.

Ich öffnete die Tür. Vor einem der Computer saß JD mit offenstehender Hose. Als er mich bemerkte, versuchte er, den Reißverschluss wieder hochzuziehen und gleichzeitig mit dem Steuergerät das Bild auf dem Schirm zu schließen. Doch er war zu langsam, denn als ich hinter ihn trat, sah ich eine nackte Frau; sie hatte die Beine gespreizt und sah mit einem beinahe höhnischen Grinsen in die Kamera.

»Lass nur«, sagte ich.

JD wand sich in dem Drehstuhl wie ein benommenes, plumpes Tier, das man in die Enge getrieben hatte. Seine Wangen liefen dunkelrot an. »Sag meinem Vater nichts davon«, bat er. »Sag's niemandem, Graham, ich tu es auch nicht wieder.«

»Das wäre auch besser so«, antwortete ich. »Jedenfalls nicht hier drin.«

Er verdrückte sich, und es blieb mir überlassen, die Episode in der dicken Akte York'scher Familiengeheimnisse abzulegen, die ich bereits seit langer Zeit führte. Vom Schirm glotzte mir die Dame auf dem Foto entgegen, wer auch immer sie sein mochte. Ich war zweiundzwanzig, als ich zum ersten Mal eine unbekleidete Frau sah, und die war zu dem Zeitpunkt bereits meine Gattin. Die heutige Generation konnte sich ansehen, was sie und wann immer sie wollte.

Ich brauchte einige Minuten, um herauszufinden, wie ich den Pfeil quer über den Bildschirm bewegen und das Bild zum Verschwinden bringen konnte. An dessen Stelle erschien nun die Botschaft, mit der alle unsere Gäste empfangen wurden, wenn sie sich »einloggten« – so die Formulierung, die Howard sich lästigerweise angewöhnt hatte. Auf dem weißen Bildschirm war ein länglicher kleiner Kasten zu sehen, in den man Wörter schreiben konnte. »Für beliebige Suche Stichwort eingeben!«, lautete die dringende Aufforderung.

Es mochte an meinen langen Fingern liegen, die nur widerwillig die richtigen Tasten drückten, und daran, dass sich überhaupt alles in mir dagegen sträubte – jedenfalls brachte ich die Wörter »Hotel Alpha« nur sehr mühsam zustande.

Der Computer machte beim Denken klappernde und mahlende Geräusche und präsentierte mir schließlich diverse Textfragmente. Mit einer weiteren Anstrengung gelang es mir, den Zeiger auf die richtige Stelle des Bildschirms zu bewegen. Schließlich wählte ich eines der Fragmente aus.

»Das Hotel Alpha«, so belehrte der Computer den dienstältesten Angestellten eben jenes Etablissements, »ist ein Londoner Fünf-Sterne-Hotel in der Nähe der Bahnhöfe Euston und King's Cross.«

Beim Weiterlesen wurde mir klar, dass ich über bestimmte Begriffe mehr herausfinden konnte, falls ich das wünschte. Ich konnte beispielsweise über Euston einen ganz neuen Eintrag öffnen, und von da aus das Gerät wieder nach etwas anderem fragen, und so fort. Aber allein über das Alpha stand da schon mehr als genug. Jeder konnte hier die Geschichte unseres Hauses nachlesen – mir war fast, als hätte ich herausgefunden, dass jemand in meinem Tagebuch liest.

An dem Abend jenes Tages, an dem die Männer die neuen Geräte angeschlossen hatten, hatte ich Chas eine Frage gestellt: »Tut mir leid, dass ich wie ein altmodischer Trottel klinge, aber dieses Internet …? Ich kann gar nicht glauben, dass man einfach … ich meine … wo *sind* denn all die Informationen? Wer trägt sie zusammen?«

Chas strahlte mich an. »Alle machen das«, erklärte er, »jeder kann etwas ins Netz stellen, und jeder, der einen Computer hat, kann es lesen. Also verändert es sich ständig und ist immer aktuell.«

Als ich nun unter den neuen Neonröhren saß und mit angestrengten Augen weiterlas, war ich noch immer nicht sicher, ob ich verstanden hatte, wie all diese Informationen dort hineingelangt waren. Aber so viel hatte ich verstanden: Es stimmte also nicht, wie ich damals Ella und Lara gegenüber behauptet hatte, dass ein Computer nur so klug sein konnte wie sein Besitzer. Vielmehr machten alle Computer dieser Welt gemeinsame Sache und ermöglichten den Zugang zu Wörtern und Bildern und Fakten, die der Menschheit bisher unzugänglich gewesen waren. Ihr Interesse erstreckte sich sogar auf unser Hotel. Sie wussten von dem Brand und von Chas' Adoption. Was wussten sie noch über uns?

Neu und seltsam – das war alles, was mir zu Computern, Handys und Ähnlichem einfiel. Aber vielleicht war ich der Einzige, der sie seltsam fand. Sie hatten auf so hinterhältige Weise von uns Besitz ergriffen, dass die meisten Leute diese Invasion gar nicht bemerkt zu haben schienen – als sei ein Computer ein normaler Einrichtungsgegenstand wie ein Schreibtisch. Den Rauchsalon hatten die Computer in einer spektakulären Aktion erobert. Mit viel weniger Aufsehen hatten sie sich noch an vielen anderen Orten, die einmal meine Zuflucht gewesen waren, breitgemacht.

Inzwischen stand ein Computer hinter meinem Rezeptionstresen und machte den Broschüren für Madame Tussaud oder den Zoo und meinem Reservierungsbuch den Platz streitig wie ein anmaßender Gast bei Tisch. Bedient wurde er von einer Dame namens Suzie, die letzte einer Reihe von Angestellten, die Agathas Platz eingenommen hatten. Sie hatte lange, lackierte Fingernägel, blondiertes Haar und die Angewohnheit »Es ist für Siehiiie!« zu sagen, wenn sie mir den Telefonhörer reichte. Sie streute gerne fremdsprachliche Brocken wie »Ciao« oder »Voilà« in ihre Äußerungen ein. Mit dem Computer bewaffnet erledigte Suzie eine Menge Dinge, die einst ausschließlich mir vorbehalten waren. Sie checkte Gäste ein und wies ihnen Zimmer zu, ohne dass ich es in mein Reservierungsbuch eintragen musste. Sie animierte sie dazu, auf unserer »Website« ihre Meinung über das Alpha abzugeben, statt sich die Mühe zu machen, sie uns persönlich mitzuteilen. Über diese Website konnten unsere Gäste sogar selbst ein Zimmer reservieren – und am Ende ihres Aufenthalts steckten sie eine Kreditkarte in eine neu angeschaffte Maschine und bezahlten so ihre Rechnung, praktisch ohne ein Wort mit einem menschlichen Wesen wechseln zu müssen.

»Frühstück gibt es ab sieben Uhr, weil Mr. York der Meinung ist, dass niemand vor dieser Uhrzeit schon fertig für den Tag sein muss. Es gibt einen Spielsaal und eine Wellness-Suite, und wir können für Sie Restaurants reservieren …«, pflegte ich auch weiterhin zu sagen, aber inzwischen wurde ich in den meisten Fällen mitten in meinem Vortrag unterbrochen. »Ja, ja«, sagte der Gast dann und sah mich kaum dabei an, »ich habe das alles schon im Netz gesehen. Apropos«, und dabei wandten sich alle unweigerlich an Suzie, »gibt es im Zimmer Internet? Wie ist das Passwort?«

Wieder einmal musste ich zugeben, dass das Einchecken ohne die Gespräche, die Agatha und ich immer mit den Gästen geführt hatten, sehr viel effizienter vonstattenging. Aber so gesehen war es auch effizienter, das Eincheck-Spiel nicht zu spielen. Wahrscheinlich wäre es für alle Menschen am effizientesten, wenn sie das Sprechen ganz einstellten und ihre Zeit im Alpha damit verbrachten, vorprogrammierte Aufgaben zu erfüllen wie Roboter. Aber wäre das dann wirklich besser?

Ich konnte Suzies neuen Methoden zwar keinen Einhalt gebieten, aber das bedeutete noch lange nicht, dass ich mich kampflos ergab. Und so fütterte sie den Computer mit den Namen der Gäste, und ich schrieb sie in mein Buch. Sie nahm Reservierungen per »E-Mail« entgegen, und ich ignorierte dieses System komplett. Wir verhielten uns wie die Figuren in diesen altmodischen Sittenkomödien: Sie halten sich gegenseitig für unzurechnungsfähig, tun dem jeweils anderen aber den Gefallen, ihn in seinem Wahn zu belassen.

Nein, den Computern war es nicht gelungen, das Alpha, den Ort, den ich so liebte, zugrunde zu richten. Ihre Allgegenwart erfüllte mich höchstens mit einer Sehnsucht nach der guten alten Zeit. Ganz anders sah die Sache jedoch aus, als Pattie beschloss, einen Computer für zu Hause anzuschaffen. Sie war eines Abends ins Alpha zum Abendessen gekommen, und JD hatte ihr die Wunder der sogenannten IT-Suite vorgeführt. Bis ich mich von meinem Tresen loseisen konnte, um mich zu ihr zu gesellen, war sie bereits völlig besessen.

»Schau dir das an, Graham, siehst du das?« Sie deutete auf den Bildschirm. »Das ist eine Seite von dem Laden, wo wir deine Handschuhe fürs Autofahren kaufen.«

»Aha, sehe ich«, brummte ich, »sehr nett.«

»Und wenn wir damit klicken – schau, das hier heißt Maus –, wenn wir da draufklicken, dann können wir sogar ein paar Handschuhe kaufen und sie uns direkt nach Hause liefern lassen. Das ist doch clever!«

»Genial«, sagte ich. »Wahrscheinlich die zweitbeste Methode nach der, einfach in den Laden zu gehen.«

»Ach, du alter Griesgram.« Sie tätschelte mir den Arm mit dieser gutmütigen Herablassung, die man älteren Leuten entgegenbringt – dabei waren wir genau gleich alt. »Stell dir vor, dass wir dann mit all unseren Freunden in Amerika plaudern können.«

»So ein Wunderding gibt es schon«, sagte ich, »es heißt Telefon.«

»Und wenn das nicht funktioniert, gibt es ja immer noch Telegramme, nicht wahr, Graham«, mischte Howard sich ein, der nie weit war, wenn irgendeine Besonderheit des Hotels vorgeführt wurde. »Oder Rauchzeichen.« Er stieß Pattie an. »Du solltest dir auch einen zulegen. Optimal, wenn der Alte nicht nach Hause kommt, weil er hier arbeiten muss. Du glaubst nicht, wie einfach so was zu installieren ist. JD könnte vorbeikommen …«

Und schon war es passiert. Im Februar 2001, nur wenige Wochen, nachdem Pattie zum ersten Mal in ihrem Leben eine Computertaste gedrückt hatte, waren wir stolze Besitzer eines sogenannten PCs.

Ich machte erstmals im Anschluss an einen Rugbynachmittag in Twickenham mit ihm Bekanntschaft. Schon als Ed noch ein Junge war, gingen wir beide zusammen zu Rugbyspielen, in der Regel zwei-, dreimal im Jahr an kühlen Frühjahrsnachmittagen. Für die Eintrittskarten ließ meist Howard seine Beziehungen spielen. Heute jedoch war unsere Truppe größer: In Begleitung seiner Mutter Caroline debütierte mein neunjähriger Enkel Christopher als Zuschauer. So wie er uns auf dem Weg durch die Drehkreuze vorausgaloppierte, hätte man meinen können, er gehöre zur Mannschaft. Bevor das Match begann – und während Caroline mit ihrem Handy hantierte –, quietschte er jedes Mal vor Entzücken, wenn er einen Schiedsrichter, Programmverkäufer oder Polizisten zu Gesicht bekam. »Himmelherrgott«, schrie er, wenn ein Versuch erzielt wurde, und »Das gehört sich nicht«, wenn ein Strafversuch gegeben wurde. Es war nicht ganz klar, wo er dieses antiquierte Vokabular herhatte, aber natürlich zeigten wieder alle mit dem Finger auf mich. Christopher und ich hatten viel gemeinsam. In der Halbzeit ging ich mit ihm Getränke kaufen, und mit meinen ächzenden alten Knochen hievte ich ihn hoch, damit er die Angebote auf der Kreidetafel lesen konnte.

»Wie läuft's so in der Arbeit?«, fragte ich Ed, der neben uns in der Schlange stand, die Hände in den Taschen seines Anoraks vergraben.

»Ganz okay«, sagte Ed. »Zehn Jahre. Zehn Jahre.« Dann rieb er sein Gesicht, und ich dachte, er wolle noch etwas hinzufügen, aber es kam nichts mehr.

Vielleicht fühlte ich mich seiner Mutter verpflichtet, als ich nachbohrte: »Und das Leben im Allgemeinen?«

»Ja«, sagte Ed und starrte in das Gedränge, »ganz okay.«

Mehr bekam ich nicht aus ihm heraus: Das Leben war okay, die Arbeit war okay. Mehr konnte ich auch wirklich nicht von ihm erwarten. Wir waren auch deshalb schon immer gerne gemeinsam zum Rugby gegangen, weil dieser Ausflug mit einem Minimum an Konversation auskam, die sich wiederum auf wenige Themen beschränkte: die Zuschauerzahlen, die Leistung des Schiedsrichters, die Überlegung, ob wir uns zum Aufwärmen eine Tasse Bouillon kaufen sollten. Das hatte uns immer gereicht, und darum war es jetzt vielleicht ein bisschen spät, um damit anzufangen, ihn auszufragen.

Unter einem wunderschönen Londoner Herbsthimmel, einer Symphonie aus Rosa und Violett mit weißen Wolkenfetzen, fuhren wir danach von St. Margarets zur Waterloo Station. Wir beschlossen, die beträchtliche Strecke von Waterloo zurück zum Alpha zu laufen. Unterwegs zeigten wir Christopher St. Martin in the Fields, die Charing Cross Road, die Touristenhorden am Leicester Square und die Buchhandlungen mit ihren alten Prachtbänden im Schaufenster. Je länger wir gingen, desto mehr genoss ich meine Vorfreude auf das

Hotel, als sei es ein lieber Mensch, der einen am Ende einer großen Reise erwartet. Es war schon lächerlich, dass mir nach dreieinhalb Jahrzehnten noch immer der Atem stockte, wenn ich das zum Teil von den Zedern verdeckte Mauerwerk erblickte oder die Pracht der Hotelhalle, wenn man den Blick zum Glasdach erhob. Vielleicht, dachte ich, hatte sich die Welt doch nicht verändert.

Aber als ich an diesem Abend nach Hause kam, hackte Pattie mit Feuereifer auf der Tastatur herum. Sie hatte mir den Rücken zugekehrt. Ich wollte ihr von dem Spiel erzählen, aber sie hatte das Ergebnis schon nachgesehen. Ich setzte mich an den Tisch, um meinen Schinken mit Pommes frites zu essen, und blätterte die Zeitung durch. Inzwischen waren Wolken aufgezogen, und es hatte zu regnen begonnen. Tropfen trommelten an die Scheibe, und Pattie trommelte auf die Tasten, wie ich durch den Flur hörte. Hätte mich jemand in diesem Moment gefragt – so kam mir in den Sinn –, hätte ich genauso geantwortet wie Ed: Das Leben ist ganz okay. Die Arbeit ist auch mehr oder weniger okay. Es war allerdings eher unwahrscheinlich, dass mich jemand fragte.

Wenn mir auch missfiel, welch große Rolle die Computer seit Kurzem spielten, so war ich doch in einer Hinsicht froh darüber: Für Chas, der bald zwanzig wurde, waren sie genau zum richtigen Zeitpunkt aufgetaucht. Wenn er etwas konnte, dann mit Computern umgehen. An einem Nachmittag im September saß er in der Nähe der Rezeption. Wie immer flogen seine Hände so erstaunlich gewandt über die Tasten, dass ein Außenstehender nie glauben würde, dass Chas gar nicht sah, was er da tat. Noch immer zog er die Schultern hoch und nuschelte, im Gegensatz zu JD, der von Besitzerstolz erfüllt durchs Hotel stolzierte. Und doch machte Chas, wenn er mit seinem Laptop dasaß, einen rundum zufriedenen Eindruck.

Er benutzte immer noch den Computer, den ihm Ella damals geschenkt hatte, auch wenn der über die Jahre mehrfach aufgerüstet und repariert worden war. Dieser Computer war der Schlüssel zu dem Leben, das Chas jetzt führte, und er hatte ihm seinen Job eingebracht.

Er arbeitete für Lara Krohl und ihre sogenannte PR-Firma. Wenn ich es richtig verstanden hatte, schrieb er Anzeigentexte und Pressemitteilungen. Wie so häufig nutzte Lara Krohl das Alpha an diesem Tag als ihr »mobiles Büro«. Das bedeutete, dass sie ständig zwischen Hotelhalle und Bar hin und her rannte, ihr Telefon ans Ohr presste und unablässig schwer verständliche Anweisungen von sich gab. »Okay, schieß mir das mal rüber.« – »Kannst du mal an meine blöde Kiste gehen und nach der Datei suchen, das Passwort ist null-fünf-null-sechs.« – »Sag ihm, wenn er nicht ganz schnell seinen Hintern hochkriegt, dann verspeise ich seine Eier zum Frühstück.«

»Klingt, als würde deine Chefin ein ganz außergewöhnliches Frühstück serviert bekommen«, bemerkte ich, als sie wieder einmal vorbeirannte. Sie sah aus wie immer: Das dunkle Haar straff aus der Stirn gekämmt, weiße Bluse und schwarze Hose, den Laptop unter den Arm geklemmt und einen Pappbecher mit Kaffee in der handyfreien Hand.

Chas grinste. »Sie ist ein bisschen gestresst.« Er bewegte seine Finger schnell und, ohne innezuhalten, über die Tastatur. »Wir haben morgen diesen Relaunch.«

»Woran genau, äh, arbeitest du denn da?«

»Das ist eine Pressemitteilung für eine Fitnesscenter-Kette. Der Kunde von Lara hat sage und schreibe fünfzig Filialen. Lies mal.«

Wir von Fitness World freuen uns, der Öffentlichkeit zehn neue ganzheitliche Fitnesscenter vorstellen zu können – alle auf dem neuesten Stand der Technik und mit einem innovativen Gestaltungskonzept …

Ich blickte von den Buchstaben, die in Reih und Glied auf dem Bildschirm standen, zurück in Chas' Gesicht, das nach wie vor auf eine entspannte Weise konzentriert aussah.

»Sind irgendwelche Fehler drin?«, fragte er. »Der Computer versteht leider nicht alles perfekt. Nicht mal die neue Software funktioniert richtig, ich warte noch auf ein Patch.«

»Ein was?«

»Ein Patch ist ein Computerprogramm, das die Fehler der Vorgängerversion ausbessert – es flickt sozusagen das alte Programm.«

Ich musste an die Flicken auf Mike Swans Sportsakkos denken. »Ach so. Wie dem auch sei, es sind keine Schreibfehler drin«, versicherte ich ihm, »aber ob überhaupt Fehler drin sind, kann ich nicht sagen, denn auch wenn ich die einzelnen Wörter verstehe …«

»Ich weiß, es ist Blabla.« Chas lachte. »Ja, tut mir leid, den Werbe-Bullshit musst du entschuldigen …«

Wie unvermeidlich und zugleich merkwürdig diese Wendung der Dinge war: Ein Junge, der früher an unseren Lippen gehangen und in dem schwarzen Nichts vor seinen Augen nach der Bedeutung unserer Worte getastet hatte, war nun so viel vertrauter mit der Sprache unserer Zeit als wir. Ich betrachtete ihn mit widersprüchlichen Gefühlen. Einerseits verspürte ich den perplexen Stolz eines Vaters, der von seinem eigenen Sohn überflügelt wird, andererseits fiel mir sogleich ein, dass er ja überhaupt nicht mein Sohn war. Wir kannten uns schon so lange, dass ich es manchmal beinahe vergaß.

»Wir veranstalten einen Relaunch«, erläuterte mir Chas, »weil im Internet negatives Zeug über die Fitnesscenter steht, die Konkurrenz hat schlechte Bewertungen reingestellt und so.«

»Kann man so etwas nicht kontrollieren? Wie soll man sonst Krethi und Plethi davon abhalten zu schreiben, was immer sie wollen?«

»Gar nichts hält sie davon ab«, bestätigte Chas lachend, »dazu ist das Internet ja da.«

»Weißt du, ich finde das schon ein bisschen beunruhigend, diese Vorstellung, dass jede Meinung gleich viel zählt. Mike Swan zum Beispiel – du weißt schon, der Hotelkritiker – hat mir erzählt, dass es nun solche, äh, Websites gibt, auf denen Leute ihre eigenen Kritiken abgeben können, selbst wenn sie ein gutes Hotel nicht von einer Schuhschachtel unterscheiden können.« Ich hatte Swan in letzter Zeit nur noch selten gesehen. Wenn er auftauchte, dann hatte er dunkle Ringe unter den Augen und wirkte fahrig. »Ich glaube, er hat ganz schön zu kämpfen, um weiter so viele Hotelführer zu verkaufen wie früher. Meinst du nicht …«

Dieses Gespräch wurde ebenso wenig fortgesetzt wie zahllose andere Gespräche unter dem Dach des Alpha, die in jenem Augenblick geführt wurden, als Ray, der rothaarige Barkeeper, den wir vor einigen Jahren eingestellt hatten, in die Halle gestürzt kam. »Es ist etwas Furchtbares passiert.«

Auch jetzt noch, fast zwanzig Jahre nach dem Brand, versetzten solche Worte mich sofort in Alarmbereitschaft. Ich kam hinter dem Tresen hervor. Auch Chas stand auf – er war inzwischen fast ebenso groß wie ich. Das erstaunte mich, ebenso wie seine Klugheit, immer wieder, obwohl ich mich doch langsam daran gewöhnt haben sollte.

»Wo denn? In der Bar?«

»Nein, in New York.«

In der Zwischenzeit hatte sich schon eine ganze Menge Leute vor dem Fernseher versammelt, der oben in einer Ecke der Bar montiert war. Im Handumdrehen hatte jeder ein Handy am Ohr.

»Es ist angeblich eine Entführung«, berichtete jemand hinter mir. »Es sollen zig Flugzeuge entführt worden sein.«

»Angeblich vier Stück, aber niemand weiß, was tatsächlich los ist«, sagte ein anderer. Eine Amerikanerin schrie in ihr

Telefon: »Was zum Teufel geht da vor? Um Himmels willen, was ist denn da los?«

Als man im Fernsehen ein Flugzeug sah, das in ein Hochhaus flog, brach bei uns ein Tumult los: Inzwischen waren vierzig oder fünfzig Leute in der Bar, Sätze flogen hin und her, einzelne Silben stoben durch die Luft wie Müll, der vom Wind aufgewirbelt wird.

»Vier Flugzeuge, heißt es.«

»Was sagen sie über Washington?«

»Es muss eine Bombe sein.«

»Hörst du mich?«

Die Telefonierenden gingen auf und ab und sahen sich böse an, weil sie sich dabei gegenseitig im Wege waren. Ihre Blicke waren unablässig auf den kleinen Bildschirm gerichtet. Die Nachrichtensprecher im Fernseher über uns beschrieben die Szenen, aber wir hörten alle nur die Stimmen um uns herum.

»Das ruiniert uns den Relaunch«, sagte Lara Krohl hinter mir. »Das werden morgen die Schlagzeilen sein, glauben Sie mir, wir müssen uns jetzt ganz schnell etwas einfallen lassen.«

So eine Reaktion hatte ich von ihr mehr oder weniger erwartet, aber dann geschah etwas Überraschendes. Sie legte eine Hand auf meinen Arm. Ich drehte mich um. Ihre Augen waren klein und dunkel wie Murmeln, ihr Blick undurchdringlich.

»Ist mit Chas alles in Ordnung?«

Ich folgte ihrem Blick. Chas saß regungslos da, den Blick auf den Boden gerichtet. Howard hatte einen Arm um ihn gelegt.

»Vielleicht denkt er an Ella, seine Lehrerin von früher«, erklärte ich. »Sie hat uns sehr überraschend verlassen, genau wie Agatha – erinnern Sie sich noch an Agatha, meine Kollegin? Beide waren plötzlich weg.«

»Ach ja«, sagte Lara, »stimmt.«

»Und beide sagten, dass sie nach Amerika gehen würden, wissen Sie. Da ist es doch klar, dass man … auch wenn das schon lange her ist … in so einem Moment daran denkt …«

»Ja, ja, schon gut, ich hab's verstanden«, blaffte Lara. Ich blickte auf, denn selbst für ihre Verhältnisse war das ausgesprochen ruppig. Da sah ich ihren Gesichtsausdruck. Er hielt nur den Bruchteil einer Sekunde an. Die Erwähnung von Agatha oder Ella hatte sie an etwas erinnert, woran sie nicht erinnert werden wollte.

Nur der Bruchteil einer Sekunde, dann knallte sie den Computer auf den Tisch und hackte weiter darauf herum wie alle anderen. Sie hatte diesen Ausdruck auf ihrem Gesicht gelöscht wie ein Wort vom Bildschirm. Von Chas hatte ich erfahren, dass man eine gelöschte Datei auf dem Computer wiederfinden konnte, wenn man wusste, wo man suchen musste. Das hier war eine vergleichbare Situation. Das Zucken um ihren Mund, das Blinzeln ihrer Lider hatte sie wieder gelöscht, aber es würde in Erinnerung bleiben – in meiner jedenfalls.

6

CHAS

Graham und ich haben nie über den Weggang von Agatha und Ella gesprochen, kein einziges Mal in den vielen Jahren, in denen ich mich vom schwachbrüstigen Teenager zu dem Menschen entwickelt habe, der ich heute bin. Dieses Gespräch fand nie statt, vielleicht weil wir einfach nicht den passenden Anknüpfungspunkt fanden. Und Howard war sowieso nicht scharf darauf, das Thema zur Sprache zu bringen, das hatte er von Anfang an deutlich gemacht. Für mich war es letztendlich auch besser, es nicht anzusprechen. Da ich nicht in der Lage war, nach New York zu fahren, betrachtete ich zwangsläufig jeden, der dorthin ging, als endgültig verloren. Auch wenn Ella und ich uns eine Zeit lang Briefe schrieben, war ich der, der am Ende damit aufhörte, und das nicht nur, weil es sehr anstrengend war, sie Howard zu diktieren, und peinlich, mir von ihm ihre Antworten vorlesen zu lassen. Die Zeit, die wir gemeinsam verbracht hatten, erschien mir nun Teil einer Vergangenheit, der ich mich nach und nach immer ferner fühlte. Ich war der Gegenwart verfallen.

Nun, da ich mich auf die Zwanzig zubewegte, stimmte mich diese Gegenwart durchaus optimistisch. Ich war linkisch und schüchtern, litt unter einer schweren, wenn auch nicht offiziell diagnostizierten Agoraphobie und brauchte immer noch andere Menschen, um mir die Schlagzeilen vorlesen, den Weg zur Toilette zeigen und mir sagen zu lassen, welche Farbe die Kleidung hatte, die ich gerade trug. Dennoch versuchte ich mich recht glaubwürdig an einem Leben, das ich früher für unmöglich gehalten hätte. Ich hatte mein eigenes kleines Studio in der York'schen Wohnung, ein Schlafzimmer mit Bad, das Howard und Sarah-Jane etwa um meinen achtzehnten Geburtstag herum eingerichtet hatten. Und natürlich hatte ich einen Job.

Mein alter Laptop war inzwischen mit allen möglichen cleveren Features ausgestattet, die es ihm ermöglichten, mit mir zu sprechen. Darauf schrieb ich Pressetexte für die Armee, für ein neues Parfüm, das angeblich ein Topmodel kreiert hatte, für Dutzende Filme und den London-Marathon von 2001. Die ganz großen Dinger landeten ausschließlich auf Laras Schreibtisch: Wichtige Leute, die irgendwelche Affären zu vertuschen hatten, oder unwichtige Leute, die mit irgendwelchen Affären bekannt werden wollten, waren allein ihre Angelegenheit. Aber die Aufgabe, sensationelle neue Produkte oder Events in den Medien anzupreisen, verteilte sie auf ein Team von etwa sechs Leuten, die entweder von zu Hause oder in einem Büro in Canary Wharf arbeiteten. Wenn dieses Team abends trinkend im Alpha saß, schloss ich aus den Gesprächen, dass die meisten diese Arbeit als schrecklich unbefriedigend betrachteten. Sie wollten lieber bei Filmpremieren den Schauspielern ihre Gratis-Cocktails hinterhertragen. Oder sie hatten als vielversprechende Künstler angefangen, waren dann aber in die Sackgasse der Kreativbranche geraten. Ich dagegen hatte weit mehr erreicht, was ich jemals realistisch zu hoffen gewagt hatte. Ich hatte nicht nur eine Arbeit, ich machte sie auch noch gut.

»Natürlich ist PR verlogen«, erklärte mir Lara, als ich bei ihr anfing. Ihr war gar nichts anderes übrig geblieben, als mir eine Stelle anzubieten, nachdem ich vorher mit geradezu fanatischem Eifer drei Wochen als Aushilfe bei ihr gearbeitet hatte. »Aber du musst diese Verlogenheit wie eine tiefe Wahrheit behandeln. Anders gesagt: Du musst an das glauben, was du sagst, auch wenn es Schrott ist. Wenn nicht, checken das die Leute.«

Für mich stellte das kein Problem dar. Wir machten Pressearbeit für den Anbau eines Krankenhauses, der ganz offensichtlich eine ästhetische Zumutung war, und die neue Kollektion eines Designers für die Londoner Fashion Week, die laut JD aussah wie ein Fabrikunfall. Doch da ich all das nicht sehen konnte, schrieb ich mit Vergnügen, wie atemberaubend oder innovativ das alles war. Ich kam Laras Idealvorstellung erstaunlich nahe: eine Maschine, die menschliche Gefühle und Ansichten ausspucken konnte, ohne sie selbst zu verspüren.

Wenn ich nicht beruflich am Computer saß, dann saß ich in der Freizeit davor. Diese Jahre waren begeisternd und frustrierend zugleich. Das Internet trieb das Problem, das mein ganzes Leben geprägt hatte, auf die Spitze: Da draußen war eine ganze Welt, aber ich brauchte jemanden, der mir den Weg dorthin zeigte. Ich brachte zwar manchmal Graham oder Suzie dazu, mir eine Internetseite vorzulesen, so wie ich mir früher Zeitungen hatte vorlesen lassen. Doch erst wenn Howard am Abend mit seinen Konferenzen und Besprechungen und Umtrunken fertig war, hatte ich jemanden, der mich durch die Millionen Pfade des Internets begleitete. Wie immer konnte man ihn schon von Weitem hören: Er pfiff »Satisfaction«, nur jeden zweiten Ton treffend, und stiefelte mit schwerem Schritt über die Dielen. Eine süßliche Rauchwolke breitete sich dann neben mir aus, während der Computer piepsend und summend online ging.

Nach den Terroranschlägen verbrachten wir viel Zeit damit, die neuen Wörter nachzuschlagen, die plötzlich allgegenwärtig waren wie ein Nummer-eins-Hit: Al-Quaida, Selbstmordattentate, islamischer Fundamentalismus. Wir fingen bei der Homepage der BBC an und wurden von einem Link zum nächsten katapultiert. Howard las mir vor und nippte dabei an einem Whisky. Sarah-Jane brachte uns Tee und ermahnte uns, nicht zu lange aufzubleiben. Vom sogenannten Krieg gegen den Terror gerieten wir häufig auf Abwege, denn Howard fand vieles interessanter als die Zerstörung der westlichen Welt, zum Beispiel die Erklärung eines Zaubertricks oder das Bild eines neuen Elektroautos, an dem gerade getüftelt wurde. »Unglaublich, hör dir das mal an!« Für Howard war das Netz ein schöner neuer Zeitvertreib, für mich dagegen ein Werkzeug von unschätzbarem Wert. Es hatte eine Zeit gegeben, da hatte er mein Wissen für mich ausgewählt. Nun entdeckten wir die Dinge gemeinsam – zumindest kam es mir so vor.

Eines Nachts versuchte ich etwas über den Ursprung des Begriffs »Jihad« in Erfahrung zu bringen. Noch Monate nach dem 11. September bekam Lara fast täglich Anfragen von Fluglinien, von Firmen mit arabischen Eigentümern, von allen möglichen Leuten, die mit der islamischen Welt in Verbindung standen. Sie brauchten uns, um ihre Kunden davon zu überzeugen, dass sie ganz normale Geschäftsbeziehungen mit ihnen führen konnten. Es mussten neue Werbetexte geschrieben werden, in denen der Islam so selten wie möglich erwähnt werden sollte. Jemand fragte bei Lara an, ob eine Website so umgestaltet werden könne, dass sie »ein bisschen weniger muslimisch« aussah.

»Jihad bedeutet wörtlich ›Kampf‹«, las mir Howard vor. Er lallte leicht. »Dies kann sich einerseits auf die Bemühungen eines Muslims beziehen, die Vorschriften des Korans zu befolgen, andererseits auf den umfassenderen Kampf zur Verteidigung des Islam mit allen Mitteln, Gewalt eingeschlossen.« Ich tippte, so schnell ich konnte, um mir brauchbare

Phrasen zu notieren. Meine neueste Software würde mir diese Textbrocken laut vorlesen, sodass ich sie dann in meine eigenen Texte hineinkopieren konnte.

Howard schnalzte missbilligend mit der Zunge. »Gewalt eingeschlossen, genau. Ich dachte, es sei bekannt, wohin das alles führt. Die IRA mit ihren beschissenen Bombenanschlägen auf Hotels. Wir sollten damals immer eine spezielle Telefonnummer anrufen, wenn jemand mit irischem Akzent eincheckte, den wir nicht richtig einschätzen konnten. Hier gab's natürlich nie einen Anschlag. Stattdessen hat es gebrannt.«

Meine Finger auf der Tastatur hielten inne. Er hatte den Brand nie zuvor zur Sprache gebracht, jedenfalls nicht so unvermittelt wie jetzt. Mir lagen alle möglichen Fragen auf der Zunge, Fragen, die ich für mich selbst noch nicht klar formuliert hatte.

»Erinnerst du dich, ich meine, kanntest du meine Mutter gut, bevor es passiert ist?«, fragte ich. »Erinnerst du dich überhaupt an sie?«

»Ich habe sie nur zwei-, dreimal gesehen«, antwortete er. »Graham hat sie eingecheckt. Sie war, na ja, ihr beide wusstet nicht, wohin. Der Vater … dein Dad hatte sich aus dem Staub gemacht. Ich habe sie nur einmal mit dir zusammen in der Lobby gesehen, ihr habt mit einem Ball gespielt. Und dann einmal … na ja, du weißt schon, in der Nacht.« Er räusperte sich. »In jener Nacht.«

»Wie lief das ab? Hast du versucht, auch sie zu retten?«

»Warum willst du das jetzt plötzlich wissen, Kumpel?«, fragte Howard. Er war nicht erbost, doch aus der verminderten Lautstärke schloss ich, dass eine gewisse Anspannung in der Luft lag.

»Einfach so, ohne besonderen Grund. Ich weiß nicht. Ist eben ein zentrales Ereignis in meinem Leben, aber ich selbst erinnere mich gar nicht daran.«

»Da hast du natürlich recht«, erwiderte Howard und klang schon etwas entspannter. »Ja, du hast recht. Nun gut, also ... wir hatten so wenig Zeit. Du hast nach ihr gerufen. Das war das Schlimmste für mich, dass du darum gebettelt hast, zu ihr zurück zu dürfen. Aber sie war bewusstlos. Graham hat versucht, reinzugehen und sie rauszuziehen, aber er hat es nicht geschafft.«

Er schwieg eine ganze Weile, bevor er sagte: »Graham und ich reden nie darüber.«

Je länger die Stille andauerte, desto klarer wurde mir, dass dieses Thema, das so unerwartet auf den Tisch gekommen war, wieder einmal entwischte. Howard musste seinen Whisky ausgetrunken haben, denn er setzte das Glas auf dem Tisch ab. Es war schwer zu sagen, ob ihn das Gespräch – das schließlich er angefangen hatte – traurig gemacht oder verärgert hatte. Ich bat ihn, einen weiteren Suchbegriff einzugeben. Der Computer summte gedankenverloren, und dieser besondere Moment war vorüber.

Eines Abends veranstaltete das Hotel eine Single-Party, die laut Lara beweisen sollte, dass das Alpha »witzig, modern und sexy« sei. Als ich diese Formulierung in eine Pressemitteilung eingebaut hatte, hatte ich dabei Graham vor Augen gehabt, wie er hinter seinem Tresen stand und verächtlich schnaubte. Es sollte »eine Nacht der Liebe an einem von Londons Hotspots« werden. Bis ein DJ seine Anlage und Lautsprecher in die Bar geschleppt hatte und die ersten hoffnungsvollen Gäste von der seichten Popmusik angelockt wurden, hatte ich mich bereits in die IT-Suite verkrochen. Dort war ich einerseits vom Trubel abgeschirmt, andererseits fühlte ich mich nicht so hermetisch abgeschieden, wie an den Abenden, an denen ich mich schon früh in mein Studio zurückzog.

Die synthetische Stille wurde vom Summen der Computer nicht durchbrochen, sondern noch verstärkt. Es schien eine Ewigkeit her zu sein, dass dies der Rauchsalon gewesen war, in den mich die Erwachsenen ab und an hineingeschmuggelt hatten. Ich arbeitete bereits ein paar Stunden an einem Text für unseren Fitnesscenter-Kunden *(entfliehen Sie dem Stress und den Belastungen unserer modernen, unsteten Welt)*, als ich leicht verärgert einen Neuankömmling bemerkte. Ich hörte ein weibliches Husten, dann Geräusche, als würde jemand nach Schlüsseln oder anderen Gegenständen kramen, und ein howardartiges Fingergetrommel. Ich tippte demonstrativ hastig, um keinesfalls in Smalltalk verwickelt zu werden, und wartete auf das Quietschen des Modems.

»Herrgott noch mal!«, schrie die Person plötzlich.

Das konnte ich nun nicht mehr ignorieren und fragte, ob ich helfen könne.

»Kennen Sie sich mit Computern aus?«

»Einigermaßen.«

»Mein Laptop hat vor einer halben Stunde noch funktioniert und jetzt kann ich … er lässt sich nicht einschalten.«

»Haben Sie versucht, ins Internet zu gehen?«, fragte ich.

»Nein«, antwortete die Frau, »ich will ihn nur hochfahren, damit ich schnell etwas sehr Dringendes schreiben kann.« Ihre Stimme klang vornehm und akzentuiert. Anscheinend war sie innerlich sehr aufgebracht über ihr Computerproblem, riss sich jedoch aus Anstand zusammen. Ihr Geruch war hochinteressant – er rief eine schwer fassbare Assoziation in mir hervor.

»Vielleicht liegt es am Akku?«

»Frisch aufgeladen. Bei mir ist er immer aufgeladen. Vielleicht ist die Festplatte voll oder so. Heilige Scheiße.«

Die Ausdrucksweise brachte mich zum Lachen, aber es war schwer einzuschätzen, wie ernst es ihr war.

»Was genau müssen Sie denn schreiben?«

»Einen Artikel«, antwortete sie. »Ich bin Journalistin. Ich habe davon schon rund zweitausend Wörter auf meinem Rechner gespeichert. Ich muss wohl einen der Computer hier benutzen und versuchen, mich zu erinnern, was ich bisher geschrieben habe. Himmel noch mal, das wird mich die ganze Nacht kosten. Arbeiten Sie hier?«

Ich bejahte, das war einfacher, als es genauer zu erklären. Ihr Drehstuhl knarzte, als sie näher an mich heranrückte, und plötzlich bekam ich ein viel schärferes Bild von ihr. Ihr Atem war hörbar, und sie schnalzte und zischte beim Nachdenken. Ich stellte fest, dass sie wie Howard ein Geräuschemacher war, ein Mensch, der Raum einnahm. Was ihren Geruch betraf, war er salzig und glänzend und irgendwie elementar, wie der Duft schieren Fleisches, der Substanz eines Menschen. Das konnte kein Parfüm sein, schloss ich, es war viel mehr wie ein Gefühl, eine Berührung, gar nicht wie ein Geruch.

»Sie dürfen mich gerne ignorieren«, sagte ich, »aber wenn Sie Hilfe beim Tippen brauchen: Ich schätze, nach Diktat kann ich locker zweitausend Wörter in unter einer Stunde schreiben.«

»Wollen Sie mich verarschen? Ich warne Sie, gehen Sie mir nicht auf die Eier.«

»Wieso?«

»Warum sollten Sie mir helfen wollen?«

»Ich meinte ja nur, falls Sie Hilfe brauchen.«

»Es ist ganz schön langweiliges Zeug«, sagte sie, »es geht um den Irak.«

»Das würde ich nicht gerade langweilig nennen. Ich schreibe über Crosstrainer.«

»Worüber?«

»Genau. Ich heiße übrigens Chas. Für welche Zeitung schreiben Sie?«

»Kathleen. Ich bin freie Journalistin, aber der Artikel ist für den *Independent.*«

Mussten wir uns jetzt die Hände schütteln? Ich hoffte nicht, und ihr schien es auch nicht in den Sinn zu kommen. Sie räusperte sich. »Wollen Sie das wirklich tun?«

Anstelle einer Antwort ließ ich die Finger knacken. Mein Kopf hing sehr tief über den Tasten, meine Schultern waren hochgezogen, so wie die ganze Zeit über, seit sie hereingekommen war. Ich hoffte, dass sie noch keine Gelegenheit gehabt hatte, mir richtig ins Gesicht zu sehen, denn ich wollte diesen Moment so lange wie möglich hinauszögern.

»Der Morgen bricht an in Basra, im südlichen Irak, nahe der Grenze zu Kuwait. Basra schreibt sich B-A-S…«

»Ich weiß, keine Sorge.«

Wir arbeiteten so etwa eine halbe Stunde lang. Ihr Thema war der bevorstehende Einmarsch in den Irak, der ihrer Ansicht nach mit der aktuellen Situation in Afghanistan höchst fadenscheinig begründet wurde. Ich versuchte, mir nicht anmerken zu lassen, wie spannend ich es fand, dass ich vorab Einblick bekam in den Kommentar einer Journalistin, deren Texte mir Howard wahrscheinlich schon irgendeinmal vorgelesen hatte. Es war, als wäre ein Ausschnitt des Internets lebendig geworden, um höchstpersönlich zu mir zu sprechen. Der Zauber wurde erst gebrochen, als Kathleen mitten in einem Absatz plötzlich zögerte. »Das muss ich überprüfen«, sagte sie, »sonst reißt Kirsty mir die Eier ab.«

Das Schönste an ihren aus heiterem Himmel kommenden Flüchen war, dass sie immer wieder auf ihre nicht vorhandenen Hoden anspielte. »Können Sie das mal in die Suchmaschine eingeben …«

»Das überlasse ich Ihnen«, sagte ich, und schob ihr den Laptop hinüber.

»Ihre Datei wurde gespeichert«, verkündete der.

»Wahnsinn«, sagte Kathleen. »Mein Computer spricht nicht mit mir.«

Das Spiel war aus. »Das kommt daher, weil ich blind bin.«

»Das ist nicht wahr.«

»Ich glaube, wenn es nicht wahr wäre, müsste ich es inzwischen mitbekommen haben.«

»Sie sind … richtig blind?«

»Hundert Prozent.«

»Himmel, Arsch und Zwirn«, rief Kathleen.

»So kann man es auch ausdrücken.« Ich zappelte verlegen auf dem Stuhl herum, da mir bewusst war, dass sie nun mein erhitztes Gesicht musterte.

»Aber warum zum Teufel können Sie dann so gut tippen?«, fragte sie. »Und warum ist es mir nicht aufgefallen?«

»Es ist Ihnen nicht aufgefallen, weil ich durchaus mit Absicht mein Gesicht nicht vom Bildschirm abgewandt habe«, sagte ich. »Und ich kann so gut tippen, weil ich, seit ich meinen ersten Computer bekam, im Prinzip nichts anderes gemacht habe. Aber ich warne Sie, es werden Tippfehler drin sein. Ich habe ein sprechendes Rechtschreibprogramm, aber …«

»Moment mal«, unterbrach mich Kathleen. »Sind Sie etwa Chas York?«

»Woher wissen Sie das?«

»Kommen Sie, glauben Sie wirklich, die Leute haben noch nie von Ihnen gehört?«, sagte sie. »Habe ich das richtig in Erinnerung? Howard York hat Sie aus den Flammen gerettet? Und Sie leben seither hier? Und jetzt arbeiten Sie für diese Furcht einflößende Dame?«

»Lara Krohl. Ja, das stimmt.«

»Hat schon mal jemand ein Porträt über Sie geschrieben?«

»Ich suche nicht unbedingt die Aufmerksamkeit der Öffentlichkeit. Ich habe dieses Gebäude in meinem ganzen Leben nicht mehr als etwa zehn Mal verlassen.«

»Im Ernst?«

»Na gut, es waren nur vier Mal. Ich wollte cool wirken.«

»Krass!« Sie schwieg kurz. »Ich wollte gerade fragen, ob Sie vielleicht Lust hätten, was mit mir zu trinken, wenn wir den Quatsch hier fertig haben.«

Ich fürchtete fast, mich verhört zu haben, und deshalb entstand eine Pause, in der ich hastig versuchte, die mich überwältigende Erregung und Verwirrung irgendwie einzuordnen. Sie deutete mein Zögern fehl und ruderte zurück: »Wenn nicht, macht es auch nichts, ich …«

»Doch, doch, sehr gerne … gute Idee«, sagte ich. »Hier gibt's eine Bar.«

Ich konnte es immer noch nicht glauben, als ich ihr später die Tür aufhielt und für einen kurzen Augenblick ihre Haut spürte, als sie an mir vorbeiging. Ich war in den Computerraum gekommen, um den Leuten aus dem Weg zu gehen, aber das Gegenteil war passiert: Aus diesem riesigen, unsichtbaren Jenseits war jemand in mein Leben getreten, und auch wenn ich mir die Vorstellung eigentlich nicht gestatten wollte, es schien fast so, als würde dieser Jemand bleiben.

»Ich begreife immer noch nicht, wie du so gut zurechtkommst, wenn du doch rein gar nichts siehst.«

Die Geräusche in der Bar waren die gleichen wie an jedem Abend, der sich dem Ende neigte: Man rief den Begleitern noch ein paar Worte zum Abschied zu und machte ein paar schale Witzchen. Die lebendige, aufgekratzte Stimmung der Bar kühlte ab wie Wasser in der Wanne. In einer halben Stunde würde Ray die letzten Nachtschwärmer hinausscheuchen.

»Ich komme genauso gut zurecht wie du«, sagte ich, »es ist reine Gewohnheitssache. Ich kenne diesen Ort wie meine Westentasche. Sogar noch besser als meine Westentasche. Und woanders gehe ich eigentlich nicht hin, wie ich schon sagte, also …«

»Aber willst du das denn gar nicht? Du interessierst dich doch anscheinend für die Welt um dich herum. Willst du sie nicht bereisen?«

Aus den Vibrationen schloss ich, dass sie mit den Beinen schlenkerte. »Na ja, das Universum ist für mich eine theoretische Angelegenheit. Ob ich nun hier bin oder in Ägypten, für mich macht es keinen Unterschied.«

»Das stimmt nicht ganz. Wenn du nach Ägypten fahren würdest, dann könntest du die Gewürze auf dem Markt riechen, die andere Art von Luft spüren. Du würdest es als neues Land erfahren wie jeder sehende Mensch auch. Du würdest die Gebetsrufe von den Minaretten hören. Und das ungeklärte Abwasser in den Flüssen riechen.«

»Du machst mir die Sache ja richtig schmackhaft.«

Sie lachte. Ich wollte nicht, dass sie merkte, wie viel Angst mir die Welt außerhalb des Alpha machte, wie wenig Appetit ich darauf verspürte. Ich nahm den dritten großen Schluck von dem Prosecco, den Kathleen bestellt hatte. Er schmeckte erschreckend aufdringlich und stieg mir sofort zu Kopf. Mit festem Griff umklammerte ich die Champagnerflöte. Ich wollte Missgeschicke vermeiden, nichts verschütten, um sie nicht mit der Nase darauf zu stoßen, wie ungewohnt diese Situation für mich war.

»Wie bist du denn zum Journalismus gekommen?« Sobald ich sie ausgesprochen hatte, kam mir diese Frage sehr banal vor.

»Ich habe als Aushilfsschreiberin angefangen. Ich habe bei lokalen Nachrichtenkanälen gearbeitet und gehofft, eine von diesen glamourösen Kriegsberichterstatterinnen zu werden. Aber ich habe nicht das richtige Aussehen fürs Fernsehen.«

»Und wie siehst du aus?«

Sie lachte kurz. »So ungefähr muss das sein, wenn man jemanden im Internet kennenlernt. Also, äh, meine Haare haben so ein schmutziges Blond. Also schmutzig bezogen auf die Farbe, sie sind nicht tatsächlich schmutzig. Es ist irgendwie schwierig, sich selbst zu beschreiben. Ich habe eine große lange Nase, die aussehensmäßig ein gewisses Hindernis ist. Normale Größe, mehr oder weniger normales Gewicht – ich hätte nichts dagegen, ein bisschen dünner zu sein, aber ich bin nicht fett oder so. Ich sehe im Grunde aus wie eine ganz normale Neunundzwanzigjährige – wie man sieht, habe ich ein großes Talent für Beschreibungen.«

Neunundzwanzig! Frauen stehen auf jüngere Männer, hatte mir JD kürzlich erzählt, als Einleitung zu einer Anekdote, in der es darum ging, dass er auf einem Flug nach Los Angeles Sex in der Flugzeugtoilette hatte. Damals hatte ich ihm kaum zugehört, weil er solche Storys am laufenden Band erzählte, aber jetzt wünschte ich ihn mir als Berater an meiner Seite. Ich hatte keine Ahnung, was ich zu tun hatte. Ich wusste nicht, ob ich zu forsch oder zu zurückhaltend war, ob ich mehr reden oder ihr nur weiter zuhören sollte. Sie erzählte von Gegenden, wo sie Schlangen in den Rinnsteinen am Straßenrand gesehen hatte, von Gegenden, in denen man mit Gewehren in die Luft feuerte, um den Sieg einer Fußballmannschaft zu feiern, während sie glaubte, beschossen zu werden. Sie hatte auch schon Länder bereist, in denen tatsächlich auf sie geschossen worden war. Sie war in Usbekistan, in Biafra, in Grönland und selbst in Ländern gewesen, an deren Hauptstädte ich mich nur mit Mühe erinnerte. Wir redeten und redeten, in diesem winzigen Zeitfenster, in dem das Alpha wirklich still war, in dem man Geräusche nur noch erahnen konnte, selbst wenn man mitten in der Halle stand – ein Husten, das Knarzen einer Tür auf den Galerien oben.

»Es ist schon nach zwei«, sagte sie schließlich. »Bis ich nach Hause komme, wird es scheißspät.«

»Wohnst du nicht hier in der Gegend?«

»Niemand außer dir wohnt hier in der Gegend. Ich bin Journalistin. Ich wohne am Arsch der Welt.«

»Bleib doch einfach hier«, wagte ich vorzuschlagen. »Ich könnte dir ein Zimmer organisieren.«

»Umsonst?«

»Natürlich umsonst.«

Eine ungewohnte Kühnheit trug den Sieg über meine Schüchternheit davon. Ich war wie verwandelt, getrieben von der Dynamik dieser langen, außergewöhnlichen Nacht.

»Ist überhaupt noch ein Zimmer frei?«, fragte Kathleen.

»Eines ist immer frei.«

Einer der Nachtportiers gab mir den Schlüssel für Zimmer 25, ohne weitere Fragen zu stellen. Sie waren daran gewöhnt, dass ich zu den ungewöhnlichsten Zeiten auftauchte, wenn ich nicht schlafen konnte, und daran, mir zu helfen, wie alle hier. Als Kathleen die Tür aufschloss, schlug uns eine merkwürdige Kühle entgegen. Die Matratzenfedern gaben ein überraschtes Quietschen von sich, als sie sich aufs Bett fallen ließ und wieder aufsprang.

»Das ist großartig. Vielen herzlichen Dank.«

»Das Zimmer ist immer da, falls du es brauchst«, sagte ich.

»Also, wenn ich das nächste Mal hier in der Gegend bin …«

»Ich hoffe sehr, das wird bald der Fall sein«, rutschte mir heraus, während ich mich immer noch über meine vorhergehende Bemerkung ärgerte: Natürlich war das Zimmer immer da, wo sollte es sonst sein?

»Ich habe das Gefühl, das könnte bald sein«, sagte sie. Als Antwort berührte ich ganz leicht ihren Arm, und wir wünschten uns gute Nacht. Kaum hatte ich die Tür hinter mir geschlossen und das mechanische Klicken des Schlosses vernommen, fragte ich mich, ob ich wohl zu formell gewesen war. Ein anderer Mann wäre sicher bei ihr in diesem Zimmer geblieben. Ein anderer Mann hätte coolere Sachen gesagt, eher gewusst, wie er sich verhalten soll.

Die Ereignisse dieser Nacht waren kaum vorüber, da begann mein Hirn schon, sie in einer Endlosschleife immer wieder abzuspielen, in hektischen, kleinen Schnipseln wie ein Nachrichtenkanal. Bald würde jede Wiederholung eine immer schwächere Kopie der mir entgleitenden Realität sein. Eine Weile blieb ich vor der Tür stehen, gebannt von dem Wissen, dass sie dort drinnen war und sich auszog.

Ich fuhr mit dem Lift nach unten und versuchte den alten Trick, mich mit dem Gedanken an eine unvorstellbar große Zahl abzulenken. Doch Kathleen geisterte weiter durch mein Hirn, und mehr als irgendein Mensch zuvor nahm sie dabei eine sichtbare Gestalt an.

In den folgenden zwei Wochen besuchte mich Kathleen dreimal, und jedes Mal ließ ich mir schließlich den Schlüssel zu Zimmer 25 geben und blieb bei ihr, während sie schrieb.

Jemanden überhaupt nicht oder sehr gut zu kennen, dazwischen bestand offenbar nur ein sehr feiner Unterschied. Denn alles wurde so schnell Normalität: der Geruch ihres Atems, die Nachdenk-Geräusche, die sie mit Zunge und Zähnen machte, wie sie vor sich hin fluchte, wenn sie eine falsche Taste erwischte, und wie sich der Ton ihres Lachens in die Höhe schraubte. Erst jetzt wurde mir bewusst, wie sehr ich die unsichtbaren Menschenmassen da draußen gefürchtet hatte, erst jetzt, als einer dieser Menschen aus dem Nichts auf der Bildfläche erschienen war, um sich meinen Laptop auszuleihen und meine Chips wegzufuttern. Immer wenn sie wieder ging, fragte ich mich genau wie beim ersten Mal, ob ich mein Glück nicht stärker herausfordern sollte.

Nach ihrem dritten Besuch erzählte sie mir, dass sie für neun Tage nach Dubai fliegen würde. Es überraschte mich, wie lange das klang, und was für eine abergläubische Angst in mir aufstieg. »Pass aber bitte auf dich auf.«

»Das ist doch nur Dubai«, sagte sie und küsste mich zum Abschied auf die Wange. »Ich werde mit anderen Journalisten und urlaubenden Yuppies in einem Hotel sitzen. Ich fahre schließlich nicht nach Mekka und kacke auf den Koran.«

Ich begleitete sie hinunter in die Halle und wünschte ihr zum Abschied viel Glück. Sie schien verwundert, fast amüsiert. Für sie war ein Flug nach Dubai nichts anderes, als schnell etwas einzukaufen, während einkaufen sich für mich anfühlen würde wie eine Reise nach Dubai.

Am ersten der neun Abende empfand ich eine seltsame Mischung aus Langeweile und Angst. Ich versuchte, mich auf zig verschiedene Dinge gleichzeitig zu konzentrieren. Gegen zehn, um die Zeit, als ihr Flugzeug landen sollte, war ich dann wieder unten in der Halle, nahm all meinen Mut zusammen und bat Graham um einen Gefallen.

»Geht es um Kathleen?« Da war so ein Unterton in seiner Stimme.

»Ja. Sie ist aber nur eine gute Freundin.«

»Ich habe nichts Gegenteiliges behauptet.«

»Sie war in letzter Zeit öfter mal in Zimmer 25. Meinst du, ich könnte das Zimmer für sie reservieren? Also nur auf gelegentlicher Basis.«

Mein Unbehagen entlockte Graham ein Glucksen. »Auf gelegentlicher Basis! Möchtest du vielleicht einen schriftlichen Antrag stellen?«

»Tut mir leid, aber ich wusste einfach nicht genau, wie du darüber … wie du generell zu Zimmer 25 stehst.«

Graham räusperte sich. »Nun, Tatsache ist, dass das Zimmer wirklich schon lange nicht mehr genutzt wurde, seit Ella und … und Agatha.«

Die Erwähnung der beiden nach so langer Zeit führte zwangsläufig zu der Frage, zu der sich vorher nie die Gelegenheit ergeben hatte: »War es Zufall, dass sie und Ella einfach so verschwunden sind? So überstürzt?«

Sobald ich sie gestellt hatte, schien mir die Frage unvermeidbar. Und dennoch hatten wir sie so lange vermieden. Noch während ich auf eine Antwort wartete, schwand mein Mut, und ich setzte zu einer Entschuldigung an, doch Graham kam mir zuvor: »Ich weiß es ehrlich nicht«, sagte er.

Was steckte bloß hinter der abweisenden Betonung des Adverbs und der selbst für ihn mehr als deutlichen Artikulation? Störte er sich daran, dass ich die Frage überhaupt gestellt hatte, oder vielmehr an den Erinnerungen, die sie heraufbeschwor? Seit ich Kathleen kannte, hatte es mich mehr denn je frustriert, nie ein Gesicht zur Orientierung zu haben, immer nur den Klang der Stimme – und in Augenblicken wie diesem war diese Frustration noch schlimmer. Ich stellte mir Graham mit seinem gebeugten Rücken vor, der Letzte, der meine Mutter lebend gesehen hatte, vielleicht auch der Letzte, der Agatha in diesen Räumen gesehen hatte. Einerseits drängte mich all das dazu, dieses Gespräch möglichst schnell zu beenden, andererseits trieb mich die einmal entfesselte Neugier an.

»Hat Agatha denn eine Adresse hinterlassen oder …?«

»Nein«, antwortete Graham, »sie sagte, sie würde wahrscheinlich nach Florida gehen, wo sie Familie hat. Ich glaube, das habe ich dir damals gesagt. Sie meinte, sie würde sich melden, sobald sie irgendwo Fuß gefasst hätte, aber letztlich hat sie das nie getan.«

»Manchmal fehlt sie mir, auch wenn das schon Jahre her ist. Ich hatte nicht einmal die Gelegenheit, mich von ihr zu verabschieden.«

»Ja, es ist lange her«, sagte Graham, und es klang, als spreche er ebenso mit sich selbst wie mit mir. Seine Stimme kam nun aus einer anderen Richtung, er hatte mir den Rücken zugewandt. Die vielen Schlüssel klangen wie ein Windspiel, als er mit seiner Hand darüber fuhr.

»Am besten gebe ich dir beide Schlüssel zur 25, und Howard – auch diesmal muss er das nicht unbedingt wissen. Nicht dass es ihn stören würde, das bestimmt nicht. Aber Journalisten gegenüber kann er manchmal ein bisschen misstrauisch sein.«

»Sie ist keine Klatschkolumnistin oder so was in der Richtung«, sagte ich. »Sie ist Auslandsreporterin.«

»Ja, ich habe ihren Koffer gesehen, der ist ja bis zur Unkenntlichkeit zerschrammt. Sie ist übrigens ganz bezaubernd.«

Zurück in meinem Zimmer fand ich eine neue E-Mail vor: »Von: Kathleen«, sagte mein Computer, wobei er das h und das l wegließ, sodass der Name ziemlich entstellt klang. »Inhalt: Lebend gelandet.«

Zwei Wörter, mehr nicht, und doch war das ein ganz anderes Gefühl, als wenn sie sich gar nicht gemeldet hätte. Ich lächelte in die Dunkelheit hinein und stellte mir vor, sie liege in Zimmer 25 neben mir.

Howard ließ ein eigenes Modem in Zimmer 25 installieren, und ohne, dass wir groß darüber gesprochen hätten, richteten wir es so ein, dass Kathleen im Hotel arbeiten konnte, wenn sie in der Stadt war. Das kam manchmal an zwei Tagen hintereinander vor, und dann wieder zehn Tage lang gar nicht. Jederzeit konnte sie entweder nur um die Ecke sein oder auch Tausende Kilometer entfernt unter Granatenbeschuss. Wie immer war Howard eifrig bemüht, die beste verfügbare Technik zu besorgen, aber es gab leider kein Gerät, das voraussagen konnte, wann sie sich meldete. Schließlich hatten wir keine offizielle Vereinbarung getroffen. Es gab nur die Momente, in denen sie aus der Dunkelheit auftauchte, und die, in denen sie wieder darin verschwand. Howard oder Sarah-Jane gegenüber erwähnte ich ihren Namen erst, als sich das lange Wochenende nach dem ersten Mai näherte. Für den freien Montag plante Howard eines seiner inzwischen zur Tradition gewordenen Essen in der Hotelhalle. Kathleen war sehr erpicht darauf, zu kommen – sie gebe ihre linke Brust dafür, war ihre Formulierung. Howard sagte, er würde sie geradewegs am vordersten Tisch platzieren.

»Bist du sicher? Du hast sie doch noch nicht einmal kennengelernt.«

»Ach, ich habe so dies und das gehört.« Er wuschelte mir durch die Haare, wie er es früher immer gemacht hatte, als ich noch kleiner war. »Außerdem finde ich das großartig. Es ist großartig, wenn du Leute kennenlernst. Das wünsche ich mir so für dich.« Ich war hin- und hergerissen zwischen Freude und Gekränktheit. War ich denn wirklich so ein Sorgenkind, dass man es feiern musste wie die ersten Schritte eines Babys, wenn es mir gelang, eine neue Freundschaft zu schließen?

Kathleen war entzückt. »Dafür würde ich sogar Kinder von dir kriegen.«

»Ich werde dich nicht sofort beim Wort nehmen.«

War ich zu verwegen oder zu zurückhaltend? Wüsste ich besser, was zu tun war, wenn ich ihr Gesicht sehen könnte? Es war eine alberne Frage, und dennoch nagte sie an mir. Einmal versuchte ich, Graham das Problem zu erklären: »Ob ich wohl besser wüsste, wie ich mich verhalten soll, wenn ich ihr Gesicht sehen könnte? Oder ob ich eine so falsche Vorstellung von menschlicher Mimik habe, dass es … dass ich genauso gut eine Seite mit Hieroglyphen ansehen könnte. Verstehst du, was ich meine?«

»Ich denke schon, Chas.«

»Es ist verrückt: Ich habe doch Gesichter *gesehen*, aber ich kann mich nicht daran erinnern. Irgendwie weiß ich nicht einmal, was ein Gesicht *ist*.«

»Es ist so ähnlich wie ein Fuß, nur weiter oben«, sagte Graham.

An jenem freien Montag traf ich im Lärm und Trubel der Hotelhalle auf Kathleen, die mich entschlossen am Arm packte. JD hatte aus seinem großen Fundus an Freundinnen eine namens Holly mitgebracht, und auch Lara gesellte sich zu der Vorstellungsrunde. Im Gespräch taxierten sich die vier gegenseitig, und auch aus dem Ungesagten oder kaum hörbaren Schwankungen in ihren Stimmen konnte ich schließen, wie sie unverzüglich ihre Urteile übereinander fällten.

»Nett, dich kennenzulernen.«

»Gleichfalls.«

Es wurde ein Stuhl gerückt, gleich darauf noch einer.

»Gleich hier«, sagte Kathleen und dirigierte mich mit ihrer Hand auf meinem Arm. JD sagte etwas. »Ach so …«, setzte Kathleen zu einer Entschuldigung an.

»Macht nichts«, murmelte JD.

Ich begriff, dass beide gleichzeitig einen Stuhl für mich zurechtgeschoben hatten und ich mich auf ihren gesetzt hatte. Holly kicherte nervös. Als ich meine Hand sinken ließ, streifte sie Seide.

»Ich trage ein Kleid«, erklärte mir Kathleen, »so in Richtung rehbraun. Passt ungefähr zu meiner Augenfarbe.«

»Ja, das ist für Chas sicher ein sehr nützlicher Hinweis.« JD klang überdreht und sehr provozierend, worauf Lara mit einer amüsierten Zurechtweisung reagierte. Holly und Kathleen schaukelten die Konversation in ruhigeres Fahrwasser, aber der Waffenstillstand währte nicht lange. Beim Hauptgang kam das Gespräch auf Afghanistan. JD erzählte, ein paar seiner Freunde seien auf der Sandhurst-Militärakademie, und die würden sich richtig darauf freuen, mal eine Schlacht zu erleben. Ich hörte, wie Stoff raschelte und der Stuhl ächzte, als Kathleen darauf herumrutschte. Lara witterte sofort ein Reizthema, und mit einer Spur Bosheit sagte sie: »Du siehst nicht so aus, als fändest du das gut, Kath.«

»Ich persönlich finde den ganzen Krieg nicht gut.« Kathleen schluckte, denn eigentlich argumentierte sie lieber in schriftlicher Form.

»Du findest also nicht, dass wir verpflichtet sind, gegen Leute zu kämpfen, die Tausende Unschuldige auf dem Gewissen haben?«, fragte Lara. Ihr Ton war so neutral, als bitte sie darum, ihr das Salz zu reichen.

Glücklicherweise ertönte genau im richtigen Moment ein Gong: Howard bat um Ruhe für eine seiner Auktionen. Er werde einen Zaubertrick vorführen, kündigte er an, und dem Meistbietenden werde er verraten, wie er funktioniert. »Eine Gelegenheit, die man nur einmal im Leben bekommt«, spornte er die Gäste an. »Sie werden nie wieder einen Zauberer treffen, der Ihnen sagt, wie diese Nummer geht. Die haben schon gedroht, mich aus der Zauberergilde rauszuschmeißen, bis ich darauf hingewiesen habe, dass ich da gar nicht Mitglied bin.«

Neben mir lachte Kathleen, und mir war, als hätte ich selbst die Pointe gelandet. Howard trieb weiter seinen Unfug, indem er einen Elefanten aus Pappmaschee präsentierte, der, wie Graham sich beklagte, fast so groß war wie ein echter. Er ließ ihn aus einem Schrank verschwinden, mit einer Methode, die wohl recht erstaunlich sein musste, wenn man denn sehen konnte. Ich ertränkte meine Verärgerung über JD und

Lara in einer Unmenge Weißwein. Mein Glas wurde jedes Mal wieder vollgeschenkt, kaum dass ich es abgestellt hatte. Am Nachmittag machte sich schon allgemeine Trägheit breit, als Howard eine Rede zu halten begann. Er hatte sich eine schöne Geschichte zurechtgelegt, von dem Tag, an dem er zum ersten Mal hier stand und von der Eröffnung eines Hotels träumte, und sie dann später nackt der Polizei die Tür geöffnet hatten und er sagte: »Wir haben doch Musik an.«

»Ich glaube, das hab ich schon mal gehört«, sagte Holly.

»Dafür ist Howard berühmt: dass er irgendwelche Geschichten als seine eigenen ausgibt«, erklärte ihr Kathleen.

»Woher willst du das denn wissen?« JD reagierte wie ein Schauspieler auf sein Stichwort. Er schien nur darauf gewartet zu haben, einen weiteren Streit vom Zaun zu brechen. »Du hörst ihn doch heute zum ersten Mal reden.«

»Ich habe, äh, ich weiß das nur vom Hörensagen«, sagte Kathleen.

»Du bist anscheinend eine Expertin fürs Hörensagen«, merkte Lara an. Auch ohne eine Berührung wusste ich, dass Kathleens Wangen glühten.

»Ist dir eigentlich klar, dass mein Vater das hier jedes Jahr veranstaltet, manchmal auch zweimal im Jahr, dass er all diese Leute einlädt und bewirtet, und jeder bildet sich ein Urteil über ihn, aber keiner brächte nur halb so viel zustande wie er? *Dafür* ist er berühmt, Schätzchen.« Wie bei einem vorlauten Kind war JDs Mundwerk seinem Kopf einen Schritt voraus.

»Jetzt hör mal auf rumzustänkern!«, schimpfte Holly, und die Auseinandersetzung verlief bald im Sande. In meinem Nacken jedoch blieb diese Hitze zurück, für die ich die Erinnerung an mein jüngeres, hilfloses Ich und meine Mordswut auf JD verantwortlich machte. Als die Veranstaltung beendet war, stieß Kathleen mich an und sagte, sie werde zum Arbeiten rauf in Zimmer 25 gehen. JD verdrückte sich in das Gewühl in der Halle. Ich drohte schon völlig im Selbstmitleid zu versinken, als eine vertraute Hand auf meiner Schulter landete.

»Na, was ist los?« Howards Geruch war heute festlicher als sonst: Ich nahm Alkohol, Schweiß und den warmen Glanz eines Mannes wahr, der sich im Licht der Öffentlichkeit gesonnt hatte. Dazu gesellte sich von der Seite Sarah-Janes heimeliges Aroma. Dieser tröstlichen Mischung wandte ich nun mein Gesicht zu. »JD und Kathleen haben sich überhaupt nicht gut verstanden.«

»Ach, der ist heute ein richtiges Arschloch«, sagte Sarah-Jane. »Kathleen scheint mir ganz reizend.«

Die Bemerkung tat mir so wohl, dass ich nicht einmal darüber nachdachte, wie komisch es war, dass sich schon wieder jemand eine Meinung über Kathleen gebildet hatte.

»Ich werde mal mit ihr sprechen, mein Schatz«, meinte Sarah-Jane. »Wo ist sie denn?«

Ich erklärte, dass sie verärgert rauf ins Zimmer gegangen war. Howard und Sarah-Jane prusteten gleichzeitig los, als sei das nun wirklich ein höchst durchsichtiges Manöver. »Bring ihr was zu trinken!«, sagte Sarah-Jane. »Was trinkt sie?«

Ich hatte das Wort Prosecco noch nicht einmal zu Ende gesprochen, da beauftragte Howard schon einen der Pagen, die beste Flasche zu bringen, die wir im Haus hätten. »Und auf dem besten Tablett! Und die besten Gläser, nur damit wir auf der sicheren Seite sind«, rief er ihm noch nach. »So läuft der Hase«, verkündete er, und ich konnte mir seine ausladenden Gesten vorstellen, und wie er einen Arm um Sarah-Janes Taille legte. »Es braucht ein bisschen Klasse. So habe ich S-J umworben.«

»Meiner Erinnerung nach hast du im Lagerraum deine Hand in mein Höschen geschoben.«

»Deine Mutter hat keinen Sinn für Romantik«, sagte Howard lachend.

Der Page kam mit dem beladenen Tablett, und das Lachen der beiden begleitete mich zum Lift und hinauf in den zweiten Stock. Ich wäre gerne wie sie gewesen, so unverkrampft in Liebesdingen, so witzig, eine rosige Vergangenheit hinter mir und eine rosige Zukunft vor mir. Ich bat den Pagen, das Tablett vor Zimmer 25 auf dem Boden abzustellen. Über die Galerien drang der Lärm von unten aus der Halle nur gedämpft herauf, wie die Stimmen von Gästen, die längst gegangenen waren. In meinem Magen kribbelte es.

»Zimmerservice.«

Von drinnen ertönte ihre leicht argwöhnische Stimme: »Ich habe aber gar nichts bestellt.«

»Jetzt mach hin«, sagte ich, »ich bin verdammt noch mal blind.«

Kathleens Lachen ging in ein freudiges Gurren über, als sie die Tür öffnete.

»Wäre peinlich geworden«, sagte ich, »wenn sich rausgestellt hätte, dass ich das falsche Zimmer erwischt hätte.«

»Du kannst ja Wunder vollbringen.«

Ich machte zwei Schritte ins Zimmer und setzte sofort zu meiner Rede an: »Das mit JD tut mir wirklich leid. Ich denke, er war betrunken. Na ja, ich weiß es nicht genau. Ich kann das nicht … wir sind uns nicht mehr so nahe wie früher.«

Ich hörte ein Ploppen und Gluckern, als sie einschenkte. Als sie ihr Glas an meines stieß, war es wie die sanfte Berührung einer Hand. Wir saßen nebeneinander auf dem Bett. Sie schlenkerte mit ihrem Fuß und stupste meinen an; die Rundung ihres Oberschenkels berührte mein Hosenbein.

»Das Problem ist wahrscheinlich, dass ich eine Außenstehende bin«, sagte sie. »Jeder Außenstehende wird mit einem gewissen Misstrauen betrachtet. Du und die Yorks, ihr wart immer eine verschworene Gemeinschaft. Und das Alpha ist sowieso eine ganz eigene Welt.«

Mein Instinkt riet mir, ihr zu widersprechen. Das Alpha war bekannt dafür, Fremde herzlich aufzunehmen: Das war der eigentliche Grund, warum ich überhaupt hier gelandet war. Wie konnte das Alpha eine hermetische Gemeinschaft sein, wenn es täglich die ganze Welt empfing? Wie konnte sie behaupten, dass Außenstehende unwillkommen waren, wo doch jeder hier als Fremder kam und sich sogleich wie ein Stammgast fühlte? Doch andererseits war ich nie als Besucher hier gewesen. Also schwieg ich.

»Außerdem bin ich Reporterin. Lara sagt ihnen, welche Journalisten sie gut und welche sie schlecht finden sollen. Ich vermute, ich stehe auf der Liste der schlechten. Und du weißt doch, dass Howard nie sonderlich gut mit Journalisten konnte, oder? Ich gehe davon aus, dass das auch auf JD abgefärbt hat.«

Ich fand es höchst sonderbar, dass sie über Leute, die ich so gut kannte, mit einer Distanziertheit sprach, die ich ihnen gegenüber nie empfinden würde. »Was meinst du denn damit, dass er keine Journalisten mag?«

»Hast du nie von der Mike-Swan-Geschichte gehört?«

Swan hatte Howard vor ein paar Monaten wegen eines Interviews angesprochen. Er hatte vorgehabt, einen Artikel für eine Zeitung zu schreiben, um seinen *Swan-Hotelführer* zu promoten, dessen Verkäufe stark rückläufig waren. »Er wollte ihn zu dem Brand vor zwanzig Jahren befragen und solche Sachen. Howard hat anscheinend richtig aggressiv reagiert und gesagt, dass sich heutzutage doch kein Schwein mehr für den Brand interessieren und dass Swan in der Vergangenheit leben würde. Swan hat danach heulend hinter dem Hotel gesessen, heißt es.«

Die Geschichte verbreitete eine verdrießliche Stimmung in unserem stillen Zimmer, in dem sich wohl ebenfalls viele

Dramen der menschlichen Existenz abgespielt haben mussten. Was mich verstörte, war das schreckliche Bild eines weinenden Mannes im mittleren Alter, und dahinter noch etwas anderes: Vielleicht war es die Vorstellung, dass Howard auch grausam sein konnte. Mein Hirn weigerte sich, sich damit auseinanderzusetzen. Ich redete mir ein, dass Kathleen eine aufgebauschte Version der Geschichte zu hören bekommen hatte oder dass das Ganze überhaupt nicht passiert war, und war erleichtert, als sie schließlich weitersprach.

»Und nebenbei bemerkt«, Kathleen nahm einen Schluck Schampus, »will ich ja nicht paranoid wirken, aber JDs Freundin sieht umwerfend aus. Sie hat diesen Schlafzimmerblick und diese Nimm-mich-Frisur und so weiter, und sie klebt förmlich an ihm, also sieht er auf Frauen wie mich herab.«

»Frauen wie dich, was soll denn das überhaupt heißen?« Ich zappelte mit meinen Beinen herum, ich fühlte mich so geladen, als würde ich jeden Augenblick in die Luft gehen.

»Ach, ist ja auch egal.« Ihre Stimme war wieder so hart und kurz angebunden wie an dem Abend, als wir uns zum ersten Mal begegnet waren. »Warum reden wir überhaupt darüber?«

»Weil ich wirklich … weil ich sehr starke Gefühle für dich hege«, sagte ich und schämte mich, weil das so abgedroschen klang wie in einem Liebesfilm. »Womit dein Aussehen verständlicherweise überhaupt nichts zu tun hat.«

»Das ist wirklich süß von dir.«

»Du brauchst gar nicht so herablassend zu tun. Nur weil ich nicht sehen kann, heißt das noch lange nicht, dass du in körperlicher Hinsicht für mich nicht existierst. Ich sehe dich auf eine Weise, von der du überhaupt keine Vorstellung hast.«

»Und was ›siehst‹ du jetzt?«

»Deinen Geruch«, sagte ich. »Dich zu riechen … ist fast so, als würde ich dich berühren. Das habe ich sofort bemerkt, als ich zum ersten Mal mit dir zusammen in einem Raum war.«

»Warum tust du es dann nicht? Warum tust du es nicht jetzt?«

Wie in Zeitlupe nahm Kathleen meinen Kopf in ihre Hände, drehte ihn zu sich und drückte ihn an ihre Schulter. Ich ließ meinen Kopf dort liegen und nahm ihren würzigen, glänzenden Duft in mir auf. Ihr Haar fiel herab und kitzelte meine Wangenknochen.

»Wie ist es?«, fragte sie.

»Es ist wunderbar«, antwortete ich, »genau, wie ich es dir gerade gesagt habe.«

»Taste dich von da, wo du bist, nach unten. Da ist ein kleiner Reißverschluss. Findest du ihn? Ist ein bisschen knifflig.«

Meine Finger griffen nach dem kleinen Metallstück, zögerten dann aber.

»Mach weiter.«

»Bist du sicher?«

»Ja. Ich kann's kaum erwarten, das verdammte Teil runterzukriegen. Ich hasse Kleider.«

»Und ist das der einzige Grund?«

»Nein, nicht der einzige«, gab Kathleen zu.

Meine Hand zitterte. Bei meinem dritten Versuch griff sie nach hinten und übernahm den ersten Zentimeter des Reißverschlusses selbst. Ich wollte mich entschuldigen, aber sie machte »Pst« und erhob sich vom Bett. »Ich steige jetzt aus dem Kleid«, sagte sie, »und auch aus den Schuhen.« Sie kickte sie gegen die Wand, so wie JD früher nach der Schule.

»Beim BH hast du vermutlich keine Chance, aber beim Rest kannst du mir helfen«, sagte sie.

Meine Hände ertasteten den Bund ihrer Strumpfhose und schoben sie herunter, bis Kathleen mit den Füßen herausschlüpfen konnte. Nie zuvor hatte ich mich meiner Blindheit so wenig ausgeliefert gefühlt. Sie spielte in meinem Empfinden einfach keine Rolle. Mein Körper war wie ein einziger gespannter, pulsierender Muskel. Ich griff nach dem noch zarteren Gewebe ihres Slips und zog ihn herab.

»Na bitte«, sagte Kathleen, und ihre Stimme schien ein wenig von ihrer üblichen Lautstärke eingebüßt zu haben. »Jetzt bin ich ganz nackt.«

»Bist du sicher …«

»Wenn du noch einmal fragst, ob ich sicher bin, dann trete ich dir in die Eier«, sagte sie.

Ich kniete vor ihr und presste mein Gesicht gegen ihr Schienbein, ihre Wade, in das weiche Fleisch ihres Oberschenkels und wünschte, es würde mich verschlingen. Nur verschwommen drang ein sonderbarer, flehender Ton in mein Bewusstsein – ihr schneller, fast panischer Atem. Als ich mein Gesicht an ihren Bauch drückte, machte sie einen Schritt zurück.

»Verzeih, es tut mir leid.«

»Nein, nein, alles okay, es liegt an mir.« Ihr Lachen klang fast ängstlich. »Ich bin nicht ganz sicher, dass ich … dass ich das richtig zu Ende gedacht habe.«

»Wir können aufhören.«

»Ich meinte nicht aufhören, ich meinte nur, na ja, ich war nicht darauf vorbereitet, dass du mich inhalierst. Ich hätte vielleicht duschen sollen, eine der schönen kleinen Flaschen hernehmen, die bei euch in den Bädern stehen.«

»Aber darum geht es ja gerade. Ich will nicht, dass du etwas vor mir verbirgst. Ich will alles.«

»Dann nimm alles.«

Ich atmete ihren Bauch, ich bewegte mich hinauf zu der lang geschwungenen Wölbung ihrer Brüste, zu ihren Achseln und wieder hinunter, bis mein Mund sich in die flaumigen Haare zwischen ihren Beinen schmiegte. Sie keuchte jetzt sehr laut. Ich rutschte auf Knien um sie herum, und mein Gesicht versank zwischen ihren Pobacken. Als ich wieder emportauchte, war sie an meinem Hosenbund, nestelte an meinem Gürtel. Es war, als öffneten sich meine Augen, nur um sich gleich wieder zu schließen, und ich driftete mit ihr davon.

7

GRAHAM

Ich habe im Alpha wirklich eine Menge Merkwürdigkeiten zu Gesicht bekommen: den Mann, der die Tür zu Zimmer 25 aufbrach, und seine Gattin, die ihren Ehering in die Galerien feuerte; die Präsentation einer chemischen Mixtur, die durch Injektion in eine Leiche deren Organe für Jahrhunderte konservieren sollte; den amerikanischen Astronauten, der als erster Mensch auf dem Mond war. Wir hatten eine Dame da, die mit geradezu unheimlicher Präzision die Zukunft voraussagen konnte, einen Vogel der Gattung Kasuar, der sogar Menschen töten kann, und einen renommierten Intellektuellen, der schwor, in seinem Zimmer habe ihn ein Geist heimgesucht. Außerdem vier Leichname, die mit Ausnahme von Roz Tanner in den frühen Morgenstunden, wenn möglichst wenig Gäste zugegen waren, durch den Hauptausgang hinausgerollt worden waren. Man konnte mit Fug und Recht behaupten, dass mich nichts so leicht umhauen konnte. Aber auf seine ganz eigene Weise war nichts so merkwürdig und zugleich so großartig wie der Anblick von Chas, der nur wenige Monate nach seiner ersten Begegnung mit Kathleen so mir nichts, dir nichts aus dem Alpha hinausspazierte, als habe er genau das nicht sein ganzes bisheriges Leben kategorisch verweigert.

An einem frühen Abend im September stand er plötzlich vor mir an der Rezeption, ausgerüstet mit Laufshirt, Turnschuhen und einem breiten, aber matten Grinsen.

»Wir drehen nur schnell eine Runde im Regent's Park«, sagte Kathleen. »Ich werde am Anfang Chas' Arm halten, so wie man ein Fahrrad hinten hält, und denke, dass er dann schnell allein zurechtkommen wird.«

»Und du … du hast nichts dagegen?«, fragte ich Chas.

»Ach, wird höchste Zeit, dass ich ein bisschen trainiere«, sagte er.

»Du hast doch schon ein bisschen ›trainiert‹«, sagte Kathleen leise, und die beiden kicherten. Das erinnerte mich ungewollt an Agatha und die etwas gewagten Bemerkungen, die sie mir manchmal entlockt hatte.

Chas hüpfte förmlich mit Kathleen davon, und mit fröhlichem Schwung schlossen sich die Türen hinter den beiden.

Ich rieb mir die Augen und stellte mir die Szene im Park vor: Kathleen in T-Shirt und Leggings, Chas, der neben ihr herjoggte, und wie die beiden keuchend über einen Scherz lachten.

In den wenigen Wochen, die ihre Beziehung dauerte, war Chas öfter draußen gewesen als in seinem ganzen bisherigen Leben. Sie hatte ihn ins Kino und in Restaurants gelockt, und nun wurde das Laufen zur wöchentlichen Routine. Kathleen schien viel zu laufen; um die Zeit zu stoppen, hatte sie ein technisches Gerät, mit dem ich sie immer aufzog, weil es mir unnötig kompliziert erschien. »Hast du eigentlich schon von dieser wunderbaren neuen Erfindung namens Stoppuhr gehört?«, fragte ich sie einmal.

»Jetzt reicht es mir aber mit deinen Frechheiten«, antwortete sie lachend. Wie so oft in der Hotelhalle platzte Lara Krohl dazwischen. Mit ihrem Computer unter dem Arm tauchte sie aus der Bar auf und bescherte uns unaufgefordert eine ihrer taktlosen Bemerkungen: »Na, Kath, bringst du dich in Form?«

»Ich laufe mehrmals die Woche«, sagte Kathleen und errötete ein wenig. Lara Krohl ging weiter, nachdem sie das erledigt hatte, was anscheinend ihr eigentliches Metier war: möglichst viele Details aus dem Privatleben anderer Leute aufzuschnappen, um sie ihnen dann unter die Nase zu reiben.

Die Nacht war sehr heiß, weswegen Pattie sich hin und her wälzte und seufzte und schließlich einen Ventilator in Gang setzte, dessen Krach das Schlafen erst recht unmöglich machte.

»Manchmal habe ich wirklich den Eindruck, dass bestimmte Leute glauben, sie hätten Chas für sich gepachtet«, sagte ich, als wir beide im Halbdunkel nebeneinander auf dem Rücken lagen. »Aus einer Art Konkurrenzdenken heraus verhalten sie sich Kathleen gegenüber sehr feindselig. Jonathan David, zum Beispiel, und Lara Krohl ...«

»Wer ist Lara Krohl?«, fragte Pattie und drehte sich auf die Seite.

»Ich habe dir schon von ihr erzählt. Die Südafrikanerin, für die Chas arbeitet, und Howard ... also, sie berät Howard.«

»Glaubst du, Howard hat was mit ihr?«

Und schon hatte die Unterhaltung, ohne dass ich recht wusste, wie mir geschah, eine ganz neue Wendung genommen.

»Weißt du, Margaret hat mir so eine Geschichte aus Amerika geschickt, auf die sie im Internet gestoßen ist. Über einen Mann, der eine Affäre mit seiner Sekretärin hat. Ich glaube, der Mann ist sogar ziemlich prominent. Zwischen den beiden lief das so ein paar Monate ...«

Wie ein paar Monate fühlte es sich auch an, als Pattie dann weiter und weiter erzählte. Die Wiedergabe dieses Internetunfugs machte sie irgendwann so müde, dass ich mit meinen Überlegungen zu Kathleen und Chas und ihrem Werben umeinander schließlich allein wach lag.

Umeinander werben: vermutlich kein Begriff, den heutzutage noch jemand benutzte, aber er schien mir angemessen. Chas war immer aufgekratzt und gesprächig, bevor sie kam, verzweifelt, wenn sie aufgehalten wurde, und unbeholfen wie ein Betrunkener, wenn sie sich zum Abschied ein letztes Mal küssten. Es erinnerte mich daran, wie ich Pattie den Hof gemacht hatte. Ich musste mir immer an der Straßenecke die Beine in den Bauch stehen, um sie zu treffen, wenn ihre Arbeit im Schwimmbad beendet war. Heute stand niemand mehr an irgendwelchen Laternenpfählen herum, in der Hoffnung, »die Auserwählte würde vorbeikommen«. Alle hatten ja Telefone und konnten ihre Pläne sekündlich ändern. Aber Chas und Kathleen trafen und trennten sich immer am selben Ort; so gesehen war ihre Beziehung eine altmodische.

»Ich hätte nicht gedacht, dass wir ihn noch jemals vor die Tür bekommen«, sagte Howard und bedachte unseren Jungen mit einem liebevollen Blick. Kathleen schlenkerte voller Elan Chas' Arm, als die beiden wieder einmal zu einer Expedition in die Tate-Galerie aufbrachen. »Anscheinend brauchte er nur jemanden, mit dem er *gemeinsam* rausgehen kann.«

Mit der Liebe ist das so eine Sache, das hätte ich eigentlich wissen müssen. Hatte ich nicht just im Alpha oft genug erlebt, wie viele Probleme sie bereiten konnte? Und doch wurde ich von ihren Irrungen und Wirrungen kalt erwischt – mitten in dieser aufblühenden Romanze, mitten in einer Reihe trüber Julitage, die dafür sorgten, dass vom Wetter enttäuschte Touristen wie Mäuschen durch die Hotelhalle huschten.

Ein grauer Tag war in eine verregnete Nacht übergegangen. Als ich die Anhöhe zu unserem Haus hinaufging, dachte ich an den neuen Krieg, in den wir verwickelt worden waren. Es war ein schrecklicher Gedanke, dass nun wieder Mütter das Telefon abnehmen würden, um das Gleiche zu hören zu bekommen wie einst Agatha. Ganz sicher hatte Kathleen recht – es wäre besser gewesen, wenn wir uns nicht daran beteiligt hätten. Howard sah das anders, aber das lag meiner Meinung nach nur daran, dass Lara ihn von ihrer Sichtweise überzeugt hatte.

Als ich den Schlüssel im Schloss drehte, vertrieb der Klang einer Kinderstimme sofort jeden Gedanken an Politik aus meinem Kopf. Christopher war da! Überrascht stürmte ich ins Wohnzimmer, mit der Absicht, ihn in meinen Armen durch die Luft zu wirbeln. Und erst nachdem ich den Raum betreten und voller Freude seinen Namen ausgerufen hatte, nahm ich die Situation so richtig wahr.

Christopher hatte geweint, Caroline sah in ihrer Strickjacke und Jeans derangiert aus, ihr Haar war ungewaschen und nachlässig zurückgekämmt. Sie war ebenfalls den Tränen nahe und wirkte in diesem Moment fast so alt wie ihre Mutter. Patricia trug ihren Marks-&-Spencer-Morgenrock, hatte die Arme verschränkt und blickte drein wie eine alte Jungfer.

»Opa, können wir was spielen?«, fragte Christopher mit einem hoffnungsvollen Zucken um die gerötete Nase.

»Lieber kleiner Chris, es ist schon nach Mitternacht«, sagte ich.

»Eigentlich, Dad, wäre es sogar ganz gut, wenn du mit ihm …«, bat mich Caroline. »Wir haben … wir müssen hier gerade was besprechen.«

»Na, eine Partie Domino könnte sicher nicht schaden«, sagte ich folgsam, ohne eine Ahnung zu haben, was hier vorging. »Gehen wir doch rauf in dein Zimmer, Chris.«

»Lieber Hippo Flip«, bettelte er.

»Auch recht«, sagte ich mit gespielter Resignation, »dann Hippo Flip.«

Ich machte schnell ein paar Marmeladenbrote zurecht und ging mit ihm hinauf in unser Gästezimmer. Es war früher

Eds Zimmer gewesen, und an der Wand hing noch immer seine alte Weltkarte mit Ländern und Grenzen, die inzwischen nicht mehr existierten. Christopher kletterte ins Bett, und wir spielten schweigend. Nur das Rollen der Bälle über das Spielbrett war zu hören, und das Klickklack der Nilpferdköpfe, wenn Christopher mit Feuereifer daraufschlug. Es dauerte nicht lang, da fielen ihm die Augen zu, und er dämmerte allmählich weg. Es sah schon fast so aus, als sei er eingeschlafen, als sich das ursprüngliche Problem, welches wohl unten diskutiert wurde, wieder zurück in seine Gedanken stahl.

»Ach, Opa«, sagte er, »alles ist so schrecklich.«

»Was genau ist denn passiert, Christopher?« Ich legte meine Hand auf seine Schulter und wunderte mich wie immer darüber, wie er zugleich schon so groß und noch so klein sein konnte.

»Mum will mich mitnehmen«, sagte Christopher. »Sie will nicht mehr mit Dad zusammenleben. Sie will lieber mit jemand anderem zusammenleben, in Inverness.«

»Inverness? In Schottland?«

Er verzog den Mund, und wieder stiegen Tränen in seine großen Augen mit den langen Wimpern. »Ja, das ist ganz weit weg. Ich kann Dad dann gar nicht mehr sehen.«

»Also weißt du«, sagte ich und machte die Nachttischlampe aus, »ich bin sicher, du hast da etwas durcheinandergebracht, das kann so nicht stimmen.«

Aber ich hatte ein sehr ungutes Gefühl, als ich die Treppen hinunterstieg. Patricia und Caroline saßen da und schwiegen inzwischen vor Erschöpfung.

»Stimmt das denn?«, fragte ich.

Caroline blickte aus dem Fenster. »Ich kann nicht weiter mit ihm zusammenleben«, sagte sie. »Ich kann einfach nicht. Er ist nie da. Er denkt nur an seine Arbeit. Er will nicht …

unsere Beziehung ist keine richtige Beziehung mehr. Ich kann nicht mehr«, wiederholte sie.

»Und es gibt schon einen anderen Mann?«

»Ja, und er ist ein guter Mann.« Carolines Ton war ausdruckslos und nüchtern. Sie hatte dieses Gespräch wohl schon zu oft führen müssen. »Er wird für uns sorgen, ganz sicher.«

»Du hast ernsthaft vor, nach … Inverness zu ziehen und Christopher mitzunehmen?«, fragte ich.

»Graham, bitte sag ihr, dass das Wahnsinn ist«, jammerte Pattie.

»Wie hast du denn um Himmels willen jemanden aus Inverness kennengelernt?«

»Im Internet«, sagte sie. »Wir haben gechattet. Seine Beziehung ist auch gescheitert. Es hat sich dann so ergeben, wir haben uns gesimst. Wir haben uns einmal getroffen, als Brian weg war. Bei einem der vielen Male, die Brian weg war.« Sie schniefte. »Ist ja auch egal, jedenfalls habe ich gemerkt, dass Neil eigentlich von Anfang an der Richtige für mich gewesen wäre.«

»Bitte, sag was, Graham«, flehte Pattie mich an, als gebe es ein Zauberwort, das ich nur aussprechen müsste, und alles würde wieder gut, wir würden in der Zeit zurückversetzt zu Carolines Hochzeitstag im Spätsommer oder zu jenem freudigen Moment der Ankündigung eines Enkelkinds.

»Bitte, Dad«, sagte Caroline, »du musst mir glauben, dass ich das nie tun würde, wenn ich nicht sicher wäre, dass es das Richtige ist. Christopher kann Brian alle paar Wochen sehen oder jede … wir werden eine Lösung finden.«

Und ich?, wollte ich fragen. Wann würde ich noch die Möglichkeit haben, meinen Enkel zu sehen, wenn schon sein Vater nur noch eine Nebenrolle spielte, wenn sie ihn tatsächlich mitschleppen würde ans andere Ende der britischen Inseln? Ich dachte an seinen verstörten, schläfrigen Blick und an ein neues Kinderzimmer im Haus eines Mannes, den er nicht kannte. Außerdem war es kalt in Inverness. Ich konnte mir das alles gar nicht vorstellen.

»Du musst mich unterstützen«, sagte Caroline, »ich meine, ich bitte dich darum, mich zu unterstützen.«

Ich räusperte mich, denn meine Kehle fühlte sich an wie Sandpapier, aber ich bekam nichts heraus. Pattie stand auf und ging in die Küche. Ich hörte, wie sie Teewasser aufsetzte. Ich griff nach Carolines Arm. Nach kurzer Zeit stand sie auf und stieg die knarzende alte Treppe hinauf, um nach Christopher zu sehen.

Ich starrte die Vorhänge an. Es waren dieselben Vorhänge wie damals, als wir an Weihnachten Scharade gespielt hatten. Unvorstellbar, dass es noch immer das gleiche Zimmer war, in das meine Frau und meine Tochter nun gleichzeitig zurückkamen und sich dabei im Türrahmen auswichen wie Fremde.

Es wurde eine harte Nacht. Zuerst musste ich Patties Einschlafgespräch über mich ergehen lassen, das so lange dauerte wie eine Rede der Queen und ebenso wenig Überraschendes zu bieten hatte. Ich konnte ihr das nicht vorwerfen, es waren schließlich außergewöhnliche Umstände. Ob das vernünftig war, wollte Pattie immer wieder wissen. Jemanden über den Computer kennenzulernen und mit ihm auf und davon zu gehen? Das war doch Wahnsinn, oder etwa nicht? Sie erwartete nicht wirklich eine Antwort. Ich ließ sie reden, bis ihr die Puste ausging, sie einschlummerte und mich mit der tristen grau-orangen Nacht draußen allein ließ. Ich ging leise hinunter in die Küche und machte etwas Schinken ausfindig. Die Mühe, auch noch Pommes frites in den Ofen zu schieben, überforderte mich, also aß ich ihn ohne Beilage und dachte über die Ereignisse der heutigen Nacht nach.

Natürlich ging ich nicht davon aus, dass alle Liebesangelegenheiten grundsätzlich so glatt und vorhersehbar über die Bühne gingen wie unsere eigene Ehe. In den vielen Jahren an der Rezeption hatte ich unzählige Auseinandersetzungen, bedeutungsschwangere Wortwechsel und sorgenvolle Telefonate mitgehört, auch wenn die Betroffenen glaubten, ihre Situation sei einzigartig und für Außenstehende nicht nachvollziehbar. Und ich hatte schon vor langer Zeit aus nächster Nähe mitbekommen, welche Folgen solche Verwicklungen hatten.

Es war einige Jahre vor JDs Geburt und lange bevor Chas in unser Leben getreten war, als Sarah-Jane eines Abends in die Hotelhalle stürmte, gefolgt vom Echo einer knallenden Tür. Sie trug eine sogenannte Kimonojacke, weil sie und Howard eigentlich vorhatten, zu einem japanischen Motto-Ball zu gehen. Aber das hatte sich nun ganz sicher erübrigt. Sarah-Jane war in Tränen aufgelöst. Ich nahm sie am Arm und führte sie in die Abgeschiedenheit des Rauchsalons. Howard habe sie betrogen, sagte sie. Es gebe da eine Frau, die häufig Gast im Hotel war. Sie seien in eines der Zimmer gegangen. Und jetzt war er bei ihr in Bloomsbury. Sie hatte eine Nachricht auf dem Anrufbeantworter hinterlassen, und Sarah-Jane hatte sie abgehört.

Noch schlimmer war, dass so etwas offensichtlich nicht zum ersten Mal passierte. Ich hatte immer gedacht, den Spitznamen Howard-schon-hin habe er wegen seiner unstillbaren Lust, Unfug anzurichten, nicht etwa wegen seiner Qualitäten auf diesem speziellen Gebiet. Ich war ziemlich von den Socken.

»Und was wirst du jetzt tun?«, fragte ich.

»Tun?«, wiederholte Sarah-Jane. »Ich werde tun, was ich immer tue. Ich werde ihm vergeben. Weil ich nicht weiß, wo ich sonst hin soll. Und weil ich ihn liebe. Das ist das Blöde, Graham, dass ich ihn immer noch liebe.«

Was mich betraf, hatte ich zwei Optionen: Entweder ich betrachtete meinen Helden in einem neuen, wenig schmeichelhaften Licht. Oder ich machte ebenfalls genau so weiter wie bisher. Es sollte ja inzwischen deutlich geworden sein, welcher Option ich im Allgemeinen zuneige.

Die Liebe eines Menschen kann auch den Kummer überstehen, den der Betrug und die Untreue des anderen verursachen – das war die Lehre, die ich aus dieser Episode zog. Umgekehrt lernte ich aber auch Folgendes: Jemanden zu lieben, und sei es ein Leben lang, schließt nicht aus, dass man auch für einen anderen Menschen starke Gefühle entwickelt. Howard hatte das ziemlich früh im Leben erfahren und war mir wie immer einen Schritt voraus.

Es hatte diesen Tanz mit Agatha gegeben: gut, da war nichts dabei gewesen. Aber all unsere Späße und Spiele und die Tatsache, dass ich die Vorfreude auf den nächsten Arbeitstag und die Vorfreude, sie wiederzusehen, irgendwann nicht mehr trennen konnte? Nach und nach hatte ich sie ins Vertrauen gezogen. Ich erzählte ihr von Howards früheren Verfehlungen und anderen Vorfällen in der Geschichte des Hotels, die mir schon viel länger auf der Seele brannten, als ich mir bis dahin eingestanden hatte. Und dann war da jener Nachmittag im Februar, als ich Zimmer 25 aufsuchte, in der Hand ein Tablett mit Fish and Chips, ihrem Lieblingsgericht. »Komm rein«, rief sie, und ich betrat das Zimmer. Sie hatte eine nasse Spur auf dem hellen Teppich hinterlassen, und das Handtuch, das um ihren Körper geschlungen war, bedeckte nicht wirklich etwas. Unsanft setzte ich das Tablett ab.

»Hey, willst du Mr. Yorks schönes Hotel kaputt machen?«, fragte sie belustigt und drehte sich von mir weg. Ich konnte meine Augen nicht von ihrem Körper abwenden. Erst als sie sich selbst im Spiegel erblickte, erfasste sie die Situation. Sie drehte sich wieder zu mir um. Aus ihren Haaren tropfte das

Duschwasser auf ihre Schultern und rann über ihr üppiges Dekolleté. Behutsam ließ sie das Handtuch zu Boden gleiten. Ich sah sie an, von oben bis unten, und wusste nicht, was ich tun sollte. Dann waren Geräusche auf dem Gang zu hören, vielleicht Mrs. Davey oder ein Page, der eine Bestellung auf ein Zimmer lieferte. Agatha schien nicht in Panik zu geraten, sondern nur nüchtern zu registrieren, dass wir einen Fehler gemacht hatten.

»Geh jetzt«, sagte sie und bewegte sich erschreckend schnell und geschmeidig in Richtung ihrer Kleider. »Du musst gehen, Graham.«

Ich ging. Ich fuhr mit dem Lift nach unten, ging zur Rezeption und erklärte jemandem den Weg nach Covent Garden; ich telefonierte mit Ed wegen der Karten für ein Rugbyspiel; ich ordnete den Broschürenstapel und machte einen zügigen Rundgang durchs Hotel, um zu sehen, was es sonst noch zu tun gab. Spätabends, nachdem die Zimmermädchen ihre letzte Runde gedreht hatten, war Agatha wieder an der Rezeption, und wir sprachen nicht darüber, was passiert war. Auch nicht am nächsten Tag oder am übernächsten. Wir spielten das Eincheck-Spiel. Wir erlegten Fliegen. Nach etwa einer Woche gehörte der Vorfall zu einer dieser Angelegenheiten, über die man so lange nicht spricht, bis sie sich in Luft auflösen. Ich kehrte jede Nacht zurück zu Pattie, Agatha zurück in ihr Einzimmerappartement, in dem das Foto ihres Sohnes hing. Aber eines Tages, kaum zwei Monate später, sah sie von ihrer Bibel auf. »Graham, ich werde gehen nächste Woche.«

»Gehen ...?«

»Das Hotel verlassen.«

Als ich verstand, was sie meinte, fühlte ich als Erstes einen heftigen Stich in der Magengrube, und ich fürchtete, mir würde gleich übel werden. »Warum?«

»Andere Arbeit«, sagte sie. »Ich habe andere Arbeit gefunden.«

»Wirklich?«

»Ja. Guter Job. Ich muss gehen, Graham.«

Aber sie sah mich dabei nicht an, und sie sagte auch nichts weiter dazu. Je länger ich darüber nachdachte, desto mehr war ich davon überzeugt, dass es meine Schuld war. Entweder verdächtigte Howard uns eines Fehltritts, oder er hatte irgendwie herausgefunden, was ich ihr über ihn erzählt hatte, und wollte sie loswerden; oder sie hatte einfach beschlossen, wegen des Vorfalls in Zimmer 25 zu gehen. In jedem Fall war es zweifellos meine Schuld. Darum konnte sie mir auch nicht mehr darüber erzählen. Darum hielt sie auch während der trostlosen Tage, die folgten, ihren Mund.

Auf ihren letzten Tag blicke ich alles andere als gerne zurück. Wir machten unsere übliche heitere Konversation. Gleichmütig zeigte die Uhr an, wie die Stunden verrannen. Um acht nahmen wir einen Drink an der Bar. Howard war nicht da, aber Sarah-Jane prostete Agatha mit Champagner zu. Als ich sie zur Tür begleitete, schien mir alles so hohl und leer, als sei das Alpha eine uralte, inzwischen verfallene Filmkulisse.

»Wie sollen wir nur ohne dich auskommen?«, fragte ich bemüht scherzhaft.

»Na, wird schon klappen, Graham«, sagte sie mir. »Weil so Sachen passieren immer.«

Ich fuhr sie an diesem letzten Abend nach Hornchurch. Sie würde schreiben, sobald sie dazu kam. Sie habe vor zu verreisen. Sie habe eine Schwester in Amerika. Sie sagte noch mehr in der Richtung, aber ebenso gut hätte sie »Nehmt Abschied, Brüder« pfeifen können, so wenig konnte ich in jenem Augenblick erfassen. Als ich sie umarmte, hatte ich das untrügliche Gefühl, dass dies ein Abschied für immer war.

»Viel Glück«, sagte ich.

Weil sie in den gleichen riesigen Mantel gehüllt war wie an dem Tag unseres Kennenlernens, hatte ich den Eindruck, es sei kein Ende, sondern ein Neuanfang. Sie stellte ihre schwere Tasche ab. Mir kam es vor, als würde sie sich eine Ewigkeit mit der Eingangstür abmühen. Ich wollte aber, dass sie gänzlich aus meinem Sichtfeld verschwunden war, bevor ich wegfuhr. Die Tür gab schließlich nach, und ich wandte meinen Blick ab und ließ den Motor an.

Als ich nur wenig später erfuhr, dass auch Ella uns verlassen würde, fragte ich mich, ob da nicht etwas Komplizierteres im Gange war. Aber Howard und Sarah-Jane waren nicht geneigt, darüber zu reden, und nach vielen Monaten gab es irgendwann einen Zeitpunkt, an dem es nicht mehr wichtig schien, warum Agatha gegangen war. Nur dass sie gegangen war und dass es still war ohne sie. Jedes Mal, wenn ich ein raues weibliches Lachen oder den Tritt schwerer Stiefel auf dem Marmorboden hörte, sah ich auf in der Hoffnung, sie sei zurückgekommen, obwohl mir im selben Moment klar wurde, dass es jemand anderes sein musste.

Es war inzwischen Jahre her, dass ich gründlicher darüber nachgedacht hatte. Und es war auch jetzt zwecklos, aber heute Nacht war alles so merkwürdig. Ich hörte, wie Christopher im Schlaf aufschrie und Caroline über die knarzenden Dielen in sein Zimmer tappte. Einmal ging ich zu ihr hinaus, erschreckte sie dadurch und fragte, ob es ihr gut gehe. »Nein«, sagte sie mit einem entschuldigenden Lächeln, »aber trotzdem danke, Dad.« Draußen blies der Wind, und von Zeit zu Zeit heulte eine Katze oder ein wilderes Tier.

Als ich mich schließlich wieder nach oben begab, kam ich am Computer vorbei, der ausgeschaltet auf seinem großen hässlichen Tisch im Wohnzimmer stand. Ich dachte an Caroline, wie sie auch an einem Computer saß, diesem Mann in

Inverness schrieb und plante, mir Christopher wegzunehmen. Ich dachte an Lara Krohl und ihren Gesichtsausdruck, als ich Agatha und Ella erwähnte. Ich konnte mir Lara nicht ohne ihren Laptop vorstellen, der nie weiter als zehn Zentimeter von ihr entfernt stand. Ich stellte mir auch vor, wie die PCs in der Nacht vor sich hin summten, im Rauchsalon, in dem Agatha und ich getanzt hatten. Mir wurde immer stärker bewusst, dass ich diese Maschinen zu leichtfertig abgetan hatte. Wie eine neue Spezies lebten sie unter uns, und die Welt gehörte ihnen bereits ebenso wie mir.

8

CHAS

Kathleen besaß eine für Journalisten typische Respektlosigkeit. Innerhalb von fünf Minuten konnte sie den gesamten Stapel Tageszeitungen durchkämmen, um die wichtigen Informationen herauszufiltern wie der Körper die Nährstoffe aus dem Essen. Sie kannte die Namen aller wichtigen Leitartikler und deren thematische Vorlieben. Sie war in der Lage, mir schneller als Howard eine Website vorzulesen, schneller als irgendwer, den kennenzulernen ich das Vergnügen gehabt hatte. Sie kannte sich aus mit angesagten Restaurants, Prominenten, Musikern, Architektur. Das Spektrum meines Wissens, in dem all diese Gebiete fehlten, erwies sich jetzt als sehr willkürlich. Kathleen war manchmal bestürzt darüber, was alles an mir vorbeigegangen war.

»Ich weigere mich zu akzeptieren, dass du die Rolling Stones nicht kennst.«

»Ich kenne ›Satisfaction‹, Howard singt das immer.«

»Bowie? Dylan?«

»Ist Dylan der mit der komischen Stimme?«

»Herrgott, ich glaub's nicht«, rief sie verwundert.

»Na ja, was hätte ich tun sollen? Im Internet nach ›Musik, die gut ist‹ suchen?«

»Ich stell dir eine Playlist zusammen. Ich bin jetzt dein Internet.«

Es kam mir vor, als hätte ich das Universum bisher nur durch das Glasdach des Alpha gesehen, und nun stand ich oben auf dem Dach und hatte den Himmel voller Sterne über mir.

»Das ist eine nette Betrachtungsweise«, sagte Kathleen, als ich es ihr so schilderte, »aber es wäre noch netter, wenn wir dich dazu bekämen, wirklich vor die Tür zu gehen.«

»Das ist nicht so mein Ding.«

»Ist mir schon aufgefallen. Aber du wärst überrascht, denn manches da draußen ist wirklich ganz nett.«

Wir gingen zu Mittagskonzerten in die St.-Martin's-Kirche. Wir sahen uns am frühen Nachmittag Filme in einem ewig leeren Kino mit nur einem Saal an, dessen Foyer nach Zigarettenrauch roch. Kathleen versorgte mich mit Audiokommentaren à la »Der Kerl kommt ins Zimmer. Hat eine große Nase, wie ich. Sieht, wie die zwei sich küssen. Ist ziemlich angepisst.«

Einmal lümmelte ein Mann in einem Sitz einige Reihen vor uns. Kathleen bemerkte ihn erst, als wir aufstanden, um zu gehen. »Das tut mir wirklich leid«, sagte Kathleen, »ich habe ununterbrochen gequatscht.«

»Das war sogar sehr hilfreich«, meinte der, »ich konnte nämlich nicht so richtig folgen.« Er sagte mir noch, wie glücklich ich mich schätzen könne, Kathleen zu haben.

»Weniger glücklich bin ich damit, blind zu sein«, erklärte ich.

»Ja, da haben Sie allerdings recht. Das macht es schwierig, oder?«

»Sein Schwanz ist nicht blind«, versicherte ihm Kathleen.

Wir machten uns auf den Weg durch ein London, dessen wahnwitziger Lärm und ständiger Rummel mich nun nicht länger ängstigte. Je weiter ich vordrang, desto schwieriger wurde es sogar, diese Angst überhaupt noch nachzuvollziehen – sie war wie jemand, an dessen Namen man sich nicht erinnern kann. Die Leute lebten ihr Leben, mehr war nicht dabei. Das nicht-blinde Leben war nicht anders als meines. An manchen Tagen vergaß ich sogar, dass ich nicht sehen konnte. Ich versuchte es JD zu erklären, allerdings mit wenig Erfolg.

»Was du meinst, ist, dass es einfach besser läuft, seit du jemanden vögelst.«

Wenn ich dieser Tage durch die Hotelhalle ging, war mir, als habe man eine schwere Ritterrüstung von meinen Schultern genommen. Und dennoch, als Kathleen zum ersten Mal vorschlug, laufen zu gehen, dachte ich, sie sei durchgedreht.

»Und in was soll ich laufen? Glaubst du, ich hab einen Sponsorenvertrag mit Nike?«

»Ich habe mir erlaubt, dir Laufsachen zu besorgen.« Sie drückte mir ein plastikartiges Shirt und eine Shorts in die Hand. »Ich hoffe übrigens, das mit Nike war ein Scherz. Die haben einiges auf dem Kerbholz. Worauf wartest du? Muss ich dir noch mal helfen, dich auszuziehen?«

Es war einer der ersten Septemberabende, der einen nassen Sommer von seinem Elend erlöst hatte. In London und New York waren Gedenkkonzerte geplant. Mein Computer las mir »Ein Jahr danach«-Artikel vor. Wir gingen Arm in Arm. Ich machte mir nicht länger Gedanken, was in welcher Richtung lag und wie weit es weg war. Ich wäre mit ihr bis ans Ende der Welt gegangen, so lange sie mich nur festhielt.

Ich vertraute ihr auch, als sie mich am Parkeingang ein paar Lockerungsübungen machen ließ, zum Beispiel auf einem Bein stehen, den Knöchel kreisen oder die Wade dehnen.

»Bist du sicher, dass man dabei nicht dämlich aussieht?«

»Hör dir das an! Wieso interessiert es dich plötzlich, wie etwas aussieht?«

Anfangs war es kaum mehr als Gehen, dann brachte sie mich zu einem Zwischending zwischen Gehen und Traben, und schließlich zwischen Traben und Joggen. »Mach einfach weiter. Wir werden nirgends anstoßen, du wirst nicht fallen. Es ist das gleiche Prinzip wie beim Gehen.«

Auf der Erde vermoderten schon die ersten Blätter, sagte sie mir. In der Luft lagen deren Feuchtigkeit, der Geruch von Lagerfeuern und die Intensität des klaren, fahler werdenden Himmels. Das mussten typisch jahreszeitliche Gerüche sein, vermutete ich, denn ich hatte den Jahreszeiten zuvor nie Beachtung geschenkt. Ich hörte Kathleens Atem und das Quietschen ihrer Schuhe, und den Rest konnten meine Sinne sich dazudenken: ihre in Lycra gehüllten angespannten Rückenmuskeln, einen Ausdruck konzentrierten Eifers im Gesicht. Ich passte meinen Atem ihrem Rhythmus an. Andere trabten friedlich an uns vorbei wie Züge auf benachbarten Gleisen. Ich war ein winziger Punkt im großen Universum.

Die Hotelhalle war warm und heimelig, als wir Arm in Arm über ihren hallenden Boden spazierten. Sie war es natürlich immer gewesen: Wenn Howard sie betrat, tat er immer ein paar betont tiefe Atemzüge, als wäre er gerade in einem Luftkurort angekommen. Mike Swan hatte in seinem Hotelführer geschrieben, dass alle Probleme von einem abfielen, wenn man die großen Eingangstüren durchschritt. Auch deshalb kamen die Menschen ins Alpha: Es war ein ganz anderes Land als das kalte, harte, das sie von draußen kannten.

Nur ich begriff erst jetzt, wie behaglich es sich anfühlte, ins Hotel zurückzukehren – erst jetzt, als ich fähig war, es auch zu verlassen. In der Halle herrschte die übliche, heitere Geräuschkulisse aus klirrenden Gläsern und diesen leisen Stimmen, mit denen man Pläne schmiedete. Howard rief einen scherzhaften Willkommensgruß von der Bar herüber: Seht her, da kommt Seb Coe. Ich revanchierte mich mit einer Bemerkung über seinen Zigarettenkonsum. In Zimmer 25 machte Kathleen die Dusche an.

»Du Perversling, stehst du etwa da und schaust mir zu, wie ich mich ausziehe?«

Ich schälte mich aus meinen Klamotten und folgte ihr unter das rauschende Wasser. Ich schmiegte mich noch schnell in ihren glänzenden Duft, bevor er weggewaschen wurde. Ich wurde hart, als ich mich an sie drückte, während das Wasser auf uns herabprasselte und uns mit duftendem Schaum einhüllte. Ich duschte gerne mit ihr zusammen, aber das Beste daran war der kurze Augenblick vorher, wenn ich überall an ihr die Spuren ihres Tags, all ihrer körperlichen Strapazen riechen konnte.

Es gab nicht Schöneres, als sie einzuatmen, sämtliche Geheimnisse, die ihre Haut barg. Ich roch sie, wenn sie verschwitzt aus der U-Bahn kam, ich stand daneben, wenn sie mit so aggressiver Energie pinkelte, dass das Badezimmer von dem Echo widerhallte. Sie stieß mich ohne Vorwarnung auf das Bett, rollte mich über sich und bat mich, das Kommando zu übernehmen. Wenn sie mit Redakteuren telefonierte oder Interviews mit Menschen in den sonderbarsten Ecken dieser Welt führte, dann brodelte meine Ungeduld und verwandelte sich in eine köstliche Erregung. Ich war stets der Gewinner. Keiner dieser Leute, mit denen ich Kathleen teilen musste, wusste, was sie mir ins Ohr flüsterte und wie ihr Körper zu mir sprach, wenn ich sie schlafend in den Armen hielt.

Aber irgendetwas oder irgendwer wartete ständig darauf, sie mir zu stehlen. Wir schliefen zwar gemeinsam ein, doch aufzuwachen schien sie immer vor mir. Irgendwo fand ein Anti-Kriegs-Marsch statt, sie hatte einen Mittagsflug gebucht, sie musste weg: »Morgen bin ich zurück oder spätestens übermorgen«, sagte sie und küsste mich auf die Stirn, bevor sie aus der Tür schlüpfte. Wenn sie abends wegmusste, zog sich dieses Ritual schmerzhaft lange hin. Sie duschte dann ausgiebig, putzte sich mit Entschlossenheit die Zähne, zog den Reißverschluss ihrer Reisetasche zu, und jedes einzelne dieser harmlosen Geräusche machte mich trauriger. Der Flughafen-Shuttle, den Graham mit seinem üblichen Postleitzahlen-Scherz bestellt hatte, wartete auf sie. Ich versuchte immer, sie noch ein letztes Mal zu küssen, aber sie wollte die Abschiedszeremonie lieber kurz halten. »Lass das. Sonst bleibe ich hier. Dann komme ich wieder zurück ins Zimmer und lande mit dir im Bett.«

»Genau das ist ja meine Absicht.«

Sobald sie gegangen war, ergriff ihre Abwesenheit von dem Zimmer Besitz. Sie stand zwischen mir und der Tastatur, sie lag in meinem kalten Bett. Ich ging die Gänge entlang und hörte hinter lauter identischen Türen die Nachtgeräusche fremder Leute: leise Stimmen, Drinks, die eingeschenkt wurden, Dialoge im Fernsehen, sorgenvolle Selbstgespräche. Vergeblich versuchte ich, mich in meine Arbeit zu vertiefen – einen Werbetext für eine Rekrutierungskampagne der Armee. Aber nichts war so wichtig wie mein Bedürfnis, Kathleen zurückzuhaben. »Morgen oder übermorgen.« Als wäre das kein Unterschied für mich, im Gegensatz zu ihr. Ihre Tage waren kurze Zeithäppchen, die aufgefressen wurden von ihrem Bemühen, das für sie Bestmögliche herauszuholen. Meine Tage verloren ohne Kathleen wieder jegliche Kontur.

Wie kam es, dass ich schon nach so kurzer Zeit glaubte, nicht mehr ohne sie auszukommen? Wahrscheinlich hatte dieses Bedürfnis schon immer existiert, doch erst jetzt hatte es einen Namen, eine Gestalt, einen Geruch.

Ich träumte von ihr, wir bewegten uns durch seltsame Landschaften, sie forderte mich auf, ihr zu folgen. Als ich aufwachte, musste ich sofort mein sprechendes Telefon und meine Mails checken und dann jemanden bitten, im Internet nachzusehen, ob ihr Flieger auch wirklich gelandet war; nur um absolut sicher zu gehen, dass sie noch immer existierte.

Der späte September bescherte uns einige überraschend heiße Nachmittage, doch Kathleen schleppte mich hinaus, um Winterkleidung zu kaufen.

»Aber es ist brütend heiß.«

»Ja, aber wenn das Jahr fortschreitet, wirst du merken, dass es kälter wird. Ich dachte, du wärst nur blind und nicht blöd. – Ups!« Wir hatten Hand in Hand mit unseren Armen geschlenkert und einen Passanten angestoßen.

»Hey, passen Sie doch auf, wo Sie hingehen!«

»Er ist blind«, rief Kathleen ihm nach. »Haben Sie was gegen Blinde?«

Auf der Rolltreppe zur U-Bahn hinunter lachten wir uns halb tot. Für mich war es das zweite Mal überhaupt, dass ich U-Bahn fuhr. Der Zug blies uns Luft ins Gesicht, als er in die Station rauschte, und Kathleen wartete, bis die Sensoren piepsten und die Türen sich mit einem dumpfen Geräusch öffneten, bevor sie mir hineinhalf. Ich mochte die Vorstellung, dass hier alle genauso blind waren wie ich, weil außerhalb der Waggons nichts als Schwärze herrschte.

Als wir wieder an die Oberfläche gingen, beschrieb sie mir alles, was zu sehen war: »Hier entlang der Rolltreppe ist alles mit Plakaten zugepflastert. Einfach ein großer Haufen Schrott. Werbung für Shows im West-End-Theater, sehr dünne Frauen mit Schuhen. Apropos West-End-Shows, wir befinden uns jetzt hinter ungefähr zweitausend alten Frauen, die gerade aus einer Matinee kommen. Ach, und da ist ein anderer Blinder, dem gerade ein U-Bahn-Angestellter mit blauer Mütze hilft.«

Kathleen steuerte mich in ein Geschäft, in dem Geräusche auf mich lauerten wie eingesperrte Tiere: stampfende Musik, das Heulen eines Alarms, das rauschende Funkgerät eines

Sicherheitsmanns. Nichts davon ließ mich noch zusammenzucken. »Tatsächlich sind so ein paar Minuten in der U-Bahn oder in einem Laden besser als lebenslange Theorie«, sagte ich.

Kathleens Küsse waren Überraschungsangriffe, sie kamen aus dem Nichts und trafen mich wie ein Elektroschock. Sie setzten mein Denken außer Gefecht, sodass ich nur noch aus Fühlen bestand. Sie zog mich die Regent Street entlang Richtung Piccadilly, wo wir inmitten von Menschen standen, die um uns schwappten wie Schallwellen.

»Was sehen wir?«

»Wir sind genau unter den berühmten Leuchtreklamen. Überall Tauben. Man denkt immer, die Busse und Taxis würden sie gleich platt fahren, aber in letzter Sekunde fliegen sie weg. Die Busse sind unglaublich rot, wenn die Sonne drauf scheint. So rot wie in einem Reiseprospekt. Überhaupt sieht der ganze Platz heute wie in einem Reiseprospekt aus. Der Himmel hat ein ganz fantastisches Blau … ist das komisch für dich?«

»Ist was komisch?«

»Na, wenn ich von Rot oder Blau spreche. Vielleicht kannst du dir gar nichts drunter vorstellen.«

»Doch. Mit dir kommt es mir so vor, als wüsste ich, was Rot und Blau ist. Es kommt mir so vor, als wüsste ich alles.«

Auf ihre unverfrorene Art griff sie mit der Hand um meine Hüfte herum und fasste mir fast schmerzhaft fest in den Schritt.

»Ich vermute, ganz viele Leute haben das gesehen.«

»Oh ja«, sie lachte, »das ist einer der belebtesten Plätze Großbritanniens.« Ein Kuss traf meine Lippen. »Es ist so schade, dass wir keinen richtigen Sex haben können. Aber hier sind Polizisten und so. Kann ich dir noch irgendwelches Touristenzeug erzählen?«

»Wie sehe ich aus?«

»Du hast ein ganz reizendes, hübsches Gesicht.«

»Trotz dieser komischen Stellen rund um meine Augen?«

»Diese Stellen eingeschlossen. Die übrigens kaum zu sehen sind. Dein Mund verzieht sich immer so boshaft, wenn du einen Scherz machst. Du hast die optimale Größe, jetzt, wo ich dir deine schlechte Haltung abgewöhnt habe. Dein Penis ist ästhetisch gesehen sehr ansprechend …«

»Ästhetisch gesehen ansprechend. Ja, ich glaube, das war's, was du gestern Nacht gesagt hast.«

»… ebenso dein Hintern.«

»Na, ich klinge ja absolut verführerisch.«

Als wir in dieser Nacht in Zimmer 25 miteinander schliefen, taten wir so, als seien wir noch immer am Piccadilly Circus und die Leute würden uns beim Vorbeigehen zuschauen oder so tun, als würden sie uns nicht bemerken. Es war eine Fantasie, aber zugleich auch Realität, denn wir bestimmten, was die Realität war.

Danach lagen wir auf den zerwühlten Laken, ihr heftiger Atem strömte an meine Brust. Draußen rumpelte ein Servierwagen vorbei, dann erklang ein lautes Klopfen, eine Antwort wurde gerufen, und wir hörten, wie der Page das Tablett hineintrug. Er würde um eine Unterschrift bitten und das Tablett auf den Schreibtisch stellen oder vielleicht aufs Bett, und der Gast würde sein Essen einnehmen und dabei aus dem Fenster auf Fitzrovia und den BT-Tower blicken. Kathleen und ich würden hier liegen bleiben, und die Welt konnte sich ruhig ohne uns weiterdrehen.

»Weißt du, wer Agatha Richards ist?«, fragte sie.

Das kam so unerwartet wie ihre Küsse oder ihr gelegentliches morgendliches Verschwinden.

»Ja, sie hat hier gearbeitet. Sie ist weggegangen, schon vor einer Ewigkeit.«

»Und warum ist sie gegangen?«

Ich verspürte den Hauch eines Unbehagens, ganz subtil, kaum wahrnehmbar. »Ich weiß es nicht. Eine andere Arbeitsstelle oder so.« Ich benetzte mit meiner Zunge die Unterlippe. »Warum?«

»Nur weil ich die paar Male, die ich im IT-Raum im Netz war, auf eine Menge Suchanfragen für diesen Namen gestoßen bin.«

Eine Pause verstrich.

»Sie ist zur gleichen Zeit gegangen wie Ella«, sagte ich. »Meine ehemalige Lehrerin, die abgesehen von dir die Einzige war … egal.«

»Und du hast nie gefragt, warum die beiden gegangen sind?«

»Niemand war scharf drauf, drüber zu reden.«

»Man kann nicht *nicht* über etwas sprechen, nur weil jemand nicht scharf darauf ist«, sagte Kathleen. Sie stand vom Bett auf und ging auf und ab, als würde sie über etwas nachgrübeln. Unvermittelt herrschte eine gereizte und kühle Atmosphäre. »Hast du je gesehen, ich meine, du weißt schon …«

»Du kannst ruhig ›sehen‹ sagen. Was gesehen?«

»Haben sie dir je deine Patientenakte gezeigt? Zum Beispiel über die Operationen nach dem Brand? Oder irgendwas über deinen Vater, irgendwelche Unterlagen …«

»Nein, nichts davon. Warum?« In meinem vom Sex warmen Gesicht machte sich eine stärkere, unangenehme Hitze breit. »Warum sollte ich dieses Zeug sehen wollen? Was sollte mir das bringen?«

»Na ja, stellst du dir nicht manchmal Fragen über deinen Vater?«

»Was gibt es da zu fragen?« Eine plötzliche Wut brachte eine Ader an meinem Hals zum Pochen. JD hatte mir einmal erzählt, dass normale Leute manchmal verschwommene Linien oder Lichtblitze vor Augen haben, wenn sie schreien.

Etwas Ähnliches passierte mir jetzt. So ein Flimmern und Zucken in der Schwärze, ganz schwach wahrnehmbar, vielleicht auch nur Einbildung. »Er ist weg. Er ist tot oder zumindest nirgendwo hier in der Gegend. Und das ist mir auch egal. Howard ist mein Vater. Warum sollte ich mir Gedanken machen über jemanden, der nie aufgetaucht ist, der mich nie sehen wollte …«

»Natürlich nicht. Tut mir leid.«

»… wenn es jemanden gibt, der praktisch jeden Tag meines Lebens bei mir war und alles für mich getan hat?«

Wieder herrschte Stille. Kathleen kam vorsichtig zurück ins Bett und berührte mein Gesicht. »Chas? Es tut mir leid.«

»Ist schon in Ordnung.«

Noch eine Pause, und sie ging ins Badezimmer. Das Wasser rauschte brüllend aus dem Metallhahn, und ich hörte, wie sie ausatmete, als es ihre Haut traf. Der Augenblick der Unstimmigkeit zwischen uns war für sie so schnell vergangen wie jeder andere Augenblick auch. Kathleen war Journalistin, sie witterte zwangsläufig immer irgendwelche Verschwörungen, stellte aus Gewohnheit bohrende Fragen.

Ich grübelte über die Tatsache nach, dass jemand im Internet nach Agatha gesucht hatte. Es musste Howard oder Graham gewesen sein. Ich hatte nicht wirklich Lust, über den Grund nachzudenken oder darüber, wie sauer Howard wäre, wenn er Kathleens Fragen gehört hätte. Kathleen blieb sehr lange unter der Dusche. Als sie wieder herauskam, war es, als hätte unser erster kleiner Streit nie stattgefunden. Aber die Spannung blieb, so sehr wir uns auch bemühten, sie zu ignorieren.

Im Oktober gab es einen Anschlag auf einen Nachtclub in Bali. Nur wenige Wochen zuvor hatte Kathleen einen Artikel geschrieben, in dem sie auf die Gefahr weiterer Terrorangriffe in der Folge des 11. Septembers hinwies. Eine Zeitung aus Melbourne verlinkte ihren Artikel. Andere folgten ihrem Beispiel, und die Zahl der Zugriffe auf ihre Website stieg. Als wir zum Abendessen gingen, waren es tausend, als wir zurückkamen, viertausend. »Scheiß die Wand an!«, rief Kathleen und griff aufgeregt nach meiner Hand. »Dreitausend Zugriffe in einer Stunde! Leck mich!«

»Mit Vergnügen«, sagte ich, aber da hatte sie bereits zum Telefon gegriffen und war im Gespräch, und dabei wäre ich schon für einen Kuss dankbar gewesen.

Aber so lief es eben im Augenblick. Sie flog innerhalb einer Woche nach Madrid und Berlin. Überall waren Demonstrationen geplant, sagte sie. Ebenso besessen war sie vom Thema der Olympischen Spiele 2008 in Peking. Die Chinesen würden gerade eifrig ihre Menschenrechtsverletzungen vertuschen, ereiferte sie sich. Sie würden uns mit Propaganda bombardieren. Die Olympiade sei ein verdammt schmutziges Geschäft, erklärte sie mir eines Abends, bevor sie nach Peking flog. »Es sind ja nur vier Tage. Vier oder fünf, nicht mehr.«

Kathleen hielt das Olympische Komitee für korrupt, doch Howard und Lara empfingen seine Mitglieder alle paar Wochen in der Alpha-Bar und planten mit ihnen Londons Bewerbung. Kathleen sagte, dass der Krieg in Afghanistan ein heilloses Unterfangen sei und die Invasion in den Irak noch schlimmer werden würde, doch viele der Planer und Unterstützer dieses Kriegs waren willkommene Gäste in unserer Bar. Mit Howard waren sie befreundet, mit Lara flirteten sie aus Berechnung. Zum Jahreswechsel gehörte ich zu den Empfängern einer Regierungs-E-Mail, die darlegte, wie sich der erwartbare Protest gegen den Irakkrieg herunterspielen ließ. Und nur eine Handbreit entfernt von mir saß eine Person, die diesen Protest so sehr hochspielen würde, wie sie nur konnte.

Eine ganze Weile taten wir so, als existiere dieser Widerspruch nicht. Ich hörte mit meinen Kopfhörern Musik, und wir redeten über die Songs, die mir am besten gefielen; wir aßen in Restaurants, sie las mir die Speisekarte vor und machte ironische Kommentare dazu. Ich hackte weiter meine Pressemitteilungen in den Computer, sie schrieb ihre Artikel. Wenn sie mit anderen Journalisten der Anti-Kriegs-Bewegung telefonierte, drehte ich die Musik lauter und kam mir an meiner Tastatur wie einer dieser Pianisten vor, die man in anderen Hotels für romantische Hintergrundmusik engagierte. Meine Finger bewegten sich mechanisch und klimperten eine Melodie, die mich nicht im Geringsten interessierte.

Das konnte so nicht ewig weitergehen. Ich war zwar weit gekommen mit der Vorstellung, dass die Welt nur eine virtuelle war und ich sie auch von meinem Zimmer im Alpha aus erfahren konnte. Doch das Weltgeschehen war nicht virtuell – die Welt war nach wie vor real, ebenso wie dieser Krieg und das Problem, mit dem er uns konfrontierte.

Inzwischen war ich in der Lage, ihr im Park hinterherzutraben, solange sie nicht unerwartet beschleunigte oder so weit vorauslief, dass ich nicht mehr nach ihr greifen und sie berühren konnte. Einerseits war ich immer noch kein ernst zu nehmender Trainingspartner, sondern eher ein schreckhafter Schoßhund, andererseits wird man kaum einen Leichtathleten finden, der zwanzig Jahre lang seine Wohnung nicht verlassen hat. Hinterher sagte sie mir dann immer, wie tapfer ich sei und wie stolz sie auf mich sei, und unter der Dusche machte sie Sachen, die nicht mal einem Goldmedaillengewinner jeden Tag vergönnt waren.

Als wir an einem Nachmittag im Februar um drei Uhr hinausgingen, war das Gras schon rutschig, und in der Luft lag eine bedrohliche Kälte. Wir liefen bereits seit zwanzig

Minuten, Kathleens Atem war nach und nach schneller und heftiger geworden, und ich konnte ihm nun folgen wie dem Schlag einer Trommel. In dieser Laufphase musste unsere Konversation in knappen, verständlichen Häppchen geführt werden. Ich wählte genau diesen Moment.

»Hey …«

»Was?«

»Der Protest. Dieser Marsch.«

Es folgten ein paar Atemzüge, ein paar Sekunden lang hörte ich ihre Schritte vor mir. »Ja?«

»Gehst du hin?«

»Na klar.«

Mein Herz schlug dumpf, ich schnappte nach Luft. »Ich kann … nicht hin.«

»Ich weiß.«

»Wegen Lara.«

Ich glaube, eine geschlagene Minute lang waren nur mein Atem und ihr Atem und die dünne Luft und die Stille des Parks um uns herum.

»Lara würde … es nie zulassen … dass ich in der Öffentlichkeit … etwas tue … was der Agentur schadet«, bekam ich schließlich heraus.

»Ich weiß«, sagte sie wieder.

»Aber«, ich rannte wieder ein Stückchen, und der matschige Rasen schmatzte unter meinen Schuhen. Ein Hund bellte seinem Herrchen mit dem Wind eine Anweisung zu. »Aber du findest das nicht gut.«

»Natürlich finde ich das nicht gut.«

Ich rannte weiter, sie rannte weiter, und ihre Worte joggten zwischen uns mit.

»Ich denke, das Prinzip, um das es hier geht …«, sagte sie, und wir rannten wieder ein paar Schritte, »… ist wichtiger als jeder Job.« Der Rest ihrer Aussage kam dann in einem

Atemzug: »Es ist ein illegaler Krieg. Der da gerade geplant wird. Und zwar von unserer eigenen Regierung.«

Einen letzten Trumpf hatte ich mir aufgespart: »Die Demo ist an dem Tag nach unserem Jahrestag. Dem Tag, als wir uns kennengelernt haben.«

»Ich habe schon …«, keuchte sie. Wir keuchten beide. Ich sehnte mich nach dem langsamen Auslaufen, mit dem wir normalerweise an dieser Stelle begannen. »Ich habe schon reserviert. Ein Restaurant. Der Protestmarsch ist am Morgen danach.«

Als wir unsere Runde am Parktor beendeten, mussten wir beide erst einmal unseren Atem wieder in einen normalen Rhythmus bringen. Ich reckte mich in Richtung ihrer Stimme, und meine Hand ertastete ihren Arm. Er war schweißnass, und wie immer durchzuckte es mich wie bei einem elektrischen Schlag. Als ich an ihrem Arm zog, leistete sie zwar nicht direkt Widerstand, doch sie versteifte sich und machte einen Schritt rückwärts. Ich spürte, wie sie sich von mir löste.

»Es ist kalt«, sagte sie, und wir machten uns auf den Rückweg ins Hotel.

Am Valentinstag ließ Howard für ein paar Stunden am Nachmittag die Wellness-Suite schließen, und wir hatten sie nur für uns. Kathleen nahm mich mit in die Damenumkleide, die nach Holz und Gewürzen roch, und zog mich zu den Klängen einer wimmernden Panflöte aus. Unterhalb der Wasseroberfläche des Whirlpools berührte sie jeden Zentimeter meines Körpers, und ich hatte ihren heftigen Atem an meinem Ohr. Wir duschten zusammen, und ich zog das neue Hemd an, das sie mir gekauft hatte. Graham fuhr uns quer durch die Stadt ins Restaurant.

»›Carpaccio vom langleinengefischten Gelbflossenthunfisch an einer Zitronen-Dill-Garnitur‹. Also, ›Carpaccio vom Thunfisch‹ heißt ›wenig Thunfisch‹, ›langleinengefischt‹ heißt, dass sie ihn nicht mit bloßen Händen aus dem Pazifik geholt haben, ›an‹ heißt ›mit‹.«

»Jetzt, wo du es erklärt hast, klingt das alles köstlich.«

»Den wirst du sowieso nicht nehmen, der gehört zu den gefährdeten Arten.«

Wir waren schnell bei einer zweiten Flasche. Der Wein rann meine Kehle hinunter, er schmeckte wie viele Küsse hintereinander und erinnerte mich daran, wie wir ein Jahr zuvor zusammen in der Alpha-Bar getrunken hatten. Die Worte sprudelten nur so aus meinem Mund.

»Ich weiß nicht, ob du dir überhaupt vorstellen kannst, wie sehr sich durch dich alles für mich verändert hat. Wie viele Dinge ich jetzt tun kann, die ich nie für möglich gehalten hätte.«

»Das Gleiche gilt für mich«, sagte sie, »ich hätte vor einem Jahr nie gedacht, dass ich so oft, ohne zu bezahlen, in einem Hotelzimmer …«

»Bitte, zieh es nicht ins Lächerliche«, bettelte ich, »sag was Ernsthaftes.«

»Du Schwachkopf. Glaubst du, ich wäre vor einem Jahr so selbstbewusst in einem Spa rumgelaufen wie jetzt? Oder wäre in ein Restaurant voller gut aussehender Menschen gegangen und hätte mich so wohl in meiner Haut gefühlt?«

»Keine Ahnung, schließlich habe ich dich vorher nicht gekannt.«

»Also gut, dann sag ich es dir: Ich hätte es nicht getan. Das liegt nur an dir.«

Wir hielten Händchen über den Tisch hinweg, und ich überlegte, wie viele Menschen auf dieser Welt in diesem Moment wohl gerne mit mir tauschen würden.

»Ich will, dass du kommst.«

»Dass ich komme?«

»Zu dem Marsch. Es würde mir sehr viel bedeuten.«

»Wie, es würde dir viel bedeuten, wenn eine Million plus ein Mensch teilnähmen statt nur einer Million?«

»Nein, aber dich an diesem großen Tag dabeizuhaben. Ich habe so viel Energie investiert, die Öffentlichkeit wachzurütteln und Interesse dafür zu wecken. Du weißt schon, was ich meine. Ich hätte dich einfach gern an meiner Seite.«

Ich hörte mich Ja sagen, und als sie meine Hand noch fester drückte, fühlte es sich sogar irgendwie richtig an.

Im Alpha neigte sich die zweite der jährlichen Single-Partys dem Ende zu. Aus der Bar drang eine kitschige Ballade. Wie mir Kathleen berichtete, standen Howard und Lara an der Eingangstür.

»Deine Chefin verteilt Broschüren für irgendwas …«

»Oh ja, wir machen Werbung für diverse Single-Partys. Bald gibt es eine für Christen und auch eine für Nudisten, die darf laut Howard gerne hier stattfinden.«

»Rund um Howard ist eine Menschentraube«, sagte Kathleen. Ich fühlte eine Masse von Körpern und hörte Fetzen von beschwipsten Anfeuerungsrufen. »Er … was macht er da? Irgendein Kunststück. Ah, er jongliert.«

»Ja, das tut er manchmal.«

Es kam mir vor, als hätte ich schon tausendmal sein Gesicht gesehen: voller Eifer seinem improvisierten Publikum zugewandt und mit einem Grinsen, das sich dessen Zuneigung gewiss war und zugleich um mehr heischte.

»Nun balanciert er … was zum Teufel balanciert er da?«

»Er balanciert einen Stuhl auf seinem Gesicht. Ja, das ist eines seiner Partykunststückchen.«

Wieder konnte ich es mir nur allzu gut vorstellen: Sein Gesicht war nach oben zum Glasdach gewandt wie bei einer dressierten Robbe, ein Bein des Stuhls wurde auf wundersame Weise durch seine Stirn gehalten. Bravorufe und Pfiffe gellten. Kathleen nahm meinen Arm, doch da hatte Howard uns schon gesehen.

»Sagt alle Hallo«, rief er so laut und selbstgewiss, als meine er tatsächlich jeden in diesem Gebäude. »Das ist mein Sohn Chas.«

Der Applaus regnete wie aus einem Sprinkler auf uns herab.

»Na, wart ihr aus heute Abend?«, fragte Lara.

»Unser Restaurant ist wohl nicht gut genug für euch, Kumpel?«, fragte Howard neckend. Kathleen umklammerte meinen Arm inzwischen beinahe gewaltsam, und wir waren schon so gut wie im Lift, als ich über meine Schulter noch schnell eine Antwort zurückgab. Ich konnte an der Luft um mich herum spüren, wie verkrampft und erhitzt Kathleen war. »Was ist denn los?«

»*Ich* bin nicht gut genug für dich, das meint er eigentlich«, sagte sie. »Es ist immer das Gleiche.«

»Er hat doch nur einen Witz gemacht.«

»Du hast ja sein Gesicht nicht gesehen.«

»Nun, dafür entschuldige ich mich in aller Form«, sagte ich.

»Ach, leck mich doch!«

Als die Lifttüren sich öffneten, ging sie mir ein paar Schritte voraus, und so wusste ich nicht genau, wo auf dem Gang sie war. Einen kurzen Augenblick kam es mir vor, als habe die Dunkelheit, von der ich Kathleen heute vor einem Jahr geschenkt bekommen hatte, sie wieder zurückgeholt.

Die Rufe des Reinigungspersonals, das an die Türen klopfte, peinigten meine Ohren. Man hatte meinen Kopf scheinbar in Schmierfett getaucht. Kathleen kam aus dem Badezimmer, küsste mich und ließ dabei Wassertropfen auf mich niederregnen. Sie lachte, als ich vor Überraschung aufschrie. »Steh auf!«

»Ich fühle mich nicht so gut.«

»Du bist verkatert, so eine Überraschung. Los jetzt, auf! Großer Tag!«

Ich rollte aus dem Bett, und während ich in der Dusche meine Füße in die Pfützen stellte, die sie hinterlassen hatte, kam mir unser Gezänk im Lift wieder in den Sinn. Ich versuchte, es aus meinem Gedächtnis zu verbannen.

Unten in der Halle herrschte reger Betrieb, und draußen nutzten ein paar Dutzend Demonstranten den Vorplatz als Treffpunkt. Jedes Mal, wenn die Türen des Haupteingangs sich öffneten, wehte der Wind seltsame Botschaften herein. Aus Lautsprechern plärrte Musik. Durch ein Megafon führte jemand Sprechgesänge an. Ich saß in der Bar und versuchte zu frühstücken. Ich fragte mich, wer wohl hier war und ob jemand Lara von meiner Teilnahme erzählen würde und wenn ja, was dann passierte. Kathleen rannte mit ihrem Handy rein und raus und war aufgeregt und ungeduldig wie ein kleines Kind. Als wir vor die Tür gingen, klang der Lärm der Demonstranten noch zehnmal lauter als vorher.

»Tony Blair ist ein Kriegsverbrecher«, brüllte jemand nur Zentimeter von meinem Ohr entfernt. Es roch widerlich süß nach einem Joint. Schon befand sich ein halbes Dutzend Leute zwischen mir und der Eingangstür, und ich wusste nicht, wo Kathleen war.

»Kein Krieg für Öl«, skandierten Stimmen irgendwo hinter meiner linken Schulter. »Nicht in meinem Namen!«, sangen sie im Chor. Diese Stimmen klangen eher freudig als wütend, als hätten sie ihr Ziel schon erreicht und würden ihren Sieg feiern. Es herrschte eine leicht aufgeheizte Stimmung. Sei nicht dämlich, wies ich mich selbst zurecht, du bist doch über die Phase hinaus, wo dich große Menschengruppen geängstigt haben. Das stimmte wohl, aber irgendwie kaufte ich es mir nicht so recht ab.

»Kathleen? Wo …«

»Ich bin hier. Was ist los?«

»Ich glaube nicht, dass ich das kann.«

»Doch, du kannst das.«

Ich ärgerte mich über mich selbst, weil ich im Liebesrausch zugestimmt hatte, und über sie, weil sie so enthusiastisch war, und dann wieder über mich, weil ich der Situation nicht gewachsen war. Darüber, dass ich nicht wusste, wie viele Menschen hier waren, wie viele noch kommen würden, wie lange der Protestmarsch dauern würde. Mein Magen grummelte und rumorte. Plötzlich verstummte der Lärm, und mein Herz hüpfte vor Freude, als Howards laute Stimme ertönte.

»Ich wäre Ihnen sehr verbunden«, brüllte er, »wenn Sie den Weg freimachen würden, damit die Leute in mein Hotel gelangen können.«

»Sie sollten mit uns mitkommen!«

»So gerne ich ›den Krieg stoppen‹ würde, aber ich habe ein Hotel zu führen«, schrie Howard zurück.

»Lara Krohl und das Hotel Alpha unterstützen den Mord an Zivilisten!«, schrie eine Frau. Ihre Stimme war so hoch und piepsig wie die eines Vogels. »Das Hotel Alpha hat Blut an seinen Händen.«

»Verpiss dich«, platzte ich heraus, »was weißt du schon übers Alpha.«

Ich hörte angehaltenen Atem und schockiertes Lachen.

»Herrgott«, sagte Kathleen, »weißt du, mit wem du da redest?«

»Weiß *sie* denn, mit wem sie redet?«, gab ich zurück, »glaubt sie, sie kann Howard einfach …«

»Du musst endlich über diesen Howard-Komplex wegkommen«, fauchte Kathleen. »Kommst du jetzt mit, oder willst du zurück zu ihm?«

»Chas, Kumpel«, rief Howard im selben Augenblick vom Hoteleingang aus.

Meine Gedärme drohten zu platzen, mein Gesicht fühlte sich feuerrot an. Ich hasste all diese Leute mit ihren guten Absichten und ihren Gesängen, mit den Transparenten, die ich nicht lesen konnte, ihrer unerschütterlichen Überzeugung, im Recht zu sein, und den Dingen, die sie über Howard sagten und dachten. Die Menschenmenge bildete eine Gasse aus Körpern, durch die ich hindurchstolperte. Kathleen rief meinen Namen, aber sie klang schon meilenweit entfernt. Ich fiel beinahe über ein Bein, taumelte kurz, dann war seine Hand auf meinem Arm.

»Ich wäre Ihnen allen dankbar«, sagte Howard, der sich flink bewegte und ebenso aufgebracht war wie die Demonstranten, »wenn Sie verdammt noch mal meinem Jungen Platz machen würden.«

Die großen Türen schlossen sich hinter uns. Die Halle war warm und voll fieberhafter Aktivität, ich hörte Gläserklirren, Rufe, Schritte, das Rollen von Servierwägen, das Klingeln von Telefonen. Aller Krach und die Aggression verschwanden wie auf Knopfdruck.

»Diese Vollidioten«, sagte Howard, »ist alles in Ordnung?«

Ich murmelte ein Ja. Am nächsten war die Toilette in der Halle. Ihre Tür kam mir schwer vor – im Hintergrund hörte ich Gluckern und Tröpfeln, wusste aber nicht, ob noch jemand außer mir hier war. Ich riss eine der Kabinentüren auf, setzte mich und stützte den Kopf in meine Hände.

Kathleen war jetzt wohl schon unterwegs zum Hyde Park. Ich hatte sie im Stich gelassen, und ihre Wut auf mich würde zusammen mit ihrer Wut auf diesen Krieg den Treibstoff liefern, der sie immer weiter von mir wegbeförderte. Ich saß hier im Alpha, wo ich immer gewesen war, abgeschieden von der Welt. Sie stand auf der einen Seite; Howard, Lara und alle anderen im Alpha standen auf der anderen.

9

GRAHAM

Londons Bewerbung für die Olympischen Spiele war nun das vorherrschende Thema im Alpha. Lara war eine der Verantwortlichen für die Werbekampagne und Chas einer ihrer wichtigsten Mitarbeiter bei diesem Projekt. Howard beteiligte sich in der ihm typischen Weise: Er beherbergte die Mitglieder des Olympischen Komitees, er schüttelte Hände, lag Leuten in den Ohren und forderte Gefallen ein, die sie ihm schon lange schuldeten. Ein paar Monate nach den Anti-Kriegs-Demonstrationen – die sich als fruchtlos erwiesen hatten – hieß er zwei Dutzend Mitglieder des Bewerbungsteams im Hotel willkommen. Howard würde eine seiner Ansprachen halten, um sie zu motivieren, was wahrscheinlich nötig war, denn Paris hatte die Nase vorn, und die ganze Angelegenheit konnte sich schnell als irrsinnige Geldverschwendung erweisen. Danach würde es ein Dinner geben, und dann …

»Dann wirst du dich mit ihnen betrinken?«

»Das ist nicht Bestandteil der offiziellen Tagesordnung, Madman.« Howard setzte mal wieder sein verschmitztes Schuljungengrinsen auf.

»Ich bin nicht von gestern, wie man so schön sagt.«

»Das kann Suzie übernehmen«, sagte er, und seine Züge hatten jetzt wieder dieses Milde, Sanfte, dem niemand widerstehen konnte. »Du musst schließlich nicht jeden Tag rund um die Uhr hier sein, Kumpel.«

Er wusste, dass es mir nur zum Teil um meine Pflichten gegenüber dem Hotel ging. Es hatte vielmehr mit meinen Pflichten mir selbst gegenüber zu tun. Es war Ehrensache für mich, an der Rezeption zu stehen – und zwar umso mehr, als sie sich inzwischen immer weniger wie mein ureigenes Territorium anfühlte.

Suzie stand neben mir, als die Olympia-Leute eincheckten. Sie hatte eine neue Frisur und roch intensiv nach etwas, das sie als »Salonprodukt« bezeichnete, per Computer orderte und dessen Wirkung auf ihre Haare sie in einem Kauderwelsch beschrieb, das ich nicht besser verstand als Japanisch. Als sich die große Truppe in ihren Sweatshirts mit der »London 2012«-Aufschrift vor dem Tresen versammelte, machte sich Suzie zügig an die Arbeit. Sie nahm von jedem einen computergenerierten Code entgegen, klapperte mit ihrem PC herum, verteilte die Zimmer und hatte schon ein Dutzend Leute zum Lift geschickt, bevor ich den zweiten Gast fertig eingecheckt hatte. Dieser – ein gut aussehender Mann etwa in Eds Alter, der überflüssigerweise eine Sonnenbrille trug – unterbrach mich mitten in meinem Satz »Das Frühstück gibt es zwischen …«

»Ich muss morgen um neun in Heathrow sein«, sagte er, »könnten Sie die Abfahrtszeiten für mich rausfinden?«

»Ich kann Ihnen sehr gerne einen Wagen bestellen oder Sie selbst hinfahren«, antwortete ich. »Überlassen Sie es ruhig mir …«

»Nein, ich werde den Zug nehmen. Ich brauche nur die Abfahrtszeiten«, erklärte mir der junge Mann geduldig.

»Ach ja.« Inzwischen gab es natürlich den Heathrow-Express. Die Gäste brauchten nur die Straße hinunter bis zur Haltestelle Paddington zu gehen und waren im Nu auf dem

Weg zum Flughafen. Ich hatte mich nur noch nicht richtig daran gewöhnt. »Tut mir leid, ich habe die Zeiten für den Zug nicht im Kopf«, entschuldigte ich mich, »aber ich frage bei der Bahn-Hotline nach und rufe Sie dann im Zimmer an …«

»Ich hab sie hier.« Suzie sah in ihren Computer. »Alle fünfzehn Minuten, zehn nach, fünfundzwanzig nach, zwanzig vor und so weiter.«

Der Mann schwang seine Tasche über die Schulter, schnappte sich den Schlüssel selbst, bevor ich ihn ihm aushändigen konnte, und dankte Suzie, als sei ich gar nicht anwesend. Und während ich ihn mit dem »London 2012«-Slogan – was mir weit in der Zukunft zu liegen schien – auf seiner Kleidung durch die Halle schlendern sah, war mir kurz, als sei ich es tatsächlich nicht.

Während einer abendlichen Kaffeepause, die ich aufgrund der wenigen geleisteten Arbeit an diesem Tag gar nicht wirklich verdient hatte, schlüpfte ich in unseren großen Konferenzraum und sah Howard bei seiner Motivationsansprache für die Olympialeute zu. Sie hatten die Köpfe über ihre Laptops und Notebooks gebeugt, doch wenn einer von ihnen die Zeit gefunden hätte, einmal aufzublicken, dann hätte er einen Mann vor sich gehabt, der sich mit seinem momentanen Lebensalter ebenso wohlfühlte wie in seinen Zwanzigern.

»Ein Zauberer, pflege ich immer zu sagen …« Da empfand ich wieder diese Mischung aus Ermüdung und Begeisterung, die seine Reden immer bei mir heraufbeschworen. »Ein Zauberer ist nichts anderes als ein Schauspieler, der einen Zauberer verkörpert. Was ich damit meine? Ich meine, dass es im Leben viel um Vertrauen und Außenwirkung geht. Die beste Methode, Ihr Ziel zu erreichen, besteht darin, möglichst viele Menschen davon zu überzeugen, dass Sie es bereits erreicht haben.« Bei dieser Feststellung erklang Gelächter, und einige der gebeugten Köpfe wippten vorsichtig zustimmend. »Deshalb, als ich dieses Hotel eröffnete …«, folgte er seiner oft erprobten Argumentationslinie, und ich zog mich zurück, um zu überprüfen, ob im Restaurant alles für sie bereit war.

Das Essen ging über in eine typische Alpha-Nacht: Wie vorausgesehen wurde getrunken, geschrien und geprahlt. Kurz nach Mitternacht wollte ich nach dem Rechten sehen und erblickte Howard, der an der Bar seinen Arm um Lara Krohl gelegt hatte. Chas stand dabei und mischte eifrig bei der Konversation mit. Wie üblich hob sich bei seinem Anblick meine Stimmung – wie locker er seit Neuestem mit Leuten umging –, aber sie wurde schnell wieder gedämpft, als ich bei einem zweiten Blick Leute wahrnahm, die weniger glücklich aussahen. Zum Beispiel Mike Swan, der Hoteltester: Er saß allein an einem Tisch, vor sich eine ganze Batterie leerer Gläser. Der Anteil von Tonic in seinen Gin Tonics war vermutlich nur gering gewesen. Dieser Anblick war inzwischen zur Gewohnheit geworden: Er saß immer in der Ecke, sah jedes Mal dünner aus, und die grünen Sportjacketts mit den Flicken hingen immer unordentlicher an ihm herab. An der Bar sah ich Kathleen, mit angestrengtem Gesichtsausdruck und ein wenig abseits des allgemeinen Trubels. Mit etwas Mühe konnte ich das Gespräch hören, das sie so ärgerte.

»Da wurde viel Panik verbreitet«, sagte Lara Krohl gerade. Sie sah zu dieser späten Stunde noch ganz genauso aus wie beim Frühstück in der Halle: das straff zurückgekämmte Haar, die schlichte weiße Bluse, die hochhackigen Schuhe und der unter den Arm geklemmte Laptop. Sie trank Mineralwasser. »Tony wusste, dass das passieren würde.« Sie meinte den Premierminister, und selbst nach sechs Jahren fand ich es immer noch seltsam, dass sie und sogar Chas so gut bekannt mit ihm waren, dass sie ihn mit Vornamen anredeten. »Aber das muss man aussitzen. Ernst zu nehmenden Widerstand hat es wie vorausgesehen ja sowieso nie gegeben.«

»Der gute alte Blair weiß schon, was er tut,«, stimmte Howard ihr zu. Ich dachte an die Zeit zurück, als er die Konservativen unterstützt hatte, oder wenigstens war es mir damals so vorgekommen. Aber er stand wohl einfach gerne auf der Seite der Sieger. »Die haben die ganze Sache richtig gut gewuppt. Jetzt müssen sie den Scheißkerl nur noch kriegen.«

»Die werden Saddam ausräuchern«, schaltete Chas sich ein. »Er hat nicht so viel Unterstützung, als dass er sich ewig verstecken kann.«

»Genau, und dann ist die Sache vom Tisch«, sagte Lara und nippte an ihrem Wasser, »außer die Linken haben recht und der Irak wird zurückschlagen und bei uns einmarschieren ...«

Das Gelächter in der Bar klang unangenehm triumphierend. Kathleen berührte Chas am Arm und deutete zur Tür. Sie wechselten kurz ein paar Worte, wobei er sie vergeblich umzustimmen versuchte. Sie brachte noch ein Nicken zustande, als sie an mir vorbei aus der Bar rauschte und über die schwarzweißen Fliesen davonlief.

»Die kommt mir so verspannt vor«, sagte Suzie. »Sie sollte mal Tai Chi probieren.«

Ich sagte Suzie, dass sie Feierabend machen könne. Sie zwinkerte und lächelte mich gutmütig-nachsichtig an, so als sei eigentlich sie es, die mich nach Hause schicken sollte. »Ciao, bello«, sagte sie noch, als sie hinaustrabte. Ich antwortete irgendetwas Lahmes und winkte ihr nach. Dann starrte ich auf das Telefon auf meinem Tresen und wünschte, es würde läuten. Hatte nicht ein Gast da oben auf den stillen Galerien einen Wunsch? Das Telefon war eine Replik des Apparats aus Bakelit aus den Sechzigern, aber es besaß Tasten anstelle einer Wählscheibe. Heutzutage musste man ja erst einmal einer automatischen Ansage zehn Fragen beantworten, bevor man zu einer menschlichen Stimme durchdrang. Pattie hatte mir dieses Telefon auf einer Internetseite bestellt, die auf »Liebhaberobjekte von gestern« spezialisiert war. Auf dem Antiquitätenflohmarkt waren wir schon eine ganze Weile nicht mehr gewesen.

Suzie war am nächsten Tag nicht da, und ich hoffte, dass ich deshalb ausreichend beschäftigt sein würde. Doch das Telefon blieb stumm, auch als der Nachmittag bereits in den Abend überging. Das Hotel war nahezu ausgebucht, hatte ich den Eindruck, aber mit Sicherheit sagen konnte ich es nicht, da meine Kollegin die meisten Gäste eingecheckt hatte. Ich führte das Reservierungsbuch in diesen Tagen nicht mehr so sorgfältig, denn ehrlich gesagt kam ich mir dabei in Suzies Gegenwart ein bisschen dumm vor.

Ein Song der Rolling Stones dröhnte aus der Bar. Entweder hatte Howard Ray darum gebeten, oder er selbst »legte auf«, wie er zu sagen pflegte. Ich dachte zurück an die ersten Jahre des Hotels, als das Telefon nie aufgehört hatte zu läuten: Wo ist dieses oder jenes Restaurant? Wann fährt morgen früh mein Bus? Können Sie es einrichten, dass Gast Soundso ein veganes Essen bekommt, können Sie mal nachsehen, welcher Zahnarzt Notdienst hat, können Sie in den nächsten fünf Minuten dieses oder jenes Wunder vollbringen?

Eine Sekunde lang schmerzte mich die Kluft zwischen dem Früher und dem Heute so sehr, dass ich drauf und dran war, mit dem Lift hinaufzufahren und an jeder Tür zu fragen, ob jemand etwas brauchte.

Solche Abende hatte es in den letzten Monaten öfter gegeben. Als Ausnahmen konnte ich sie nicht mehr abtun. Tatsache war, dass mein Aufgabenbereich zusammengeschrumpft war. In den ersten fünfunddreißig meiner Jahre im Alpha hatte ich mir viel darauf eingebildet, wenn nicht *der* beste, so doch einer der besten Hotelportiers zu sein. Kaum einer arbeitete härter als ich, kaum einer widmete sich seinen Pflichten mit mehr Hingabe. Ich hatte mir nicht träumen lassen, dass mein größter Konkurrent am Ende nicht ein anderes menschliches Wesen mit Anzug und Krawatte sein würde, sondern eine Koalition aus Maschinen. Jeder Gast hatte nun seinen eigenen Portier auf dem Zimmer: einen, der nie schlief, der alles wusste und nicht den Nachteil hatte, ein lebendiges Wesen zu sein.

Die traditionelle Whiskyflasche für Notfälle hatte den Rauchsalon überlebt. Heute lag sie in einer Schublade, begraben unter alten Broschüren und Fahrplänen, von denen Suzie nie Gebrauch machte. Ich öffnete sie und goss eine sehr kleine Menge in eine Teetasse. Ich sah mich um, ob vielleicht noch jemand Interesse hätte, doch da war niemand. In der Bar war es heute ruhig, ebenso im Restaurant. Während ich die Tasse zum Mund führte, inspizierte ich meinen Handrücken: Er war übersät mit kleinen Leberflecken, wie ich sie auf der Hand meines Vaters immer gesehen hatte, wenn er mir eine Ohrfeige verpasste.

Ohne Zweifel, ich wurde alt. Ich hatte mich auf einen Standpunkt zurückgezogen, von dem aus ich auf die Vergangenheit mit nachlassender Klarsicht und auf die Gegenwart nur voller Bangigkeit blickte. Nichts würde sich ändern. Doch das Hotel Alpha würde – ebenso wie sein Besitzer – immer irgendwelche Streiche auf Lager haben, harmlose wie böse. Und eine Stunde später spielte es mir einen, der mir förmlich den Atem raubte.

Es war schon spät, und ich war kurz davor, die Rezeption in meiner theoretisch letzten Arbeitsstunde unbesetzt zu lassen. Gleich würden sowieso die zwei erschreckend jungen, Kaffee trinkenden Kerle auftauchen, die die Nacht hier mit Witzereißen verbrachten. Doch dann durchbrachen Schritte die Stille. Irgendwie wusste ich sofort, dass es Kathleen war. Ich schloss es aus diesen eiligen Schritten, der wortlosen

Dringlichkeit, die sie vermittelten. Sie trug einen ausgeleierten Pullover über einem blauen Schlafanzug; offenbar war sie schon im Bett gewesen, hatte jedoch nicht einschlafen können. Mir lag ein Scherz in dieser Richtung auf der Zunge, aber der Ausdruck in ihrem Gesicht hielt mich davon ab.

»Ich muss mit dir reden«, sagte sie.

Ihre Augen waren feucht, und zuerst dachte ich, sie habe sich mit Chas gestritten. Bei genauerem Hinsehen bemerkte ich, dass eine heftige Erregung in ihrem Blick lag. Ich konnte die beschämende Freude darüber nicht unterdrücken, dass sie sich an mich wandte.

»Aber natürlich.«

»Nicht hier«, sagte sie. »Irgendwo, wo wir ungestört sind.«

Das Licht im ehemaligen Rauchsalon war so fahl wie immer, eine höchst unangenehme Kombination aus dem Flimmern der Bildschirme und den matten Röhren an der Decke. Was war eigentlich aus den Lampen geworden, die früher hier gehangen hatten, fragte ich mich. Kathleen zog einen unbeschrifteten braunen Umschlag aus der Tasche ihres Pullovers und überreichte ihn mir wortlos.

Er war bereits geöffnet worden, die Umschlagklappe ging leicht auf. Ich zog ein einzelnes Blatt Papier heraus. Es überlief mich eiskalt, als ich Agathas krakelige Handschrift erkannte:

Wer immer das liest!
Ich wollte nicht weggehen.
Howard York ist ein schlechter Mann.
Howard York hat alle belogen.
Howard York wird zur Hölle fahren.

Agatha Richards

Ich las jede der fünf Zeilen je fünf Mal. »Wo ist sie?«, fragte ich. »Woher …?«

»Ich weiß es nicht«, sagte Kathleen, und machte damit meine Hoffnungen zunichte. »Ich habe das im Zimmer gefunden.«

»Das ist unmöglich.« Ich dachte daran, wie oft ich in Zimmer 25 gewesen war, seit Agatha weggegangen war, und wie oft es von den Zimmermädchen geputzt worden sein musste. »Es kann dort nicht die ganze Zeit gelegen haben oder …«

»Der Umschlag steckte in der Bibel. In der Schublade. Ich habe etwas für einen Artikel nachgesehen. Du weißt, worum es hier geht, oder?«

Ich zitterte ein wenig.

»Du musst es mir sagen.«

»Nein«, sagte ich, »ich muss es dir nicht sagen. Ich musste es noch nie irgendjemandem sagen.«

Nach einer Pause räusperte sie sich. Dann berührte sie meine Hand so behutsam, dass ich hinsehen musste, um mich zu vergewissern, dass ich es mir nicht einbildete.

»Bitte sag es mir«, sagte sie, »bitte.«

»Ich muss darüber nachdenken.«

»Himmelherrgott«, sagte sie, »ich stehe hier verdammt noch mal im Schlafanzug vor dir und frage mich, was zum Teufel Chas vielleicht über Howard wissen sollte, das man ihm vermutlich vorenthalten hat. Und morgen werde ich ihm gegenüberstehen und …«

»Gib mir eine halbe Stunde.« Es hörte sich flehend an, wie ich beschämt feststellte. Ich klang wie ein Mann, der ein Geheimnis ungehörig lange für sich behalten hatte. Und so war es ja auch. »Ich muss erst meine Gedanken sortieren, Kathy.«

Ich hatte gar nicht beabsichtigt, ihren Namen abzukürzen, es klang eigenartig. Sie schlug die Beine übereinander, schluckte und sah mich an. Wir hatten, so hoffte ich, die schweigende Übereinkunft getroffen, dass wir beide auf derselben Seite standen.

»Ich werde warten«, sagte sie.

Ich nahm das Blatt und ließ sie dort sitzen. Mein Verhalten war womöglich etwas unbeholfen, aber es stand mehr auf dem Spiel, als Kathleen ahnte. Unsicher ging ich durch die Halle, wie einer der betrunkenen Gäste, denen ich an normalen Abenden zuzunicken pflegte. Ich steuerte Richtung Lift und dann, ohne wirklich zu wissen, warum, fuhr ich ins oberste Stockwerk und blieb vor Zimmer 77 stehen. Nach der Renovierung war es ein ganz normales Hotelzimmer geworden, ohne Spuren von dem, was dort passiert war. Und dennoch weckte es meine Erinnerungen und schien der richtige Ort für eine Bestandsaufnahme. Ein kurzes Stück weiter den Gang entlang war eine kleine Besenkammer, in die ich schlüpfen konnte, falls jemand käme. Das Blatt in meiner Hand kam mir vor wie eine Bombe, die explodieren und alles um uns herum zerstören würde, sobald sie nur jemand zu Gesicht bekäme.

Doch niemand kam. Ich sah auf die Handschrift. So klar, als sitze sie vor mir, hatte ich Agatha vor meinem geistigen Auge, wie sie ihre Botschaft niederschrieb, den Umschlag zuklebte, ihn in die Bibel steckte und schweren Schrittes das Alpha verließ. Schwieriger – aber entscheidend – war es, sich vorzustellen, was in ihrem Kopf vorgegangen war, als sie es tat. Hatte sie gehofft, dass jemand ihn finden und die Ereignisse rückgängig machen würde? Dass ich sie vor dem Weggang bewahren oder sie zurückholen könnte?

Ich wollte nicht weggehen.

Jedes dieser Wörter wirkte wie ein Elektroschock, auch jetzt noch. Ich konnte immer noch hören, wie ihre Stimme die Stille der Halle durchbrach, und erinnerte mich daran, wie niedergeschlagen sie ihre Tasche abgestellt und mit der Tür gekämpft hatte, als ich sie zum letzten Mal sah. Ich verstand ihre Botschaft nicht vollständig. Aber mir war klar, was Agatha von mir erwartete, was sie von mir wünschte, wo immer sie jetzt auch war.

Langsam ging ich die Hintertreppe hinunter, vorbei an der Stelle, an der ich an Howard vorbeigerannt war – in jener Nacht, in der sich alles verändert hatte. Ich ging durch die Halle, und die absolute Stille, die den ganzen Raum vom Marmorboden bis hinauf zum Glasdach erfüllte, erleichterte mich in diesem Augenblick mehr, als sie mich entmutigte. Kathleen saß vor einem der Computer, aber sie hatte ihn offenbar nicht eingeschaltet. Als ich die Tür aufmachte, hob sie den Kopf, und ihr Haar fiel auf ihre Schultern. Ich setzte mich neben sie und sprach so leise, dass sie sich vorbeugen musste, um mich zu verstehen.

Als Howard »Zimmer 77« hervorkrächzte und so verzweifelt gestikulierte, wurde mir klar, dass er mich damit anflehte, allein wieder hinaufzugehen und zu retten, was zu retten war. Es blieb keine Zeit, nach dem Warum zu fragen. Es blieb schon kaum Zeit genug, um das Notwendige zu tun.

Die Tür von Zimmer 77 war angelehnt. Roz Tanner lag ohnmächtig auf dem Bett. Sie war nackt, neben ihr auf dem Nachtkästchen ein Durcheinander von leeren Flaschen und Rauchutensilien. Der Junge lag auf dem Boden und flehte seine Mutter an aufzuwachen. In der Zeit, die ich brauchte, um all das zu erfassen, waren die Flammen bereits weiter in den Raum vorgedrungen und fraßen sich mit entsetzlichem Tempo über den Teppich. Eine Wand aus Rauch machte es mir bereits unmöglich, das Zimmer auf dem Weg wieder zu verlassen, den ich gekommen war. Der Junge schrie vor Schmerz, als Flammen an seinem Gesicht leckten. Seine Schreie wurden zu einem Röcheln, und auch ich stellte fest, dass ich röchelte. Als ich den Mund öffnete, um Roz Tanner anzuschreien, atmete ich Rauch und musste würgen.

Oh Gott, dachte ich, wir werden hier sterben, wir alle drei. Ich sah Carolines und Eds Gesichter vor mir. Diese Vision hatte wohl höchstens eine Viertelsekunde in Anspruch genommen, aber sie veranlasste mich zur schnellsten Reaktion meines Lebens. Ich schnappte mir den heulenden Jungen und rannte mit gesenktem Kopf durch den Rauch. Draußen war die Hitze noch größer, die Luft dunkel vor Asche, und ich konnte nichts sehen. Aber ich war schon so lange in diesem Hotel, dass ich nichts zu sehen brauchte. Ich rannte zum Treppenhaus. Dabei dachte ich nicht an den schreienden Jungen in meinem Arm und nicht an die schrecklichen roten Wunden in seinem Gesicht und schon gar nicht an die Frau, die dem Tod anheimfallen würde. Ich wollte einfach nur leben.

»Graham«, gellte eine Stimme. Howard riss mir das kleine Bündel aus dem Arm und bugsierte mich Richtung Treppenhaus. Das ist das Letzte, woran ich mich erinnere.

Als ich wieder zu mir kam, befand ich mich in einem der Hotelzimmer im Erdgeschoss, in Nummer 7, wie sich herausstellte. Man hatte mir die Kleidung ausgezogen, ich lag im Bett. Ein Arzt hielt mein Handgelenk und fühlte mir den Puls. Ich versuchte, etwas zu sagen, hustete aber nur Ruß und Asche und Galle.

»Guter Mann«, sagte der Arzt, »es wird Ihnen bald wieder ausgezeichnet gehen.«

Wie ich erfuhr, war ich nur wenige Minuten ohnmächtig gewesen. Verschwommen nahm ich wahr, wie Leute im Zimmer auf und ab gingen. Man teilte mir mit, dass das Feuer gelöscht war. Der Junge hatte schwere Verbrennungen im Gesicht und würde vielleicht sein Augenlicht verlieren, aber er lebte. Seine Mutter hatte nicht gerettet werden können, aber ich solle mir nicht die Schuld daran geben.

Ich blieb lange so liegen, mit dem Kopf auf dem kühlen Kissen. Nach etwa einer Stunde fühlte ich mich besser und führte Gespräche, in deren Verlauf ich eine ganz andere Geschichte serviert bekam als die, an die ich mich zu erinnern glaubte.

Howard war als Erster vor Ort gewesen. Er war hinaufgelaufen und hatte den Jungen gerade noch rechtzeitig gerettet. Ich war ihm gefolgt und hatte versucht, die Mutter herauszuholen, aber die Flammen und der Rauch hatten mich davon abgehalten. Diese Version der Ereignisse verbreitete sich so rasch, dass Pattie sie bereits kannte, als sie im Hotel ankam. Sie strich mir über die Stirn, während ich mit geschlossenen Augen dalag.

Jeder würde beteuern, wie tapfer ich gewesen sei, erzählte sie mir. Das war ich in der Tat gewesen. Trotzdem, dachte ich, etwas stimmt hier nicht.

Es muss irgendwann in den frühen Morgenstunden gewesen sein, als Howard kam und sich auf den Stuhl neben meinem Bett setzte. Man hatte mich zum Schlafen allein gelassen, und als ich meine Augen öffnete, erschrak ich bei seinem Anblick. In seinem Gesicht war ein Ausdruck so tiefer Demut, dass ich mich abwenden musste und auf die Laken vor mir blickte.

»Es tut mir leid«, sagte er in einer Stimme, die nicht die seine war. »Sie haben ihre eigenen Schlüsse gezogen, und ich habe nicht widersprochen. Ich konnte ihnen die Wahrheit nicht sagen. Ich konnte ihnen nicht sagen, dass ich bei ihr war, als es losging. Aber du kannst es ihnen sagen, Graham.«

Ich wollte all das richtig verstehen, obwohl jemand weniger Benebeltes es wohl längst richtig verstanden hätte.

»Warum warst du bei ihr?«

»Du weißt, warum, Graham.« Howard begann zu schluchzen. »Mein Gott. Ich wollte sie einfach. Wenn jemand mir über den Weg läuft … ich bin schwach. Ich kann anscheinend nicht widerstehen, wenn jemand mich will. Wenn jemand auf mich hereinfällt. Dann kann ich mich nicht beherrschen.

Ich weiß nicht, was du jetzt von mir denkst, Graham. Du bist so ein guter Mensch.«

Ich hörte dabei zu, wie Howard noch ein paar Variationen des Themas hervorschluchzte und -stammelte, und wusste nicht recht, was ich sagen sollte. In diesem ungewöhnlichen Zustand der Niederlage war er genauso wenig zu bremsen wie sonst bei seinen Triumphen.

»Das war's wohl«, sagte er. »Ich wusste, dass es so kommen würde. Es musste den Bach runtergehen.«

»Was meinst du damit?«

»Nun, überleg mal, was los ist, wenn herauskommt, was tatsächlich passiert ist«, sagte Howard. Seine Stimme verlor nach und nach diesen leidenden, weinerlichen Ton und bekam eine fast – und unter diesen Umständen verwunderliche – erhabene Note. Es klang, als verlese ein Mann seine eigene Todesanzeige. »Dass ich mich mit ihr vergnügt habe. Dass ich davongelaufen bin, als ich aufwachte und den Rauch roch. Und dann so getan habe, als sei ich erst hinaufgelaufen, um das Kind zu retten. Dass ich vorgegeben habe, ein Held zu sein, nicht so ein völliger, totaler …« Das Wort, das er in den Mund nahm, möchte ich beim besten Willen nicht niederschreiben.

Selbst wenn man von der üblichen howardmäßigen Übertreibung absah, war er tatsächlich in einer schrecklichen Lage. Wenn die Story, so wie er sie eben zusammengefasst hatte, an die Öffentlichkeit gelangte, war er, wie man so schön sagt, erledigt. Sein Ruf als charmanter Schwerenöter, den man trotz mancher Frechheit, die er sich erlaubte, einfach mögen musste, wäre dahin. Stattdessen würde man in ihm einen Verbrecher und Lügner sehen. Sarah-Jane würde ihn diesmal tatsächlich verlassen. Auch Howard selbst würde verschwinden, ihm blieb gar nichts anders übrig. Er würde entweder das Hotel einfach dichtmachen oder es an jemanden verkaufen, der keine Zeit verschwenden und ganz neu anfangen würde. In jedem Fall war klar, was mit mir passieren würde.

»Wer außer uns beiden weiß davon?«, fragte ich Howard.

»Niemand«, sagte er.

»Die Polizei wird Fragen stellen, nehme ich an.«

»Darüber mache ich mir keine Sorgen, Graham. Lieber wäre mir das Gefängnis, als das, was passiert, wenn es herauskommt. Wenn herauskommt, dass ich dafür verantwortlich bin.«

»Was passiert, wenn ich es jemandem erzähle, meinst du«, korrigierte ich ihn.

»Ja.«

»Na dann«, sagte ich und zuckte mit den Schultern.

Die daraufhin eintretende Stille dauerte schätzungsweise drei bis fünf Minuten. Ich dachte darüber nach, was es bedeutete, wenn ich das versprach, was ich gerade vorhatte zu versprechen. Bis ans Ende meines Lebens würde ich die Last dieses Geheimnisses tragen müssen, und es war ein schreckliches: Ich würde die wahren Gründe für den Tod eines Gastes verschleiern. Außerdem würde mir nicht die Anerkennung zuteil, die ich für die Rettung des Jungen verdiente. Und wenn ich nicht mitspielte? Dann wäre das Leben der Yorks vermutlich zerstört und zugleich auch das Hotel, das mir seit zwanzig Jahren den wichtigsten Grund lieferte, jeden Morgen aufzustehen.

Auch Howard hatte wahrscheinlich ähnliche Überlegungen angestellt, doch noch wagte er nicht zu hoffen, dass ich mich dazu durchringen würde, ihn zu decken. Er sah zu mir hoch und dann ein wenig über mich hinweg, als sei ein Lichtstrahl an der Wand hinter mir sein letzter Hoffnungsschimmer. Er öffnete den Mund.

»Bist du sicher?«

»Absolut sicher«, sagte ich, »und ich schlage vor, dass wir nie wieder darüber sprechen.«

Er plapperte drauflos, sagte, ich sei der beste Freund, den er je hatte oder den je einer haben könnte, und dass er mit dem leben müsse, was er getan habe, und dass dies die Geburtsstunde eines neuen Howard sei, und noch eine Menge anderer Dinge, bis ich ihn unterbrach.

»Ich meinte«, sagte ich, »wir sprechen nie wieder darüber, und zwar mit sofortiger Wirkung.«

Howard griff nach meinem Arm und sah mich einen Augenblick lang durchdringend an, und dann flossen seine Augen über. Ich war gelähmt vor Erschöpfung, als habe man einen Betonblock auf mich gewälzt. Ich wollte schon erleichtert in die Bewusstlosigkeit hinübergleiten, als ein letzter Gedanke mich dazu brachte, meine Augen wieder aufzureißen.

»Und was wird aus dem Jungen?«

»Dem Jungen?«

»Ihrem Kind.«

»Sie sagen, er wird wahrscheinlich erblinden«, sagte Howard, und es klang, als verschwinde das letzte Wort wieder in seiner Kehle. »Aber er wird es überleben.«

»Schon, aber wo soll er jetzt hin?«

»Überlass das mir«, sagte Howard.

Ich bot an, Tee zu machen. Kathleen nickte, obwohl sie mich kaum gehört zu haben schien. Ich verschüttete ein paar Tropfen, als ich mit den Bechern von der Rezeption zurückkam. Egal, dachte ich, soll sich dieses eine Mal jemand anderes darum kümmern.

»Und all das hast du Agatha erzählt?«, fragte Kathleen.

»Ja, irgendwann. Wir sind uns sehr nahe gekommen, und ich brauchte … ich konnte es einfach nicht mehr aushalten, es für mich zu behalten. Und bald darauf ist sie gegangen.«

»Weil Howard herausgefunden hat, dass du es ihr erzählt hast?«

»Ich vermutete, dass es daran lag, aber vielleicht gab es auch andere Gründe. Ich habe es nie herausgefunden.«

Kathleen hielt den Teebecher in Händen, ohne Anstalten zu machen, einen Schluck daraus zu trinken. »Und Chas …«

»Er weiß es nicht, nein.«

»Meinst du nicht, dass er verdient hat zu erfahren, dass sein Leben auf einer Lüge gründet?«

»Ich lebe mit diesem Wissen seit mehr als zwanzig Jahren«, erwiderte ich gereizt, »und du erst seit zwanzig Minuten. Da hast du wohl kaum das Recht, mir zu sagen, was ich tun soll.«

»Tut mir leid«, sagte sie, und ich entschuldigte mich sofort, sie so angefahren zu haben.

»Warum hast du es mir erzählt?«

»Weil Agatha genau das wollte, als sie diesen Zettel hinterließ. Weil ich es gewissermaßen der Erinnerung an sie schulde. Und vielleicht weil ich den Eindruck habe, auch du verdienst es, nicht in Unwissenheit zu leben. Und«, fügte ich noch hinzu, »ich kam zu dem Schluss, dass ich darauf vertrauen kann, dass du es nicht weitererzählen wirst.«

Sie nickte, den Blick auf ihren Schoß gesenkt. »Danke. Aber …«

Ich sah die Bürde dieses Geheimnisses, eine Bürde, die mir nur allzu vertraut war, nun auf ihren Schultern lasten. Sie beugte sich nach vorn, tat einen tiefen Atemzug, erschauerte dann und umschlang ihre Unterarme, als wolle sie sich selbst wärmen.

»Heilige Scheiße«, murmelte sie, mehr zu sich selbst.

»In der Tat«, sagte ich gefühlvoll. »Soll ich dir ein Taxi rufen?«

»Wenn du so nett wärst.«

Als Antwort drückte ich ihre Schulter, die sich hart und unnachgiebig anfühlte. Sie ging hinauf, um sich anzuziehen, und dann traten wir stumm hinaus vor das Alpha. Ein paar Autos brummten auf der Euston Road vorbei. Die Nachtluft war kalt wie ein unbewohntes Gebäude. Ich winkte einem Taxi und nannte dem Fahrer Kathleens Adresse. Als sie sich auf den Rücksitz setzte, reichte sie mir ihre Hand, und ich hielt sie einen Moment lang fest.

Das Blatt Papier lag noch immer im Computerraum. Ich nahm es und betrachtete die Schrift. Einen Augenblick spielte ich mit dem Gedanken, es zu behalten und zu verstecken, damit ich eine Erinnerung an sie hatte. Es war ein lächerlicher Einfall, und bevor er sich festsetzen konnte, hatte ich das Papier schon sorgfältig in kleine Fitzelchen zerrissen, die ich die Herrentoilette hinunterspülte. Agathas Botschaft hatte ihre Aufgabe erfüllt.

Als ich auf meine Hände blickte, stellte ich fest, dass sie immer noch zitterten. Ich drückte den Knopf des Handtrockners und hielt sie eine Weile unter das Gebläse, während ich versuchte, mich wieder zu fassen.

Es war schwierig, meine Gefühle genau zu definieren. Sicher, zum Teil war ich besorgt. Die Bombe war gezündet und die Explosion nur noch eine Frage der Zeit. Kathleen würde es sehr wahrscheinlich trotz meiner flehentlichen Bitte Chas erzählen. Ihre Loyalität ihm gegenüber würde für sie schwerer wiegen, als meinen Wunsch zu respektieren. Ebenso ihr journalistischer Instinkt, wenn ich sie richtig einschätzte. Sie würde nicht widerstehen können, darüber zu schreiben: Es war schließlich eine großartige Story. Ja, sie hatte ein Dutzend Möglichkeiten, die Sache auffliegen zu lassen. Und wenn, dann könnte das für sie, für mich, für uns alle sehr gefährlich werden.

Doch der Strudel dieser Gedanken förderte auch anderes zutage: eine Sehnsucht nach Agatha, die ich, so gut ich konnte, zu unterdrücken versuchte. Und selbst wenn es seltsam scheinen mag, ich empfand auch so etwas wie Nervenkitzel. Etwas

Ähnliches mochten meine tapfereren Kameraden beim Militär gefühlt haben, wenn sie in die Schlacht zogen.

Ich wusste, dass sich die Dinge nun, da dieses Geheimnis enthüllt war, ändern würden – ausgelöst von einer Botschaft, die vor langer Zeit in einem Buch hinterlassen worden war. Veränderungen hatte ich nie begrüßt, und doch konnte ich nun bei der Aussicht darauf eine leichte Erregung oder zumindest ein gewisses Interesse nicht leugnen. So oder so spielte es keine Rolle, wie ich darüber dachte. Es war, als hätten die Dinge sich einfach in diese Richtung in Bewegung gesetzt, und ich wurde mitgerissen. Veränderungen vollzogen sich letztendlich immer, egal, was man tat – das hatte selbst ich bereits gelernt. Sie würden das Hotel Alpha nun erfassen, ob wir wollten oder nicht.

Teil 3

10

GRAHAM

»Fahr los, Madman«, lallte Howard übermütig, »fahr uns zurück ins Hotel Alpha und schone die Pferde nicht.«

»Was soll er nicht schonen?«, kicherte Sarah-Jane. Hinter mir quietschten die Sitze, als die beiden herumbalgten und in Gelächter ausbrachen. Ich öffnete das Handschuhfach und holte meine Autohandschuhe heraus, das sechste Paar inzwischen. Ich hatte es in einem Anfall von Sturheit in dem Laden in der Savile Row und nicht »online« gekauft, auch wenn das bedeutet hatte, dass ich an einem sehr nassen Tag hingehen musste und sehr schlechte Laune bekam. Ich drehte den Schlüssel in der Zündung, und der Motor sprang so sanft und ruhig wie immer an. Howard entfernte den Deckel von einer kleinen Flasche, die er aus dem Theater geschmuggelt hatte. Sie hatten sich, nicht zum ersten Mal, *Les Misérables* angesehen und waren anscheinend so betrunken, dass sie sich selbst in Frankreich wähnten. Letzte Woche hatte Sarah-Jane ihren vierundsechzigsten Geburtstag gefeiert. Howard hatte vierundsechzig Rosen im Alpha versteckt und Paul McCartney telefonisch einen Glückwunsch überbringen lassen.

Eingekeilt zwischen einer Reihe Taxis, deren Fahrer sich gegenseitig anhupten und völlig unberechenbar beschleunigten und bremsten, erreichten wir im Schneckentempo schließlich die Euston Road. Es gab keinen guten Grund, weshalb ich sie für die kurze Strecke mit dem Auto abholte, wo sie auch die U-Bahn hätten nehmen können. Es gab auch für die Autohandschuhe keine Notwendigkeit, denn das Lenkrad, dessen Elfenbein sie ursprünglich hatten schützen sollen, war vor ein paar Jahren neu bezogen worden. Es war nur Show, doch darum ging es bei Howard schließlich immer. Ich würde mich ganz bestimmt nicht darüber beschweren. Der Mercedes war nun mein Platz, der Bereich des Alpha, in dem ich mich noch am ehesten zu Hause fühlte.

Das Hotel entglitt mir mit jedem Tag mehr. Die alten Reservierungsbücher, vierzig an der Zahl, waren von der Kammer hinter der Rezeption in einen Lagerraum im Keller umgezogen, was letztendlich bedeutete, dass man sie nie wieder zu Gesicht bekam. Suzie hatte mir begeistert versprochen, die Informationen auf einem Computer zu »archivieren«. Doch es ging ja gar nicht darum, dass irgendwer die Namen längst abgereister Gäste noch benötigte – ich hatte die Bücher einfach gerne in meiner Nähe. Und doch setzte ich dem Umzug wenig Widerstand entgegen. Ich hatte vor, die drei Bücher zu retten, auf deren Rückseite ich den Punktestand meines Check-in-Spiels mit Agatha festgehalten hatte. Doch der Anblick der Handschrift meines alten Ichs, die Naivität, die aus den fröhlich hingekritzelten Buchstaben sprach, ernüchterte mich. Hinter dem Tresen stand nun ein zweiter Computer, den ich gelegentlich – wenn niemand zugegen war – dazu benutzte, nach Agatha zu suchen, wie ich es bereits früher gemacht hatte. Pattie hatte mir ein Buch mit dem Titel *Internet für Dummies* gekauft.

Vielleicht würde ich bald *Hotel für Dummies* brauchen. Howard war so modernisierungsfreudig wie immer, aber seine Verbesserungen fand ich immer befremdlicher. Es war geplant, all die schönen Schlüssel mit ihren hölzernen Anhängern durch

Plastikkarten zu ersetzen, die die Türen mithilfe eines Elektronikchips öffneten. Es war geplant, unser Internet durch »Breitband« zu verbessern, wodurch es schneller werden sollte.

Ich zuckte zusammen, weil Howard auf dem Vorplatz die Autotür wie immer so heftig aufstieß, als handele es sich nur um eine alte Klapperkiste, die reif für den Schrottplatz war.

Er und Sarah-Jane machten ein beschwipstes Tamtam beim Aussteigen, und er klemmte ihr Kleid in der Tür ein, als er sie wieder zudonnerte. Ich blieb sitzen und beobachtete durch das Autofenster, wie die beiden, sein Arm um sie gelegt, in ihre Burg zurückkehrten. Sein Haar war ein wenig dünner geworden, ihres kurz geschnitten und gefärbt. Beide waren ein wenig rundlicher als vor vierzig Jahren. Doch sie bewegten sich noch mit der gleichen Eile wie früher, mit der gleichen Gier nach der Zukunft. Noch immer hielt Howard die Mahagonitür auf, und noch immer ging sie so flink und aufgeregt hindurch, als seien sie vierundzwanzig und hätten das Haus erst heute Nachmittag in Besitz genommen. Sie waren ein so perfektes Paar, als wären sie direkt einer romantischen Geschichte entsprungen. Und dass es eine Geschichte war, konnte man mit Fug und Recht behaupten: eine Geschichte, die Howard seit langer Zeit der ganzen Welt erzählte.

Bis vor Kurzem war es mir leichter gefallen als erwartet, unseren Pakt einzuhalten: Ich hörte mir Howards Gerede an, zog die Augenbrauen hoch, wenn er den Captain abknutschte, und spielte bei seinen Kartentricks mit. Im Prinzip brachte ich keine großen Opfer dar. Ja, ich hatte zugestimmt, dass er zu seinem Selbstschutz die Geschichte umschrieb. Er war mein Freund und Mentor. Doch ich schützte auch das Hotel und damit mich selbst und die Zukunft, die ich mir wünschte. Eine Zukunft, in der der Glanz des Alpha weiter erstrahlte und ich so lange hinter diesem Tresen stand, bis ich zum Stehen nicht mehr in der Lage war.

Am schwersten waren die ersten Tage und Wochen gewesen. In dieser Zeit, in der Howard versuchte, die Aufmerksamkeit einzudämmen, die der Brand und seine Heldentat erregt hatten, während Sarah-Jane abends Chas versorgte, fühlte sich das Geheimnis riesig an, wie ein Pickel mitten auf der Stirn, den alle anstarren. Doch mit jedem Tag schrumpfte es ein wenig. Und irgendwann hatte mein Gehirn, und ich vermutete, auch Howards, sich angepasst und sich das Geheimnis so gründlich einverleibt, dass wir es als solches nicht länger wahrnahmen. Und so machten wir weiter, äußerlich unverändert.

Dennoch kostete dieser Prozess Energie. Nicht umsonst war Howard immer in Bewegung, reiste Tausende Kilometer für eine Unterschrift auf einem Spendenscheck und hängte an einem Tag in zehn verschiedenen Suppenküchen Weihnachtsdekorationen auf. Nicht zufällig drängte es ihn so unaufhaltsam in die Zukunft. Jeder an Howards Stelle wäre so weit wie möglich von seiner Vergangenheit weggelaufen.

Nicht dass die letzten zwanzig Jahre voller guter Taten für ihn nichts als Buße gewesen wären. Große Gesten und Hilfsbereitschaft lagen in Howards Natur. Er hätte so oder so Tausende von Pfund gespendet, er hätte so oder so die Not jedes Waisenkindes gelindert, das seinen Weg kreuzte. Er war einfach so gestrickt, dass er ständig auf der Suche nach neuen Kicks durch die Welt raste, so wie ich immer zufrieden damit war, in Muswell Hill zu wohnen und Schinken mit Pommes frites zu Abend zu essen. Aber im Verlauf dieser zwanzig Jahre hatte er seine Energie in eine spezifische Richtung gelenkt. Es ging nicht mehr nur darum, an der Legende des Hotel Alpha zu stricken, dieser großen Erzählung, die er erschaffen hatte. Es ging nun um einen Mythos ganz anderer Art, eine Geschichte, die selbst für Howards Maßstäbe abenteuerlich anmutete.

Dafür musste er sich immer weiter und schneller von den tatsächlichen Ereignissen wegbewegen. Einen solchen Drang hatte ich nie verspürt. Die tägliche rege Betriebsamkeit im Alpha reichte mir, um alles andere zu verdrängen. Jedes Mal, wenn ich an der Rezeption meinen Platz einnahm oder mich ans Steuer setzte, war ich wie ein unbeschriebenes Blatt. Ich tat, als habe Agatha nie neben mir gestanden, als habe Howard nie seine Frau, Chas und ganz London belogen.

Doch nun hatte diese Betriebsamkeit etwas nachgelassen. Stattdessen klapperten Computertasten, während die vormals geschwätzigen Telefone schwiegen. Weniger Zeit, die ich damit verbrachte, Gästen behilflich zu sein, bedeutete mehr Zeit zum Nachdenken, und Nachdenken war gefährlich. Das war vermutlich der Grund, warum ich jeden noch so kleinen Vorwand nutzte, um mich ins Auto zu flüchten und Gäste in alle Ecken und Enden Londons zu fahren.

Jedes Mal, wenn ich den Zündschlüssel drehte und der Mercedes sich mit dem immer gleichen eleganten Klang zum Dienst meldete, war ich auf der Flucht, genau wie es Howard jahrelang gewesen war. Ich fragte mich, ob ich Kathleen nun zu dem gleichen Schicksal verdammt hatte, indem ich mein Geheimnis mit ihr teilte.

Seit der Nacht, in der der Zettel aufgetaucht war, war fast ein Jahr vergangen, und Kathleen war öfter gekommen und gegangen, als ich zählen konnte: an die Front nach Afghanistan, zu Witwen im Irak, mehrfach nach China. Noch immer gab es zum Abschied Tränen in der Hotelhalle und leidenschaftliche Küsse in Heathrow. Doch dass sie nicht Reisefieber, sondern auch den Drang zur Flucht verspürte, war kaum zu übersehen.

Ihr neuester Reiseplan war besonders ehrgeizig: erst nach Athen, wo im Sommer die Olympischen Spiele stattfinden sollten, dann nach Peking, wo gegen die zukünftige Olympiade protestiert wurde. Über mehrere von ihr nachgewiesene Korruptionsfälle sollte während ihrer Abwesenheit im Politmagazin *Panorama* berichtet werden. Das würde sie bei Lara ausgesprochen unbeliebt machen und vermutlich auch bei Howard, aber Kathleen war keine, die sich davon abschrecken ließ. An diesem Morgen war sie schon lange vor der vereinbarten Zeit in der Halle, sie pfiff vor sich hin, und wie immer stand ihr verschrammter, staubiger Reisekoffer neben ihr.

»Es sind nicht zufällig ein paar Pakete für mich angekommen, Graham? Amazon?«

»Pakete vom Amazonas?«

»Von Amazon, der Website.« Kathleen schüttelte gutmütig tadelnd den Kopf.

Suzie ging in die Kammer und kam mit einigen Pappkartons wieder heraus. »Voilà«, sagte sie. Ich brachte Kathleens Koffer ins Auto und wartete, bis sie, gefolgt von Chas, wieder auftauchte.

Nun standen wir im Stau auf dem Westway. Die brütende Hitze drang von der Straße durchs Fenster und überzog uns wie mit einem Schmutzfilm. Dennoch war ich hier glücklicher als an der Rezeption.

»Heiliger Bimbam, jetzt hör mal auf, an mir rumzufummeln, es ist höllisch heiß hier drin«, sagte Kathleen.

Ich sah sie im Rückspiegel an. »Vielleicht ist es in Athen kühler?«

Sie lachte. »Du kannst mich mal, Graham.«

»Ich verrate dir, wo es kühler ist«, sagte Chas nun und nahm gehorsam seine Hand von ihr. »In der Business-Lounge. Da soll es herrlich sein.«

»Ja«, sagte Kathleen und sah aus dem Fenster, »sehr gut.«

»Und erst die Business Class«, setzte er nach, »ich wette, dass du froh bist, dort zu sitzen, nicht eingeklemmt zwischen den vielen anderen Leuten.«

»Ja, das wird angenehm.«

»Was ist denn los?«, fragte er.

»Ach, nur … ich wäre auch mit der Economy Class völlig zufrieden gewesen.«

»Aber Howard möchte, dass du dich wohlfühlst«, sagte Chas. »Er macht so was gerne. Weißt du, einmal …«

»Ich fühle mich ihm nicht so gerne verpflichtet.« Damit war Kathleen in die Falle getappt, und Chas spitzte die Lippen.

»Findest du nicht, dass wir beide ziemlich in seiner Schuld stehen?«, fragte er.

Meine und ihre Augen trafen sich wieder im Rückspiegel, während sie wohl eine ganze Reihe Antworten herunterschluckte, die sie unmöglich geben konnte. Wir sahen uns am Abflugterminal noch ein letztes Mal an, als ich ihren Koffer aus dem Kofferraum wuchtete. Ich klopfte ihr auf die Schulter und wünschte ihr gute Reise. Als Chas von einem Flughafenmitarbeiter begleitet wieder zurückkam, hielt er einen Kaffeebecher von Starbucks in der Hand, und sein Gesicht war nass von Tränen. Ich tätschelte ihm den Rücken. »Sie wird wieder zurück sein, bevor du es überhaupt mitkriegst.«

»Ich nehme trotzdem nicht an«, sagte er, »dass sie immer noch im Auto ist und ihr beide mich verarscht, oder?«

Wenn Chas einen Scherz über seine Blindheit losließ, überwältigte mich immer eine eigenartige Mischung von Gefühlen: Erleichterung, Zuneigung, aber auch so etwas wie Empörung darüber, dass er mit ihr zurechtkommen musste und immer würde zurechtkommen müssen. Es traf mich stets aufs Neue wie ein Schock – als würde mir zum ersten Mal bewusst, dass er blind war. Und dass er in jedem einzelnen Moment, seit ich das zum letzten Mal gedacht hatte, einfach weiter damit zurechtgekommen war. Eine Zeit lang trank er schweigend seinen Kaffee. Ich hoffte inständig, dass er nichts davon auf die Sitze tropfen würde, aber ich mochte ihn nicht ermahnen, dass er aufpassen solle, weil er das nun wirklich oft genug zu hören bekommen hatte.

Wie so viele vor ihm, fing er in der Nähe der Fuller's-Brauerei an zu reden: »Sie freut sich so, dort hinzufahren.«

Genau das hatte ich vorhin auch gedacht, aber ich war nicht sicher, ob es hilfreich wäre, wenn ich ihm dies mitteilte.

»Und sie ist so unglaublich gut in ihrem Job. Es gibt nicht viele Journalisten, die die Sprache sprechen und so weiter. Es ist einfach … du weißt schon. Ich war in meinem Leben noch nicht einmal in einem Flugzeug.«

»Na ja, es ist noch nicht so lange her, da warst du auch noch nie in einem Park.«

»Ich fürchte, ich bin nur ein Klotz an ihrem Bein. Sie ist viel ungeduldiger mit mir als früher.«

Das mochte stimmen, aber es steckte mehr dahinter, so viel mehr, als er sich vorstellen konnte. Den wichtigsten Grund, warum sich Kathleen in Chas' Gegenwart unwohl fühlte, das Geheimnis, das sie mit sich herumschleppte, konnte er unmöglich erraten, auch wenn es jetzt drei Personen um ihn herum kannten. Ich sah ihn im Spiegel an, während der Mercedes sich seinen Weg durch die Stadt bahnte. Wie von selbst schob er sich am Trellick Tower vorbei, diesem hohen Klotz voller eingepferchter Menschen, passierte dann ein riesiges Plakat, das die Londoner um »Ihr Ja zu Olympia« bat, und gleich darauf noch ein halbes Dutzend weitere, die das Team um Lara und Chas konzipiert hatte. Vom Westway aus sah man Züge auf Abstellgleisen, einen Friedhof und einen Park, in dem Jugendliche auf Skateboards herumkurvten. Dann wurde der Verkehr auf sich verengenden Spuren in die Baker Street geleitet, von wo aus die grüne Kuppel des Planetariums den Weg zum Alpha wies. Ich hatte all dies schon so oft gesehen, und Chas nicht ein einziges Mal. Er konnte noch nicht einmal das riesengroße Plakat mit den Früchten seiner eigenen Arbeit darauf bewundern. In mir rumorten heftigste Gewissensbisse.

»... so große Fortschritte gemacht«, sagte er, »aber an einem gewissen Punkt stößt jemand wie ich einfach an Grenzen. Und Kathleen lässt sich nun mal nicht so gerne von Grenzen aufhalten.«

Ich hatte ihm nicht mehr zugehört, so wie ich manchmal auch bei Patties Geschwätz abschaltete. Daher dauerte es eine Weile, bis ich begriff, dass er nicht von realen Grenzen sprach. Ich faselte etwas über die Macht der Liebe und ließ Chas auf dem Vorplatz des Alpha aussteigen, wo Howard ihn in Empfang nahm wie den Stab beim Staffellauf. Er überschüttete ihn sofort mit einem Redeschwall in Sachen Olympiade. »Ich brauch mal deine grauen Zellen, Kumpel«, sagte er, und Chas begann zu strahlen, so wie jeder strahlte, dem Howards Aufmerksamkeit zuteilwurde. Sie gingen scherzend und lachend in die Bar. Da ich mich noch immer unwohl fühlte, trat ich wieder hinaus und stieß auf ein zusammengedrängtes Grüppchen Raucher, die sich hier versammelten, seit im Hotel das Rauchen verboten war. Wie schön doch so etwas wie ein Rauchsalon wäre, hatte ich Suzie gegenüber einmal angemerkt, aber sie war zu jung, um zu begreifen, wovon ich sprach.

Ich beobachtete, wie die Raucher feierlich ihrer Tätigkeit nachgingen, eine Zigarette an der anderen anzündeten, die Gesichter nahe beieinander, als würden sie eine Verschwörung ausbrüten. Als einer von ihnen zurück ins Gebäude trat und die großen Türen aufschwangen, glaubte ich, selbst aus dieser Entfernung Howards unwiderstehliches Lachen herausschallen zu hören.

Sie war einfach perfekt, die Geschichte, dass er Chas gerettet hatte, sie ergab einfach Sinn – genauso, wie es sich absolut richtig anfühlte, wenn er die Geschichte erzählte, wie er nackt die Tür geöffnet und mit dem Marilyn-Monroe-

Zitat die Situation gerettet hatte, obwohl keines von beidem auf sein Konto ging. Chas lebte seit Langem in einer von Howard entworfenen Kulisse, und mir war niemals in den Sinn gekommen, diese Kulisse niederzureißen.

Was Chas nicht wusste, konnte ihn auch nicht verletzen, jedenfalls nicht so sehr wie die Wahrheit – so hatte ich immer gedacht. Doch nun verletzte das Geheimnis vermutlich Kathleen. Vielleicht hatte seine Last in Wahrheit uns alle schon die ganze Zeit irgendwie verletzt, und es war uns nur nicht bewusst gewesen.

Laut Howard hatten sie mit dem *Panorama*-Bericht »eine ganz schön dicke Kröte zu schlucken«. Lara Krohl hatte eine Vorabkopie organisiert und veranstaltete am Morgen vor der öffentlichen Ausstrahlung eine private Vorführung. Als sie danach aus dem Konferenzraum kam, hatte sie den Blick auf ihr Handy gesenkt, ging in der Halle auf und ab und führte in ihrem üblichen Kauderwelsch eine Reihe Telefonate. Aus den Mittagsgeräuschen tönte ihre leise, boshafte Stimme wie ferner Donner heraus. Sie saß bis nach Mitternacht in der Alpha-Bar, tippte und nippte dazwischen an ihrem Wasser. Irgendwann schlenderte ich herein, um Ray die Bestellung eines Bourbons auf ein Zimmer weiterzugeben. Ich war noch mindestens zehn Schritte von ihr entfernt, da griff sie nach dem Laptop, klappte ihn zu und sah mich an wie einen Spion, den man in flagranti erwischt hatte.

Ich weiß nicht, ob es an dem Trubel lag, den die *Panorama*-Sendung verursachte, jedenfalls blieb Kathleen eine Woche länger in China als geplant. Chas bemühte sich eifrig, die Zeit totzuschlagen, wie immer, wenn sie weg war. Eines Nachmittags tauchte er in seinen Sportsachen an der Rezeption auf. »Das sind mein weißes T-Shirt und meine blauen Shorts, oder? Kathleen hat sie für mich rausgelegt.«

»Du willst doch nicht ernsthaft laufen gehen?« Ich blickte Richtung Tür. Draußen fuhr der Wind scharf wie ein Messer in die letzten grünen Blattfetzen, die noch an den Bäumen hingen. Die Zedern standen so stolz wie immer auf dem Platz.

»Nicht draußen, auf der Maschine. Ich brauche jemanden, der mir das Tempo einstellt, und noch jemanden, der darauf achtet, dass ich nicht runterfalle. Nur am Anfang.«

Howard und ich begleiteten ihn in die Wellness-Suite im Untergeschoss, in die ich nur äußerst selten einen Fuß setzte. Sie wurde von speziellem Personal unterhalten, Damen mit blendend weißen Zähnen und manikürten Nägeln, die mich für so alt hielten wie ihre Urgroßväter.

Chas sprang auf eines der Laufbänder, auf dem gerade noch ein kräftig gebauter Kerl gewesen war, den ich zuvor in der Halle gesehen hatte. Er hatte beim Gehen Schweiß von den Armstützen der Maschine gewischt. Chas bat uns, uns auf beiden Seiten der Maschine aufzustellen. Ich sollte aufpassen, dass seine Füße sicher auf dem Band standen, und Howard sollte das Tempo steigern.

»Okay, bisschen schneller«, forderte Chas und ging von einem Schlendern in den Trab über. »Schneller«, sagte er noch einmal. Der vorherige Benutzer der Maschine ging vorbei, honorierte Chas' Anstrengungen mit einem anerkennenden Nicken und setzte sich dann mit gespreizten Beinen auf ein anderes Spielzeug knapp über Bodenhöhe. Gleich darauf bewegte er sich hastig vor und zurück – was mir wie die lächerliche Parodie eines Ruderers erschien. »Schneller«, rief Chas, und Howard zog eine Augenbraue hoch. »Sicher, Kumpel? Du hast schon ganz schön Tempo drauf.«

»Wie schnell?«

Howard sah auf das elektronische Display. »9,2. Was immer das auch bedeutet.«

»Bisschen schneller«, drängte Chas. Howard sah mich schief an und drückte nochmals den Knopf. Die Maschine gab ein ungläubiges Winseln von sich.

»Du schießt uns ja richtig davon«, sagte Howard, und in seiner Stimme mischten sich Bewunderung und Besorgnis.

»Ich muss mich an dieses Tempo gewöhnen«, sagte Chas kurzatmig. »Kathleen wird immer schneller, und dann langweilt sie sich mit mir.«

»Du musst nicht alles machen, was Kathleen sagt, Kumpel«, sagte Howard in beinahe neutralem Ton.

»Ich weiß, dass sie manchmal ein bisschen …«, fing Chas an, während seine Füße trappelten und die Maschine ächzte. »Sie macht ihren Job, sie glaubt an das, was sie tut, und …«

»Aber es kommt trotzdem darauf an, wann und wo sie es tut«, sagte Howard.

»Ich glaube nicht, dass sie findet, dass es je unangebracht sein könnte, die …«, sagte Chas, der seine Satzbrocken in den Lücken zwischen seiner schnappenden Atmung unterbrachte, »… die Wahrheit zu sagen.«

»Nun ja«, sagte Howard mit einem harten Zug um den Mund, »und ich behaupte, es ist eben nicht immer angebracht.«

Ich betrachtete Howards ausgeprägtes, scharfes Profil, so energisch und zugleich so verwundbar. Da stieß Chas einen kurzen Schrei aus, als sein Schwung ihn an den Rand des Laufbands beförderte und sein Schuh sich kurz darin verfing. Ich hielt ihn mit meinem Arm fest, und Howard drückte den Knopf, um das Gerät zu bremsen. Nach ein paar langsamen Schritten zur Erholung bat Chas wieder um Beschleunigung, und während wir ihn beaufsichtigten, rannte er weiter – um Schritt zu halten mit jemandem, der Tausende Kilometer entfernt war.

Am späten Abend klingelte das Telefon. »Es ist für Siehiiie«, sagte Suzie. Wie könnte ich sie nur dazu bringen, das zu unterlassen, fragte ich mich. Ich vermutete, dass ein ähnlich altmodischer Mensch wie ich telefonisch reservieren wollte, doch die Stimme kam von weither und wurde von Hintergrundgeräuschen anderer Verbindungen überlagert.

»Madman?«

Sie werde morgen sehr früh ankommen, sagte sie, ob ich sie abholen könne?

»Aber mit Vergnügen. Chas und ich warten …«

»Äh, Graham«, ihre Stimme klang nun ein wenig angespannt, »Chas weiß von nichts, ich möchte ihn überraschen. Ist das in Ordnung?«

Ich sagte ja, natürlich, aber fragte mich zugleich, was wohl dahintersteckte. Kathleen war keine begnadete Lügnerin, und das mit der Überraschung für Chas hatte nicht sonderlich überzeugend geklungen. Ich wusste nicht, ob ich mich diesmal so sehr darauf freuen sollte wie sonst, sie abzuholen.

Der Innenraum des Mercedes war am nächsten Morgen eiskalt. Ich warf die Heizung an und steuerte die alte Kutsche geruhsam durch den spärlichen Frühmorgenverkehr Richtung Westen. Der Himmel hing schwer und dunkel über Heathrow, als der Wagen sich der Zufahrt mit dem großen Modellflugzeug und den Leuchtreklamen näherte. Kathleen kam gleich darauf aus der Ankunftshalle und wich meinem Blick aus, als ich ihren alten Koffer nahm.

»Wie war die Reise? Hast du im Flugzeug geschlafen?«

»Nicht so richtig.«

»Trotz des Komforts der Businessclass?«

»Trotzdem.« Sie lächelte gezwungen. »Trotz der Gratisschlafanzüge.«

Wir drehten noch einige Schleifen um das Thema, das sie wohl eigentlich auf dem Herzen hatte. Kurz nach der Brauerei räusperte sie sich. »Um deine erste Frage zu beantworten«, sagte Kathleen, »es lief gut, richtig gut. Ich habe dort einen Posten angeboten bekommen.«

»Einen Posten?«

»Eine Stelle als Korrespondentin.«

»Du würdest dann in China leben?«

»Die meiste Zeit, ja.«

Die Gesprächspause wurde vom Klick-Klack meines Blinkers gefüllt.

»Himmel, Arsch und Wolkenbruch!«, bekam ich schließlich heraus.

Kathleen musste lachen. »Hast du das extra gesagt? Als Hommage?«

»Ja, ich hab's zumindest versucht. Aber wenn ich's mir überlege, hätte ich es ein bisschen chinaspezifischer formulieren sollen.«

Sie zwinkerte mir zu. »Danke, Graham, du bist reizend.«

»Keine Ursache.« Voller Zuneigung erwiderte ich ihren Blick. »Wirst du die Stelle annehmen?«

Wieder das Klick-Klack des Blinkers. Ich hörte, wie Kathleen einatmete, mit der Zunge die Lippen befeuchtete und auf dem Rücksitz herumrutschte, und da wurde mir plötzlich klar, warum ich sie allein vom Flughafen abholen sollte: um Gelegenheit für eine Unterredung unter vier Augen zu haben. Ich fühlte ihren Blick in meinem Nacken.

»Graham, wir müssen es Chas erzählen.«

Ich unterbrach sie nicht.

»Er muss wissen, was damals passiert ist«, und es klang, als habe sie diese Erklärung während des Fluges mehrfach geprobt. »Er muss die Wahrheit über den Brand erfahren.«

»Ich habe doch bereits erläutert«, sagte ich, »dass wir immer der Meinung waren, es sei besser, wenn er es nicht weiß.«

»Für Howard ist es besser, wenn er es nicht weiß.«

»Stell dir vor, alle würden es erfahren …«

»Nicht alle. Ich sage ja nicht, dass wir es allen erzählen. Ich sage nur, dass Chas verdient hat, es zu erfahren.«

»Also gut. Stell dir vor, Chas erfährt, dass Howard, dieser Mann, den er vergöttert, dem er vertraut – der Mensch, dem er am meisten von allen vertraut –, verantwortlich ist für den Tod seiner Mutter.«

»Aber ich sollte der Mensch sein, dem er am meisten vertraut.« In Kathleens Stimme schwang bereits Wut mit. »Das habe ich mir verdient. Und was ist mit dir?«

Wir hielten an einer Ampel, und sie lehnte sich zwischen den Sitzen vor, sodass ihr Gesicht meinem ganz nahe war. Ich roch Zahnpasta und konnte selbst die kleinsten Sommersprossen auf ihren Wangenknochen sehen.

»Warst du denn nie der Meinung«, fragte Kathleen, »dass du derjenige sein solltest, den Chas als seinen Vater … seinen De-facto-Vater betrachtet, wenn überhaupt? Du hast sein Leben gerettet. Du hast ihn gerettet, Graham.«

»Vor mehr als zwanzig Jahren. Das ist lange her.«

»Aber es gehört zu dem, was ihn ausmacht. Er ist dankbar, er dankt Gott jeden Tag dafür, überhaupt am Leben zu sein. Nur dass es nicht Gott ist, dem er dankt, sondern Howard. Und eigentlich solltest du es sein.«

»Ich will keinen Dank«, sagte ich. »Ich will auch keine besondere Aufmerksamkeit. Für mich steht immer das Hotel an erster Stelle. Und ich möchte das Versprechen halten, das ich Howard gegeben habe. Ich glaube, dass es besser so ist, Kathleen.«

Ich griff nach dem Hebel und setzte die Scheibenwischer in Gang.

»Ich habe nicht den Eindruck, dass du das wirklich glaubst«, sagte sie ruhig.

Unsere nicht gänzlich feindseligen Blicke trafen sich im Spiegel: Keiner von uns beiden wollte diese Konfrontation, zugleich konnte keiner von uns beiden seine Position aufgeben. Kathleen jedoch spielte eine letzte Karte aus. »Wenn wir es ihm nicht sagen, Graham«, sagte sie, »dann werde ich diese Stelle in China antreten. Dann habe ich keine andere Wahl. Ich kann ihm etwas so Wichtiges einfach nicht weiter vorenthalten.«

Ich setzte zu diversen Erwiderungen an, doch keine war so überzeugend, dass ich sie beendet hätte.

Kathleen kurbelte die Scheibe herunter und ließ sich den Nieselregen ins Gesicht wehen. Sie starrte auf die Straße und die im Dämmerlicht liegende Umgebung. Die Scheibenwischer schabten über die regennasse Scheibe und gaben den Blick frei auf die altbekannten, langweiligen Gebäude, die Augenklinik, die georgianischen Häuserzeilen. Kaum einen Kilometer entfernt, in der Dunkelheit, wartete Chas.

Das nächste Mal fuhr ich den Mercedes, um Howard, Lara und Chas von einer Reise-»Expo« in einem frisch sanierten Messegebäude in East London abzuholen. Laras und Chas' Aufgabe dort war, eine Internetplattform zu repräsentieren, die zu ihren Kunden gehörte, Howards Aufgabe war Trinken und Händeschütteln. Die drei hatten sich laut scherzend auf den Weg gemacht, und seither hatte sich eine miese Stimmung im Alpha breitgemacht. Das ließ sich an den verschiedensten Anzeichen ablesen: Mrs. Davey fluchte, als sie mit dem Rad ihres Rollwagens an meinen Tresen stieß und dabei einen Papierstapel herunterfegte; ein Paar stritt sich, der Mann folgte der Dame in den Lift, sie schubste ihn wieder heraus, worauf er an die Türen hämmerte. Selbst in Suzies gekünsteltem »Ciao, bello«, das sie mir als Feierabendgruß zurief, war Anspannung spürbar.

Doch standen all diese Dinge tatsächlich in einem Zusammenhang? Waren sie überhaupt real oder projizierte ich nur meine eigenen Gefühle auf das Hotel? Seit ich Kathleen vom Flughafen abgeholt hatte, hatte ich mehrere Nächte sehr unruhig geschlafen. Wieder und wieder wog ich ab, welche Folgen es hätte, wenn ich täte, was Kathleen von mir verlangte, und Chas die Wahrheit sagte.

Selbst wenn die Geschichte nicht nach außen drang, würde sie Chas zugrunde richten – ganz abgesehen von Sarah-Jane und JD, denen man sie natürlich auch erzählen musste. Die Festung der Familie York, die ich mit allen Mitteln verteidigt hatte, würde schließlich doch fallen. Chas, den ich gerettet hatte, den ich insgeheim so oft als meinen Sohn betrachtet hatte, würde fortgehen, irgendwohin weit weg von mir, so wie Christopher. Doch mein Schweigen würde ihm ebenso schaden. Es würde dazu führen, dass sich Kathleen von ihm und dem Hotel immer weiter distanzierte. In einer dieser Nächte war ich mit der Formulierung »Kröte schlucken« im Kopf aufgewacht und verspürte den Drang, die Treppe hinunterzugehen, die Tür zu öffnen und frische Luft zu schnappen. In einer anderen Nacht hatte ich im Schlaf laut aufgeschrien und Pattie so erschreckt, dass sie das Licht anmachte und wir beide hellwach im Bett lagen.

Ich hatte praktisch schon beschlossen, an diesem Abend nach Hause zu gehen und Pattie alles zu sagen, falls es mir gelang, sie vom Computer wegzulocken. Ich würde ihr von dem uralten Lügenpakt erzählen, den Howard und ich geschlossen hatten, davon, wie sich die Dinge nun zuspitzten, und dass ich nicht wusste, was ich tun sollte. Ich würde eine Menge erklären müssen und war mir nicht sicher, ob ich den Mumm aufbringen würde, aber das Geheimnis hatte in den letzten Tagen mehr an mir gezehrt als in den vielen Jahren zuvor, in denen ich es so sorgsam gehütet hatte.

Doch Pattie würde wahrscheinlich schon schlafen, wenn ich heimkam. Howard wollte Bescheid geben, wenn er mich brauchte, und wie üblich würde das zu später Stunde sein. Ich schlug ein wenig Zeit tot, indem ich meine Broschüren sortierte, was inzwischen einer Beschäftigungstherapie gleichkam, denn nur noch sehr selten nahm ein Gast eine mit. Schließlich beschloss ich, Ed anzurufen.

Es war schon eine Weile her, dass ich meinen Sohn zuletzt gesehen hatte, und ich hatte gute Nachrichten für ihn. Mit Howards Hilfe hatte ich zwei der begehrten Eintrittskarten für das Rugby-Spiel zwischen Australien und England im Herbst ergattert. England war im letzten Jahr Weltmeister geworden, ein Ereignis, das Howard gewürdigt hatte, indem er die gesamte Mannschaft ins Alpha einlud und für Fotos mit Leuten posierte, die er zuvor noch nicht einmal erkannt hätte. Ich musste es ein paarmal versuchen, bevor Ed endlich ans Telefon ging, und seine Stimme klang ziemlich eigenartig, als hätte ich ihn geweckt.

»Ich glaube nicht, dass ich es schaffe, Dad«, sagte er.

»Mist«, sagte ich, »kollidiert der Termin mit einer deiner Reisen?«

»Nein, daran liegt es nicht, sondern …«, er hustete, »es ist … also, meine finanzielle Situation ist gerade ein bisschen angespannt«, sagte er schließlich. »Alles ist gerade ein bisschen angespannt.«

Es tat mir leid, das zu hören. »Die Karten werde natürlich ich bezahlen«, sagte ich. »Ich weiß gar nicht, ob Howard überhaupt Geld dafür haben will.«

»Okay, dann vielleicht«, sagte Ed. »Ich muss … muss mal sehen.«

Das war ohne Zweifel wieder mal einer der Abende, an denen nichts so lief, wie es sollte. Als ich meine gehörig angesäuselten Passagiere von der Veranstaltung in der Nähe des geplanten Olympiageländes abholte, hatte mich eine undefinierbare Schwermut erfasst. Ich hatte Howard schon fragen wollen, ob es ihm etwas ausmache, ein Taxi zu nehmen. Doch wenn ich jetzt nicht einmal mehr als Chauffeur taugte, dann hätte ich genauso gut meine Kündigung einreichen, mich silbern anmalen und als lebende Statue in Covent Garden rumstehen können.

Als ich die Messehalle erreichte, strömten die Leute bereits heraus. Howard machte es sich mit Chas zusammen im Fond gemütlich. Sein Gesicht war gerötet, er redete laut, seine Krawatte hing gelockert um seinen Kragen. Aufgekratzt ließ er den Abend zusammen mit Chas Revue passieren, während Lara am Telefon hing. »Genau, nehmen Sie einfach ein Taxi und setzen Sie es auf die Rechnung«, sagte sie. »Null-fünf-null-sechs.«

»Wie war die Veranstaltung?«, wollte ich wissen.

»Lief richtig gut«, sagte Chas, »die Zugriffe auf die Website sind seit letztem Jahr um diese Zeit um tausend Prozent gestiegen.«

»Ich dachte ja, dass mehr als hundert Prozent nicht möglich sind«, sagte ich und stieg etwas heftiger als nötig aufs Gaspedal.

»Howard war damit beschäftigt, mit ein paar Leuten von Travelocity zu socializen«, berichtete Chas.

»Das muss man mir wohl mit ein paar richtigen Wörtern erklären.«

Howard lachte und klatschte in die Hände – das tat er hin und wieder, wie ein König, der seinem Hofnarr applaudiert. »Du schaffst mich, Madman. Das ist eine Website, mit der man seinen Urlaub planen kann. Sie arbeitet eng mit Laras Kunden zusammen. Also habe ich dafür gesorgt, dass sie, wie soll ich sagen, dem Alpha wohlgesonnen sind. Empfehlungen auf Websites sind das, was man heutzutage braucht. Das sind die Bewertungen, die zählen.«

Ich dachte an Mike Swan, wie er sich mit seiner Schreibmaschine abmühte. Lara Krohl zündete sich eine Zigarette an und rauchte zum Fenster hinaus. Mit der anderen Hand hielt sie sich weiter das Telefon ans Ohr. Der allgegenwärtige Laptop lag auf ihren Knien. »Sag ihnen einfach, entweder sie kriegen das hin oder sie verlieren den Auftrag«, befahl sie irgendjemandem irgendwo.

Wir hielten an einer Ampel. Der Fahrer vor uns trödelte, und da ich die Hupe nur ungern einsetzte, wenn es keinen sehr guten Grund dafür gab, waren wir bald zwischen zwei zusammenfließenden Spuren eingekeilt. »Das geht ganz schön langsam«, sagte Lara Krohl, und ich brauchte einen Augenblick, um zu begreifen, dass sie mit mir sprach und nicht mit jemandem am Telefon.

»Ja«, sagte ich, »weil …«

»Können wir davon ausgehen, dass das der schnellste Weg ist?«, fragte sie, ohne vom Computer aufzublicken. Ich zweifelte daran, dass sie irgendetwas von der Umgebung mitbekommen hatte, die uns in ihrer Schäbigkeit entgegenleuchtete: die bunte Hässlichkeit der Durchgangsstraßen, die nicht mehr zusammenpassenden Fliesenmosaike der U-Bahn-Eingänge, die zu Künstlerateliers umfunktionierten Lagerhäuser, die hochgewachsenen Jugendlichen, die den Mercedes anstarrten, wenn wir an Zebrastreifen hielten. Ihr Bildschirm, die unsichtbaren Menschen, die an unsichtbaren Telefonverbindungen hingen, waren für sie realer als die physisch vorhandene Umgebung, durch die sie sich chauffieren ließ. Doch das hielt sie nicht davon ab, sich eine Meinung über mich zu bilden und wie selbstverständlich anzunehmen, dass sie meinen Job besser könnte als ich.

»Das ist ganz sicher die günstigste Strecke«, sagte ich. »Der Verkehr ist nur ungewöhnlich dicht im Augenblick, und …«

»Sie könnten sich so ein kleines Gerät zulegen«, unterbrach Lara mich. Verflixt, hatte ihr nie jemand beigebracht, dass das unhöflich war? »Man bringt es vorne im Wagen an, und dann sagt es einem, wohin man fahren muss.«

»Das klingt ganz sinnvoll, wenn einem die Strecke unbekannt ist …«

»Sonst auch.« Lara Krohl legte nun diese höfliche, wie unbeabsichtigt provokante Nuance in ihre Stimme, die sie so gut beherrschte – eine kaum spürbare Hebung des Tons, eine hauchdünne Schicht Eis auf jedem Wort. »Jeder macht mal Fehler.«

»Aber nicht Madman«, sagte Howard. »Die werden nie ein Gerät bauen, das besser ist als das Hirn dieses Mannes. Ehrlich, er vollbringt wahre Wunder. Habe ich dir je die Geschichte erzählt, als wir dreißig Cops im Hotel hatten, auf der Suche nach einem von den Stones, und Graham hat ihn in einem Kleiderschrank versteckt …«

Es waren drei Polizisten gewesen, nicht dreißig, und der Musiker hatte sich selbst versteckt, während ich einfach nur Wache stand. Es folgten noch eine Menge weiterer Ausschmückungen, und dennoch überlegte ich, während er weitererzählte, ob vielleicht ich es war, der sich falsch erinnerte. Mir stieg Röte in die Wangen, es war diese unangenehme Verlegenheit, die man empfand, wenn Howard wieder einmal für einen kurzen Augenblick so tat, als sei man der Größte und Beste überhaupt. Es war wie immer schwer, dem zu widerstehen, und ebenso schwer, sich vorzustellen, diese von ihm geschaffene Welt zum Einsturz zu bringen. Wenn es auch nicht die reale Welt war, so war es doch die, in der wir lebten.

11

CHAS

»Herrgott, Chas, was ist denn los?«

»Stürzen wir ab?« Ich war völlig durcheinander von der Fülle neuer Eindrücke.

»Brauchen Sie etwas, Sir?«

Mit leiser, rauer Stimme antwortete Kathleen für mich: »Nein, er hat sich nur Sorgen gemacht, dass das Flugzeug vom Himmel fällt.«

Die Stewardess lachte. »Nein, nein, das sind nur ein paar Turbulenzen. Aber das Flugzeug bleibt oben.«

»Für dich mag das ja normal sein«, sagte ich, »du fliegst zweimal die Woche, aber ich …«

»Pst«, sagte Kathleen, »du weckst ja alle auf. Schlaf einfach wieder ein.«

Das Flugzeug dröhnte weiter gleichmäßig vor sich hin. Ich drückte auf den Knopf meiner Uhr, aber die Uhrzeit ergab keinen Sinn. Hier gab es keine Uhrzeit, wir waren ja an keinem Ort. Das erinnerte mich daran, wie es war, unter JD im Bett zu liegen, ihn schnarchen zu hören und haltlos durch die unergründliche Nacht zu treiben.

Zwei Monate zuvor waren wir mit dem *London Eye* gefahren. Das Riesenrad sollte eine Art Generalprobe fürs Fliegen sein. In der Novemberluft am Südufer der Themse schwirrten Gespräche und Geräusche, ein Quartett spielte auf Elektrogeigen. Kathleen presste meine Hand auf ihren Oberschenkel, und ich fühlte mich erfüllt von ihrer Nähe, der Musik und der beißenden Kälte der Nacht. Ich hob mein Gesicht und stellte mir das riesige Rad vor, das auf uns herabblickte.

»Jetzt konzentrier dich und halt dich an meinem Arm fest. Das Rad kommt nicht völlig zum Stillstand, also müssen wir zügig einsteigen, sonst fällt einer von uns durch den Spalt in die Themse, und das könnte unsere Begeisterung ein wenig dämpfen.«

Die Fahrt nach oben begann. Kathleen quietschte leise vor Aufregung. Ich spürte, wie geräumig die Kabine war. Ich streckte die Hand aus und ließ sie über die Scheibe gleiten, die uns von der dünnen Luft draußen trennte.

»Oh, schon hier ist es wunderschön«, sagte sie. »Der Fluss ist ganz dunkel und irgendwie … majestätisch. Wir sehen … ich glaube, da ist das Geheimdienstgebäude und da der Charing-Cross-Bahnhof, sieht ein bisschen aus wie ein riesiger Fotokopierer. Und überall Lichter, so viele Lichter.«

»Mach weiter.«

»Wenn du mit mir nach China kommst – also, die Lichter einer Stadt aus der Luft gesehen sind ein unglaublicher Anblick. Man staunt einfach nur, wie die Menschen das hingekriegt haben. Millionen von Existenzen in lauter kleinen Quadraten, die sich zu einem riesigen Netz zusammensetzen. Man fühlt sich plötzlich ganz klein, im positiven Sinne. – Ich würde dir auch die ganze Zeit alles erzählen und erklären.«

»Und jetzt, was ist jetzt da unten?«

»Alles. Wir sind von allen Menschen in London am höchsten. Im Ernst. Da sitzt nicht mal wer in der Gondel unter uns.«

Meine Hand glitt unter ihren Rock und bahnte sich einen Weg ihr Bein hinauf. Sie atmete heftig aus, griff nach meiner Hand und schob sie in sich hinein. Wir taumelten zusammen durch die Kabine, sie tastete nach meinem Gürtel. Es war alles so schnell vorüber, wir bewegten uns bereits wieder den unsichtbaren Kreis entlang hinunter zur Erde. Wir richteten uns auf, ein wenig außer Atem, und warteten, dass die übrige Stadt uns einholte.

Howard hatte mir ein CD-Set mitgebracht, mit dem ich Mandarin lernen konnte, und Kathleen hatte meine ersten misslungenen Versuche korrigiert. Howard hatte mir Wikipedia-Einträge zur chinesischen Geschichte vorgelesen, und Kathleen hatte auch diese korrigiert.

Dann war der Januar gekommen, und ich hatte mich in die Armlehnen gekrallt, als das Flugzeug über die Startbahn raste und abhob – eine Abfolge furchteinflößender Geräusche, die dann dem gleichmäßigen Summen der letzten Stunden gewichen waren. In wenigen Stunden würden wir landen. Wir waren durch die riesigen Weiten des Luftraums über fremde Länder hinweggeschossen. Ich würde an den Ort gelangen, den ich früher als Peking bezeichnet hatte. Er war damals unvorstellbar weit entfernt gewesen, auch vor drei Monaten noch. Für mich war das wie eine Mondlandung.

Doch diese Riesenschritte sollten mich einfach nur an den Punkt bringen, an dem ich eigentlich hätte beginnen sollen, denn schließlich war ich zu diesem Rennen hundert Kilometer hinter dem ganzen Rest gestartet. Kathleen liebte mich trotz meiner Blindheit, diesem Hundert-Kilometer-Rückstand. Im besten Fall liebte sie die Art, wie ich damit lebte. Meine Blindheit selbst liebte sie nicht – das würde ich auch nicht wollen. Sie war mein Feind, und ich war nicht interessiert daran, für die Überwindung dieses Feindes Bonuspunkte gutgeschrieben zu bekommen. Aber, so fragte ich mich, würde ich ohne diese Bonuspunkte immer im Rückstand bleiben?

Es war anscheinend kurz nach Mitternacht. Ich zeigte meinen Pass vor, als Kathleen mich dazu aufforderte. Wir stiegen in ein Taxi, und Kathleen gab ein paar Sätze von sich, bei denen ich nicht einmal hätte sagen können, wo die einzelnen Wörter anfingen und aufhörten. Dann fuhren wir los, und ich dachte an Graham, der nun endlos viele Kilometer entfernt war. Es war bitterkalt, als wir aus dem Auto stiegen. Eigenartige Musik wehte wie Zugluft durch die Hotellobby: Es war eine Coverversion von »Satisfaction«, die eine Frauenstimme etwa halb so schnell wie das Original sang.

In unserem Zimmer ratterte und summte etwas. Die Matratze fühlte sich beim Anfassen dünn an. Ich war inzwischen in anderen Hotels gewesen, wenn ich mit Lara auf Geschäftsveranstaltungen ging, aber noch nie hatte ich eine Nacht anderswo verbracht als im Alpha. Das hier schien mir nicht der richtige Ort, um damit anzufangen. Ich wünschte mir, Kathleen hätte kein Billighotel ausgewählt, wo Howard uns doch überall in Peking ein Zimmer hätte besorgen können. Aber ihre allgemeinen Prinzipien hatten sich in letzter Zeit in eine regelrechte Aversion gegen ihn verwandelt.

»Was ist das für ein Geräusch?«

»Was?«

»Das Summen.«

»Das ist dieses Heizungsteil.« Sie klang genervt. »Mach dir keine Sorgen. Ich geh mal unter die Dusche, okay?«

Als sie sich auszog, versuchte ich, sie in die Arme zu nehmen, aber sie machte sich los. »Das ist jetzt kein guter Zeitpunkt.«

»Keine Ahnung, wie spät es ist. Ich wollte dich nur riechen.«

»Wir waren zwölf Stunden unterwegs. Das ist alles, was du wissen musst.«

»Heißt das, dass ich dich nicht begehren darf?«

»Nein, aber es heißt, dass ich dir sagen darf, dass du mich in Ruhe lassen sollst.«

Am nächsten Morgen war sie im Businessmodus. »Ich habe eine Verabredung am anderen Ende der Stadt. Wir nehmen die U-Bahn.« Es dauerte einen Augenblick, bis mir einfiel, dass wir in Peking, nicht in London waren. Ich tastete mich mühsam durch diesen neuen, für mich noch konturlosen Raum. Es dauerte länger als gewöhnlich, mich fertig zu machen. Die Luft im Badezimmer war stickig, und Kathleen musste mir in die Dusche und wieder heraus helfen. Ich kniete nackt auf dem Fußboden und wühlte in meinem Koffer. Kathleen seufzte und bückte sich, um mir zu helfen.

»Hier: Unterhose, Jeans, Pulli. Jetzt gehen wir.«

»Gibt's kein Frühstück?«

»Himmelherrgott, komm jetzt endlich. Wir frühstücken irgendwo unterwegs.«

Auf dem Weg zur U-Bahn aßen wir klebrige Teigtaschen, die mit irgendeinem Fleisch gefüllt waren. Kathleen half mir aus dem Zug und hinauf zur Straße, wo uns die Kälte entgegenschlug. Sie war mit einem Mitglied einer Nichtregierungsorganisation verabredet, um über die Internetzensur in China zu sprechen; die zahlreichen Details kamen zu schnell für mich, die Zusammenhänge waren zu verworren. Ich tapste neben ihren ungeduldigen Schritten her und fühlte mich wie ein Kleinkind. Die Windstöße wurden so stark, dass sie sich wie Schläge ins Gesicht anfühlten. Zumindest für mich, denn ich hatte nicht den Eindruck, dass wir beide das Gleiche spürten. Kathleen zog mich in ein Gebäude, das sich klein anfühlte, und redete mit jemandem, dann gelangten wir in einen Raum.

Ich hatte meinen Laptop mitgebracht. Der Akku war fast leer, doch ich fürchtete, die Frage nach einer Steckdose würde meinen Status hier noch weiter herabsetzen. Ich arbeitete eine Weile an einer Pressemitteilung für eine Kreditkarte, die »exklusiv« für die Besitzer eines bestimmten Autos gedacht war. *Dieses Auto war noch nie etwas für Menschen, die auf Nummer sicher gehen. Doch manchmal will man keine Abenteuer erleben. Wenn man weit weg von zu Hause etwas bezahlen muss, zum Beispiel. Und darum haben wir ...*

Es war Blödsinn: Was wusste ich schon von Abenteuern, wenn ich doch nichts lieber wollte als nach Hause? Ich löschte alles wieder vom Bildschirm und hatte kurz das vage Bedürfnis, meinem Vater zu schreiben.

Wo bist du? Bist du am Leben? Warum weiß ich nicht einmal deinen Namen? Warum bist du nie zurückgekommen? Du musst doch von mir gehört haben. Warum möchtest du mich nicht sehen?

Später brachte ich Kathleen dazu, mit mir zum Platz des Himmlischen Friedens zu fahren, und dort standen wir dann in der Kälte. Ich hätte gerne ihre Hand gehalten, aber eine Zurückweisung, das leiseste Anzeichen von Ungeduld oder abkühlendem Verlangen hätte ich nicht verkraftet. Ich dachte daran, wie wir beide am Piccadilly Circus vor Begehren geglüht hatten, und strafte so mein früheres Selbst für den naiven Glauben, es würde immer so bleiben.

»In einer Minute werden die Soldaten aufmarschieren«, sagte Kathleen. »Man sieht gerade, wie sie sich in ihren grünen Uniformen versammeln. Es ist so ein mattes Grün. Es sind Dutzende von Männern, alle mit kurzen Haaren. Sie paradieren mehrmals täglich auf dem Platz.«

Was war mattes Grün, was war Grün überhaupt? Ich war von diesem Platz, den Menschenmassen und dem unbekannten Terrain an sich geradezu körperlich eingeschüchtert. Kathleen beschrieb die umherspazierenden Touristengrüppchen, den winterlichen Himmel, die verschachtelten Fassaden des Kaiserpalasts, die Smogwolken am Horizont. Sie gab ihr Bestes. Doch trotz ihrer bildhaften Beschreibungen, trotz der gelegentlich vorbeiziehenden seltsamen Gerüche und der Geräuschkulisse in der fremden Sprache irrte ich nach wie vor in der gleichen Dunkelheit umher. Ich wünschte mir etwas, das ich als neue und bereichernde Erfahrung verbuchen und bei dem ich mir sagen konnte: »Du bist in China und ein Mann von Welt.« Das Massaker hatte genau hier stattgefunden, Graham hatte mir damals den Artikel aus der Zeitung vorgelesen, und ich hatte Howard davon erzählt. Zwischen jenem Moment als Kind und dem jetzigen als Erwachsener wünschte ich mir eine klare Verbindung, aber es war eher so, als hätte ich einfach eine Beschreibung durch eine andere ersetzt.

Am nächsten Tag schlug ich vor, allein im Hotel zu bleiben. Nicht, dass ich so scharf darauf war – ich wollte nur auf keinen Fall noch einen weiteren Tag der Klotz an ihrem Bein sein. Kathleen hatte drei Termine, und ich würde hier bleiben und arbeiten. Wenn sie dann zurückkäme, wäre es wie bei jedem Paar: Ein langer Tag der Abwesenheit im Büro facht die Sehnsucht an. Das Frühstück, das sie für mich ausgesucht hatte, war gallertartig und wabbelte im Mund. Dann eskortierte sie mich zurück ins Zimmer.

»Ich komme bestimmt ausgezeichnet zurecht.«

»Ruf einfach die Rezeption an, wenn du etwas brauchst. Ich habe ihnen gesagt, dass immer jemand da sein soll, der Englisch spricht. Du drückst einfach auf den großen Knopf, den hier.« Sie nahm meine Hand, um ihn mir zu zeigen. »In Ordnung?«

»Ja, geh ruhig, alles okay.«

Sie putzte gewohnt energisch ihre Zähne, spuckte aus, küsste mich flüchtig auf den Kopf, und dann – als hätte sie beschlossen, dass das nicht reichte – kam sie dann noch mal zurück, um mich auf den Mund zu küssen. Ich zuckte zusammen und griff nach ihr, doch da war sie schon aus der Tür. Der Lift piepte schrill, als die Türen zur Seite ruckelten. Innerhalb von nur einer Stunde konnte sie überall in diesem Fünfzehn-Millionen-Einwohner-Moloch sein, in dem das Alpha, ja ganz London sang- und klanglos verschwinden könnte.

Der Heizkörper ratterte vor sich hin. Ich hätte Kathleen bitten sollen, ihn auszuschalten. Sie hatte zwei Tassen Wasser für mich bereitgestellt, in einem Becher war Instantkaffee, und den Wasserkocher konnte ich mit einem Knopfdruck in Gang setzen. Sie hatte meinen Laptop ans Internet angeschlossen und mir ihren eigenen Computer mit einer abspielbereiten DVD dagelassen. Ich konnte mir vom Englisch sprechenden Personal etwas aufs Zimmer bringen lassen. Diese unterschiedlichen Ablenkungen füllten den restlichen Vormittag und den Beginn des Nachmittags aus. Zumindest dachte ich das, doch als ich dann die Uhrzeit checkte, waren erst zwei Stunden vergangen. Ich machte die Pressemitteilung fertig. Ich hörte mir eine ganze Reihe BBC-Nachrichtenclips online an. Die Zeit floss so träge dahin wie Wasser in einer Kloake.

Ich hatte keinen Hunger. Ich hatte beide Tassen Wasser getrunken. Der Gang draußen war eng, und es war nichts zu hören als meine eigenen Schritte. Ich ging in unser Zimmer zurück, indem ich mit der ausgestreckten Hand die Türklinken zählte, wie im Alpha. Die Einsamkeit, die mich dabei befiel, fand ich ärgerlich und beschämend. In einer Ecke surrte gleichmäßig ein Insekt, was sich mit dem mechanischen Rattern des Heizkörpers zu einem eigenartigen Rhythmus verband. Die Haut auf meinen Armen kribbelte.

Kathleen rief am frühen Nachmittag an. »Alles in Ordnung?«

»Absolut. Und wie waren deine Termine?«

»Es läuft wirklich gut. Ich werde wahrscheinlich heute Nachmittag noch ein paar Leute treffen. Ich erzähle dir später davon. Ist wirklich alles okay?«

»Klar.«

Als ihre Stimme dann plötzlich wieder weg war, war ich für einen Augenblick wie gelähmt. Meine Handflächen auf dem Schreibtisch wurden feucht. Ich hatte das entsetzliche Gefühl, dass etwas völlig aus den Fugen geraten war. Der Heizkörper schnalzte mit seiner imaginären Zunge. Ich fühlte mich eingeengt von diesem Zimmer, selbst von der Luft, die ich immer wieder ein- und ausatmete. Ich wandte mich meiner Version der Welt zu, dem Internet, und schaltete die automatische Vorlesefunktion ein, die nach dem Zufallsprinzip aus Milliarden von Seiten etwas für mich herauspickte.

Eine Massenpanik in einem Tempel in Mandhar Devi. Zweihundertfünfzig Tote. Ich wusste nichts über diesen Ort, nichts über die zweihundertfünfzig Menschen, die aus dem Buch des Lebens getilgt worden waren, während ich etwas anderes getan hatte. Klicken Sie hier, um mehr über Mandhar Devi zu erfahren. Die Roboterstimme las ein paar Details vor. Es handelte sich um ein vierundzwanzig Stunden dauerndes religiöses Fest, bei dem die Pilger Tiere opferten und einer Gottheit Joghurtreis darbrachten. Ich googelte Joghurtreis. Es war ein für Kerala typisches Reisgericht mit Joghurt. Ich tippte Kerala ein. Allein in diesem verdammten Kerala lebten dreiunddreißig Millionen Menschen. Und dann all diese Leute in Peking. Ich schwitzte. Der Schweiß rann mir den Rücken hinunter und stand mir auf der Stirn. Wieder hörte ich das Insekt. Was für ein Insekt das wohl war? Ich konnte mich an den Geschmack des Bluts in meinem Mund erinnern, als mich im Zoo die Wespe gestochen hatte.

Ich klickte wahllos auf weitere Links und ließ mich von der monotonen Kunststimme berieseln. Im-fünfzehnten-Jahrhundert-lockte-der-lukrative-Gewürzhandel-dann-portugiesische-Händler-in-die-Region, leierte der Computer. Orientierungslos trieb ich durch einen Ozean aus Fakten, die in keinerlei Zusammenhang standen, oder höchstens in dieser undurchschaubaren, auf Zufall beruhenden Verbindung zwischen all den Menschen da draußen, die sich bis zu Howard ins Alpha erstreckte. Es gab sie, aber ich konnte sie nicht sehen. Kerala ist der indische Bundesstaat mit dem geringsten Bevölkerungswachstum und der höchsten Lebenserwartung. Die menschliche Geschlechterverteilung ist für Anthropologen von besonderem Interesse. Ethnologie ist die Lehre von der menschlichen Kultur. Margaret Mead war in den 1970er-Jahren in den Medien sehr präsent.

Ich schloss den Browser, ging wieder bis zum Ende des Gangs und zurück und machte mir dabei klar, dass sich die entscheidenden Fakten nicht verändert hatten: Ich war Chas York. Ich wurde dieses Jahr vierundzwanzig Jahre alt, und dieses Jahr war das Jahr 2005. Es war Januar. Ich befand mich in Beijing, früher Peking, der Hauptstadt Chinas. Auch wenn der genaue Aufenthaltsort meiner Freundin unbekannt war, würde sie bald zurück sein, und ich konnte ihre Haut an meiner spüren. Howard war nur eine Flugreise weit weg.

Durch das Schließen des Browsers hatte ich versehentlich die Internetverbindung gekappt. Vergeblich versuchte ich, sie wieder herzustellen. Meine Tastenbefehle führten zu nichts, mein Computer blieb offline. Kathleens Rechner war in Reichweite, doch die Tasten fühlten sich fremd an, und den Bildschirm konnte ich sowieso nicht sehen. Ich rief unten an. Nach einer beträchtlichen Wartezeit meldete sich jemand auf Mandarin: »…«, sagte die Stimme.

»Hallo«, antwortete ich, »ich bin in Zimmer 82. Spricht bei Ihnen jemand Englisch?«

»…«, sagte die Stimme. Die Wörter hätten genauso gut Objekte sein können, die man mir zur Betrachtung hinhielt, so hilflos war ich.

»Englisch«, sagte ich und nannte Kathleens Namen.

»…«, antwortete die Stimme. Ich hörte das Insekt surren. Es klickte, und ich hing in einer Warteschleife, in der wieder eine Version von »Satisfaction« dudelte. Etwa nach der Hälfte des zweiten Durchlaufs nahm jemand ab. »Hello, Sir?«

Ich erklärte mein Internetproblem. Der Mann am anderen Ende der Leitung lauschte mir geduldig und bat mich dann, alles zu wiederholen. Ich erklärte alles noch einmal.

»Ja, ja«, sagte der Englischsprechende und machte eine Pause. »Wir kümmern uns nicht um Internet«, sagte er endlich, »ich gebe Ihnen andere Telefonnummer. Rufen Sie an.«

»Könnten Sie das vielleicht für mich tun«, fragte ich widerstrebend. »Wissen Sie, ich bin blind, ich kann nichts sehen, und meine Freundin …«

Es folgte ein weiteres Klicken, kurz weitere Musik, und dann ein weiterer Schwall Mandarin, den ich als den gleichen Satz identifizierte, mit dem das ganze Gespräch begonnen hatte.

»…?«

Ich resignierte und legte auf. Bis Kathleen zurück war, würde es eben kein Internet geben. Ich hörte mir die abspielbereite DVD an, die nach etwa zehn Minuten einen Hänger hatte. Ich konnte mich gerade noch bremsen, dem Gerät einen Faustschlag zu verpassen, schließlich gehörte es Kathleen, und drosch stattdessen auf meine eigene Tastatur ein.

Innerhalb kurzer Zeit war die Zahl meiner Optionen auf zwei zusammengeschrumpft. Beide fühlten sich wie Niederlagen an. Ich hatte fünfeinhalb Stunden allein verbracht – für einen unerfahrenen Blinden eine gute Leistung. Aber ich wollte kein unerfahrener Blinder sein, ich wollte Kathleen nicht mit der Mitteilung stören, dass ich es allein nicht schaffte. Ich wählte die erste Nummer im Kurzwahlverzeichnis meines Handys. Der erste Buchstabe des Alphabets, das erste Hotel unter Londons Fünf-Sterne-Häusern.

»Hotel Alpha, guten Morgen.« Grahams Stimme klang so glasklar, als stehe er neben mir.

»Ist Howard da?«

»Chas! Wie ist es in China so?«, fragte Graham.

»Toll«, sagte ich, »es ist wirklich, also wirklich ...« Weiter kam ich nicht, dann gehorchte mir meine Stimme nicht mehr, und ich schluchzte nur noch in den Hörer. Graham musste mich weiterverbunden haben, denn plötzlich war Sarah-Jane dran.

»Mein Kleiner«, sagte sie, »alles in Ordnung, alles ist gut.«

»Ich glaube, hier ist eine Wespe im Zimmer«, brachte ich hervor.

Sarah-Jane redete ein paar Minuten auf mich ein, bis sich meine Atmung wieder beruhigt hatte, und dann war Howard am Apparat. »Denk an eine Zahl zwischen eins und hundert«, befahl er mir. Durch meine verrotzte Nase prustete ich los. Die Zahl war einundsiebzig. Er erriet sie richtig.

»Ich sollte nicht so lange telefonieren«, sagte ich, »das ist teuer ...«

»Wir zahlen deine Scheißrechnung, scheiße noch mal«, sagte Howard. »Du hättest deine Komfortzone niemals verlassen dürfen, Kumpel«, sagte er dann. Meine Komfortzone war so winzig, dass das unvermeidlich war, wollte ich antworten, aber Howard war nicht mehr zu bremsen: »Ich habe dir doch gesagt, dass du dir nichts beweisen musst. Es reicht schon, dass du nach China geflogen bist, verdammt noch mal, da muss man dich nicht auch noch allein im Hotelzimmer lassen, als wäre das so eine Big-Brother-Show, um dich zu quälen ...«

»Sie kommt heute Abend wieder. Ich habe ihr gesagt, sie soll allein losziehen, ich wollte nicht im Weg sein.«

»Kumpel«, sagte Howard. Er räusperte sich. »Meine Rede, genau deshalb habe ich doch mitfahren wollen. Ich ...«

»Was meinst du?«

»Ich habe doch angeboten mitzukommen«, sagte Howard. »Ich wäre notfalls auch in ein anderes Hotel gegangen. Definitiv sogar, wenn ich mir deines im Internet so ansehe. Aber nein, davon wollte sie ja nichts hören.«

Mein Mund war trocken, und Howard sprach bereits weiter – ein Atemzug Pause hatte ihm immer gereicht. »Aber darum geht es nicht. Es geht nur darum, dass ich der Mensch sein sollte, der immer für dich da ist. Kathleen muss sich um ihren Job kümmern.«

»Du auch.«

»Aber kein Job ist so wichtig wie du, Kumpel. Dafür zu sorgen, dass du ein anständiges Leben hast, nur dafür bin ich da.«

»Ich bin kein Kind mehr.«

»Aber trotzdem brauchst du immer noch Hilfe, Chas.« Howards Stimme hatte ihren rhetorischen Impetus, selbst den üblichen amüsierten Unterton verloren. »Und ich bin der, der dir hilft. Diese Aufgabe macht mir große Freude, sie ist ein Privileg für mich.«

Wir unterhielten uns noch ein paar Minuten. Ich hörte Sarah-Jane singen, während sie mit Töpfen und Pfannen hantierte. Reflexartig war sofort auch die Geräuschkulisse der Halle in meinem Kopf, das Brummen des Lifts, die leicht verzogene Tür von Zimmer 25. Ein stechender Schmerz fuhr mir in die Eingeweide.

»Ist alles in Ordnung?«, fragte Howard, der wie kein anderer auch kleinste Veränderungen in meinem Atem wahrnahm.

»Ich denke einfach … ich habe die dämliche Vorstellung, dass ich nie hätte weggehen sollen. Dass das Hotel nie mehr so sein wird wie zuvor.«

Howard lachte leise. »Also das ist allerdings eine dämliche Vorstellung. Dieser Ort hier wird sich nie ändern, Kumpel. Alles wartet nur auf dich.«

Bei seinen Worten fühlte ich mich wie ein Forschungsreisender, der von den Daheimgebliebenen schon lange sehnsüchtig erwartet wird, nicht wie jemand, der vor gerade einmal 72 Stunden das Haus verlassen hat. Ein seltsamer Stolz erfüllte mein Herz. Und als Howard sich verabschiedete, war dieses Zimmer nur ein ganz normales Zimmer. Dass ich mich darin befand, war ein neutrales Faktum ohne besondere Bedeutung. Als ich schließlich Kathleens Schritte draußen vernahm und sie durch die Tür trat, war ich so ruhig wie jemand, der sich von einem heftigen Brechanfall erholt. Alles war angenehm vernebelt.

Es wurden ein paar Münzen Wechselgeld auf dem Schreibtisch abgelegt, und dann plötzlich war sie wieder in meiner Sphäre, indem sie mich auf die Stirn küsste. »Hallo.«

»Wie war dein Tag?«

Sie entzog sich, bevor ich einen zweiten Kuss ergattern konnte, und ich hörte, wie sie sich auf das klapprige Bett warf.

»Großartig. Die Frau, die ich gerade eben getroffen habe, sagte mehr oder weniger, dass ich den Korrespondentenjob haben kann. Wenn ich ihn will. – Heilige Scheiße, hier ist es ja höllisch heiß. Hast du den ganzen Tag die Heizung laufen lassen?«, fragte sie.

»Das heißt also, du willst ihn auch …«

»Er ist einfach zu gut, um ihn abzulehnen«, sagte Kathleen.

In der nun folgenden Pause hätte ich »Glückwunsch« sagen können, oder sie hätte mir versichern können, dass unsere Beziehung auch über die Kontinente hinweg funktionieren würde. Oder einer von uns hätte sich optimistisch über die Möglichkeit, dass ich nach China umzog, äußern können. Nichts davon passierte. Der Heizkörper gab einen Seufzer der Erleichterung von sich, als sie den Stecker zog.

»War bei dir alles okay?«

»Es lief großartig.«

»Ehrlich?«

Sie zog ihren Mantel aus und feuerte ihn irgendwohin, und als sie sich wieder näherte, fing ich ihren Duft, ihre ganz reale Existenz ein. »Ehrlich gesagt, nein. Ich hatte kurz etwas Panik. Es gab … ich hatte Probleme mit dem Internet, und da war ein Insekt im Raum. Aber es ging schon.«

Kathleens Hand spielte mit dem Ärmel meines Sweatshirts. »Du hättest mich anrufen können.«

»Ich habe Howard angerufen.«

Wir stolperten über seinen Namen, wie anscheinend so oft in letzter Zeit. Sie zog ihren Arm zurück.

»Er hat mir gesagt, dass er mitkommen wollte, aber dass du das nicht gewollt hast.«

»Verfluchte Scheiße«, sagte Kathleen. »Wenn es ihm in den Kram passt, fällt es ihm wirklich verdammt leicht, dir bestimmte Dinge zu sagen.«

»Was soll das heißen?«

»Vergiss es, nichts«, sagte sie.

Wir reproduzierten ein Muster, das ich zu erkennen glaubte, als hätten wir genau diese Worte schon früher gewechselt. Besorgt registrierte ich, dass es nicht die Worte waren, sondern der Rhythmus, den ich wiedererkannte. Ich hatte schon so viele andere Leute diesen Tanz tanzen hören, den Takt von Groll, Wut, Resignation, das Heben und Senken der Stimme, die plötzlichen Lautstärkewechsel. Zu Beginn unserer Romanze hatten wir über die streitenden Paare in der Bar noch gelacht. Und nun waren wir am selben Punkt angelangt, nun waren wir genau wie sie.

»Was meinst du mit nichts? Was wolltest du sagen?«

»Es spielt keine Rolle.«

»Anscheinend doch, denn sonst würdest du dich nicht so angegriffen fühlen.«

»Ich werde mich immer angegriffen fühlen«, sagte Kathleen, »wenn du jedes Mal zu Howard rennst, wenn …«

»Ich bin nicht zu ihm *gerannt*, ich bin schließlich auf der anderen Seite vom Scheiß-Globus.«

»Gut«, sagte sie, »schön, aber ich wollte, dass es bei dieser Reise um dich und mich geht. Wenn Howard hier wäre, ginge es nur um ihn. Es geht immer nur um ihn.«

»Ich weiß wirklich nicht, warum du die ganze Zeit so feindselig ihm gegenüber bist. Wirklich, die ganze Zeit.«

»Es gibt eine Menge Dinge, die du nicht weißt«, gab sie zurück.

»Was soll das jetzt heißen?«

Die Stille schmerzte so sehr, dass ich mir fast das Surren des Insekts oder die Geräusche des Heizkörpers zurückwünschte. Kathleen seufzte: »Hör zu, ich wollte, dass du begreifst, dass du unabhängig bist. Begreifst, dass du diesen Ort, das Alpha, auch verlassen kannst.«

»Es ist mein Zuhause. Ich habe nie etwas anderes kennengelernt.«

»Ganz genau«, sagte sie, »und das ist das Problem.«

»Sei einfach ehrlich zu mir. Was hast du gegen ihn? Gegen das Alpha?«

Kathleen zögerte. »Gegen das Alpha habe ich nichts.«

»Und gegen Howard?«

Sie ließ einen Augenblick verstreichen. »Ich denke, dass er dich dominiert und du ein bisschen zu sehr von ihm abhängig bist, das ist alles.«

»Hättest du mir nicht wenigstens sagen können, dass er vorgeschlagen hat mitzukommen, dann hätten wir uns wie Erwachsene darüber unterhalten können.«

»Danke, dass du mir erklärst, wie Erwachsene sich verhalten«, schnauzte Kathleen. Sie ging direkt hinter mir vorbei, sodass unsere Körper sich kurz berührten, und dann ins

Badezimmer. Sie knallte die Tür zu, die Dusche begann zu rauschen.

Ich hatte die Schwierigkeiten des Tages gemeistert in der Hoffnung, Kathleens Rückkehr sei die Belohnung dafür, doch sie brachte nur neues Unglück. Ich stürzte aus der Tür und den Gang hinunter, ohne auf die Türklinken zu achten. Ich lehnte mich mit dem Rücken an die Wand. Dieser ganze Tag ohne Bewegung steckte mir in den Knochen. Mein Kopf dröhnte. Es dauerte eine Weile, bis die Tür am anderen Ende des Gangs aufgerissen wurde.

»Chas!« Sie klang aufgewühlt. »Herrgott, ich dachte einen Moment lang, du seist einfach aufgestanden und weggegangen.«

»Und wie genau sollte ich das anstellen?«

»Hör mal, es tut mir leid.« Sie nahm meinen Arm. »Ich habe nicht geduscht. Ich bin nicht unter die Dusche gestiegen.«

»Wie bitte?«

»Ich wollte, dass du alles riechst. Meinen ganzen Tag. Die Abgase – es ist alles voller Smog da draußen –, den Schweiß, alles.«

Mein Herz schlug wie wild. »Bist du jetzt nackt? Hier draußen im Flur?«

Wir zerrten uns gegenseitig zurück ins Zimmer, taumelten zum Bett, meine schweißnassen Hände an ihren Hüften, und ich landete direkt auf ihr, presste meinen Kopf an ihren Bauch und kam innerhalb von Augenblicken. Wir lagen da, und Kathleen sagte Schweinereien, bis wir wieder loslegten. Wir bestellten Essen aufs Zimmer. Als Kathleen schließlich geduscht hatte, brachte ich sie dazu, sich anzuziehen, nur um des Vergnügens willen, sie wieder auszuziehen, und dann lagen wir auf dem unbequemen Bett, ihr Kopf auf meiner Brust.

»Ich bin stolz auf dich«, sagte ich, »mit dem Job und so. Das bin ich wirklich.«

»Wir müssen nicht darüber reden«, murmelte sie. »Genieß es einfach. Nur diesen Moment.«

Mein Körper war schwer wie Blei. Ich überließ mich dem Schlaf. Als ich aufwachte, hatte sich Kathleen von mir weggedreht, ich konnte sie atmen hören.

Dinge, die sie gesagt hatte oder vermieden hatte zu sagen, bahnten sich ihren Weg zurück in meinen Kopf. Was hatte sie mir über Howard erzählen wollen? Erinnerungsfragmente tauchten auf und entglitten mir wieder. Mein Nacken fühlte sich heiß an.

Auf der Flucht vor diesem Gedanken machte mein Hirn sich auf den Weg zu einem anderen, der noch furchterregender war. Doch gegen alle Widerstände zwang ich mich, darüber nachzudenken.

Kathleen hatte den Job bekommen und würde nach China ziehen. Das war unvermeidlich. Und es war klar, dass ich nicht mit ihr kommen könnte. Ich gehörte ins Alpha. Ich konnte genauso wenig nach China ziehen, wie Kathleen bei mir bleiben konnte. Das wusste sie so gut wie ich, und was sie vor dem Einschlafen gesagt hatte, war ein Eingeständnis dieser Tatsache. Es war ihre Art, den Abschied einzuläuten.

12

GRAHAM

»Ihr Ja zu Olympia!« Der Slogan, den Lara und Chas während eines Meetings in unserem Hotel kreiert hatten, schmückte nun ganz London. Er prangte auf der Rückseite von Bussen und sogar Mr. Blair sprach ihn aus. Er wurde illustriert von spektakulären Bildern, auf denen Athleten im Hürdenlauf die Tower Bridge überwanden oder einen Hochsprung über das London Eye machten und Ähnliches. Ein »Ja zu Olympia«-Banner hing bei uns an der Stelle, die wir normalerweise für den Adventskranz reservierten, zusammen mit olympischen Ringen aus Grafit, die garantiert einem Gast den Schädel zertrümmern würden, sollten sie herunterfallen. In nur wenigen Wochen würden die Olympischen Spiele entweder an Paris oder an uns vergeben.

Ja, an uns! Selbst ich wurde wider Willen von dem allgegenwärtigen Enthusiasmus mitgerissen. Das Komische daran war nur, dass es einen feuchten Kehricht darauf ankam, ob ich oder irgendjemand sonst in London »Ja zu Olympia« sagte. Die Bewerbung war bereits in unserem Namen erfolgt. Wahrscheinlich stand das Ergebnis längst fest und war nicht von dem Wohlwollen abhängig, das mit so großem Aufwand von den Bürgern Londons erbeten wurde.

»Es geht darum, dass *wahrgenommen* wird, was alles getan wird«, erklärte mir Chas. »Es ist wie bei Coca-Cola. Warum wohl geben die jedes Jahr ein Vermögen für Werbung aus? Es gibt niemanden auf der Welt, der noch nie eine Dose Cola getrunken hat.«

»Doch, den gibt es.«

Chas grinste. »Okay, abgesehen von dir. Das viele Werbegeld ist ein Statussymbol. Und hier ist das ähnlich. Selbst wenn sich die Leute über die Kosten der Bewerbung beklagen, wollen sie doch, dass sie ordentlich gemacht wird: nämlich mit einer Kampagne. So einfach ist das.«

Gerede wie dieses fand ich nach wie vor weder nachvollziehbar noch erstrebenswert, aber vielleicht drückte es einfach das aus, was Howard schon immer gesagt hatte: Es reichte nicht, einfach etwas zu tun, auch das Klappern gehörte zum Handwerk. So oder so war ich dankbar, dass Chas beschäftigt war.

Um eine pathetische Abschiedsszene zu vermeiden, die keiner von beiden hätte ertragen können, waren Chas und Kathleen zum Abendessen in ein französisches Lokal gegangen, in dem Howard unbegrenzt Kredit hatte. Ich fuhr um Mitternacht mit dem Mercedes vor und wartete vor dem Restaurant, bis die zwei Gestalten auftauchten. Sie umarmten sich lange auf dem Gehsteig, bevor sich Chas mit einem tapferen Lächeln auf den Rücksitz setzte und Kathleen uns nachsah, wie wir davonfuhren. Chas plapperte die ganze Rückfahrt hindurch in einer für ihn ungewöhnlichen Tonlage. Im Alpha wartete Howard mit einer Flasche Gin auf ihn.

Howards Gesellschaft und die Arbeit – das waren die beiden Drogen, mit denen Chas die Gedanken an Kathleen von sich fernhielt. Ob das bedeutete, dass er »darüber hinwegkam« oder einfach an den Punkt zurückkehrte, an dem er gewesen war, bevor er sie kennengelernt hatte, darüber mochte ich nicht spekulieren. Mit Blairs Wiederwahl im Mai und der

Olympiaentscheidung im Juli hatte er jedenfalls zwei bedeutende Projekte, die ihn von Kathleen ablenkten.

Es war erst vier Monate her, dass sie nach China gegangen war. Kürzlich hatte es im Alpha eine Wahlparty gegeben, die die ganze Nacht gedauert hatte. Ich war bis etwa vier Uhr geblieben. Da hatte bereits festgestanden, dass Labour gewinnen würde, wenn auch mit einem geringeren Vorsprung als erwartet. Das Ergebnis diskutierte ich mit Pattie erst ein paar Tage später.

»Ich habe es nicht wirklich verfolgt«, gab sie zu. »Ich habe mit Pam gequatscht – du erinnerst dich, ich habe dir doch von Pam erzählt.« Sie war die Schwägerin von irgendwem. »Also Pam hat da drüben ganz schön was mitgemacht. Ihr Ehemann – das kommt in Amerika anscheinend ständig vor – betrinkt sich andauernd und geht dann zum Bowling.«

Sie schilderte mir in epischer Breite die Sünden dieses Mannes, den ich nicht kannte, des Gatten einer Frau, deren Relevanz ich nicht einordnen konnte. Ich butterte mir unterdessen eine Scheibe Toast und las die Titelseite der *Times* für den Fall, dass Chas heute irgendeine zusätzliche Information benötigte.

»Ich glaube, Tony Blair hat wieder gewonnen, oder?«, fragte Pattie.

»Ja, aber …«

»Er scheint ein netter Mann zu sein«, urteilte sie, »obwohl mir seine Frau wie eine ziemliche Wichtigtuerin vorkommt.«

Ich verdaute diese hochpolitische Analyse auf dem Weg zum Bus, und dabei fiel mir auf, dass ich nicht einmal mit Sicherheit sagen konnte, ob Pattie gewählt hatte. Ich vermutete, dass sie es nicht getan hatte. Es gab eine Menge Dinge, die wir nicht mehr mit Sicherheit über einander sagen konnten.

Doch mit seinen Wünschen sollte man bekanntlich vorsichtig sein: Bedauerlicherweise hatten wir nur wenige Wochen später ein Gesprächsthema, das uns beide gleichermaßen anging.

Es war Abend. Ich hatte gerade vom Telefon an der Rezeption aus Caroline anrufen wollen, sie aber nicht erreicht. Pattie hatte mehr Glück und erhielt hin und wieder E-Mails. Aber ich wollte keine E-Mails von Christopher, ich wollte seine Stimme hören. Ich knallte den Hörer auf die Gabel, als ich beim Aufsehen Ed über den Marmorboden der Halle schlurfen sah. Angesichts der Tatsache, dass ich gerade über meine Familie nachgedacht hatte, glaubte ich zuerst an eine Einbildung. Als er sich näherte, wünschte ich mir sogar, ich hätte ihn mir nur eingebildet. Ed trug einen schweren Regenmantel, der nicht zur Witterung passte, und seine Augen wichen meinem Blick aus.

»Ed!«

»Ich habe meinen Job verloren, Dad.«

»Wie bitte?«

»Ich habe meinen Job verloren«, wiederholte er.

»Haben sie dich rausgeworfen?«

Er verzog sein Gesicht. »So haben sie es nicht formuliert, komisch, äh, komisch, also komischerweise nicht. Sie sagten, sie müssten ein paar Einsparungen vornehmen. Schwierige Zeit für die Branche. Onlinebuchungen, verstehst du. Leute wie dein Chef«, fügte er mit bitterem Lächeln hinzu.

»Howard?«

»Macht das … macht das jetzt immer online«, sagte Ed. »Macht das immer online. Machen zu viele Leute so, verstehst du. Mensch, äh, Menschen braucht man nicht mehr im Büro. Nur Computer.«

»Aber du bist doch einer der leitenden Angestellten«, wandte ich ein.

»Aber leider nicht so gut in den blöden Tabellenkalkulationen«, murmelte Ed.

»Nun ja«, sagte ich. Ein fröhlicher Ruf ertönte von der Galerie, ein Scherz, den Freunde austauschten, und wir sahen beide hinauf zum Glasdach. Eds Augen schienen aus ihren Höhlen zu treten, und ich hoffte inständig, er werde nicht anfangen zu weinen.

»Nun«, fing ich wieder an, »ich bin sicher, es wird sich etwas ... solche Situationen stellen sich oft als ein Segen heraus ... das heißt ...«

Es gab da eine Geschichte über ein Pferd, die Howard gerne erzählte. Es brach sich ein Bein, trotzdem wurde alles gut oder so ähnlich – ich konnte mich auf Teufel komm raus nicht genau daran erinnern. Aber Ed war sowieso schon über das Stadium hinaus, in dem Trost noch geholfen hätte. Er rückte bedrohlich nahe in den Schein meiner Lampe und klammerte sich an den Walnussholztresen wie ein Betrunkener. »Gibt es hier vielleicht was für mich, Dad?«

Er sah mich flehend an. Wie schauerlich: Ein erwachsener Mann Mitte dreißig bettelte seinen Vater um Arbeit an. Ich beugte mich vor und legte ihm die Hände auf die Schultern, und wir standen da mit dem Tresen zwischen uns, als wollten wir eine Brücke darüber bilden. Ich sah mich um. So etwas wollten die Gäste nicht sehen, oder jedenfalls wollte ich nicht, dass sie so etwas sahen.

»Hör mal, alter Junge«, sagte ich und drückte seine Schultern, »warum gehst du nicht rüber in die Bar und trinkst etwas. Sag Ray einfach, was du gerne hättest. Nimm einen Whisky, einen doppelten. Ich mache hier die Rezeption dicht und bin in einer Minute bei dir.«

Ich wollte ihn aus dem Weg haben, das war uns beiden klar, denn wenn ich schon nicht wusste, wie ich Ed helfen konnte, wusste ich zumindest genau, wie die Halle repräsentabel blieb.

Sarah-Jane stand zufällig in der Alpha-Bar genau für solch eine Situation bereit. Sie versorgte Edward mit einem Drink und begann mit ihm zu flirten, worin sie ohne Zweifel immer noch große Raffinesse besaß. Als ich dazukam, grinste er schon wieder und riss makabre Witze wie ein Kriegsversehrter. Ich fuhr ihn nach Hause. Er legte sich in seinem alten Kinderzimmer in das Bett unter der Weltkarte.

»Was soll nun bloß aus ihm werden?«, fragte Pattie.

Ich sei leider noch immer nicht in der Lage, die Zukunft vorauszusagen, wollte ich ihr eigentlich erklären, aber stattdessen sagte ich: »Er wird darüber hinwegkommen. Ed ist doch ein cleverer Bursche.«

»Was ist das bloß für eine Welt?«, fragte Pattie, als wir im Bett lagen und sie plötzlich meine Hand umklammerte, »in der es nichts mehr gilt, dass einer so lange einer Firma die Treue gehalten hat wie er.«

Was sollte ich dazu schon sagen? Was war das für eine Welt? Eine mir fremde jedenfalls. Und doch war sie in mancher Hinsicht auch wieder sehr vertraut. Pattie schlief auf der linken, mir zugewandten Seite ein. Ihre schmalen Schultern hoben und senkten sich. Ihr Gesicht nahm diesen Ausdruck kindlicher Zufriedenheit an. Muswell Hill hatte sich im Großen und Ganzen seit dem Krieg vor sechzig Jahren nicht verändert. Ab und an ächzte der Bus vorbei. Katzen balancierten über hohe Mauern, sprangen herab und verschwanden im Gebüsch. Ein milchiger Mond beschien den einen oder anderen heimtorkelnden jungen Romeo. Ein paar Kilometer entfernt, dort, wo ich vorhin noch gewesen war, lag das Hotel Alpha im Schlummer seiner hundert Gäste.

Ohne Zweifel, so kannte ich die Welt. Und doch kam sie mir nun vor wie eine Imitation ihrer selbst, wie das Georgian House in Kensington, zu dem wir manchmal Gäste schickten, einstmals ein echtes Wohnhaus, inzwischen nur noch eine künstliche Kulisse zur Unterhaltung der Touristen. Morgen früh würde mein Hirn sicher nicht mehr so überspannte Gedanken hervorbringen, doch in dieser Nacht stellte ich mir vor, es habe sich jemand herangeschlichen, die Welt entwendet und an ihrer Stelle etwas errichtet, das, vergleichbar meinem Telefon aus Bakelitimitat, genauso aussah und sich anfühlte wie das Original und doch nur eine Attrappe war.

Vielleicht war dieser Jemand auch nur die Zeit. Doch in den Träumen, mit denen mein Gehirn das Thema in Variationen wieder aufgriff, hatte der Dieb ein menschliches Gesicht. Das mochte erklären, zu welchem Verhalten ich mich dann vier Tage später hinreißen ließ.

Es war eine heiße Nacht, und überall wuselten die üblichen Verdächtigen herum. Howard führte die Kunst des Schwertschluckens vor, in die ihn ein ausländischer Gast einmal eingeweiht hatte. Chas war mit den Olympialeuten im Gespräch. Mitternacht hatte sich bereits davongestohlen wie ein zechprellender Gast. Als ich von der Rezeption hinüber in die Alpha-Bar schlenderte, bot sich mir das übliche Szenario. Aber dann zog etwas Ungewöhnliches meinen Blick auf sich.

Lara Krohl saß allein da und hatte ihren Computer ein Stück von sich weggeschoben. Sie war ausnahmsweise einmal nicht Teil von Howards Entourage, und ihre Wachsamkeit war einem Ausdruck von Abwesenheit gewichen. Neben ihrem Arm stand eine Flasche Weißwein, die sie, wie ich beobachtete, gerade bis auf den letzten Tropfen leerte.

Gegen ein Uhr, als immer noch fieberhafter Lärm in Wellen aus der Bar drang, näherte sich Lara meinem Tresen in einem für ihren Zustand unangemessenen Tempo. Ihre Arme waren vor ihrer Brust verschränkt, und ihre Aufmachung war ungewöhnlich nachlässig, das Make-up verwischt und der sonst makellose Blazer zerknittert.

»Ist bei Ihnen ein Laptop abgegeben worden?«, fragte sie.

»Ein Laptop-Computer?«

»Ja, ja, ein Mac-Laptop«, sagte Lara Krohl. Mit ihren schwarzen Augen inspizierte sie aufgeregt die Objekte hinter meinem Tresen, das klobige Telefon und das Schlüsselbrett, lauter für sie nutzlose Dinge.

»Nichts dergleichen, bedauerlicherweise«, sagte ich.

»Fuck«, murmelte sie, »er ist geklaut worden, verflucht noch mal.«

»Das glaube ich nicht, das hätte ich gesehen, wenn …«

»Es ist sehr dringend«, unterbrach sie mich. Ich musste fast lachen. Dachte sie, ich sei schwer von Begriff? Glaubte sie, sie könne mich »unter Druck setzen«, mir »Beine machen«, wie ich sie die letzten Jahre immer wieder hatte sagen hören?

»Ich muss ihn wiederhaben. Da sind Geheiminformationen drauf, die … es sind sehr sensible Daten.«

Wie unvorsichtig von Ihnen, ihn dann unbeaufsichtigt zu lassen, hätte ich beinahe gesagt. Aber noch leitete ich ein Etablissement, in dem unter keinen Umständen jemand mit dem Service unzufrieden sein sollte.

»Dann setzen wir Himmel und Hölle in Bewegung, um ihn wiederzufinden, Mrs. Krohl«, sagte ich.

Sie schluckte und sagte: »Danke, Graham.«

Dann murmelte sie, sie würde im Haus bleiben und ich möge ihr bitte Bescheid geben, wenn er auftauche. Das »Bitte« und die Tatsache, dass sie mich mit meinem Vornamen angeredet hatte, zeugten von ihrem geschwächten Zustand. Ich beobachtete, wie sie in die Bar zurückging, wo ihr die Stimmen zu laut vorkommen würden, wie jedem, der sie vom Unglück heimgesucht allein betrat. In mir kam ein wenig Mitleid auf. Aber es wurde überlagert von einem viel weniger angemessenen Gefühl: Um die Wahrheit zu sagen, war ich eher aufgeregt.

Die Neuigkeit verbreitete sich, und mit ihr änderte auch das Hotel seine Gestalt. Im Geschnatter der Halle, in den Augen derer, die an der Rezeption vorbeigingen, überall spiegelte sich eine unterdrückte Erregung wider, ähnlich wie beim einfachen Volk, wenn ein Mord auf dem Dorfanger geschieht. Lara Krohl fahndete in der gesamten Bar nach ihrem Computer, selbst an Orten, an denen er beim besten Willen nicht sein konnte. Doch dies verlor schnell seinen Reiz für den unbeteiligten Beobachter, die Party begann sich gegen zwei Uhr aufzulösen, und die Leute strömten in alle Richtungen hinaus in die Nacht. Lara dagegen würde nirgendwohin gehen, denn mit Verlassen des Hauses würde sie ihren Computer endgültig verloren geben. Als Ray die Bar zuschloss und sich müde auf den Heimweg machte, ließ er mich praktisch allein im Alpha zurück, und ich war nicht überrascht, dass sie zu mir kam.

»Ich werde heute Nacht hierbleiben«, sagte sie. »Kann ich ein Zimmer bekommen? Egal welches.«

Ihre Hand, die meine berührte, als sie den A-förmigen Schlüsselanhänger nahm, fühlte sich leblos an. Noch als sie Richtung Lift ging, blickte sie immer wieder zur Bar oder hinauf zu den gleichgültigen Galerien, als sei die Lösung dort zu finden.

In Wahrheit war ihr Laptop die ganze Zeit unter ihrer Nase: Ich hatte ihn. Ich war in die Bar gegangen und hatte ihn mir unbehelligt schnappen können, während sie mit dem Telefon durch die Gegend stolzierte. Nun lag er wohlverwahrt hinter dem Tresen. Selbst wenn ihn dort jemand gesehen hätte, er hätte wohl seinen Augen nicht getraut. Mir selbst fiel es ja schwer, es zu glauben. Aber hier zu meinen Füßen war er, ganz unten in einem fest verschlossenen Wäschesack, und mit diesem über meiner Schulter kam ich hinter der Rezeption hervor, nachdem Lara traurig in ihr Zimmer hinaufgegangen war. Ich stand in der leeren Halle, und mein Herz schlug heftig. Auch ich würde die restliche Nacht im Alpha verbringen.

Zum ersten Mal in diesen vierzig Jahren würde ich selbst in einem der Hotelzimmer übernachten. Ich ging durchs Treppenhaus hinauf. Es war Jahre her, dass ich zum letzten Mal hier entlanggestapft war, doch es war die einzig sichere Möglichkeit, Lara nicht über den Weg zu laufen.

Zimmer 62 ging nach hinten hinaus zu einem Gewirr aus Mauervorsprüngen und Rohren. Es überraschte mich, wie hell es draußen schon war, aber vielleicht wurde es um diese Jahreszeit überhaupt nicht richtig dunkel. Die in den rosa schimmernden Himmel gerichteten Lichter der Stadt schienen durch ihn hindurchzuscheinen, als sei er nur ein unter dem echten Himmel aufgespannter Baldachin. Meine Hände waren eiskalt, als ich den Computer auswickelte und herausfand, wie man ihn einschaltete. Dann erleichterte ich die Minibar um einen Whisky. Der Bildschirm fragte nach einem »Passwort«. Ich hatte nur eine einzige Vermutung, und die erwies sich als richtig. Das Passwort öffnete eine unsichtbare Tür, und ich gönnte mir ein lautes Lachen der Befriedigung. Die Anzeige auf dem Bildschirm veränderte sich, und der Rechner brummte. Ich nippte am Whisky. Aller Wahrscheinlichkeit nach verfügte ich hier über ausreichend Informationen, um die Hälfte von Laras illustren Kontakten in den Ruin zu treiben. Vielleicht war ein Teil davon durch weitere Verschlüsselung geschützt. Aber aus ihrer panischen Reaktion schloss ich, dass dem nicht so war. Dies war eine riesige Schatzkammer voller Geheimnisse und sensibler Informationen – wenn man nur wusste, wie man an sie herankam.

Ich wusste das selbstverständlich nicht. Der Computer schien das zu spüren, denn er vertrieb sich die Zeit damit, geometrische Figuren auf den Bildschirm zu zeichnen und sie herumzuwirbeln. Ich saß vor diesen Schätzen so ahnungslos wie ein Affe vor den Kronjuwelen. Aber entscheidend war, dass es in diesem Haus Leute gab, die Ahnung hatten. Lara befürchtete also durchaus zu Recht, dass sich – vielleicht sogar gerade in diesem Augenblick – jemand des Inhalts ihres PCs bemächtigte. Wenn ich stillsaß und lauschte, glaubte ich zu hören, wie sie zwei Stockwerke über mir auf dem Teppich auf und ab schritt.

Ich ging schließlich etwa gegen halb fünf ins Bett. Mein Herzschlag hatte sich kaum verlangsamt seit dem Diebstahl – denn darum handelte es sich ja wohl. Obwohl ich es vorzog, ihn nicht als solchen zu betrachten. Ich hatte den Computer genommen, das stimmte, doch nicht in der Absicht, ihn zu behalten oder zu verkaufen. Es ging vielmehr darum, einen Dieb mit seinen eigenen Waffen zu schlagen. Ich würde Lara den Laptop zurückgeben, sobald ich von ihr bekommen hatte, was ich wollte.

Um halb acht Uhr morgens rief ich Pattie vom Zimmertelefon aus an. Sie solle sich keine Sorgen machen, sagte ich, ich sei wegen einer kritischen Situation im Alpha geblieben.

Um eine solche handelte es sich in der Tat, dachte ich, als ich mich im Badezimmerspiegel mit einem schiefen Blick bedachte. Aber nicht für mich. Dennoch zitterten meine Hände ein wenig, als ich erneut zum Telefon griff. Das lag sicher einerseits daran, dass ich wegen des Schlafmangels und des Adrenalins ein wenig durcheinander war, andererseits an einer Siegesgewissheit, wie sie auch ein Schachspieler verspüren mag. Und dann war da auch noch die Befürchtung, dass der Sieg nicht so ausfallen könnte, wie ich es mir erhoffte. Dass mir nicht gefallen könnte, was ich erfahren würde.

Das Telefon in Zimmer 22 wurde nach dem ersten Läuten abgenommen.

»Mrs. Krohl«, sagte ich, »wir haben Ihren Laptop-Computer.«

Am anderen Ende der Leitung ging ein tiefes Ausatmen schnell über in ein Räuspern. »An der Rezeption?«, fragte sie. »Ich bin sofort …«

»Nicht an der Rezeption.« Ich fand es ganz amüsant, zur Abwechslung einmal sie zu unterbrechen, wie ich mir eingestehen musste. »In Zimmer 62.«

»Wie bitte?«

»Ich habe Ihren Computer, und ich bin in Zimmer 62.«

Das Telefon klickte, der Wählton summte in meinem Ohr, und fast auf der Stelle hörte ich ein mehrfaches heftiges Klopfen an meiner Tür. Ich öffnete sie, und vor mir stand Lara Krohl mit über dem Blazer verschränkten Armen. Sie hatte ihr Make-up erneuert und die Haare gewaschen. Wortlos betrat sie das Zimmer und blieb wie angewurzelt stehen, als sie ihren Computer auf dem Schreibtisch liegen sah. Ich hatte herausgefunden, wie man ins Internet kam, und auf dem Bildschirm war eine Fotografie zu sehen, die ich dort gefunden hatte. Bei diesem Anblick verengten sich Lara Krohls ohnehin kleine Augen zu Schlitzen.

»Was haben Sie damit gemacht, verdammt noch mal?«, fragte sie. »Wie sind Sie an das Passwort gekommen?«

»Null-fünf-null-sechs. Sie haben es ja oft genug gesagt und geglaubt, ich würde es nicht mitkriegen.«

Sie stürzte sich förmlich auf den Computer, obwohl es doch offenkundig zu spät war. »Was soll das verdammte Bild auf meinem Rechner?«, fragte sie. »Und warum glauben Sie, Sie können so einfach …« Mitten im Satz schien sie endlich das ganze Ausmaß der Situation zu erfassen, und mit Schwung drehte sie sich vom Schreibtisch weg.

»Haben *Sie* ihn genommen?«

»Herr im Himmel«, sagte ich, »ich dachte schon, Sie würden nie fragen.«

Es folgte eine Pause.

»Sind Sie von allen beschissenen Geistern verlassen?«, fragte sie. »Sind Sie denn völlig bekloppt? Ist Ihnen klar, dass ich Ihnen die Polizei auf den Hals hetzen könnte, und zwar …« Hier schnippte sie mit ihren Fingern. Mein Herz pochte, aber ich verspürte keine Angst, eher eine Art Hochstimmung. Ohne Zweifel ging das Spiel jetzt erst richtig los! Ihre letzten Worte hatte sie fast geschrien, und dieser ganz ungewohnte Kontrollverlust zusammen mit den angsterfüllten Augen, mit denen sie auf ihren Computer starrte, bestätigten mir, dass ich im Vorteil war.

»Ich kann mir nicht vorstellen, dass Sie die Polizei rufen werden«, sagte ich. »Erstens kann ich es ganz problemlos wie ein Missverständnis wirken lassen, und Howard würde garantiert für mich Partei ergreifen, nicht für Sie.«

»Glauben Sie das wirklich?« Lara Krohls Mundwinkel kräuselten sich auf eine Art, die mir nicht gefiel. Ich musste hart bleiben, durfte mich nicht beirren lassen. Selbstverständlich wäre er auf meiner Seite, sagte ich mir. Ich war der beste Freund, den er hatte. Dessen war ich mir beinahe hundertprozentig sicher. Abgesehen davon war das nur ein Ablenkungsmanöver. Ich dagegen hatte noch einen höheren Trumpf auszuspielen.

»Um zur Sache zu kommen«, sagte ich, »ich denke, Sie täten besser daran, sich mit mir gut zu stellen, als mir zu drohen, denn ich hatte ausreichend Gelegenheit, mich auf Ihrem Gerät ein wenig umzusehen …«, ich deutete mit dem Kopf in Richtung Laptop, »und bin auf eine ganze Reihe interessanter Dinge gestoßen.«

Kurz erschrak ich über meinen eigenen Bluff. Wenn sie mich auffordern würde, belastendes Material auf ihrem Computer zu benennen, käme ich in Schwierigkeiten. Wie ein Metalldetektor scannten ihre Augen mein Gesicht. Ich zwang mich, ihrem Blick standzuhalten – es waren einige zähe Sekunden höchster Anspannung. Ich war plötzlich sicher, sie würde behaupten, all diese Geheimnisse seien verschlüsselt oder es sei überhaupt nichts Belastendes auf ihrem Computer, und damit meine wunderbare Überlegenheit einfach in die Tonne treten.

Lara Krohl jedoch atmete sehr lange und sehr tief aus und warf ihrem Computer einen hilflosen Blick zu. Dann blickte sie wieder mich an und schüttelte ihren Kopf, und da wusste ich, dass ich sie ausmanövriert hatte. Als sie wieder zu sprechen begann, war ihre Stimme heiser und spröde und kaum hörbar. »Was wollen Sie? Geld? Wie viel Scheißgeld wollen Sie denn?« Dabei schüttelte sie weiter ihren Kopf. Wie absurd es ihr vorkommen musste, dass ein alter Esel wie ich ein solches Schlitzohr wie sie übertölpelt hatte.

»Ich will kein Geld.« Ich deutete wieder auf den Computer. »Zuerst hätte ich gerne, dass Sie sich dieses Bild ansehen und mir sagen, ob Sie wissen, wer das ist.«

Während unseres Gesprächs hatte der Computer wieder begonnen, vor sich hinzukritzeln, und über den Bildschirm tanzten diverse geometrische Figuren. Lara Krohl musste das Gerät also durch eine Berührung aus seinen Tagträumen reißen, damit wir wieder das Foto aus dem Internet vor uns hatten.

»Ich habe verflucht noch mal nicht die geringste Ahnung, wer das sein könnte«, sagte sie mit einer gewissen Erleichterung in der Stimme. »Insofern denke ich, was immer hier vorgeht … ich denke, Sie müssen da etwas in den ganz falschen Hals bekommen haben, Graham.« Als sie meinen Namen aussprach, war ihr Ton eher schmeichelnd als aggressiv. »Warum lassen Sie mich nicht einfach meinen Computer mitnehmen, und wir beide tun so, als sei nichts geschehen.«

»Ja, so zu tun, als sei nichts geschehen, ist Ihre Spezialität«, sagte ich. »Ich sollte Sie aufklären. Der Grund, warum Sie diesen Mann noch nie gesehen haben, ist, dass er tot ist. Er wurde im Alter von achtzehn Jahren erschossen. Er war mit der britischen Armee in Belfast.«

Lara Krohl blickte mit einem Ausdruck völliger Verblüffung zwischen mir und dem lächelnden Winston Richards hin und her. Ihre folgenden Worte äußerte sie in einem behutsamen, nachsichtigen Ton, als müsse sie einen Psychopathen davon abbringen, von einem Dach zu springen. »Ich bedauere das wirklich … den Tod dieses Mannes«, sagte sie, »aber ich fürchte, ich verstehe ganz und gar nicht, warum Sie mich …«

»Seine Mutter hat hier gearbeitet«, sagte ich, »Agatha Richards. Sie war eine Freundin von mir. Sie muss schon so lange mit der furchtbaren Gewissheit leben, dass ihr Sohn – ihr einziges Kind – nicht mehr unter uns weilt.«

Ich machte eine Pause. Ich hatte eigentlich nicht vorgehabt, so ein Drama aufzuführen. Auch wenn Lara Krohl an den Rekrutierungsbemühungen der Armee beteiligt war und für den Krieg eintrat, war es doch ein bisschen weit hergeholt, sie mit Winstons Tod in Verbindung zu bringen. Doch für mich stand Lara inzwischen einfach für alles, was falsch lief: für alle Lügen dieser Welt, dafür, dass Originale durch Kopien und Menschen durch Maschinen ersetzt wurden. In meinen Augen war sie verantwortlich dafür, dass eine Website Eds Job überflüssig gemacht hatte, dass Christopher nicht mehr in meiner Nähe war und dass Pattie mir nur noch den Rücken zukehrte und E-Mails an andere Menschen tippte. Ich hatte das Gefühl, mit der ganzen Welt abrechnen zu müssen wegen allem, was mich im Leben enttäuscht hatte. Auch wenn es unfair ihr gegenüber war, für mich war es erhebend, eine konkrete Person zum Sündenbock machen zu können, und diese Person auch noch in meiner Gewalt zu haben.

Aber letztendlich war ich nur aus einem Grund hier, hatte ihr nur aus einem Grund den Computer genommen. Ich musste mich zusammenreißen, um mich wieder auf mein eigentliches Vorhaben zu konzentrieren. Lara lehnte sich gegen das Queen-Size-Bett und starrte mich an wie ein Gespenst. Die Zeit, seit ihr Computer verschwunden war, musste ihr wie ein seltsamer Traum vorkommen, und mir ging es ebenso.

»Ich möchte etwas von Ihnen wissen«, sagte ich. »Wenn Sie es mir sagen, gebe ich Ihnen Ihren Laptop-Computer zurück. Ich werde kein Wort mehr darüber verlieren, was ich darauf entdeckt habe, und Sie auch nie wieder behelligen.«

Mit einem kaum merklichen Zucken ihrer Augenbrauen bedeutete sie mir fortzufahren.

»Die Mutter dieses Jungen heißt Agatha Richards«, sagte ich. »Sie ist weggegangen, gleichzeitig mit Ella Flanders, Chas' Lehrerin, und zwar sehr unerwartet.« Wenn ich noch irgendwelche Zweifel gehegt hatte, dass Lara etwas über deren Verschwinden verheimlichte, dann lösten die sich jetzt in Luft auf. Bei der Erwähnung der beiden Namen verdüsterte sich ihr Gesicht. »Ich glaube, Sie wissen, warum.«

Sie schluckte. »Warum tun Sie das?«

»Weil man mir nie gesagt hat, warum Agatha gegangen ist«, sagte ich, »und ich vermisse sie, und ich möchte wissen, was aus ihr geworden ist.«

Lara Krohl murmelte etwas Unverständliches, ging dann unvermittelt ins Badezimmer und drehte sehr heftig den Schlüssel im Schloss um.

Als sie zurückkam, waren ihre Arme in der gewohnten Weise verschränkt, aber die Geste hatte das Herrische verloren. Ihre Gesichtsfarbe wirkte kränklich, selbst in dem sanften Licht, das durchs Fenster drang. Nach der gleißenden Sonne gestern sah es heute nach einem bedeckten Tag aus, aber es war schwer, sich mit der Idee anzufreunden, dass dort draußen überhaupt eine reale Welt existierte.

»Wenn Sie jemals ein Wort von dem weitererzählen …«, sagte Lara Krohl. Sie setzte sich wieder auf den Bettrand und sah mich nicht an, während sie sprach. »Ich habe Howard dazu gebracht, sie rauszuwerfen. Ich habe behauptet, sie habe etwas aus meinem Zimmer gestohlen.«

»Um Himmels willen«, sagte ich, »nie im Leben hätte sie …«

»Ich hatte keine andere Wahl.«

»Weil?«

Sie wandte sich immer noch ab, aber mir schien, als habe sie ihre Augen geschlossen.

»Ich hatte eine … eine Beziehung.«

»Eine Liebesbeziehung?«

»Ja, Herrgott, eine ›Liebesbeziehung‹«, blaffte sie. »Eine Liebesbeziehung mit Ella.«

Vom Gang kamen Geräusche, ein vorbeirollender Putzwagen, das Summen eines Sprechfunkgeräts und Mrs. Daveys barsche Stimme, die antwortete. Lara schwieg, bis Mrs. Davey an eine Tür geklopft hatte und eingelassen worden war.

»Diese Frau – Agatha«, sagte sie schließlich, »sie hat uns einmal erwischt. Wir waren in einem Zimmer, das nicht verschlossen war. Nach einer Feier. Zu Chas' … seinem Geburtstag oder so.«

Es war sehr seltsam, sich die beiden in Zimmer 25 vorzustellen. Lara fuhr fort. »Wir haben uns öfter nach ihrer Arbeit gesehen. Aber ich habe ihr gesagt … ich habe ihr irgendwann gesagt, dass das nicht so weitergehen könne. Nachdem wir erwischt wurden, als wir … wir haben ein paar sehr extravagante Sachen gemacht. Ich musste meine Privatsphäre schützen.«

Sie hustete. »Ella war am Boden zerstört. Sie dachte, es könnte mit uns beiden funktionieren. Aber ich wollte nicht, dass die Leute tratschen. Und ich wollte auch nicht weiter mit einem Geheimnis leben. Sie flehte mich an, aber ich sagte ihr, tut mir leid, das klappt einfach nicht. Also ist sie gegangen, und sie sagte, dass sie nie mehr zurückkommen würde. Und so war es. Sie ist nie wiedergekommen.«

All das strömte in einem unablässigen Gemurmel aus ihr heraus, und ich hatte den Eindruck, dass nicht allein ich sie dazu zwang, sondern dass sie sich auch eine Last von der Seele redete.

»Also musste Agatha gehen«, sagte Lara. »Sie war die Einzige, die wusste, dass es diese Beziehung gegeben hatte. Und die gesehen hatte, wie weit wir gegangen waren. Ich habe Howard davon überzeugt, dass sie ein schlechter Mensch ist. Er sagte, das habe er immer schon vermutet. Dass sie der Typ dafür war.«

Diese letzten Worte erfüllten mich mit solchem Abscheu, dass mir ein Schrei entfuhr. Lara Krohl erschrak und drehte sich mir zu.

»*Der Typ dafür war!*«, rief ich. »Er sagte also, dass sie der Typ dafür war. Diese Frau hatte keine Faser Bosheit im Leib. Sie hätte nicht im Traum je etwas gestohlen. Sie …«

»Waren Sie in sie verliebt?«, fragte Lara.

»Um die Wahrheit zu sagen«, gestand ich, »war ich es vermutlich.«

Kaum hatte ich das zum ersten Mal laut ausgesprochen, hatte ich den Drang, den Raum zu verlassen. Ich verschwand ins Badezimmer, wischte meine feuchten Handflächen an einem Handtuch ab und betrachtete mein faltiges Gesicht im Spiegel. Als ich ins Zimmer zurückkam, sah ich, dass auch Lara Krohl ihr Spiegelbild betrachtete. Wir schwiegen lange.

»Es tut mir leid«, sagte sie, »wegen Ihrer Freundin.«

Meine Wut hatte eine andere Gestalt angenommen. Ich konnte sie in meinen Gliedern spüren. Ich hatte vielleicht Lara Krohl besiegt, aber das bedeutete nicht, dass ich gewonnen hatte.

»Ich nehme nicht an …« Ich hasste es, das fragen zu müssen, und brauchte zwei Anläufe. »Ich nehme nicht an, dass Sie oder Howard irgendeine Ahnung haben, wo sie hingegangen ist. Wo sie hingegangen sein könnte.«

Lara wandte sich wieder ab, sah aus dem Fenster, über endlose Kilometer, zahllose fremde Menschen hinweg. »Es tut mir leid«, sagte sie noch einmal.

Dieses Zeichen von Reue verunsicherte mich. Sie wühlte in ihrer Tasche und zog eine Schachtel Zigaretten hervor. Fast flehend sah sie mich an: »Kann ich hier drin rauchen? Na ja, vermutlich nicht.«

Obwohl ich normalerweise eher tot umgefallen wäre, als es zu gestatten, sagte ich, das sei mir egal. Sie blieb auf dem Bettrand sitzen und blies Rauchwolken in die Luft. Sie wollte wieder etwas sagen, aber brach dann ab. Die Uhr neben dem Bett zeigte 9.12 Uhr an. Lara Krohl und ich waren bereits seit über einer Stunde in diesem Zimmer, und keiner von uns beiden hatte bisher an die Aufgaben gedacht, die wir normalerweise so pflichtbewusst erfüllten. Suzie würde mit dem morgendlichen Ansturm von auscheckenden Gästen schon fertigwerden. Ich konnte mich nicht daran erinnern, wann ich zuletzt auch nur eine Minute der Morgenschicht versäumt hätte. Aber irgendwie erschien es mir einfach nicht mehr so wichtig.

»Gestern ist … war Ellas Geburtstag«, sagte Lara. »Noch Jahre nach unserer Trennung hielten wir uns an die Vereinbarung, uns an ihrem Geburtstag gegenseitig eine Nachricht zu schicken. Irgendwann hat sie damit aufgehört. Ich weiß nicht, wo sie jetzt ist. Aber jedes Jahr, wenn der Geburtstag sich nähert, denke ich, vielleicht höre ich von ihr, aber das ist nie der Fall. Also betrinke ich mich stattdessen.« Sie schniefte. »Null-fünf-null-sechs. Der fünfte Juni.«

»Und wissen Sie«, fügte sie noch hinzu, »ich habe nur ein einziges Foto von ihr. Es ist auf dem Laptop. Das ist der Hauptgrund, warum ich mir in die Hosen gemacht habe, als ich dachte, ich hätte ihn verloren. Ich will nur das Bild haben, das ist alles.«

Ich bedeutete ihr, dass sie den Computer nehmen konnte. Sie erhob sich vom Bett, als habe sie sich seit zehn Jahren nicht bewegt. Ich sah ihr zu, wie sie den Bildschirm herunterklappte. Sie klemmte sich das Gerät unter ihren Arm, wo es schon so viel Zeit verbracht hatte, und kurz war mir, als seien diese außergewöhnlichen Ereignisse gar nicht passiert.

An der Tür blieb sie stehen. »Sie könnten es mit ›Friends reunited‹ probieren«, sagte sie.

»Bitte?«

»Wiedervereinte Freunde – es gibt eine Website, die so heißt. Sie ist vor allem für alte Schul- und Unifreunde und so gedacht. Aber egal, Sie könnten es zumindest versuchen. Man benutzt ›Friends reunited‹, um wieder in Kontakt zu kommen. Nach langer Zeit.«

Als sie die Tür öffnete, fragte ich: »Haben Sie es versucht? Mit …«

»Der Unterschied zwischen Ihrer und meiner Situation ist«, sagte Lara in einem leisen, fast drohenden Ton, der wieder ihrer gewohnten Stimme ähnelte, »dass Ella nicht von mir gefunden werden *will.*«

Unsere Blicke trafen sich ein letztes Mal, als sie in der halb geöffneten Tür stand. Ihrer verriet einen ganz neuen Respekt, fast eine Spur dieser Zuneigung, die Rivalen insgeheim füreinander hegen, und auch die Gewissheit, dass so etwas nie wieder vorkommen würde. Wir waren keine Freunde und würden es nie sein. Trotzdem waren wir, nach dem, was zwischen uns passiert war, auch keine echten Feinde. Mein wirklicher Feind stand mir viel näher.

Ich hörte hallende Schritte, die nur zu einer Person gehören konnten. Das Alpha fühlte sich leer an. Es war ein ruhiger Abend unter der Woche, ohne spätnachts hereinschneiende Gäste und ohne die hohen Tiere des Olympischen Komitees. Seit meiner Unterredung mit Lara Krohl war eine Woche vergangen. Sarah-Jane war an die Küste gefahren, um Freunde zu besuchen. Chas steckte bis über beide Ohren in Arbeit, was, wie er mir versicherte, in letzter Zeit ständig der Fall war. Und deshalb konnte ich genau hören, wie Howard über unseren schwarz-weißen Marmorboden trampelte – wie ein Schachspieler, dem ein Partner abgeht. Ohne Gesellschaft hatte er noch nie etwas mit sich anzufangen gewusst.

Ich saß im Dunkeln. Nur die schwach leuchtenden Bildschirme tauchten meine Finger in milchiges Licht. Jedes Mal, wenn ich in den vergangenen Monaten und Jahren »Agatha Richards« in eines dieser Geräte getippt hatte, war es mir wie eine völlig sinnlose Übung erschienen. Dieses letzte Unternehmen auf der Seite namens »Friends Reunited« brachte auch keinen Erfolg. Dort war niemand unter ihrem Namen angemeldet, das stellte ich sehr schnell fest. Aber was zählte, war, dass es noch andere Websites gab, andere Hinweise. Ich verstand nun, warum Chas dieses Ding als »Netz« bezeichnete. Es war verschlungen und kompliziert und konnte überallhin führen. Ich stand gerade erst am Anfang.

Die Tür wurde aufgestoßen, und obwohl ich ihn erwartet hatte, zuckte ich ein wenig zusammen.

»Madman!«

»Guten Abend, Howard.«

Er schlenderte heran und warf seine Jacke auf einen der Drehstühle. Er hatte ein Schnapsglas in der Hand, eine Zigarette zwischen den Fingern und blies gemächlich eine Rauchfahne in den Raum zwischen uns.

»Madman!«, sagte er wieder. »Das glaub ich nicht! Hätte nie gedacht, dass ich dich um diese Zeit hier finde.«

»Vermutlich nicht«, sagte ich.

»Bist du an was Interessantem dran?«

Ich zögerte einen Moment lang, aber Zögern half nicht. Seit der Angelegenheit mit Lara wusste ich, dass wir dieses Gespräch führen mussten.

»Ich suche nach Agatha«, sagte ich. »Erinnerst du dich an sie?«

»Agatha? Na klar erinnere ich mich. Ich vergesse nie eine …«

»Nun«, sagte ich, »wenn ich mich nicht irre, hast du dich von Lara überzeugen lassen, dass Agatha eine Diebin ist. Und dann hast du sie auf Laras Rat hin gefeuert.«

Howard kratzte sich am Kopf, als sei ihm diese Vorstellung ziemlich fremd, als habe er sogar Schwierigkeiten zu verstehen, was ich gesagt hatte. Ich blieb ganz still sitzen, sodass er sein Gesicht zu mir drehen musste, um mich anzusehen. Der nächststehende Computer warf einen Lichtstreif auf die eine Hälfte, die andere blieb im Dunkeln. Ich sah, wie er im Geiste eine paar flapsige Bemerkungen durchspielte und sie dann verwarf, worauf sich seine Schultern leicht senkten.

»Wie zum Teufel hast du das denn herausbekommen, Kumpel?« Seine Stimme klang ausdruckslos, es fehlte die übliche Amüsiertheit.

»Lara hat es mir verraten«, erklärte ich ihm.

»Meine Güte«, murmelte Howard, »das muss dich aber einige Mühe gekostet haben.«

»Wir haben uns gütlich geeinigt.«

Howard trommelte mit den Fingern seiner linken Hand auf die Arbeitsfläche, aber das erzeugte kein Geräusch, es durchbrach die Stille nicht. Er hustete ein paarmal und streckte dann die Hand mit dem Zigarettenstummel – natürlich vergeblich – nach einem Aschenbecher aus.

»Ich musste es tun«, sagte er schließlich. »Ich wollte mir Laras Unmut nicht zuziehen. Deshalb dachte ich … vielleicht dachte ich …«

»Du dachtest, Agatha ist vielleicht wirklich ein schlechter Mensch.«

»Kann sein. Aber wichtiger war, ich dachte, sie könnte hinter unser Geheimnis kommen … also zum Beispiel durch dich.«

»Du hattest recht. Ich habe es ihr erzählt.«

Howard nickte langsam. »Ich fürchtete, wenn sie es wüsste, würde es schließlich auch jemand anderes herausfinden. Ich habe lange mit dieser Furcht gelebt.«

»Kathleen weiß es jetzt auch«, eröffnete ich ihm.

Bei dieser selbstverständlich bedeutend schlimmeren Offenbarung fiel ihm der Zigarettenstummel aus den Fingern.

»Weißt du, als Agatha vor so langer Zeit weggegangen ist, hat sie eine Botschaft hinterlassen, und die hat Kathleen dann gefunden.«

Howard vergrub das Gesicht in seinen Händen. »Kathleen hat es bestimmt Chas erzählt«, sagte er mit schwacher Stimme.

»Das hat sie nicht getan«, sagte ich, »weil ich sie davon überzeugt habe, dass es besser so ist. Aber das war einer der Gründe dafür, weshalb ihre Beziehung endete. Sie konnte diese Bürde einfach nicht tragen.«

Er setzte zu einer Antwort an und entschied sich dann anders.

»Große Opfer wurden gebracht«, setzte ich nach, »um sicherzustellen, dass dein Geheimnis gewahrt bleibt, Howard. Agatha ist gegangen, Kathleen ist gegangen, ich habe jahrelang meinen Mund gehalten. Und Chas wurde belogen. Sein Leben gründet auf einer Lüge.« Ich erinnerte mich daran, wie ich in diesem Raum gesessen hatte und sehr ärgerlich geworden war, als Kathleen fast den gleichen Satz aussprach. Aber sie hatte recht gehabt. »Auch Sarah-Jane und JD wurden belogen. Sie alle wurden mehr als zwanzig Jahre belogen.«

Gegen Ende meiner Rede musste Howard schlucken und presste die Handflächen zusammen.

»Aber du wusstest es doch«, sagte er. »Du hast all das immer gewusst. Und du hast dich darauf eingelassen. Du hast mich geschützt. Wann hast du deine Meinung denn geändert?«

Seine Augen waren voller Angst, wie in jener Nacht, als alles passiert war – der Nacht, in der das Übel seinen Anfang genommen hatte. Als ich in diese Augen blickte, sah ich ihn so, wie ich ihn im Verlauf der Jahre gesehen hatte – als den Mann auf der Euston Road, der mein Leben verändert hatte; als die Persönlichkeit, die Reden in der Hotelhalle hielt und auf deren Bekanntschaft ich stolz war; und als den Menschen, in dessen Gegenwart Chas all die Jahre am lebendigsten, am meisten er selbst gewesen war. Ich sah ihn als den Menschen, der einen einzigen schrecklichen Fehler im Leben begangen hatte und seit Jahrzehnten damit beschäftigt war, vor ihm davonzulaufen.

»Ich habe nicht gesagt, dass sich meine Haltung geändert hat«, sagte ich, schon auf dem Rückzug befindlich. »Ich frage mich nur, ob es vielleicht doch an der Zeit wäre, die Wahrheit zu sagen. Auch wenn du sie nur Chas sagst, nicht mal Sarah-Jane und auch den anderen nicht.«

»Das würde nicht funktionieren.« Howards Augen schimmerten. Es war so schwer, länger wütend auf ihn zu sein, vor allem, wenn man gar nicht sicher war, ob man das überhaupt wollte. »Es würde Chas völlig aus der Bahn werfen, und das könnte er nicht vor den anderen verbergen. Es geht nur ganz oder gar nicht, Madman. Es ging schon immer um alles oder nichts.«

Er hatte den Stuhl so gedreht, dass unsere Knie sich berührten, und seine Hände lagen auf meinen Armen.

»Wenn es eine Möglichkeit gegeben hätte, es Chas zu sagen, ohne dass mein ganzes Leben zusammenbricht, dieses ganze Scheiß-Kartenhaus.« Er schüttelte den Kopf. »Diese Möglichkeit hat sich nie ergeben. Ich wäre geliefert.«

Dann stand er so plötzlich auf, dass ich ein kleines Stück mit meinem Stuhl zurückrollte, und deutete auf die Computer. »Aber weißt du was?«, sagte er. »Diese Dinger kriegen mich eines Tages dran.«

Wir schauten auf die so harmlos wirkenden Geräte. »Ich war immer dafür, Kumpel. Ich wusste, dass die Computer das nächste große Ding sind. Ich wollte unbedingt mitmischen – du kennst mich ja. Aber jetzt … jetzt ist alles außer Kontrolle. Jeder kann schreiben, was er will.«

Ich dachte daran, wie ich den Computer zum ersten Mal nach »Hotel Alpha« suchen ließ.

»Es braucht nur einen Einzigen irgendwo da draußen. Jeder ist irgendwann dran. Keine Glückssträhne hält ewig an.«

Selbst nach allem, was passiert war, wusste ich nicht, ob er diese Regel tatsächlich auf sich bezog oder sich wie üblich für eine Ausnahme hielt. Wir schwiegen. Ich hatte das starke Bedürfnis, den Raum zu verlassen, an einem Ort zu sein, wo ich nachdenken konnte. Howard schien den gleichen Impuls zu verspüren. Er erhob sich, als wolle er zur Tür gehen, blieb dann aber stehen und legte seine Hand auf meine Schulter.

»Niemand war je ein besserer Kumpel als du. Was immer nun passieren wird.«

Ich hörte, wie er wegging. Mehrere Minuten lang bewegte ich keinen einzigen Muskel. Schließlich ging ich zur Rezeption, lehnte mich an meinen Tresen aus Walnussholz und sah hinauf zum Glasdach.

Kathleen hatte sich den Job in China ganz sicher sehr gewünscht, aber ich war überzeugt, dass sie Chas in Wahrheit deshalb verlassen hatte, weil sie es einerseits nicht länger ertragen konnte, ein Geheimnis vor ihm zu haben, und es ihm andererseits auch nicht verraten wollte, um dann dabei zuzusehen, wie alles in sich zusammenstürzte. Sie hatte gewissermaßen einen dritten Weg gewählt. Ich musste das Gleiche tun. Ich konnte nicht länger hierbleiben und weiter lügen, aber ich wollte diesen Ort auch nicht durch die Wahrheit zum Einsturz bringen. Also würde ich das Hotel Alpha verlassen müssen.

Als ich an diesem Abend nach Hause ging und die Zweige der Zedern in der leichten nächtlichen Brise schwanken sah, wiederholte ich es im Geiste: Ich muss diesen Ort verlassen. Mehr als das: Ich musste Agatha finden. Sie war womöglich noch irgendwo da draußen. Ich hatte diese Arbeit vierzig Jahre lang so gut gemacht, wie ich nur konnte – als sei sie mein Lebenswerk. Aber das war sie nicht, nicht wirklich. Ich hatte einen Großteil meines Lebens gelebt, aber noch nicht mein ganzes. Ein bisschen war noch davon übrig.

Als der Bus auftauchte, stellte ich mir vor, wie ich in Muswell Hill ausstieg, meinen Schlüssel ins Schloss steckte, zum Herd ging und einen Teller vorfand, der dort für mich bereitgestellt worden war. Wie ich mich ins Bett legte, wo ich die Wärme meiner Frau neben mir spüren konnte, und wie ich am nächsten Morgen an den Ort zurückkehrte, an den ich gehörte. Ich dachte an all diese Dinge und konnte mir beim besten Willen nicht vorstellen, dass das gleiche Hirn mit einem solchen Verlangen das genaue Gegenteil begehrt hatte. Je mehr ich mich meinem Zuhause näherte, desto mehr kam mir die Vorstellung, all das hinter mir zu lassen vor wie die lächerliche Fantasie eines alten Mannes. Mit jeder Minute, die verging, hatte ich mehr Mühe, sie festzuhalten, damit die Realität sie mir nicht wieder entriss.

13

CHAS

Erst in der Woche vor der Verkündung der Entscheidung wurde mir bewusst, dass ich wirklich wollte, dass wir die Olympiade bekamen. Was doch seltsam war angesichts der Tatsache, dass ich sechs Monate lang dieses Ziel im Kopf gehabt und einen Großteil meiner Zeit dem Schreiben entsprechender Propaganda gewidmet hatte. Aber es war eben nur Zeit, keine emotionale Energie. Ich hatte gearbeitet wie eine Maschine.

Die ganze Welt in einer Stadt! Das war da, wo wir lebten. *Eine alte Stadt mit einem sehr modernen Lebensgefühl:* Das waren wir. *Eine Nation voller Sportfanatiker.* Glanzvolle Sätze, verfasst von einem, der niemals Big Ben gesehen und nie einen Sportwettkampf besucht hatte. Die Leute konnten rennen oder springen oder irgendetwas werfen, so schnell oder hoch oder weit sie wollten, es bedeutete mir nicht besonders viel. Seit Kathleen weg war, lebte ich sogar noch mehr als früher in Worten statt in greifbaren Dingen. Mit Kathleen hatte ich die reale Welt geschmeckt und sogar gedacht, sie könnte die meine werden. Ohne sie war das vorbei. In meinem Geist war Kathleen wie Ella – eine Person, die existiert hatte, weil ich meine Hand nach ihr ausstrecken und sie berühren hatte können. Nun ging das nicht mehr. Auch all die Orte, die wir gemeinsam besucht hatten, waren mit ihr verschwunden, denn ich wollte nicht mit jemand anderem zum Laufen oder ins Kino gehen. Geblieben war mir nur die virtuelle Welt, und in die hatte ich mich erneut Hals über Kopf gestürzt.

Natürlich war es nicht das Gleiche wie damals, als Ella gegangen war. Die Technik hatte seither große Fortschritte gemacht. Es gab ein Programm namens Skype, durch das ich mit Kathleen in Kontakt bleiben konnte, und es kostete nicht einmal etwas. Und sie konnte mich dabei sogar sehen.

»Und was habe ich davon?«, motzte ich.

»Du kannst dich darüber freuen, dass ich dich sehen und mich vergewissern kann, dass du …«, sagte sie. Ihre Stimme war weit entfernt, und ihre Sätze wurden auf dem Weg durch irgendwelche Leitungen immer wieder abgeschnitten. »Und du siehst sehr gut aus.«

»Danke. Wie läuft die Arbeit?«

»Ganz gut. Es ist heiß hier. Heiß und schweißtreibend.«

»Ich habe deine Artikel gelesen. Habe jemanden gefunden, der sie mir vorliest, du weißt schon.«

»Sorry, das habe ich jetzt nicht mitgekriegt.«

»Oh, ich habe gerade gesagt, dass ich das Zeug lese, das du schreibst.«

»Das ist nett von dir. Hast du den Artikel über das …«

»Wie bitte?«

Die Phase, die wir mit derart zerhackten Gesprächen verbrachten, war nur kurz, dann kamen wir zu dem Schluss, dass sie keine gute Idee waren. Es war schwierig, über ihre Arbeit zu sprechen, weil ich ihretwegen Kathleen verloren hatte, und schwierig, über meine zu reden, weil auch sie ein Grund für unsere Trennung gewesen war. Ich wollte nicht wirklich wissen, wo sie wohnte, mit wem sie etwas trinken ging, wer sie vielleicht küsste. Also beschränkten wir uns darauf, mit angemessen fröhlichen E-Mails voll belanglosen Geplauders eine Freundschaft aufrechtzuerhalten, die nur noch ein Schatten einer Beziehung schien, die hundertmal besser gewesen war. Dann hörten auch die E-Mails auf, und wir waren am Punkt gelegentlicher SMS angekommen. Wenn wir schon nicht zusammen sein konnten, sollte unsere Trennung wenigstens konsequent sein.

Es gab immer noch genug andere Dinge, die sofort ihr Bild in meinem Kopf heraufbeschworen: eilige Schritte in der Hotelhalle, Kraftausdrücke, die Erwähnung von China oder Jogging, der Geruch bestimmter Leute, Lieder, die sie mir vorgespielt hatte. Sie war immer noch irgendwo da draußen. Vermutlich in einem dieser Momente verspürte ich zum ersten Mal den bohrenden Wunsch, dass London gewinnt. Ich wollte, dass etwas passierte, für das ich gekämpft und wogegen sie protestiert hatte, einen Beweis dafür, dass eine neue Zeit für mich angebrochen war.

Zehn Tage vor der Verkündung der Entscheidung hatte ich ein merkwürdiges Gespräch mit Lara. Wir saßen mittags in der Alpha-Bar. Als ich mich setzte, putzte Lara sich die Nase und begann dann, mit rauer, trockener Stimme zu sprechen.

»Hör zu, Chas, nach Singapur werde ich eine kleine Pause einlegen.«

»Machst du Urlaub?«

»Mehr ein Sabbatical.«

»Wie lange?«

»Sechs Monate, vielleicht neun.«

»Du lieber Himmel, wirklich?«

»Ja.« Sie redete in ihrem nüchternen Tonfall weiter, als wäre es völlig selbstverständlich, dass sie, die mit dem Telefon neben dem Kopfkissen schlief, ihre Arbeit im Stich ließ.

»Was ich damit sagen will, ist, dass du mehr oder weniger die Verantwortung übernehmen musst.«

»Die Verantwortung?«

»Ja«, sagte sie, und in meinem Kopf brach ein Sturm los, der mich schwindlig machte. In einer Mischung aus Flashback und Zukunftsvision dachte ich an den Tag, als ich Lara kennengelernt hatte, mein klägliches Versagen bei ihrem Wissenstest, und zugleich daran, dass ich ihr heute ebenbürtig war, sogar ihr Vertrauter, wenn überhaupt jemand sich so bezeichnen konnte. Als diese beiden Extreme in meinem Kopf zusammentrafen, fühlte ich mich wie ein Bergsteiger, der mit plötzlichem Erstaunen auf den Gipfel blickt, den er erklommen hat.

»Das würde …«

»Ich meine, klar, jemand muss sich um das Tagesgeschäft kümmern und dir mit dem administrativen Kram helfen, aber du wärst der kreative Kopf der Firma.«

Howard reagierte, als sei dies das Mindeste, was ich erwarten könnte. »Macht Sinn, Kumpel. Sie fördert dich. Sie findet dich einmalig. Ich frag mich allerdings, was sie wirklich umtreibt. Und ich hab da so eine Theorie.«

Ich hörte nicht richtig zu. Ich stellte mir mich als Chas York, CEO von Lara Krohl PR vor. Krohl York PR? Krohl & York?

»Midlife-Crisis«, fuhr Howard fort. »Sie ist in einem Alter, wo Frauen sich zwangsläufig die Frage stellen, warum sie keinen Mann abgekriegt haben. Das erwischt jede. Sogar jemanden wie sie.«

Ohne zu wissen warum, einfach, weil wir bei dem Thema waren, fragte ich ihn unvermittelt: »Ist eigentlich je etwas zwischen euch beiden gelaufen?«

»Was zwischen uns beiden?« Howard schrappte mit seinem Stuhl über den Boden.

»Es wäre mir egal«, schob ich hastig nach, »es würde meine Meinung über … ich frage einfach nur.«

Howards Stimme klang ein wenig anders, genau hätte ich es nicht benennen können, etwas dünner oder höher vielleicht. Es könnte sein, fiel mir auf, dass ich ihn zum ersten Mal nicht mit tiefster Überzeugung sprechen hörte.

»Da war nie etwas«, sagte er schließlich. »Was bringt dich denn darauf?«

Was mich darauf brachte, dachte ich, war das nagende Gefühl, dass da etwas war, das man mir verschwieg.

»Ach, einfach so. Ich wollte es nur wissen.«

»Das dachten eine Menge Leute«, sagte Howard nachdenklich, »weil wir so eng zusammenarbeiteten. Und weil, na ja, ich glaube, die Leute dachten, ich hätte auch eine Midlife-Crisis.«

»Und die hattest du nie?«

»Ich bin erst sechsundsechzig, Kumpel«, sagte Howard, »ich bin noch nicht in der Mitte des Lebens angekommen.«

Es war ein typischer Howard-Scherz, weil es nämlich nur zu achtzig Prozent überhaupt ein Scherz war. Hier in seinem Schloss konnte man durchaus den Eindruck gewinnen, dass er vorhatte, noch ein paar Jahrhunderte weiterzuleben und alles, was er aufgebaut hatte, würde weiter so um ihn herum bestehen bleiben. Bald war die Frage nach ihm und Lara, die eine merkwürdige Unklarheit hinterlassen hatte, aus meinem Gedächtnis verschwunden. Stattdessen nahm die Frage, wo mein Leben von nun an hinführen würde, ständig mehr Platz ein.

Und darum zitterte ich auch vor Nervosität, als sich von Minute zu Minute mehr Menschen in der Hotelhalle versammelten. Ein Sieg würde uns Dutzende neuer Aufträge bescheren, er bedeutete eine Menge neuer Aufgaben, für die ich nun der erste Ansprechpartner war. Und als würde meine Aufregung nicht schon genügen, war auch Howard so nervös, dass er jeden im Umkreis von Kilometern damit ansteckte.

Er lief in der Halle herum und sammelte jeden ein, der ihm über den Weg lief. An der obersten Galerie war eine Leinwand installiert. Sie war nagelneu – nicht die, auf der die Mondlandung oder die Weltmeisterschaft gezeigt worden war –, aber die gute alte Alpha-Tradition blieb unverändert.

Sarah-Jane trug Tabletts mit Champagner und Häppchen herum; ich hörte, wie sie sie den Leuten anbot, die wie stets bei solchen Großereignissen immer zahlreicher herbeiströmten. Howard sprach über einen Plan B, sollte Paris den Zuschlag bekommen. »Ich weiß, was wir tun werden, wenn sie bescheuert genug sind, die Olympiade den Franzosen zu geben«, sagte er. »Dann steigen wir in den Eurostar, fahren noch heute schnurstracks runter zu ihnen und ruinieren ihnen die Feier. Wir nehmen Eier mit. Oder gießen eimerweise Wasser von dem Scheiß-Triumphbogen auf sie runter oder so. Oder … okay, ja, die Idee ist auch nicht schlecht, Kumpel …«

»Oh Gott«, murmelte jemand hinter mir, der vermutlich auf die Leinwand deutete, »schau dir die Franzosen an, wie glücklich die aussehen.«

»Denen haben sie es schon gesagt«, sagte ein anderer, »ich wette, die wissen es schon.«

Innerhalb von dreißig Sekunden verbreitete sich dieses Gerücht im Flüsterton um mich herum durchs Publikum. Wie öde die Party ausfallen würde, wenn wir nicht gewannen. Aus Howards großspurigem Gerede hörte ich auch eine Spur Melancholie heraus. Diese Entscheidung überstieg letztlich seine Möglichkeiten. Er bekam doch nicht alles hin – das kam einem nur innerhalb dieser Mauern immer so vor. Ich hatte plötzlich das schmerzliche Gefühl, dass ich gleich Zeuge davon würde, wie Howards Macht – auch die von Lara natürlich, aber insbesondere die von Howard – auf ein Normalmaß zusammenschrumpfte.

»Soll ich die Abfahrtszeiten und die Verfügbarkeit von Eimern in Erfahrung bringen?«, fragte Graham.

Der Scherz munterte Howard auf. »Ich sehe Lara! Dort ist sie. Sooo nah bei Beckham. Sie sitzen alle an einem großen Tisch, schwarze Krawatten, sieht alles wahnsinnig vornehm aus. Da werden massenweise Hände geschüttelt und …«

»Pssst!«, befahl Sarah-Jane, »jetzt geht's los!«

Die Lautstärke wurde hochgedreht, und eine akzentuierte Stimme schallte durchs Alpha. Es war Jacques Rogge, der Präsident des Olympischen Komitees, der einmal bei uns in der Bar gestanden hatte.

»Bevor ich den Umschlag öffne«, sagte er, »möchte ich unseren wundervollen Gastgebern und dem Volk von Singapur danken, die alle so hart gearbeitet haben, um uns diese Versammlung zu ermöglichen.«

»Herrgott noch mal«, rief Howard.

Es folgten noch weitere Präliminarien, und mir wurde bewusst, dass ich ständig einen Schritt vor und zurückwippte. Howards Hände lagen auf meinen Schultern. Und dann kam endlich der entscheidende Augenblick. Zehn Sekunden lang herrschte in der Halle absolute Stille. Ich hörte das Rascheln, mit dem der Umschlag geöffnet wurde – was eine Ewigkeit zu dauern schien. Absurd, dass so ein leises Geräusch so viele Menschen in seinen Bann ziehen konnte.

»Wieso braucht der so lange, um den Scheiß-Umschlag aufzukriegen!«, platzte ich heraus und provozierte damit ein kurzes, nervöses Gelächter.

»Das Internationale Olympische Komitee hat die Ehre zu verkünden«, las Rogge vor, »dass die Dreißigsten Olympischen Spiele im Jahr 2012 an die Stadt London vergeben werden.« Ich hörte nur die erste Hälfte des Wortes, eine Viertelsekunde lang. Dann brüllte Howard so laut in mein Ohr, dass es mir förmlich die Füße wegzog. Von der Leinwand schien das Gekreische der Leute in Singapur zu kommen, um mich herum gab es einen Tumult, und Howards Hände waren plötzlich unter meinen Achseln, und er hob mich hoch, und es stimmte also doch, dass er letztendlich alles hinkriegte.

Es würde eine lange Nacht im Alpha werden. Wir waren umringt von Freunden, und Howard wich mir nicht von der Seite. Er schenkte mir ständig nach, während wir von Raum zu Raum gingen. Sarah-Jane stieg hoch auf die Galerie und sang ihr altes Lieblingslied »That Ain't No Way to Treat a Lady«, während das Publikum unten in der Halle ihr zujubelte. JD war mit einem Mädchen aufgekreuzt, das er als »extrem begabte Erotiktänzerin« beschrieb und mit »Baby« anredete. Ich schüttelte ihre Hand, die sich kalt und schmal anfühlte, worauf JD aufgekratzt begann, mich über den grünen Klee zu loben: »Der Kerl hier, mein Bruder«, sagte er, »kann verdammt noch mal Wunder vollbringen.« Es war eine ganze Weile her, dass JD und ich etwas miteinander unternommen hatten, aber im Glanze dieses Augenblicks fiel es mir nicht schwer, an unsere gemeinsame Kindheit zurückzudenken. »Der Kerl hier hat Anzeigenkampagnen für diese ganze Olympia-Sache entworfen, und für die Armee und … für alles Mögliche, echt.«

Beim Thema dieses Gesprächs fiel mir ein, dass Howard und ich am Morgen zu einem Empfang im Park Lane Hilton erwartet wurden, um den Sieg zu feiern. Am Morgen – es war doch bereits Morgen.

»Bist du völlig blind?«, fragte das Mädchen. Osteuropäischer Akzent, tippte ich. Vor sehr langer Zeit hätte ich jetzt wohl nach ihrem Heimatland gefragt und ihr die zugehörige Hauptstadt genannt.

»Völlig blind«, sagte JD. »Weißt du, Howard hat ihn aus den Flammen gerettet. Er …«

»Ja«, sagte die Tänzerin, »ich weiß über Feuer Bescheid.«

»Ich hatte tatsächlich gar nicht so viel mit der Olympiasache zu tun«, setzte ich an, »ich …«

»Mann, halt den Mund!« Howard hatte gerade ein anderes Gespräch beendet und mischte sich nun bei uns ein. Mich wehte sein altbekanntes Lederaroma an. »Stell dir das hier im Jahr 2012 vor, wenn diese Olympiade stattfindet. Ich werde ein alter Mann sein.«

»Ach Quatsch, du Idiot.« Sarah-Jane stieß von hinten zu uns.

»Doch, das werde ich«, bekräftigte Howard, »das ist der Lauf der Welt, das …«

»Ich wollte dir ja nur insofern widersprechen«, sagte Sarah-Jane, »als du bereits ein alter Mann bist.«

Er gönnte ihr die Lacher, bevor er weitersprach: »Ich werde dann dieses Hotel nicht mehr führen«, sagte Howard. Ich hörte Graham husten, und sein altmodischer Pomadegeruch füllte die Lücken, die Howards Aroma gelassen hatte. »JD wird dann am Ruder sein«, sagte Howard, »und du, Chas, wirst Krohls Firma leiten, und ihr beide zusammen, ihr schmeißt dann diese Stadt.«

»Wir schmeißen dann dieses Land«, verbesserte ihn JD und schlug mir derart heftig auf den Rücken, dass ich überrascht nach Luft schnappte. »Niemand wird uns aufhalten können. Wir werden ein Imperium errichten.«

»Imperien gab es schon genug, Hitler«, sagte Sarah-Jane. In dem Ton ging es weiter. Mich erfasste plötzlich ein Schwindel, und ich bat JD, mich zu einem Stuhl zu führen. Da saß ich dann, und um mich herum waberte der Lärm wie eine Rauchwolke. Ich dachte an die Jahre, die vor mir lagen. Unwillkürlich empfand ich dies letztendlich als meinen Sieg. Ich hatte es mit der virtuellen Welt versucht und mit der realen, und nun meine ganz eigene Version eines Lebens erschaffen, das mir alles bot und sich wie ein Laufsteg vor mir erstreckte.

Irgendwann wehte der Duft von Kaffee aus der Alpha-Bar zu mir herüber, gefolgt von dem nach gebratenem Fleisch. Howard hatte praktisch die ganze Nacht hindurch seinen Mund nicht mehr zugemacht: Er hatte Anekdoten über das Alpha zum Besten gegeben, die nicht einmal ich kannte, Geschichten über Gott und die Welt erzählt, und weitere vollmundige Prophezeiungen ausgesprochen. Den Leuten, die aufbrechen wollten, stellte er sich in den Weg und ließ Drinks auffahren. Die Stunden zwischen drei und sieben Uhr morgens wirbelten davon wie ein Papiertaschentuch im Wind. Kurz nach dem Kaffee begann das übliche Tagesgeschäft, waren an der Rezeption die gewohnten Geräusche zu hören. Erst dann, kurz nach acht, schaltete ich die Sprachausgabe meines Handys ein und hörte eine Nachricht von Kathleen: »Heiliger Bimbam! Glückwunsch!«

»Fuck!«, rief Howard, dem dabei offensichtlich etwas einfiel. »Wir müssen doch ins Park Lane!«

Ich stand unter der Dusche, dachte an Kathleen und gestattete mir einen Tagtraum: In einer fernen olympischen Zukunft war sie wieder hier bei mir, oder ich hatte jedenfalls eine Freundin, die ihr verdächtig ähnlich war. Als ich wieder nach unten in die Halle kam, war Howard bereits gewappnet für die nächste Schlacht, so frisch wie nach einem langen, erholsamen Schlaf.

»Okay, gehen wir's an. Madman ist der Ansicht, dass es bei dem Morgenverkehr mit der U-Bahn schneller geht. Bist du bereit?«

Wir waren noch nie zuvor zusammen U-Bahn gefahren; genau genommen hatte ich das bisher nur mit Kathleen gemacht, und so musste ich natürlich an sie denken, als Howard mich über die Rolltreppen hinunter ins Gedränge zog. Der Bahnsteig war überfüllt. Im Zug drückten sich von allen Seiten Leiber an mich, und ich roch Schweiß und Ärger in der stickigen Luft. Howard sagte mir, dass uns gegenüber eine ganze Wand voller Titelseiten des *Standard* unseren Sieg verkündete.

»Wenn du die ganzen blöden, traurigen Gesichter hier sehen könntest, könnte man denken, wir hätten verloren«, fügte er hinzu, »aber warte mal ab …«

Ein schrecklicher Krach, wie von einer Explosion, unterbrach ihn. Der Zug kam abrupt zum Stehen. Der Lärm war so laut gewesen, dass er zwanzig oder dreißig Sekunden verschluckt hatte. Für eine Reaktion oder Nachdenken war kein Raum. Es gab nur diesen Augenblick, dann Rauch, dann anschwellende Stimmen.

»Um Gottes Willen!« Howard griff beängstigend heftig nach meinem Arm. »Was zum Teufel war das?«

Die einen redeten aufgeregt durcheinander, die anderen beruhigten sie, und schließlich sorgte das gemeinschaftliche Entsetzen für völlige Stille. Howard durchbrach sie, als noch mehr Rauch aufstieg. »Wir müssen raus!« Seine Stimme klang so flehend, dass sie mich in Panik versetzte. »Wir müssen hier raus, irgendetwas ist passiert.«

Worte in verschiedenen Sprachen prasselten aufeinander, neben uns sprach eine Frau in einem mir unbekannten Idiom in atemberaubendem Tempo und ohrenbetäubender Lautstärke, während von der anderen Seite Spanisch an mein Ohr drang. Leute fingen an zu weinen. Ich streckte meine Hand nach Howards Arm aus – er zitterte heftig.

»Wir müssen hier raus«, sagte er nochmals, und wieder lag in seiner Stimme die Hoffnung, jemand anderes würde es in die Hand nehmen. Da schoss mir plötzlich die Erschöpfung und der Schock angesichts unserer Lage in die Eingeweide, und ich stand kurz auf, weil ich dachte, ich müsse mich übergeben. Jemand schlug vor, ein Fester einzuschlagen, aber eine Frau sagte, wir sollten drinnen bleiben, weil es draußen auf den Schienen gefährlich sei. Sie würden den Strom abstellen, sagte ein Mann, und ein anderer, dass wir besser auf Anweisungen warten sollten. Howard war in dieser Diskussion überhaupt nicht präsent, und mich durchzuckte der entsetzliche Gedanke, dass er zu dem immer stärkeren Gestank nach Kacke um uns herum beitrug. Mir war immer noch übel. Ich ermahnte mich, ruhig zu bleiben, so wie Kathleen es getan hätte, wäre sie hier gewesen.

»Sehr geehrte Fahrgäste«, hörte man den Fahrer durch einen knisternden Lautsprecher, aber die Durchsage brach gleich wieder ab, was unser Entsetzen noch verstärkte. Es dauerte eine Minute, bis die Stimme des Fahrers wieder ertönte. »Wir bedauern die Störung außerordentlich«, sagte er, »es gab einen Zwischenfall, vermutlich eine Überspannung. Wie gesagt, es handelt sich um einen Zwischenfall. Wir werden den Zug evakuieren und bitten Sie, sich so lange zu gedulden.«

Die Stimme erstarb, und die Gespräche wurden wieder aufgenommen. Meine Glieder zuckten wie unter unzähligen Nadelstichen, während ich versuchte, tief Luft zu holen. Ich war in meinen Sitz zurückgesunken und hörte meinen eigenen lauten Atem. Doch das war gar nicht ich, das war Howard.

»Ist alles okay bei dir?«, fragte ich.

»Hör mir mal zu, Sohn«, sagte er, und ich spürte das Leder seines Ärmels im Nacken, als er seinen Arm um meine Schultern schlang. »Ich möchte, dass du etwas weißt. Ich war alles andere als perfekt. Ich habe dich in vielerlei Hinsicht getäuscht. Ich habe dich und Sarah-Jane und alle möglichen anderen Menschen in vielerlei Hinsicht getäuscht. Das solltest du wissen.« Seine Stimme war kaum mehr als ein Wispern. Um uns herum im Waggon war ein halblautes Gemurmel an die Stelle gewöhnlicher Gespräche getreten.

»Es ist mir egal, was du getan hast«, sagte ich.

»Ich bin nicht ganz der, für den du mich hältst«, sagte Howard, »aber ich habe mein Bestes gegeben.«

»Das weiß ich.«

»Ist auch egal«, sagte Howard. »Ich liebe dich.«

Ich vernahm ein ganz leises, erschöpftes Schniefen, wie leichter Regen am Ende eines starken Gewitters, dann endlich das Geräusch, mit dem die Türen aufgestemmt wurden. Wir verließen den Zug. Howard fasste mich am Arm, und wir stiegen hinunter auf die Schienen. Die schwerelosen, aufgeregten Stimmen der vor uns Gehenden wurden von den Tunnelwänden zurückgeworfen und wiesen uns so den Weg nach draußen. Wir gingen im Gänsemarsch, und die Metallschienen unter unseren Füßen fühlten sich eigenartig hart an. Howard sagte, dass wir zurück nach King's Cross liefen. »Wir gehen wieder ins Alpha, was meinst du? Wir lassen den Empfang sausen.« Und während er dies sagte, mit seiner Hand auf meinem Arm, da fühlte ich das Hotel so deutlich, als seien wir bereits dort. Wir würden in unseren Kokon zurückkehren, ich würde einen Kaffee trinken und mir ausnahmsweise gestatten, Kathleen anzurufen.

Doch als wir über die Treppen wieder an die Luft und in die Normalität gelangten, nahm ich plötzlich das Gedränge hinter uns wahr, und als ich ebenen Boden unter den Füßen hatte, auch das vor uns. Die Stimmen hatten eine aggressive Lautstärke. »Bitte gehen Sie weiter«, rief jemand in ein Megafon, in diesem leiernden Tonfall, der verbergen sollte, dass es sich eigentlich um eine Katastrophensituation handelte. »Bitte gehen Sie weiter.«

Auf der Straße heulten Sirenen. Von allen Seiten wurden wir von Leibern eingezwängt.

»Oh mein Gott«, sagte Howard mit schwacher Stimme.

»Was ist?«

»Irgendwas stimmt hier nicht, Kumpel.«

Als er mich aus der Station zog, war überall Lärm: Funkgeräte summten und knisterten, Leute riefen einander, Anweisungen wurden durch Megafone gebrüllt. Jemand rempelte mich an, und Howard zog mich weg. Regen prasselte uns ins Gesicht. Alles wurde überlagert von Sirenengeheul, das aus allen Richtungen gleichzeitig kam und klang, als schreie die ganze Stadt vor Verzweiflung.

»Okay«, sagte Howard nun wieder mit festerer Stimme. Er verstärkte nochmals seinen Griff um meinen Arm und stürmte in einem solchen Tempo los, dass ich beinahe stolperte. »Ab nach Hause.«

»Was ist denn passiert?«, fragte ich.

Nicht weit entfernt krachte es plötzlich. Ich bebte vor Angst und merkte, wie Howards Körper erstarrte. In meinen Beinen war nichts mehr, kein Knochen, kein Muskel, nur noch Brei, auf dem der schwere Rest meines Körpers lastete. Ich sackte an Howard gelehnt zusammen.

»Komm, Kumpel.«

Mit seiner bulldozerartigen Kraft, die ihm im Tunnel vorübergehend abhandengekommen zu sein schien, schulterte er mich wie ein Kind, und wir stolperten hundert Meter vorwärts. Ich war nur halb bei Bewusstsein, aber als wir eine Seitenstraße entlanggingen, hing ein vertrauter Geruch in der Luft. Ich spürte die Zedern, die mit der ganzen Stadt in Schockstarre gefallen waren, und die nahe Fassade des Alpha.

Ich entwand mich Howards Griff und ging schwankend neben ihm durch die Schwingtüren.

So lange und so oft war es diesem Ort gelungen, London auszublenden, doch nicht heute. Die Stimmen in der Eingangshalle waren laut und erregt, die Schritte schwer und hektisch.

Über die Leinwand, die unseren Olympiaerfolg in die Hotelhalle projiziert hatte, flimmerte nun die Katastrophenberichterstattung. »Es mehren sich die Hinweise, dass die Vorfälle auf … zurückzuführen … wir erhalten jetzt auch Berichte über einen weiteren …«

Sarah-Jane stand vor uns und schluchzte, als sie mein Gesicht mit ihren Händen umfasste. »Oh Gott«, sagte sie, »als wir das hörten, dachte ich, ihr beide wärt tot. Ich hatte so eine Ahnung, ich wusste es.«

»Aber wir sind nicht tot, Captain«, murmelte Howard, als sie ihn in ihre Umarmung einschloss. Wir drei standen da und horchten auf unseren Herzschlag. Sarah-Jane wollte etwas sagen, aber ihre Stimme stockte. Dann schlich sich Grahams sauberer Geruch heran. Graham gab ein leises, langes, erleichtertes Grunzen von sich, ein Geräusch, das ich nie zuvor von ihm gehört hatte.

Jemand hatte den Fernseher lauter gedreht. »Es deutet nun alles darauf hin, dass Terroristen …«, sagte jemand in nüchternem Tonfall.

»Ich hätte mir das nie verziehen«, sagte Graham, »ich hätte euch ja fahren können.«

Sarah-Jane telefonierte, und durch den nicht weit von meinem Gesicht entfernten Apparat hörte ich gedämpft die Antworten von JD. »Sie sind da, sie sind hier, ja, sie sind da«, sagte Sarah-Jane. Er sagte ihr, sie solle sich nicht aufregen, er sei nicht weit weg. Er sei gestern mit der Tänzerin nach Hause gegangen, er würde zurückkommen und dann wären wir alle hier vereint.

Wie Schmutzwasser schwappte der Lärm an uns heran. Ich fühlte lange, harte Hände auf meinen Schultern. Graham drückte mich mit festem Griff an sich. Ich entspannte mich schließlich in dieser ungewohnten Umarmung.

»Oh lieber Gott im Himmel«, sagte er wieder, »ich hätte mir das nie verziehen. Wenn du dort nicht wieder herausgekommen wärst. Wenn du … wenn du dort unten geblieben wärst.«

»Na ja«, sagte ich, »um Howard in die Luft zu jagen, braucht es schon mehr als ein paar Bomben.«

»Ja«, sagte Sarah-Jane, und ich bekam mit, dass sie ihre Arme um Howard schlang, »über den Kerl kann man sagen, was man will, aber er schafft es definitiv immer wieder aus der Bredouille.«

Ich wünschte mir so sehr, dass sie die Wahrheit sagte, dass Howard tatsächlich unzerstörbar sei, und war nur allzu bereit, die Erinnerungen an die U-Bahn zu verdrängen: die Panik in seiner Stimme, diese kindliche Verzweiflung. Er hatte mich gerettet. So war es besser. »Jetzt sind wir schon zweimal dem Tode entronnen«, sagte ich. »Was hast du denn als Nächstes geplant?«

Kurz schien es so, als habe Howard es gar nicht gehört. Dann räusperte er sich und lachte bemüht. »Ich denke, wir belassen es dabei. Zweimal reicht, Kumpel.«

Zwischen dem teilweise gedämpften Hintergrundgeräusch des Fernsehers und dem Geschrei, das durch die Lobby hallte, hörte ich nun, wie Graham sich räusperte. »In Wahrheit war ich es, der dich aus dem Feuer gerettet hat«, sagte er.

Nach einer kurzen, eisigen Stille gab Sarah-Jane ein hohes und halb empörtes Lachen von sich, wie bei einem Witz, der zwar gewagt, aber so dumm ist, dass man nicht ernsthaft gekränkt sein kann.

»Ich war derjenige«, sagte Graham, »Howard ist davongelaufen. Aber es musste geheim bleiben. Wir mussten es geheim halten.«

Ich wartete sehnlichst auf ein Wort von Howard, ein einziges Wort, und Sarah-Jane ging es ebenso, wie auch allen anderen, die plötzlich zuhörten und deren Gegenwart ich aus einer Veränderung in der Luft schließen konnte. Das Alpha hielt den Atem an, das ganze Haus war wie schockgefroren. Wir alle warteten auf das Zauberwort.

Aber ich konnte spüren, was mit Sarah-Janes Gesicht geschah, als sie die Wahrheit begriff. Und plötzlich kam es mir so vor, als hätte ich es schon immer gewusst.

14

GRAHAM

Frühstück gibt es im Restaurant zwischen halb sieben und zehn Uhr. Wenn Sie im Zimmer frühstücken möchten, füllen Sie bitte dieses Formular aus und hängen Sie es vor zwei Uhr morgens an Ihre Tür. Hier haben Sie zwei Schlüsselkarten. Sie müssen sie im Lift durch den Scanner ziehen, bevor Sie Ihr Stockwerk eingeben. Wünschen Sie einen Weckruf oder eine Zeitung?«

»Nein, danke, wir haben alles, was wir brauchen.«

»Wenn Sie Fragen haben oder etwas benötigen, sind wir rund um die Uhr für Sie da. Rufen Sie einfach hier an der Rezeption an.«

»Das werde ich, vielen Dank«, sagte ich und lächelte die Dame an, die mir außerordentlich jung schien für dieses Maß an Verantwortung.

»Soll ich jemanden rufen, der Ihnen mit dem Gepäck hilft?«

Ein muskulöser dunkelhäutiger Träger schnappte sich meinen Koffer und Chas' Gepäck und lud alles auf einen glänzenden Rollwagen. Chas und ich betraten gemeinsam den Lift.

»Was sehen wir?«

»Auf beiden Seiten Spiegel«, informierte ich ihn, »die eine enorme Zahl unserer Spiegelbilder produzieren.«

»Eine unendliche Zahl.«

»Nun, das könnte ich nicht mit Sicherheit sagen. Ich hatte nicht die Zeit, sie zu zählen. Haha!«

Beim zweiten Anlauf brachte ich mit meiner Karte im Schlitz ein grünes Licht zum Leuchten, und der Lift fuhr aufwärts. Im vierten Stock öffneten sich die Türen, und wir betraten einen Flur, dessen Teppich ein Muster aus kleinen roten und blauen Blitzen trug. Dieses Zickzack wirkte sehr unvorteilhaft in Kombination mit der blassgrünen Wand, die mit Bildern englischer Herrenhäuser geschmückt war.

»Und jetzt?«

»Jetzt ist es eher eine optische Zumutung«, sagte ich, »aber irgendwie auch ziemlich lustig.«

Die Plastikkarte entlockte auch diesem Sensor ein grünes Licht. Ich öffnete die Tür und ließ Chas in das Zimmer treten, in diesem Hotel, das nicht das war, das wir so gut kannten.

Kaum hatte ich die ersten Gerüchte über einen Vorfall in der U-Bahn gehört, packte mich die Angst mit einer mir bisher unbekannten Heftigkeit. Nicht um Pattie oder Ed, die zusammen ein paar Tage weggefahren waren, sondern um Howard und Chas. Es war, als hätte ich es bereits Schwarz auf Weiß, dass die beiden in eine Katastrophe geraten waren. Warum nur hatte ich sie nicht im Mercedes gefahren! Es waren genau diese unwesentlichen kleinen Entscheidungen, die im Nachhinein ein furchtbares Gewicht bekamen. Dann war von weiteren Explosionen die Rede. Zuerst nahmen die von Unheil kündenden Gespräche zu, dann erreichten uns die ersten düsteren, vom Regen verwaschenen Bilder der Krankenwagen, die nur wenige hundert Meter von uns entfernt heranrasten.

Sarah-Jane lief hinaus, die Euston Road entlang, und kehrte mit schreckgeweiteten Augen und vom Wind zerzausten Haaren zurück. Sie ließen niemanden durch. Überall war Polizei. In der U-Bahn war etwas Furchtbares passiert. Sie seien da unten, sagte sie in einem Ton, der förmlich um Widerspruch flehte, die beiden seien doch da unten. Meine Rolle war es, die Fassung zu wahren, und ich schlüpfte genauso geschmeidig in diese Rolle, wie ich einen betont englischen Akzent an den Tag legen konnte, um einem amerikanischen Gast eine Freude zu machen. Doch tatsächlich konnte keine einzige Faser in meinem Leib die Fassung bewahren.

Minuten vergingen. Howard und Chas waren auf ihren Handys nicht erreichbar. An der Rezeption ging eine Flut von Anrufen ein. »Ich weiß, dass er in London ist. Ich weiß, dass sie in Ihrem Hotel wohnt. Ich habe eben gehört … Ich habe es gerade im Fernsehen gesehen … ich wollte nur wissen, ob …«

Suzie stand an meiner Seite. Wir stellten die Anrufe auf die gewünschten Zimmer durch. Einige Gäste musste ich erst in der Bar oder sonst wo in der Nähe auftreiben.

»Ich wusste, dass du dich aufregst«, sagte ein Mädchen in liebevoll-vorwurfsvollem Ton in den Hörer des Rezeptionstelefons. »Aber mir ist nichts passiert. Ich liebe dich auch. Hier ist die Hölle los, aber bis heute Abend bin ich zu Hause.«

Ich verspürte eine gewisse Wut auf sie – auf sie und alle, die überlebt hatten. Alle hatten einen Schrecken bekommen, aber sie waren wohlauf. Alle, außer Howard und Chas.

So kreisten die Gedanken in meinem Kopf. Sarah-Jane versuchte verzweifelt, Jonathan zu erreichen, aber er ging nicht ran. Sie war völlig außer sich bei dem Gedanken, dass auch er in diese Katastrophe geraten sein könnte, dass sie alle ihre Jungs verloren hatte. »Wo sind sie nur?«, jammerte sie und klammerte sich an den Ärmel meines Jacketts. Einer ihrer Fingernägel grub sich in meine Handfläche und hinterließ einen Kratzer. Unter der Beleuchtung der Hotelhalle sah das Rot so seltsam aus, dass mir schlecht wurde und ich das Bedürfnis verspürte, zur Toilette zu gehen. Hinterher betrachtete ich mich in dem Spiegel, in den ich auch gestarrt hatte, als ich Kathleen das Geheimnis verraten hatte. Danach hatte ich, wie man so schön sagt, auf Zeit gespielt, und nun war alles zu spät, Chas würde nie erfahren, was er mir bedeutete, genau wie Agatha es vermutlich nie gewusst hatte. Während ich zurück in die Halle ging, trocknete ich unbeholfen meine nassen Hände an meinem Jackett ab und erstellte im Geiste eine Liste tröstlicher Formulierungen: Es ist zu früh, um etwas Definitives zu sagen. Wir dürfen uns nicht aufregen. Ich war so damit beschäftigt, sie mir vorzusagen, dass ich zuerst überhaupt nicht bemerkte, dass Howard wieder ins Hotel spaziert war. Sein Gesicht war erhitzt, und in seinem wirren Blick stand der Triumph darüber, wieder einmal entkommen zu sein. Als ich sah, dass er doch am Leben war und Chas neben ihm ebenso, sackte ich in meinem Stuhl hinter der Rezeption zusammen.

Die Angst der letzten Stunden war zermürbend gewesen, der Schock würde folgen, aber die Nachwirkungen würden so leicht nicht abklingen. Ich sah, wie sich Chas und Howard und Sarah-Jane umarmten, direkt unter dem Glasdach, dem Herz des Hotels. Freunde und Bewunderer beobachteten die Szene mit der üblichen Verzückung. Howard hatte es wieder einmal hingekriegt. Ich merkte, dass ich mich absichtlich entfernte, um die Yorks in diesem Augenblick allein zu lassen. Ich gehörte nicht dazu. Ich war der, der am Rande stand und den Dingen ihren Lauf ließ.

Howard mochte Chas heute nach Hause gebracht haben, aber er war nicht der, der Chas gerettet hatte, als es darauf ankam. Doch das wusste Chas nicht, das konnte er nicht wissen. Mich würde er immer als treuen, alten Freund betrachten. Ich sah vor meinem geistigen Auge, wie ich ihn in jener Nacht in dem brennenden Zimmer an meine Brust drückte. Ich sah sogar noch weiter in die Vergangenheit, wie ich ihm auf dem Schachbrettboden einen Ball zurollte und dabei zusah, wie er ihm eifrig hinterherkrabbelte und ihn mir stolz überreichte. Mehr als alles in der Welt wollte ich Chas an den Schultern packen und ihn wegbringen von all dem, was ihn hier umgab: weg von der Geschichte, die ihm erzählt worden war, hin zu der, die wirklich passiert war. Ich wollte ihn in meiner Nähe haben.

Die Bemerkung über Howards Fähigkeit, alles zu überstehen, war eine Bemerkung zu viel gewesen. Ich wusste, dass alles wieder so weitergehen würde wie bisher. Dann hörte ich mich selbst die Wahrheit aussprechen – es war das Ende eines Lebens und der Beginn eines neuen.

Auch ohne meine Offenbarung wäre der Tag der Bombenanschläge ein besonderer gewesen, aber diese überraschende Wendung ließ die Ereignisse noch merkwürdiger erscheinen. Als ich an diesem Nachmittag das Alpha verließ und Chas auf dem Beifahrersitz platzierte, war mein Kopf so wirr, dass ich das Gefühl hatte, zum ersten Mal hinter dem Steuer des Mercedes zu sitzen. Der unglaubliche Anblick, den die Straßen boten, machte die Sache nicht besser. Auf den Zebrastreifen und in den Eingängen der Geschäfte standen Menschen, die sich umarmten und trösteten. Ein Mann mit Aktentasche ging langsam über den Kreisverkehr an der U-Bahnstation Archway; ihm tropfte Blut aus einer Kopfwunde, doch er schien das gar nicht zu merken. Chas saß stumm neben mir. Ich fragte ihn immer wieder, ob es ihm gut gehe, und er bestätigte es mir immer wieder.

Ich nahm ihn mit zu mir nach Hause. Pattie war ein paar Tage weg. Ich machte uns Schinken mit Pommes frites. Wir saßen zusammen und redeten bis weit nach Mitternacht. Chas stellte mir viele Fragen über die Nacht des Brandes, über meinen Entschluss, allein in das brennende Zimmer zu gehen und danach Howards Version der Geschichte mitzutragen, dass er ihn gerettet habe. Er verurteilte mich nicht dafür, ihn und die ganze Welt so lange an der Nase herumgeführt zu haben, aber zu meiner Erleichterung machte er auch keine Anstalten, sich bei mir zu bedanken, dass ich ihn in Sicherheit gebracht hatte. Er nahm die ganzen sonderbaren Neuigkeiten scheinbar ruhig auf, wie ein Reporter, der in einer Sache recherchiert, die ihn persönlich nicht betrifft. Er merkte mehrfach an, dass er sich so etwas »fast gedacht« und dass »irgendetwas nicht gestimmt« habe. Ich wusste nicht, ob er das wirklich so meinte oder dahinter nur das Gefühl verbarg, betrogen worden zu sein. Er übernachtete in Eds beziehungsweise zuletzt Christophers Zimmer unter der Karte der alten Welt. Am nächsten Morgen setzte keiner von uns beiden den Fuß ins Alpha – zum ersten Mal, seit ich ihn dort als Kind kennengelernt hatte.

Dort entwickelten sich die Dinge erwartungsgemäß. Es gab eine fürchterliche Auseinandersetzung, in deren Verlauf Sarah-Jane Howard anscheinend mehrfach auf den Kopf schlug und JD wie betäubt dasaß und vergeblich darauf wartete, dass sein Held etwas unternahm, zum Beispiel Argumente zu seiner Verteidigung vorzubringen. Ich erfuhr das alles am folgenden Tag von JD, und er erzählte mir auch, dass er und seine Mutter nach Südfrankreich gefahren waren. Sie würden dort für eine Weile bleiben, sagte er, und ich solle auf Chas aufpassen.

Diese Anweisung war selbstverständlich völlig überflüssig. Chas blieb die folgenden zwei Nächte bei mir. Dann kam Pattie zurück, und ich war gezwungen, ihr alles zu berichten, was vorgefallen war.

»Warum«, fragte sie, nachdem sie eine ganze Minute lang geschwiegen hatte, »hast du mir nie etwas davon erzählt, verdammt noch mal?«

»Ich weiß es nicht«, sagte ich – und das war die Wahrheit. »Es war leichter, so zu tun, als sei alles so gewesen, wie Howard es darstellte.«

»Und was wirst du nun tun? Du kannst doch dort jetzt nicht mehr arbeiten! Hättest du nicht noch ein paar Jahre durchhalten können und …«

»Nein«, unterbrach ich sie. »Ich werde dort nicht mehr arbeiten. Ich werde … nun, um offen zu sein, weiß ich nicht genau, was ich tun soll. Aber als Erstes werde ich mit Chas eine kleine Reise nach Norden unternehmen. Hoch nach Inverness und Caroline und Christopher besuchen.«

»Für wie lange?«

»Also«, sagte ich, »ich habe nicht wirklich einen Plan.«

»Du hast immer einen Plan.«

Das stimmte – oder vielmehr hatte es bisher immer gestimmt. In meinem ganzen Leben hatte es nie auch nur eine Woche gegeben, in der ich nicht mit absoluter Sicherheit hätte sagen können, wo ich nächste Woche sein würde. Nun gab es keine Sicherheiten mehr, nur noch Möglichkeiten.

Ein paar Tage lang analysierten wir unsere veränderte Lage; wir führten lange Gespräche, zum Teil über das, was geschehen war, zum Teil über Triviales. Dann kehrten wir ins Hotel zurück. Howard kam Chas in der Halle entgegen und schloss ihn wie immer in die Arme, als sei er jahrelang weg gewesen. Chas erwiderte die Umarmung mit gesenktem Kopf. Ich musterte Howards Gesicht über ihren verschlungenen Armen. Zum allerersten Mal sah ich ihn unrasiert. Der Flaum auf seinem Kinn war erstaunlich dicht und so weiß wie der Bart des Weihnachtsmanns. Er sah aus, als hätte er nur wenig geschlafen, und das Jackett seines Anzugs war so zerknautscht, als sei es schon seit Tagen nicht gewechselt worden. Beim Sprechen bemühte er sich, wie gewohnt scherzhaft die Augenbrauen hochzuziehen. Seine Augen leuchteten kurz auf und erloschen dann wieder.

»Ich denke, wir müssen uns unterhalten«, sagte er.

»In der Tat«, sagte Chas sehr ruhig, und die beiden verzogen sich über den Flur ins Wohnzimmer.

Da es mir merkwürdig erschienen wäre, mich im Hotel aufzuhalten, ohne zu arbeiten, nahm ich neben Suzie meinen alten Platz an der Rezeption ein. Durch das Glasdach strahlte ein helles Blau, und eine große Gruppe gut gelaunter Urlauber fotografierte sich gegenseitig in der Halle. Ich ging hinunter in den Keller und fand ganz hinten meine alten Reservierungsbücher in einem Aktenschrank, neben einer Kiste mit Magnum-Champagnerflaschen. Ich bückte mich und blätterte eines der Bücher aus den Achtzigern durch. Namen tauchten auf und verschwanden, so wie die Leute, zu denen sie gehörten und die in alle Richtungen dieser Welt verstreut lebten. Eigentlich hatte ich vorgehabt, ein paar davon mitzunehmen; auch das ursprüngliche Telefon aus Bakelit, die Schreibmaschine und ein paar von den Krimis, die Agatha immer geschmökert hatte, wollte ich retten. Aber letzten Endes waren das doch nur Dinge.

Ich stand eine Zeit lang im Keller und lauschte auf die Geräusche des Hotels, und es war, als habe mich ein riesiges Wesen verschlungen. Das Alpha durchlief seit einer Ewigkeit die immer gleichen täglichen Aufregungen und Routinen, genauso wie sein Vorgänger in viktorianischer Zeit, als vielleicht ein Laufbursche oder Kochgehilfe – nun schon lange tot – an genau derselben Stelle im Bauch dieses Gebäudes gestanden hatte. Das Hotel würde problemlos ohne mich auskommen – das war ein betrüblicher, aber zugleich auch irgendwie tröstlicher Gedanke.

Chas kam abends zurück in die Halle. Howard schlug ihm auf die Schulter, bevor er sich in die Alpha-Bar begab.

»Wie lief es?«

»Es war okay«, sagte Chas, »er würde gerne in der Bar mit dir sprechen.«

»Wie okay war es?« Diese Frage konnte ich mir nicht verkneifen.

Chas lächelte. »Ich möchte immer noch mit dir kommen, wenn du das meinst.«

Ray hatte eine Ecke der Bar für uns reserviert und eine Flasche Wein auf den Tisch gestellt. Howard saß regungslos da. Als ich mich näherte, hatte er sich halb erhoben, wie für eine formelle Begrüßung, überlegte es sich dann aber anders. Wir schüttelten uns über den Tisch hinweg die Hände und saßen einander gegenüber, zwischen uns der Wein. Howard schenkte ihn in zwei riesengroße Gläser, in denen fast die ganze Flasche auf einmal verschwand. Ich musterte sein Gesicht.

»Tja, Madman.«

Ich warf einen Blick zur Bar, wo Ray demonstrativ mit seinem Telefon hantierte. Er begegnete meinem Blick, nahm sofort ein Glas von einem Regal und fing an, es mit irgendetwas zu polieren. Ich fragte mich, wie viele von den Angestellten des Alpha wussten, was passiert war, wie viele nun die Wahrheit kannten über den Mann, der mir gegenübersaß.

»Ich möchte mich entschuldigen«, sagte ich, »für all die Unannehmlichkeiten, die ich verursacht habe.«

Howard zog eine beinahe amüsierte Grimasse und neigte seinen Kopf zur Seite. »Man könnte durchaus behaupten, dass ich sie verursacht habe.«

»Das könnte man in der Tat«, stimmte ich ihm zu, »aber wie auch immer, es gibt sie.«

»Es waren wirklich ein paar harte Tage. Der Captain geht nicht ans Telefon, JD schon, aber …«

»Aber er sagt nicht das, was du gern hören würdest.«

»So ist es.« Howard kratzte seine ungewohnten Bartstoppeln, nahm einen Schluck Wein und wischte sich mit dem Handrücken den Mund ab. »Er ist wütend. Alle sind wütend, klar. Und werden es wohl noch eine ganze Weile sein.« Der Wein, den er in sich hineinschüttete, schien ihm vorübergehend Mut zu spenden. »Egal, das muss ich aussitzen.« Er stützte die Hände auf die Knie und sah mich unverwandt an, doch seine Stimme verriet, dass es mit dieser Trotzhaltung nicht weit her war. »Wie ich höre, wollt ihr wegfahren, Chas und du?«

Je öfter ich es wiederholte, desto realistischer klang es: »Ja, wir beide gehen ein bisschen auf Reisen, rauf nach Schottland, meine Tochter und meinen Enkel besuchen. Wir werden dort wahrscheinlich eine Weile bleiben. Und danach …«

Ich verstummte. Er streckte seine Hand aus und berührte meinen Arm. »Du weißt, dass ich mich gut um dich kümmern werde, Kumpel«, sagte er. »Was das Finanzielle betrifft, meine ich. Wir werden alles so regeln, wie du es dir vorstellst, du weißt schon … goldener Handschlag oder wie man das nennt. Wir können das …«

»Du schuldest mir nichts, Howard.« Meine Hand war auf einmal sehr kalt, und ich schob sie vom Stiel des Glases hoch zu seinem Bauch, um irgendetwas zum Festhalten zu haben. »Denn ohne dich …«

Ein paar junge Geschäftsleute betraten die Bar, geschniegelte Kerle mit perfekt gebügelten Anzügen und modischem, stacheligem Kurzhaarschnitt. Einer versetzte dem anderen einen Klaps auf den Rücken und sagte etwas über das vor ihnen liegende Trinkgelage. Howard beobachtete sie mit einer gewissen Wehmut im Blick. Ich räusperte mich.

»Ich hoffe, dass ich … oder ich werde zumindest versuchen … oder jedenfalls …«

»Du möchtest versuchen, Agatha zu finden.«

»Vielleicht.« Ich fühlte Röte in meine Wangen steigen.

»Und Chas sagt, er will versuchen, seinen richtigen Vater zu finden. Seinen biologischen Vater.«

»Ich glaube nicht, dass der dich je ersetzen kann.« Es war wie immer schmerzlich, Howard trösten zu müssen, ich fühlte mich dabei wie in einer verkehrten Welt. Seine Augen spiegelten die Hoffnung auf weiteren Trost, und ich bekam Gewissensbisse.

»Meinst du, er kommt zurück? Wenn er alles getan hat, wenn er … erledigt hat, was er erledigen muss? Meinst du, er wird je wieder mit mir unter einem Dach leben wollen?«

»Das hast du ihn doch sicher auch selbst gefragt.«

»Er meint, es sei zu früh, um das sagen zu können. Womit er auch recht hat. Natürlich.« Howard zuckte resigniert mit den Schultern, und mit einem schwachen Lächeln, wie ein genialer Kartenspieler, der nun doch eine Niederlage einstecken muss, blickte er auf den Tisch. »Weiß Gott, die Dinge sind einundzwanzig Jahre lang so gelaufen, wie ich es wollte.«

Tatsächlich, dachte ich, war es sogar noch viel länger der Fall gewesen – die Dinge waren immer und ausschließlich so gelaufen, wie er wollte. Ich dachte das ohne Groll, eher mit einer gewissen Bewunderung oder zumindest mit Verständnis. Wir saßen ziemlich lange schweigend da, sahen, wie weitere späte Gäste in die Bar tröpfelten, und lauschten dem Summen der lauter werdenden Gespräche. Diese Szenerie war mir so vertraut, dass mein Kopf sich nicht mit der Vorstellung anfreunden konnte, sie nie wieder zu sehen.

Um der alten Zeiten willen kam ich am nächsten Morgen zurück und wickelte meine letzten Check-ins exakt auf die Weise ab, wie ich das an einem heiteren Morgen vor vierzig Jahren eingeführt hatte: Frühstück gibt es dann und dann. Wir können Restaurants reservieren … Suzie stand daneben und lächelte ermutigend, da sie ja wusste, dass sie mir zum allerletzten Mal bei diesem Tamtam zusehen musste. Ein letztes Mal ließ ich meine Hand über die A-förmigen Schlüsselanhänger gleiten und sagte dem Mercedes Lebewohl, indem ich ihm Karosserie und Lenkrad tätschelte, als sei er ein lebendiges Wesen, das mich vermissen würde. Alle möglichen Leute kamen vorbei, um mir alles Gute zu wünschen. Ich telefonierte mit dem Angestellten von Fortnum & Mason und beendete eine Freundschaft, die, angesichts der Tatsache, dass wir uns nie persönlich getroffen hatten, beträchtlich lange gehalten hatte. Irgendwann wurde der Mietwagen gebracht, und Chas stand mit seinen Sachen bereit. Ich sah nach oben zum Glasdach, umklammerte sein Handgelenk und ging ein letztes Mal hinaus durch die Mahagonitüren.

Die Zedern auf dem Vorplatz blickten überrascht, vielleicht auch vorwurfsvoll auf mich herab. Es werden noch alle möglichen Dinge passieren und du wirst nicht daran teilhaben, schienen sie zu sagen. Und tatsächlich, als wir so da standen, ging Arm in Arm ein Paar an uns vorbei, Gäste, die ich noch nie zuvor gesehen hatte. Sie öffneten die Tür und gingen hinein, und mit voller Wucht traf mich die Erkenntnis, dass jeden Tag andere Menschen hier eintreffen würden, dass in der Bar weiter gelacht würde und in den Zimmern weiter alle möglichen Dinge geschehen würden, ganz so, als sei ich nie da gewesen.

»Geht es dir gut?«, fragte Chas.

»Ja«, sagte ich, »wollen wir …?«

Die Tür wurde aufgerissen, und da stand Howard und zauberte seinen allerletzten Trick hervor. »Hört mal«, sagte er, »seid ihr euch wirklich ganz sicher?«

Ich wollte mich wegdrehen.

»Ich habe etwas Schlimmes angestellt«, sagte er, »aber ihr wisst, dass ich versucht habe, es wiedergutzumachen. Ihr seid die besten Freunde, die ich je hatte. Und die einzigen, die ich noch habe.«

»Fang nicht so an, Howard.« Meine Stimme klang stockend und schroff.

»Ich habe versucht, es in Ordnung zu bringen«, sagte er nochmals. »Ich weiß nicht, wie ich ohne euch beide weitermachen soll. Ich weiß wirklich nicht, was ich tun soll.«

Seine Stimme bebte. Ich ging zu ihm und nahm ihn in den Arm, sog sein Lederaroma ein. Dann trat ich einen Schritt zurück, damit auch Chas ihn umarmen konnte. Mein Herz schlug sehr schnell, so schnell wie in dem Augenblick, als ich mich entschieden hatte, die Wahrheit zu sagen. Kurz fürchtete ich, es würde Chas wieder zurück ins Hotel ziehen, aber da wandte er sich mir zu und sagte: »Also, los jetzt.« Ich führte ihn zum Auto, ohne mich noch einmal zu Howard umzudrehen. Ich schichtete unsere Sachen hinten in den Kofferraum und ließ den Motor an, wohl wissend, dass er immer noch da stand, wohl wissend, dass mir niemand anderes im Leben so viel bedeutet hatte, aber dass es nun zu Ende war.

Ich mache einen mickrigen braunen Kühlschrank ausfindig, der großspurig als Minibar bezeichnet wird und einzig eine Tüte Milch und zwei Dosen Bier enthält. Wir sitzen da und nippen am Bier. Chas hat bereits an der Rezeption angerufen, damit er mit seinem Computer ins Internet kommt – gegen eine Gebühr von fünfzehn Pfund. Die werde ich bezahlen, habe ich ihm gesagt. Nun sehe ich ihm zu: So behände, wie ein Verkäufer seine Waren auslegt, drückt er all die Knöpfe, die seinen Laptop in Einsatzbereitschaft versetzen. Der plappert in seiner Automatenstimme: *Sprachausgabe aktiviert. Links klicken, um Fenster zu öffnen. Sie sind nun online.*

Ein billiges Holzbrett soll den Schreibtisch darstellen, und wir beide kauern auf schwarzen Drehstühlen, wie sie damals auch im Computerraum des Alpha Einzug gehalten haben. Chas gibt mir Anweisungen, wie ich ins Internet komme, um die Route herauszusuchen, auf der wir morgen von hier aus weiterfahren werden, irgendwo in den Lake District, nach Inverness. Das Computerprogramm ist genial, zeigt sogar die Standorte der Radarfallen und Tankstellen an, und man kann die aktuellen Verkehrsverhältnisse abrufen, erklärt Chas mir aufgeregt. Man kann nachsehen, wie viel Verkehr gerade herrscht, bevor man losfährt. Er fängt an, mir andere Funktionen der Website zu demonstrieren, und singt ein Loblied auf das »Googlen«. Dann blickt er vom Computer auf und geradeaus, als würde er die Wand anstarren. Es ist sein typischer Blick mit reglosen Pupillen, der so schwer zu interpretieren ist. Im Nachbarzimmer haben sie den Fernseher gehörig aufgedreht, ich höre eine lautstarke Auseinandersetzung, vielleicht eine Seifenoper. Ich lege eine Hand auf Chas' Schulter. »Fehlt dir Howard?«

Als Antwort auf meine Frage steht Chas auf. »Kannst du die Dusche für mich andrehen?«

Wir stehen gemeinsam ins Badezimmer, wo auf halber Höhe ein Duschkopf von einer Halterung baumelt, über einer Wanne, die aussieht, als sei sie selbst für einen durchschnittlich großen Gast zu klein. Einen Augenblick lang muss ich gegen die Sehnsucht nach dem Ort ankämpfen, den wir verlassen haben, mit seinen frei stehenden Badewannen, den Mosaikfliesen, den ruhigen Zimmern. Aber darüber nachzudenken führt zu nichts. Ich strecke meine Hand nach dem Hahn aus und stelle das Wasser an.

»Ich denke schon, dass er mir fehlt«, sagt Chas.

»Du weißt, dass ich dich jederzeit zurückbringen kann«, sage ich, ohne das im Geringsten zu wollen. »Du kannst zurück, wann immer du möchtest.«

Chas' Augen schweifen blicklos über die kahle Wand, während Wasser in die billige Wanne prasselt. »Ich vermisse den Howard, für den ich ihn gehalten habe.«

Ich beuge mich über die Wanne, um mit der Hand die Temperatur zu prüfen: Das Wasser ist immer noch kalt. »Den vermisse ich«, sagt er noch einmal.

»Mit der Zeit wird sich das ändern.« Ich habe Übung darin, das Richtige zu sagen. »Du wirst Howard vergeben.«

»Vielleicht.«

»Du wirst ihn als den sehen, der er immer gewesen ist. Der er wirklich gewesen ist. Als deinen …«

Aber was ist Howard jetzt? Wir beide stehen da, um uns das Geräusch von plätscherndem Wasser und schlagenden Türen auf dem Gang.

»Mich interessiert mehr, was die Zukunft bringt«, sagt Chas.

Die Härchen in meinem Nacken stellen sich auf, ein Phänomen, von dem ich bisher nur gehört habe. Nachdem ich mich vergewissert habe, dass Chas sich allein unter die Dusche tasten kann, gehe ich hinaus und schließe die Tür hinter mir. Ich setze mich an den Schreibtisch und blicke auf den Computer.

Agatha Richards. Es kommt nichts dabei heraus, womit ich etwas anfangen könnte, wie üblich. Aber das Internet ist riesig. Ich verstehe jetzt, warum es Netz heißt. Es ist kompliziert und verschlungen. Ich stehe gerade erst am Anfang.

Du lebst gerne in der Vergangenheit, nicht wahr?, hat mich Howard vor Jahren gefragt. Nein, habe ich erwidert, in der

Gegenwart. Und doch hatte er recht, wie so oft. Fast mein ganzes bisheriges Leben habe ich meiner Vergangenheit gehuldigt. Nun jedoch kommt es mir vor, als würde alles vor mir liegen. Heute Nacht, wenn ich aus dem Fenster auf die Autobahn blicke, auf der wir morgen weiterreisen werden, kann ich mit Fug und Recht behaupten, dass ich mich fortbewegt habe. Ja, ohne Zweifel, wir leben jetzt in der Gegenwart.

Nachwort

Hotel Alpha ist als Lektüre in zwei Etappen konzipiert: Die erste ist der Roman, den Sie gerade zu Ende gelesen haben (außer Sie gehören zu den Leuten, die grundsätzlich erst mal ans Ende eines Buches blättern). Ich hoffe, er hat Ihnen gefallen. Und dann gibt es noch hundert zusätzliche Geschichten, die auf einer Website erscheinen werden: *www.hotelalphastories.de*. Acht dieser Geschichten finden Sie im Folgenden. Diese Zusatzgeschichten umfassen dieselbe Zeitspanne wie der Roman. Sie beleuchten das Geschehen aus einer anderen Perspektive, zeigen ein paar der unsichtbaren Verbindungen zwischen den Hauptereignissen auf und verleihen den Tausenden von Nebenfiguren und Nebenhandlungen, die das Leben des Hotel Alpha ausmachen, während die Haupthandlung abläuft, eine Stimme. Diese Geschichten können in beliebiger Reihenfolge und Menge konsumiert werden – oder Sie ignorieren sie komplett, das liegt ganz bei Ihnen.

Es ist ja bekannt, dass menschliche Schicksale größer und komplexer sind, als sie nach außen hin scheinen. Zwischen uns Individuen bestehen unendlich viele Beziehungen und Verbindungen, doch ein Buch hat seine Grenzen. Das Internet dagegen sprengt die rein materiellen Beschränkungen eines Buches und eröffnet Autoren und Lesern nie gekannte neue Möglichkeiten. Jetzt können wir selbst entscheiden, wie viel von einer Geschichte wir erzählen und wie viel von ihr wir wissen wollen: Theoretisch könnten wir auch ewig weitermachen. Die hundert Geschichten über das Hotel Alpha gehen zwar nicht ganz so weit, und Sie als Leser haben in Ihrem Leben vermutlich auch noch andere Pläne – aber es ist immerhin ein Anfang …

Mark Watson, im Mai 2014

Im Restaurant und anderswo (1964)

In den nächsten fünfzehn Jahren werden sich Anthony und Rosalynn nicht mehr begegnen, doch heute Abend, im Restaurant des Alpha, trennten die beiden nur wenige Meter. Anthony und Rosalynn, zwei Siebenjährige, die später einmal als Tony und Roz miteinander schlafen werden, haben sich heute Abend zwar gesehen, aber keine größere Notiz voneinander genommen. Schon eigenartig, wie einen das Leben immer wieder mit solchen Andeutungen foppt, als sehe man im Kino eine kurze Vorschau seiner Zukunft.

Heute Abend haben die beiden Kinder einen Blick auf den fast fertiggestellten neuen Post Office Tower geworfen. Ein Außenskelett aus schimmerndem Stahl verbirgt nun sein einer Wirbelsäule mit Bandscheiben ähnelndes Innenleben, das vor Kurzem noch dieser skeptischen graubraunen Stadt seine Verwundbarkeit offenbarte. Doch nun sieht es nicht mehr verwundbar aus, nun sieht es aus wie eines jener seltsamen, aufregend neuartigen Ungetüme, denen anscheinend die Zukunft gehört. Zurzeit wird viel gebaut. Auch das Hotel Alpha ist neu. Genaugenommen ist das Gebäude selbst alt, es wurde in den 1870er-Jahren errichtet, und sein Äußeres ist mehr oder weniger unverändert geblieben. Aber in seinem Inneren ist alles ganz modern: das lässige, informelle Auftreten des Besitzers, die demonstrativ langen Öffnungszeiten des Restaurants, die knallbunten, geblümten Hemden und langen Haare des Barpersonals. Selbst das, was dem traditionellen Stil anderer Grandhotels entspricht – der Marmorboden, der klobige Rezeptionstresen, die Kronleuchter –, strahlt etwas leicht Subversives aus. Abgesehen von seinem Anspruch hat das Alpha auch gar nicht so viel mit einem Grandhotel gemein.

Doch all das tangiert die beiden Kinder Anthony und Rosalynn, deren Wege sich heute Abend kreuzten, überhaupt nicht. Nicht nur, weil sie zu jung sind, um sich über das Ambiente von Hotels Gedanken zu machen, sondern auch, weil sie unglücklich sind.

Anthony liegt auf einem Zustellbett und stellt sich schon seit Stunden schlafend, während seine Eltern ununterbrochen streiten. Die Stimmung zwischen den beiden war schon den ganzen Tag über angespannt. Sie waren nach London gekommen, um seinen Onkel Ken zu besuchen, den Bruder seines Vaters. Doch Ken hat Ärger mit seinem Vermieter und konnte sie deshalb nicht bei sich unterbringen. Das ärgerte Anthonys Mutter, weil sie in letzter Minute umdisponieren mussten. Dann hatten sie Schwierigkeiten, ein Hotel zu finden, und da sie sich in London überhaupt nicht auskannten, landeten sie schließlich im Alpha. Obwohl die Preise (nach Ansicht seiner Mutter) ganz vernünftig waren, lagen sie (nach Ansicht seines Vaters) deutlich über dem, was sie sich leisten konnten, weswegen dieser sich ebenfalls ärgerte. Sie aßen im Restaurant zu Abend, praktisch ohne ein Wort zu wechseln, und Anthony wagte es nicht einmal, nach einem Nachtisch zu fragen, obwohl er sein gesamtes Sparschwein für so einen Eisbecher geopfert hätte, wie ihn das Mädchen am Nebentisch bekam. Dann gingen sie wieder hinauf ins Zimmer, wo die Lage sich weiter zuspitzte. Sein Vater schrie seine Mutter an, weil sie im Badezimmer zu lange zum Abschminken brauchte. Sie wiederum machte deutlich, dass sie diese Reise sowieso nicht gewollt hatte, und sagte dann noch etwas über seine Familie, das Anthony nicht verstand. So schnell er konnte, wusch er sich das Gesicht und putzte sich die Zähne, legte sich auf die Liege, die der Hotelportier für ihn aufgestellt hat, drehte sich von seinen Eltern weg zum Fenster und wünschte, er würde schlafen.

Aber das gelang ihm nicht. Sein Hirn schien in seinem Schädel Pirouetten zu drehen und bei jedem Laut – einer Sirene von der Straße unten, einer in irgendeinem Winkel summenden Fliege – zusammenzuschrecken wie ein verängstigtes Kätzchen. So ging das eine halbe Stunde. Seine Mutter las ein Buch, während sein Vater zu schlafen versuchte. Anthony hörte, wie die Fliege summte, wie seine Mutter umblätterte und wie sein Vater sich immer wieder verdrossen räusperte. Als seine Mutter dann ihre Nachttischlampe ausmachte, fingen sie im Flüsterton an zu streiten, da sie wohl davon ausgingen, dass Anthony schlafe.

»Bist du endlich fertig mit deinem Scheißbuch?«

»Was soll denn das jetzt?«

»Ich dachte schon, du willst die ganze Nacht lesen.«

»Was geht es dich an, wie lange ich lese? Ich tue es jedenfalls nicht, um … dich zu provozieren.«

Dieser kurze Wortwechsel endete mit einem sarkastischen Schnauben seines Vaters, einem Geräusch, das er über die Jahre dahingehend verfeinert hat, dass es seine Mutter regelmäßig in den Wahnsinn treibt. Erwartungsgemäß stieg sie auch diesmal darauf ein.

»Was zum Teufel soll denn dieses Geschnaube jetzt bedeuten?«

Anthony merkte, wie ihm immer heißer wurde. Er drehte sich von der Seite auf den Rücken und starrte an die Decke, während ab und an Verkehrsgeräusche von draußen an sein Ohr drangen. Seinen Eltern schien es inzwischen egal zu sein, ob er wach war oder schlief. Er rollte sich auf den Bauch und vergrub sein Gesicht in dem Kissen, das eigentlich ein Sofakissen war, so wie dieses Bett kein richtiges Bett war, sondern eine Campingliege. Er schien irgendwie allein schon durch seine Anwesenheit im Weg, eben jemand, für den man ein zusätzliches Bett herbeischaffen muss. Er presste sein Gesicht hinein, sodass er nur noch das Kissen und die leicht raue Struktur seines Bezugs spürte. Einige Minuten blieb er so liegen, damit sie nicht merkten, dass er weinte. Seine heimlichen Tränen sickerten in die Kissenfüllung, die sein Gesicht umschloss. Ein paarmal musste er schniefen, aber keiner der beiden reagierte darauf. Als er zu ersticken glaubte und seinen Kopf hob, um ihn nun auf dem Kissen abzulegen, statt ihn darin zu vergraben, hatte das Gespräch eine andere Richtung eingeschlagen, der Tonfall war ruhiger, aber zugleich bedrohlicher.

»Kannst du nachvollziehen, warum ich dir nicht vertraue?«, fragte sein Vater.

»Himmel, Arsch und Zwirn«, sagte seine Mutter, und auch wenn Anthony die Formulierung nicht kannte, war ihm klar, dass sie das Falsche gesagt hatte. Die Reaktion seines Vaters bestätigte seine Einschätzung.

»Sprich gefälligst nicht so, wenn er dabei ist!«

»Er schläft.«

»Kannst du nachvollziehen, warum ich dir nicht vertraue?«, wiederholte sein Vater, und diesmal antwortete seine Mutter mit einem tiefen Seufzer, aus dem mehr Verzweiflung sprach, als Worte ausdrücken können.

»Ich sage dir nur, was ich empfinde«, sagte sein Vater.

»Wann wirst du endlich damit aufhören?«, fragte seine Mutter. »Wann wirst du endlich akzeptieren, was vorgefallen ist?«

»So einfach ist das nicht«, sagte sein Vater.

Danach war es still, zumindest sagten sie nichts mehr. Kurz hatte Anthony den Eindruck, er höre durch die Wand jemanden im Zimmer nebenan weinen. Dann begriff er, dass die Geräusche aus dem Badezimmer kamen und von seiner Mutter stammten. Was immer sein Vater ihr auch vorgeworfen hatte – und Anthony konnte nicht einmal ansatzweise erahnen, worum es sich handelte –, war er doch überzeugt, dass ihre Tränen im angrenzenden Badezimmer bewiesen, dass er im Recht war. Was auch geschieht, sein Vater ist Anthonys Held: Er hat eine Sammlung von Zigarettenbildern mit Spielern von Leeds United; er hat diesem furchterregenden zehnjährigen Jungen deutlich gemacht, dass er ihn »zu Brei schlagen« wird, wenn er sich je wieder mit Anthony anlegt; und er kann so gut Fred Feuerstein imitieren.

Also muss seine Mutter an allem schuld sein: daran, dass seine Eltern streiten, und daran, dass Anthony sein Kissen nass weint. Er hat seine Mutter lieb, aber irgendwer muss schließlich Schuld haben, dass er sich so schrecklich fühlt, und dann ist es wohl sie.

Das Mädchen, das vorhin am Nebentisch den Eisbecher bekommen hat, ist nun zu Hause in Barnet in seinem Kinderzimmer. An der Zimmertür hängt ein Schild, auf dem gemalte Rosenblätter den Namen »Rosalynn« formen, ein Name, den sie jetzt schon hasst. Auch hier ist eine Auseinandersetzung im Gange, doch über ihren Gegenstand besteht in diesem Fall kein Zweifel.

Etwas früher an diesem Abend hat Rosalynn in einem Konzert der Sieben- bis Elfjährigen des North-London-Schulorchesters mitgespielt (sie selbst in der Gruppe der unter Achtjährigen). Die Eltern waren zahlreich anwesend, und ihr Enthusiasmus reichte von verhalten bis geradezu überschäumend. Eigentlich hätte auch Rosalynns Vater dabei sein sollen. Er habe hoch und heilig versprochen zu kommen – das ist die Formulierung, die ihre Mum nun benutzt, als sie unten ins Telefon schreit. Die Wände dämpfen die Lautstärke, sodass Rosalynn die Wut ihrer Mutter nur aus dem Tonfall schließen kann. Rosalynn spielt die zweite Geige. Daraus hatte ihr Vater, als er zum letzten Mal vor etwa zwei Wochen hier war, ein Wortspiel gemacht, das sie nicht verstand. Ihr

Vater ist viel unterwegs, weil er so eine wichtige Arbeit hat – was immer das auch sein mag. Aber auf jeden Fall war vereinbart, dass er heute Abend zum Konzert kommt.

Als die Lichter auf der Bühne angingen, war Rosalynn überrascht von ihrer Helligkeit, und während sie spielte, konnte sie in der Dunkelheit des Zuschauerraums überhaupt niemanden ausmachen. Erst als sie fertig war und auch dort unten die Lichter angingen, sah Rosalynn ihre Mutter, die mit ihrem neuen Haarschnitt ein paar Reihen entfernt saß, und es bestätigte sich, was sie bereits vermutet hatte: Ihr Vater war nicht da. Er hatte das Konzert verpasst, genauso wie das Sportfest und das Krippenspiel, in dem ihr Bruder Simon der Josef gewesen war. Immer mit der gleichen Ausrede, die ihre Mutter auch jetzt zwischen zusammengepressten Zähnen hervorbrachte, als sie den Mini vom Parkplatz lenkte, ohne mit den anderen Eltern Kaffee getrunken und ihre mitleidigen Blicke entgegengenommen zu haben: Arbeit.

»Wo ist er denn?«, fragte Rosalynn.

»Er ist wohl aufgehalten worden«, antwortete ihre Mutter, ohne den Blick vom Spiegel abzuwenden.

»Aber er hat doch gesagt …«

»Er ist wohl aufgehalten worden!«, schnauzte ihre Mutter. Dann tat es ihr leid, Rosalynn angeschrien zu haben. Zur Belohnung und als Entschädigung für die Abwesenheit ihres Vaters gingen sie mit Simon zusammen in ein Hotel zum Abendessen. Sie sprachen darüber, wie gut das Konzert gelaufen war, und Rosalynn genoss es sehr, dass sie so spät zu Abend aßen und dass sogar ihr drei Jahre älterer Bruder Simon von ihrem Geigenspiel beeindruckt war. Sie sprachen über das Konzert und die anderen Musiker und über alles Mögliche, nur nicht über ihren Vater und dessen Abwesenheit.

Nun stellt Rosalynn leise ihre Füße vors Bett und schleicht im Nachthemd zum Treppenabsatz. Sie versteift jeden Muskel und versucht sogar das federleichte Geräusch zu unterdrücken, das ihr Atem macht, wenn er aus ihren Nasenlöchern strömt. Wie ein Stein so starr steht sie da. Darin ist sie sehr gut, bei den Partys von Flora und Linda war sie beim Versteinern-Spielen praktisch unschlagbar. Das Telefonkabel führt bis ins Arbeitszimmer. Ihre Mutter hat den Apparat dorthin mitgenommen, aber von hier aus kann Rosalynn hören, was sie sagt.

»Tja, wenn deine Tochter keine Priorität für dich hat.«

Was heißt Priorität?, fragt sich Rosalynn, und die Frage schnürt ihr die Kehle zu, sodass ihr ein leises Geräusch entfährt. Und warum hat sie die nicht?

»Das ist mir egal, Patrice.«

Patrice ist ein ungewöhnlicher Name für einen Vater. Er ist in Montreal geboren. Rosalynn mag den Ton nicht, in dem ihre Mutter den Namen jetzt sagt, als wolle sie seine Fremdheit betonen.

»Ich … hör zu, Patrice, das ist mir egal. Die Frage ist doch: Kannst du für deine Tochter dieses Opfer bringen oder nicht? Können wir uns auf dich verlassen – kann sich diese Familie auf dich verlassen – oder nicht?«

Rosalynn weiß, was »sich auf jemanden verlassen« heißt. Es heißt, dass man jemandem vertrauen kann, dass man weiß, dass man geliebt wird. Bei dem Ton, in dem ihre Eltern miteinander reden, stockt ihr kurz der Atem. Sie sieht herab auf ihr Nachthemd mit den hellblauen Ponys und findet es plötzlich grässlich, weil es so kindlich aussieht. Sie fühlt sich nicht wie sieben Jahre alt, sie fühlt sich viel älter, auf eine traurige Art älter, niedergedrückt von der Last der Realität. Dieses Gespräch lässt alles in ihrem Kinderzimmer absurd erscheinen, vom Puppenhaus mit seinen allzeit glücklichen Bewohnern bis zu der in den Grundfarben gehaltenen Enid-Blyton-Buchreihe im Regal. Das einzig Reale ist die Tatsache, dass ihre Eltern sich nicht mehr mögen. Es gab eine Zeit, es gab viele Zeiten (am Strand in Brittany, beim Ostereiersuchen bei Oma), da mochten sie sich, da liebten sie sich sogar, aber das ist jetzt vorbei.

Rosalynn tritt vom Treppenabsatz zurück. Ganz vorsichtig, aus Angst, ertappt zu werden, denn ihrer Mutter entgeht nie etwas. Sie krabbelt zurück in ihr Bett, das sich selbst dann noch kalt anfühlt, als sie sich ganz fest in ihre Decke gewickelt hat. Vergeblich denkt sie an den Ausdruck »eingemummelt wie ein Eskimo«, der sie immer aufgeheitert hat, ihr aber plötzlich kindisch und veraltet vorkommt wie alles, was sie umgibt. Wieder erinnert sie sich an den Urlaub in Brittany, der erst ein Jahr zurückliegt: Wie erwachsen sie sich fühlte, als sie mit der ganzen Familie zusammen Kakao trank. Kurz überlegt sie, ob sie bei Simon klopfen soll, aber er wird sie nicht verstehen. Dass sie sich auf Dad nicht verlassen können, damit muss sie ganz alleine klarkommen, denn nur sie weiß davon.

Sie starrt an die Decke mit den im Dunkeln leuchtenden Sternen, die ihr Vater dort für sie angebracht hat, und denkt über das nach, was sie gerade erfahren hat. Fünfzehn Kilometer weiter südlich liegt auch Anthony noch immer wach, im Gegensatz zu seinen streitenden Eltern, die inzwischen eingeschlafen sind. Die beiden, die heute beim Abendessen an zwei benachbarten Tischen gesessen haben, starren nun in unterschiedliche Erscheinungsformen von Dunkelheit. Anthonys Dunkelheit ist gesprenkelt vom verschwommenen Orange der Großstadtlichter draußen, Rosalynns Dunkelheit ist übersät von winzigen weißen Flecken an der Decke.

Wenn sie sich dann in fünfzehn Jahren kennenlernen, werden die Geschehnisse der heutigen Nacht noch immer eine wichtige Rolle spielen. Anthony – Tony – wird Frauen instinktiv misstrauen. Auch wenn es ihm nicht bewusst sein wird,

wird dieses Misstrauen sein Verhältnis zum anderen Geschlecht häufig beeinträchtigen. Rosalynn – Roz – wird genauso unbewusst Männer als Schufte und Betrüger ansehen, als Menschen, die nie da sind, wenn man sie braucht. Erschwerend werden noch ihr geringes Selbstwertgefühl und eine nur aufgesetzte Trotzhaltung hinzukommen, die daher rührt, dass sie von zu Hause weggelaufen ist. Diese Beziehung wird erwartungsgemäß nicht lange halten, aber es wird ein Kind namens Chas aus ihr hervorgehen. Roz wird es mit der abgöttischen Hingabe lieben, die sie in jede Gefühlsbeziehung investiert, und Tony wird dieses Kind bedauerlicherweise nie kennenlernen, weil er sich vorher davonmacht und damit Roz' Meinung über Männer bestätigt.

Doch bis dahin ist es noch Jahre hin. Heute Nacht liegen die beiden Siebenjährigen in ihren Betten und warten verzweifelt auf den Schlaf.

Auf dem Vorplatz des Alpha (1984)

Sie quatschten mich an wie üblich. Der Typ hatte einen grauen Anzug mit Krawatte, eine große Brille und eine schicke Frisur. »Haben Sie gesehen, was passiert ist, Schätzchen?«

Ich habe es eigentlich nicht so gern, von fremden Männern mit »Schätzchen« angesprochen zu werden, aber ab einem gewissen Alter passiert einem das eben. Egal, das ist es wert.

»Ja«, antwortete ich, »ich war dort oben, im dritten Stock. Als ich den Rauch gerochen habe, habe ich mein Zimmer verlassen und bin die Treppen hinuntergerannt – na ja, so schnell man in meinem Alter eben rennen kann –, weil man doch bei einem Brand keinen Lift benutzen soll. Ich habe hinaufgeschaut zu den Galerien, und alle sind …«

»Ganz wunderbar«, sagte der Brillenmann und gab seiner Kameracrew und den Aufnahmeleitern einen Wink. »Merken Sie sich das, Liebes, das ist genau das, was wir brauchen.«

Ich plapperte noch ein bisschen weiter, wie ein dummes kleines Vögelchen, während sie ihre Ausrüstung so aufstellten, dass sie die evakuierten Gäste ins Bild bekamen, die überall herumliefen, und das wunderschöne Mauerwerk des Gebäudes, was sie am Anfang ihres Beitrags einblenden würden. Dann sagte der Reporter zu mir: »Erzählen Sie mir einfach, was Sie gesehen haben, Liebes, und denken Sie gar nicht an die Kameras. Machen Sie sich keine Sorgen, das ist nicht live, wir können das auch noch mal wiederholen.« Das sagen sie immer.

Sie baten mich, ein Formular zu unterschreiben, und der Tontechniker hielt ein großes Mikrofon an einer Tonangel über meinem Kopf, während der Reporter mir das kleine Handmikrofon, das in Wirklichkeit nur der Optik dient, hinstreckte.

»Brenda Rogers«, sagte ich auf die Frage nach meinem Namen ins Mikrofon. Das verwenden die sowieso nie, das ist nur für ihre Unterlagen und den Soundcheck.

Dann ging es los. »Können Sie uns in Ihren eigenen Worten schildern, was Sie gesehen haben?«

Auch das sagen sie oft. Als ob ich die Worte von jemand anderem verwenden würde! Na ja, vermutlich wollten sie nur, dass ich mich entspanne.

»Ich war gerade in meinem Zimmer«, erzählte ich dem Mann mit Anzug und Krawatte, der dazu mitfühlend nickte. »Ich hörte einen Tumult draußen und lief hinaus auf die Galerie. Man konnte den Rauch riechen.« Ich änderte meine ursprüngliche Version, dass es der Rauch war, der mich alarmiert hatte, ein wenig ab, weil ich nicht sicher war, ob man ihn bei geschlossener Tür wirklich riechen konnte. »Ich lief die Treppen hinunter, weil man bei einem Brand den Lift nicht benutzen soll«, erklärte ich. Der Reporter lächelte mir zu, er hielt mich sicher für eine ausgesprochen nette alte Dame. »Es herrschte absolutes Chaos«, sagte ich. Den Satz habe ich schon öfter benutzt, der passt im Prinzip bei jedem Unglück. »Die Leute schrien.« Der war auch nie fehl am Platz.

Es ging ganz schnell über die Bühne. Der Techniker setzte die Tonangel ab, schimpfte über ihr Gewicht und zündete sich eine Zigarette an – was ich unter den gegebenen Umständen amüsant fand. Beim Feuer in Deptford war es das Gleiche – die Leute lassen sich wirklich durch nichts vom Rauchen abhalten.

Der Anzugmann bedankte sich und riet mir, in den Nachrichten morgen früh nach dem Beitrag Ausschau zu halten.

Als wüsste ich nicht selbst, wo ich ihn zu sehen bekomme. Er konnte noch nicht mit Sicherheit sagen, ob sie die Szene mit mir verwenden würden, aber er hielt es für wahrscheinlich. Ich auch, denn eine alte Dame ist genau das, wonach sie suchen. Auch wenn ich in Wahrheit erst fünfzig bin – also überhaupt noch nicht alt. Aber ich sehe älter aus, und das wollen sie haben. Eine, die aussieht, als lebe sie schon sehr lange in London und habe wirklich schon viel erlebt, aber so etwas noch nie. Nach mir ist dann wahrscheinlich ein junger Mann an der Reihe. Ja, zu einem forschen jüngeren Zeugen passe ich sehr gut, und darum habe ich vermutlich so eine stolze Bilanz vorzuweisen: fünf Katastrophen, fünf Auftritte in den Nachrichten.

Diesmal war es ganz einfach, rechtzeitig herzukommen, um die Zeugin zu spielen. Ich war ganz in der Nähe in Marylbone, und jemand an der Bushaltestelle hatte just den Rauch aus den oberen Fenstern kommen sehen. Ich bin dann gleich mit einem Taxi rübergefahren. Geschwindigkeit ist alles. Bei der Sache in Deptford hätte ich es fast nicht mehr geschafft, aber dann gingen ihnen die Gesprächspartner aus, weil keiner wild darauf war, ins Fernsehen zu kommen. Bei den Aufständen in Brixton war es auch einfach, weil sie so lange dauerten und weil keiner damit gerechnet hatte, mittendrin jemanden wie mich anzutreffen. Und ja, auch diesmal hätte es praktisch nicht besser laufen können. Ich darf nicht vergessen, den Fernseher vor den Nachrichten ein paar Minuten warmlaufen zu lassen, damit das Bild auch gut ist.

Falls sie es wirklich senden, lasse ich mal besser ein paar Monate ins Land ziehen, bevor ich es wieder mache. Nur damit niemand Lunte riecht. Auch wenn ich mir das nicht wirklich vorstellen kann. Abgesehen davon kann es sowieso dauern, bis wieder etwas passiert. Es ist ja nicht so, dass ich diese Katastrophen nach Belieben auslösen könnte. Ich versuche nur, so schnell wie möglich hinzukommen, wenn ich von einer höre, und dann gebe ich als Augenzeugin mein Bestes.

Im Konferenzraum (2001)

Offen gestanden ist es verdammt verwunderlich, dass ich immer noch auf dieser Party bin, dieser sogenannten Verlobungsparty, für die sie diesen protzigen Raum in diesem berühmten Hotel gemietet haben. Es ist offen gestanden der helle Wahnsinn, dass ich meinen Champagner, den mir dieser rothaarige Kerl in die Hand gedrückt hat, nicht einfach Lloyd ins Gesicht geschüttet habe und dann abgerauscht bin. Ich bin, offen gestanden, wie vom Donner gerührt, und diese Formulierung benutze ich wirklich nicht leichtfertig.

Die Auffassung, dass Alistair, den sie bis vor drei Jahren noch nicht einmal kannten, ein besserer Trauzeuge sein könnte als ich, halte ich für absolut – und dieses Wort wähle ich mit Bedacht – obszön.

Es gibt eine Menge, was man an Alistair nicht mögen kann: nicht zuletzt seine aufdringlich modische Frisur, als sei er zweiundzwanzig, wo er doch auf die Vierzig zugeht; dann, dass er immer behauptet, Fan einer Fußballmannschaft zu sein, von der er ganz offensichtlich keine Ahnung hat; und dieses unangenehm affektierte »Hey, Bruder«, mit dem er die Leute anspricht, als wären wir in Harlem oder so; sein lautes Lachen, das nicht im Geringsten etwas mit echter Amüsiertheit zu tun hat, sondern viel mehr damit, dass eine größtmögliche Zuhörerschaft seine Wertschätzung für einen Scherz mitkriegen soll; seine Unsitte, mit dem Mann, der am Urinal neben ihm steht, ein Gespräch anzufangen. Dazu kommt noch seine Behauptung, ein »Gesellschaftsraucher« zu sein, als sei das moralisch höher zu werten, und diese Angewohnheit, sich die Zigaretten selbst zu drehen, als sei das fraglos besser, als sie in Packungen zu kaufen – noch schlimmer, als sei das eine fast vergessene Kulturtechnik, die er als letzter Angehöriger der menschlichen Rasse noch beherrscht. Diese Marotte, sich Frauen als »Ali« vorzustellen, als würde ihn das jünger oder liebenswerter machen; und wenn er sagt, er sei im Staatsdienst, klingt es immer so, als sei er ein hohes Tier auf Regierungsebene, dabei arbeitet er nur im kommunalen Straßenbauamt. Und schließlich noch seine beschissenen »Designerhemden«.

Na ja, letztlich muss man jeden nach seiner Fasson glücklich werden lassen.

Offensichtlich sehen Lloyd und Anita etwas in ihm … gut, er hat ohne Zweifel dieses … jeder ist nun mal anders, und die Welt wäre langweilig, wenn wir alle einer Meinung wären. Es ist natürlich ihre Sache, wen sie zu ihren Freunden zählen. Niemand würde bestreiten, dass er auf die Hochzeit gehört. Er und seine Frau oder Freundin oder was immer sie ist, diese Person, die er so penetrant als seine »Partnerin« bezeichnet. Sie sollen dabei sein, wenn Lloyd und Anita das wünschen, es ist schließlich ihr Tag – unbestreitbar.

Aber der Beschluss, dass Alistair auf der Grundlage ihrer läppischen drei Jahre währenden Bekanntschaft für die Rolle des Trauzeugen besser geeignet ist als ich, das ist – und ich benutze diese Wörter nicht leichtfertig – eine hochgradig beschissen obszöne Entscheidung.

Wo war denn Alistair, als ein Missverständnis des Ikea-Lieferservice dazu führte, dass Lloyd und Anita ohne Möbel dastanden, bis ein gewisser Jemand, nämlich ich, mit Klappstühlen auftauchte? Wo war er denn bei jener berüchtigten Partie Reise-Scrabble, die die vierstündige Verspätung des Rückflugs aus Alicante überbrückte, aber leicht zu einem Ende ihrer Beziehung hätte führen können, wenn nicht ein gewisser Jemand, nämlich ich, einen Kompromiss hinsichtlich zulässiger Substantive vorgeschlagen hätte? Ist er vertraut mit der ganzen Bandbreite von Lloyds Spitznamen, zu denen »Android«, »König Käse« und »Lloyd Unerfreut« gehören, die zu einem großen Teil von einem gewissen Jemand, nämlich mir, geprägt wurden, und weiß er, wie sie zustande kamen?

Mit Lloyd verbindet mich eine vierzehnjährige Freundschaft; Anita ist erst seit sechs Jahren mit von der Partie. So könnte sich der Verdacht natürlich auf Anita richten, wenn ich das mal so formulieren darf, Anita, die vielleicht gar nicht in der Lage ist, das Format des Trauzeugen, den sie hiermit ablehnt, überhaupt zu erfassen. Nicht, dass dieses Format je auf die Probe gestellt worden wäre. Dies war – und ich gehe nur äußerst ungern nochmals auf meine persönliche Enttäuschung ein, aber es muss sein – meine beste Chance, Trauzeuge zu werden. Ich gestehe, dass ich es, ausgehend von meiner Qualifikation, bereits für eine ausgemachte Sache gehalten habe. Der Moment heute Abend, als Lloyd gegen sein Glas klopfte und Alistair zu seinem Trauzeugen ernannte und Alistair die Berufung mit einer pseudo-bescheidenen Geste annahm, und das ganze Haarewuscheln und Umarmen danach – das waren schlimme Momente, wirklich schlimme Momente für mich. Ich wartete darauf, dass irgendjemand Einspruch erhob. Die Ungerechtigkeit lag förmlich in der Luft, sie war mit Händen zu greifen! Doch niemand sah mich an. Die anderen waren vermutlich ebenso betreten. Sie merkten, dass sie sich durch ihre schiere Anwesenheit zu Komplizen dieses Vorgangs machten. Zu Komplizen dieses Irrtums. Dieses – und ich verwende dieses Wort hier ganz bewusst – Verbrechens. Dieser gigantisch beschissenen Gräueltat, Alistair Lowden zum Trauzeugen zu machen, anstelle eines gewissen Jemand, nämlich mich, der für diese Aufgabe selbstredend besser qualifiziert ist.

Es ist offen gestanden ziemlich scheißunglaublich, dass ich immer noch hier bin, zu idiotischer Konversation ein nachsichtiges Lächeln aufsetze und zustimme, dass die beiden ein großartiges Paar abgeben und dass es ein ganz wunderbarer Tag werden wird. Dass ich darlege, womit ich mein Geld verdiene, und geduldig erkläre, dass ein Horn etwas anderes ist als eine Trompete, und – haha – ein Alphorn.

Aber das letzte Wort in dieser Angelegenheit ist noch nicht gesprochen. Die Hochzeit findet erst in achtzehn Monaten statt. Da bleibt noch genug Zeit, um Veränderungen anzustoßen. Sehr viel Zeit. Alistair Lowden glaubt, dass er heute Abend zum Trauzeugen bei der Hochzeit von Lloyd und Anita ernannt wurde. Nun, zumindest wurde ihm ein dementsprechendes Angebot unterbreitet. Aber er ist noch lange nicht am Ziel. Am Tag der Hochzeit werden wir wissen, wer Trauzeuge ist. Nicht vorher. Bis zu diesem Tag ist noch alles offen. Philip Lennox – dieser gewisse Jemand, meine Wenigkeit – ist noch lange nicht aus dem Rennen.

Im Rauchsalon (1985)

Eine Besprechung ist im Gange, Qualm verpestet die Luft. In etwa zwanzig Jahren wird es verboten sein, in diesem Raum und in den meisten anderen Räumen dieses Gebäudes zu rauchen, aber würde man das in diesem Moment prophezeien, es würde einem niemand glauben.

»Wir müssen uns jetzt sofort entscheiden, damit ich das wegfaxen kann. Nehmen wir das Datum nun mit drauf oder nicht?«

Sie arbeiten am Werbeplakat für einen Film (keinen besonders guten), in dem ein Kerl mit einem Mädchen zusammenlebt, das einen kleinen Tiger als Haustier bekommt – was zu beträchtlichen Schwierigkeiten führt. In den Staaten hat er ziemlich frostige Besprechungen erhalten: In einer Kritik hieß es, der Plot sei »derart blödsinnig und undurchdacht, dass sogar die Drehbuchautoren selbst nach etwa zwanzig Minuten die Nase voll davon hatten«, und ein renommierter Rezensent (zugegeben ein ziemlich hochnäsiger) gönnte dem Film überhaupt nur einen Satz: »Gehen Sie nicht rein!« Glücklicherweise gibt es noch kein Internet, sodass die Leute in der Regel die bisherigen Kritiken eines Films nicht kennen, wenn er in London anläuft. Mit einer halbwegs cleveren Werbekampagne kann man auch diesen Schrott noch als Riesenerfolg präsentieren. Die Produktionsfirma hat für den Auftrag etwas Geld springen lassen, und die Werbung wird bald auf den Londoner Bussen zu sehen sein. Jetzt müssen nur noch diese beiden Leute hier die Plakatgestaltung festlegen.

»Hm, ich denke … keine Ahnung, was meinst du?«

Florian kann sich nicht konzentrieren. Seit zwanzig Minuten treibt sich in allen möglichen Ecken und Winkeln eine Fliege herum, und ihr leises, monotones Summen ist nicht zu überhören, weil man in dem festen Vorsatz, sie zu ignorieren, ihre Existenz eingesteht. Es ist, wie – na ja, ein bisschen wie die Geschichte mit dem Baum, der im Wald umfällt. Wenn sie der summenden Fliege nicht zuhören würden, würde sie nicht summen. Aber um diesen Gedanken zu denken, muss man sich schon eingestanden haben, dass die Fliege summt. Und dann ist es …

»Hast du mir überhaupt zugehört?«, fragt Florians Kollegin, nicht ohne Berechtigung etwas gereizt.

Er hebt in einer entschuldigenden Geste die Hände: »Tut mir leid, ich … es ist diese dämliche Fliege. Sorry, noch mal: Was sind unsere Optionen?«

Sie seufzt. Nicht, dass ihr dieser Film auch nur einen Deut wichtiger wäre als ihm. Aber sie ist eindeutig die Professionellere. In fünf Jahren werden beide dieser Branche den Rücken gekehrt haben, und sie wird als Reiseleiterin in Peru arbeiten.

»Ich finde, wir sollten das Datum weglassen, weil wir dann den Titel in größerer Schrift draufkriegen, was meiner Meinung nach besser wäre.«

»Okay«, sagt er.

»Bist du sicher?«, fragt sie. »Weil es durchaus sein könnte, dass sie uns dafür den Kopf abreißen. Wäre ja möglich, dass sie unbedingt das Startdatum drauf haben wollen. Aber wir haben keine Zeit mehr, das abzuklären.«

Er will ihr eigentlich sagen, dass sie das Datum vielleicht doch draufnehmen sollten. Nur damit sie auf der sicheren Seite sind. Nur um zu vermeiden, dass irgendein Idiot in LA sie zur Sau macht, weil er glaubt, niemand sehe sich einen Film an, wenn das Startdatum nicht auf dem Plakat steht. Aber da ist diese Fliege, die mal leise, mal laut, aber nie dort summt, wo man sie vermutet. Die Fliege und der Qualm. Aber vor allem die Fliege. Er hält das nicht mehr länger aus.

»Ich denke, das geht so in Ordnung«, sagt Florian. »Mach dir wegen des Startdatums keine Sorgen, das spielt keine Rolle.«

Da irrt er sich, aber die Würfel sind gefallen. Keine fünf Minuten später ist sie auf dem Weg zum Faxgerät an der Rezeption und schickt den Entwurf an die zuständigen Leute. Und das Datum wird eine Rolle spielen. Ein Mann wird seinen Traumjob nicht kriegen, weil es auf dem Plakat fehlt. Ein anderer wird so lange auf das Plakat starren, um herauszufinden, wann der Film anläuft, bis er von einem Fahrradfahrer umgefahren wird und schließlich eine Krankenschwester kennenlernt, in die er sich verliebt. In gewisser Weise sind dafür die beiden Grafiker verantwortlich, aber man könnte die Verantwortung genauso gut der Fliege zuschreiben.

Als der Grafiker den Raum verlässt, schwirrt die Fliege mit ihm zur Tür hinaus. In der folgenden Woche wird sie eine Reihe noch schwerer wiegende Entscheidungen beeinflussen.

Auf der Euston Road, etwa 800 Meter vom Alpha entfernt (1985)

Er tänzelt in der Frühlingssonne die Straße entlang. Matthew Gillett, der mit Abstand beste Mann für den freien Posten im Hotel Alpha, hat sich herausgeputzt: Er trägt Anzug und Krawatte, und seine Schuhe hat er von einem Nigerianer am Bahnhof aufpolieren lassen. Er sieht auf die Uhr: Bis zu seinem Vorstellungsgespräch bleiben noch fünfundvierzig Minuten. Genau die richtige Zeitspanne: noch lang genug, um sich keinesfalls zu verspäten, aber nicht so lang, dass er peinlich früh erscheinen und den Eindruck erwecken wird, er warte schon seit Wochen auf nichts anderes. Zeitmanagement ist entscheidend – eine Weisheit, die er sich in einem Buch mit dem Titel *Der Augenblick* angelesen hat. Jede Minute muss durchgeplant sein. Genau das hat Matthew gemacht. Den heutigen Tag, den Tag des Vorstellungsgesprächs, hat er ganz präzise durchgeplant: Er ist mit dem Weckerklingeln um 7.30 Uhr aufgestanden, hat genau zehn Minuten fürs Duschen gebraucht und dann ein wohlüberlegtes Frühstück zu sich genommen, das ihn mit der nötigen Energie versorgt. Anschließend hat er genau eine Stunde damit verbracht, womit er auch bisher täglich eine Stunde verbrachte: Er hat Antworten auf die Fragen eingeübt, die ihm sein Gesprächspartner, ein Mr. Adam, stellen könnte.

Was sind Ihre Stärken?

(Bescheiden lachen) Tja, mit dieser Frage begibt man sich auf ein Minenfeld. Ich würde sagen, vor allem einmal meine Bescheidenheit. *(Aufpassen: erst einschätzen, ob in der Situation ein Scherz angebracht ist.)* Nein, im Ernst: Ich halte mich für sehr teamfähig. Für mich steht das Wohl der Firma an erster Stelle. Das war schon so bei Lloyds und zuvor im

Planetarium und bei Spar, meinen vorherigen Arbeitgebern. Ich würde mich auch als gut organisiert und effizient bezeichnen. Ich habe den Hotelbetrieb hier beobachtet und festgestellt, wie glatt alles läuft. Sie brauchen jemanden, der sich da einfügt, der Teil dieser gut geölten Maschinerie werden kann – ein wichtiger, aber unauffälliger Teil. Ich glaube, das könnte ich. Außerdem bin ich sehr stolz auf mein Zeitmanagement.

Und Ihre Schwächen?

Nun ja, natürlich hat jeder Schwächen. Ich würde sagen, meine ist es, an mich selbst unangemessen hohe Ansprüche zu stellen, ebenso wie manchmal an die Menschen meines Umfelds. Im Planetarium wurde ich manchmal regelrecht zurechtgewiesen, weil ich – ich weiß, das klingt absurd – einen so imponierenden Berg von Überstunden anhäufte und meine eigene Abteilung derart gut im Griff hatte, dass andere Bereiche des Museums dagegen richtig schlecht dastanden. Aber ich bin immer bereit, aus Kritik zu lernen, und habe die Erfahrung gemacht, dass man den anderen im Team stets auch eine gewisse Nachsicht entgegenbringen muss.

Und wo sehen Sie sich in einem Jahr?

Wo Sie jetzt sind! *(Hier respektvoll lachen.)* Nein, ernsthaft: Ich kann guten Gewissens behaupten, dass ich mit dem gleichen Qualitätsanspruch, den ich jetzt schon habe, auch weiterarbeiten werde – auf einem Posten mit größerer Verantwortung. Ich hoffe, dass ich bis dahin meinen Nutzen für das Hotel unter Beweis gestellt habe und eine wichtige Funktion in seinem Gefüge einnehme. Ich sehe das Alpha nicht als Sprungbrett zu etwas Höherem. Ich sehe die nächsten zehn Jahre als einen Prozess …

Eine Frau eilt an ihm vorüber, eine Zeitung unter den einen Arm geklemmt, in der anderen Hand einen Schirm – den sie an einem so heiteren Tag wie heute bestimmt nicht brauchen wird. Dieser Schirm verfängt sich in einer Falte seines Jacketts, und die beiden sehen sich kurz verärgert an. Das ist der einzige Augenblick, in dem sie sich je begegnen. Matthew blickt an sich herunter, um zu prüfen, ob der Zusammenstoß Spuren auf seinem Jackett hinterlassen hat, aber es ist nichts zu sehen, und er vertieft sich wieder in die Probe seines Vorstellungsgesprächs. Das Sonnenlicht auf den Mauern des King's-Cross-Bahnhofs sieht wie verschütteter Orangensaft aus.

Was genau reizt Sie am Hotel Alpha?

Natürlich ist mir seit Langem der exzellente Ruf dieses Hauses bekannt, wie jedem, der sich für das Londoner Leben interessiert. *(Aufpassen: Das muss so klingen, als lebe man schon ewig in London, nicht so, als sei man erst vor vier Jahren aus Kettering hergezogen.)* Mich hat schon immer die Vorstellung fasziniert, dass man sich an diesem Ort nicht einfach nur aufhalten, sondern sich verwirklichen kann. Und ich würde gerne dazu beitragen, dass Gäste …

Ein Doppeldeckerbus rollt vorbei, und Matthew springt unwillkürlich zur Seite, als drohe der Bus einen Schwenk über den Gehsteig zu machen. Matthew wirft einen Blick auf die rote Karosserie, die wie alles heute übergossen ist von dem strahlenden Sonnenlicht, und nimmt nebenbei das Werbebanner für eine romantische Komödie wahr, die gerade in den Kinos läuft. Er hat das gleiche Plakat schon letzte Woche gesehen. Wie der Zufall es will, ist der Entwurf dafür im Rauchsalon des Alpha entstanden, genau dort, wohin er jetzt unterwegs ist. Weil die beiden Grafiker mehrfach abgelenkt wurden, versäumten sie es, das Startdatum des Films auf das Plakat zu nehmen. Hätten sie es getan, wäre es Matthew vielleicht letzte Woche, als er das Plakat zum ersten Mal sah, aufgefallen, und dann hätte ihm vielleicht gedämmert, dass sein Vorstellungsgespräch im Alpha just an demselben Tag stattfinden sollte. Aber so setzt Matthew, der mit Abstand beste

Mann für den Posten, seinen Weg fort und probt im Geiste weiter seine sorgfältig ausgearbeiteten Antworten auf Fragen, die ihm nie jemand stellen wird. Im Hotel, das sich nun nur noch etwa hundert Meter entfernt befindet, ist diejenige, die den Job letztendlich bekommen hat, bereits mit Freude bei der Arbeit.

Im gesamten Hotel

Die zehn häufigsten Ursachen für Schlaflosigkeit im Hotel Alpha zwischen 1965 und 2005:

1. Undefinierbares allgemeines Unwohlsein.
2. Lärm aus einem Nebenzimmer oder aus der Halle.
3. Sorgen, die Arbeit, Geldangelegenheiten u. Ä. betreffend.
4. Sorgen in Bezug auf Paarbeziehungen, Ehen eingeschlossen.
5. Erwachen aufgrund seltsamer Träume oder anderer, nicht näher zu definierender Umstände und die Unfähigkeit, sich zu entspannen und wieder einzuschlafen.
6. Zwanghafte Konzentration auf das Einschlafen, was paradoxerweise eben dieses verhindert.
7. Übermäßiger Konsum von Essen oder Alkohol mit der Folge eines aus dem Gleichgewicht gebrachten Organismus.
8. Fehleinschätzung des Schlafbedürfnisses mit der Folge zu frühen Zubettgehens.
9. Instinktive Furcht vor dem Loslassen des Bewusstseins, da Schlaf ein der endgültigen Auslöschung durch den Tod sehr ähnlicher Zustand ist, wogegen der menschliche Instinkt rebelliert.
10. Tropfender Wasserhahn.

Zehn einmalige Ursachen für Schlaflosigkeit im Hotel Alpha zwischen 1965 und 2005:

1. Allergie gegen das für die Bettwäsche verwendete Waschmittel; das dadurch hervorgerufene sechsundvierzigmalige

Niesen innerhalb von zwei Minuten verursachte einen irreversiblen Zustand der Wachheit.
2. Angst vor der Dunkelheit, die man der neuen Freundin nicht eingestehen will.
3. Heimsuchung durch einen Geist, aller Wahrscheinlichkeit nach während eines Traums.
4. Gicht.
5. Hypochondrie und in Folge davon die Überzeugung, eine Erkrankung stehe unmittelbar bevor.
6. Einnässen des Bettes durch den Partner.
7. Zwanghaftes Verlangen, ein Rätsel zu lösen, in dem eine Ziege und diverse andere Dinge von einem Ufer eines Flusses zum anderen transportiert werden müssen.
8. Heimweh nach Transnistrien, einem Teil Moldawiens, das die Unabhängigkeit anstrebt.
9. Die ganze Nacht andauerndes, ungehörig lautes Gelächter des Gastes im Nebenzimmer anlässlich der Wiederholung der Sitcom *On the Buses* aus den 70er-Jahren.
10. Reue über einen begangenen Mord.

»Ich rate Ihnen, noch ein bisschen im Kleiderschrank zu bleiben«, sagt der Portier mit gedämpfter Stimme. »Am besten, bis sie an die Tür klopfen.«

»Aber wenn …«, entgegnet der Rolling Stone.

»Machen Sie sich keine Sorgen, die Türen kriegt keiner auf. Nicht einmal die Polizei, haha.«

Der Rockstar hört das fröhliche Geraune und fragt sich, wie alt der Typ wohl sein mag. Er wirkt älter, als er aussieht.

»Passen Sie auf«, ist wieder die Stimme zu vernehmen. »Wenn sie klopfen, lenke ich sie mit ein paar Fragen ab. Ich tue so, als würde ich nicht glauben, dass sie wirklich Polizisten sind, oder mache einen ähnlichen Schabernack, der sie aufhält.«

Er muss schon mindestens fünfzig sein, denkt der Stone, einer von diesen Typen, denen man ihr Alter nicht ansieht.

»Die Tür auf der gegenüberliegenden Seite führt ins Zimmer nebenan«, erklärt der Portier weiter. »Sie lässt sich normalerweise nicht öffnen, aber ich habe mir erlaubt, alle derartigen Türen auf diesem Stockwerk aufzusperren. Während ich hier mit der Polizei rede, nehmen Sie am besten schnell diese und die folgenden Türen und gelangen so ans Ende der Galerie.«

»Aber es sind doch auch unten in der Lobby Polizisten«, wendet der Popstar besorgt ein.

»Im Atrium, stimmt«, bestätigt der Portier. Was zum Teufel soll denn ein Atrium sein, fragt sich der Stone. Das erinnert ihn an den Lateinunterricht in der Schule. Er kann sich gerade noch so an seine Schulzeit erinnern – die liegt zwar nicht allzu lange zurück, aber seither ist verdammt viel passiert. Schon allein in den letzten vierundzwanzig Stunden ist genug passiert. Er kann sich nicht genau daran erinnern, wie er hier hergekommen und wann er zuletzt in einem Bett aufgewacht ist. Da kommt ihm ein Gedanke: Lichtjahre von zu Hause ... *2000 Light Years from Home.*

»... das ist dann Zimmer 44«, sagt der Portier. »Dort dürften Sie in Sicherheit sein, bis wieder Ruhe eingekehrt ist.«

Mist, er hat nicht aufgepasst. Aber zumindest hat er 44 gehört. Er wird einfach dorthin laufen. Er hört die Schritte der Polizisten draußen, ihren leisen Wortwechsel. Sie klingen so aufgeregt wie er selbst. Sogar noch aufgeregter. Aber was können sie ihm schon groß tun? Er hat nur gesagt, dass er mal kurz von der Bildfläche verschwinden müsse, aber das Hotelpersonal hat das sehr ernst genommen.

Es wird plötzlich still. Dann vermuten ihn die Polizisten in der falschen Richtung und laufen ans andere Ende der Galerie. Es wird eine Weile dauern, bis sie an alle Zimmertüren geklopft haben und hier ankommen. Alles wird wie am Schnürchen laufen.

Der Portier räuspert sich. »Mein Chef, also Howard, mag eines Ihrer Lieder ganz besonders«, sagt er, »das mit dem Titel *Satisfaction.*«

»Oh, das freut mich, danke.«

Der Stone will nicht gleichgültig scheinen, aber er weiß nie so recht, was er sagen soll, wenn Leute über einen speziellen Song ihre Begeisterung äußern. Er bedankt sich dann immer, aber es klingt wenig enthusiastisch. Lieber schreibt er einfach Autogramme, als über die Lieder im Einzelnen zu quatschen. Am schlimmsten ist es, wenn die Leute sie ihm vorsingen. Aber dieser Typ hier wird das sicher nicht versuchen.

»Ich nehme an, das Lied handelt davon, wie man in seinem Leben Befriedigung findet, oder?«, mutmaßt der Mann.

»Ganz genau«, sagt der Stone.

Ein dreimaliges lautes Klopfen erspart ihm jeden weiteren Kommentar. Der Portier öffnet lautlos den Schrank, legt einen Finger auf die Lippen und deutet zur Verbindungstür. Der Stone zwinkert ihm zu und schleicht demonstrativ auf Zehenspitzen über den Teppich davon. Das Leben wird diese beiden Männer nie wieder zusammenführen, doch in den darauffolgenden Jahren wird Graham öfter zufällig im Fernsehen sehen, wie der andere mit einem jedes Mal ein bisschen älter wirkenden Gesicht auf der Bühne herumhüpft.

Zimmer 76 (1970)

Jedes Mal, wenn jemand an eine der Scheißtüren in diesem Hotel klopft, denkt man, es sei die eigene. Jetzt ist er schon zum dritten Mal aufgesprungen, um die Tür zu öffnen, aber nie stand sie davor. Einmal war es eine Besucherin für den Gast im Zimmer nebenan. Nach ihrem Gesichtsausdruck zu schließen, sollte die Dame wohl besser gar nicht hier sein. Einmal war es ein Zimmermädchen in einem blendend weißen, nagelneu aussehenden Kittel. Sie guckte ihn schief an, bevor man ihr zwei Türen weiter aufmachte. Und nun, beim dritten Mal, ist überhaupt niemand zu sehen. Wer auch immer geklopft hat, ist entweder ganz geräuschlos irgendwo eingelassen worden oder nur das Produkt seiner Einbildung. Oder ein Geist.

Nicht, dass es wahrscheinlich wäre, dass sie es ist. Sie wird nicht zurückkommen. Er hat sie verloren. Sie ist entweder mit einem anderen zusammen oder alleine glücklich. Sie ist ohne ihn glücklich, das ist das Entscheidende, und es hat wahrscheinlich so kommen müssen, weil er wohl keine zweite Chance verdient. Es liegt einfach daran, dass ein Hotel alles verspricht oder jedenfalls nichts ausschließt. Ein Hotel ist ein so neutraler Ort, dass alles vorstellbar scheint. Kein Normalsterblicher hört hier ein Klopfen an der Tür, selbst an der falschen, ohne für Sekundenbruchteile an das Unmögliche zu glauben – dass derjenige, nach dem man sich so verzweifelt sehnt, endlich gekommen ist.